JOHN GRISHAM

EL SECRETO DE GRAY MOUNTAIN

John Grisham se dedicó a la abogacía antes de convertirse en escritor de éxito internacional. Desde que publicó su primera novela, *Tiempo de matar*, ha escrito casi una por año, consagrándose como el rey del género con la publicación de su segundo libro, *La firma*. Todas sus novelas, sin excepción, han sido bestsellers internacionales y nueve de ellas han sido llevadas al cine, con gran éxito de taquilla. Traducido a veintinueve idiomas, Grisham es uno de los escritores más vendidos de Estados Unidos y del mundo. Actualmente vive con su esposa, Renee, y sus dos hijos, Ty y Shea, entre su casa victoriana en una granja en Mississippi y una plantación cerca de Charlottesville, Virginia.

EL SECRETO
DE GRAY MOUNTAIN

JOHN GRISHAM

EL SECRETO DE GRAY MOUNTAIN

Traducción de
Eduardo Iriarte

VINTAGE ESPAÑOL
Una división de Penguin Random House LLC
Nueva York

PRIMERA EDICIÓN VINTAGE ESPAÑOL, DICIEMBRE 2015

Esta novela es una obra de ficción. Los nombres, personajes, lugares e incidentes o son producto de la imaginación del autor o se usan de forma ficticia. Cualquier parecido con personas, vivas o muertas, eventos o escenarios es puramente casual.

Información de catalogación de publicaciones disponible en la Biblioteca del Congreso de los Estados Unidos.

Vintage Español ISBN en tapa blanda: 978-1-101-91076-4

Para venta exclusiva en EE.UU., Canadá, Puerto Rico y Filipinas.

www.vintageespanol.com

Impreso en los Estados Unidos de América
10 9 8 7 6 5 4 3 2 1

En memoria de
Rick Hemba
1954-2013
Hasta otra, Ace

1

El horror residía en la espera: lo desconocido, el insomnio, las úlceras. Los trabajadores del bufete se ignoraban y se escondían detrás de puertas cerradas. Secretarios y ayudantes hacían correr los rumores y evitaban mirarse a los ojos. Todo el mundo estaba de los nervios y se preguntaba quién sería el siguiente. Los socios, los peces gordos, parecían conmocionados y no querían tener ningún contacto con sus subordinados, porque bien podía ser que en breve recibieran órdenes de sacrificarlos.

El chismorreo era brutal. Diez asociados del departamento de Litigación y Juicios despedidos, lo que era cierto en parte: solo habían sido siete. Toda la división Estatal cerrada, también los socios: cierto. Ocho asociados más de Antimonopolios se habían pasado a otro bufete: falso, de momento.

La atmósfera estaba tan viciada que Samantha salía del edificio siempre que le era posible y trabajaba con el portátil en cafeterías de la zona sur de Manhattan. Hacía un tiempo espléndido, así que decidió sentarse en un banco del parque (diez días después del derrumbe de Lehman Brothers) y se quedó mirando el alto edificio calle abajo. Se llamaba 110 Broad y la mitad superior la tenía arrendada Scully & Pershing, el bufete más importante sobre la faz de la tierra. Su bufete, por ahora, aunque el futuro era cualquier cosa menos seguro. Dos mil abogados en veinte países, la mitad solo en Nueva York, un millar ahí mismo, apelotonados entre la planta treinta y la sesenta y cinco. ¿Cuántos sentían deseos de saltar? No alcanzaba a imaginarlo, pero no era la única. El bufete más grande del mundo se estaba viniendo abajo en medio del caos, igual que sus rivales. Los Grandes Bufetes, como se los conocía, estaban tan aterrorizados como los fondos de cobertura, los bancos de inversiones, los bancos de verdad, los conglomerados de entidades aseguradoras, Washington y todos los que formaban la cadena alimentaria que llegaba hasta los comerciantes de Main Street.

El décimo día transcurrió sin derramar sangre, igual que el siguiente. El duodécimo se advirtió un destello de optimismo cuando Ben, un colega de Samantha, apareció con el rumor de que el mercado de crédito de Londres estaba remontando ligeramente. Quizá los prestatarios encontraran algo de dinero en efectivo, después de todo. Pero a media tarde el rumor había perdido fuelle; no había nada de cierto. Solo quedaba esperar.

El departamento de Inversión Inmobiliaria de Scully & Pershing lo dirigían dos socios. A uno, como ya estaba próximo a la edad de jubilación, le habían dado puerta. El otro era Andy Grubman, un burócrata cuarentón que no había visto nunca una sala de justicia. Como socio, tenía un bonito despacho donde podía ver el Hudson a lo lejos, aguas en las que llevaba años sin reparar. En un estante detrás de la mesa, y justo en el centro de su Muro del Ego, había una colección de rascacielos en miniatura. Le gustaba llamarlos «mis edificios». Al terminarse uno de sus edificios, encargaba a un escultor una réplica a pequeña escala, y entregaba un trofeo aún más pequeño a cada uno de los miembros de «mi equipo». En los tres años que Samantha llevaba en S & P tenía una colección de seis edificios, y no iba a pasar de ahí.

—Siéntate —le ordenó al tiempo que cerraba la puerta.

Samantha se sentó junto a Ben, que estaba al lado de Izabelle. Los tres asociados se quedaron mirándose los pies, a la espera. Samantha sentía deseos de cogerle la mano a Ben, igual que una prisionera aterrada ante un pelotón de fusilamiento. Andy se hundió en su asiento y, evitando mirarles a los ojos pero desesperado por quitarse de encima el asunto, hizo recapitulación del lío en el que estaban metidos.

—Como sabéis, Lehman Brothers quebró hace catorce días.

«¡No me digas, Andy!» La crisis económica y la falta de crédito tenían al mundo entero al borde de la catástrofe y todos lo sabían. Pero también era verdad que Andy rara vez tenía alguna idea propia.

—Hay en marcha cinco proyectos, íntegramente financiados por Lehman. He hablado largo y tendido con los propietarios, y van a cerrar el grifo de los cinco. Teníamos tres más en perspectiva, dos con Lehman, uno con Lloyd's y, bueno, el crédito está congelado. Los banqueros están en sus búnkeres, temerosos de prestar un solo centavo.

«Sí, Andy, eso también lo sabemos. Son noticias de primera plana. Termina de una vez antes de que saltemos al vacío.»

—El comité ejecutivo se reunió ayer e hizo algunos recortes. Van a prescindir de treinta asociados de primer año; unos serán despedidos y otros, suspendidos temporalmente. Todas las nuevas contrataciones se posponen de manera indefinida. El departamento de Validación Testamentaria ya no existe. Y, bueno, no hay una forma sencilla de decirlo, pero nuestra división va a desaparecer. Prescinden de ella. La eliminan. Quién sabe cuándo volverán a crearla los propietarios, si es que lo hacen alguna vez. El bufete no está dispuesto a seguir teniéndoos en nómina mientras el mundo espera a que vuelva a fluir el crédito. Mierda, igual vamos de cabeza a una crisis de las gordas. Lo más probable es que esta no sea más que la primera tanda de recortes. Lo siento, chicos, lo siento mucho.

Ben fue el primero en hablar:

—Así que ¿nos despiden con efecto inmediato?

—No. He dado la cara por vosotros, ¿vale? Al principio querían notificaros el despido sin más. No tengo que recordaros que el departamento de Inversión Inmobiliaria es el más modesto de la empresa y posiblemente el que por ahora se ha visto más afectado. Les convencí para que os concedieran lo que hemos llamado «permiso». Os vais de forma provisional y volveréis más adelante, quizá.

—¿Quizá? —preguntó Samantha.

Izabelle se enjugó una lágrima, pero mantuvo el tipo.

—Sí, un quizá bien grande. En estos momentos no hay nada seguro, ¿de acuerdo, Samantha? Le hemos dado muchas vueltas. Dentro de seis meses podríamos estar todos en un comedor de beneficencia. Ya habéis visto las viejas fotografías de 1929.

«Venga, Andy, ¿un comedor de beneficencia? Como socio, el año pasado te llevaste a casa dos millones ochocientos mil dólares, el sueldo medio en S & P, que, por cierto, ocupó el cuarto puesto en cuanto a salario neto por socio. Y el cuarto puesto no era suficiente, al menos hasta que Lehman se fue al cuerno y Bear Stearns se derrumbó y estalló la burbuja de las hipotecas de alto riesgo. De pronto un cuarto puesto parecía bastante bueno, al menos para algunos.»

—¿En qué consistiría ese permiso? —preguntó Ben.

—El acuerdo es el siguiente: la empresa os renueva el contrato durante los doce meses siguientes, pero no cobráis nada.

—Qué maravilla —murmuró Izabelle.

Andy pasó por alto el comentario y siguió adelante:

—Mantenéis el subsidio por enfermedad, pero solo en el caso de que colaboréis con una ONG reconocida. Recursos Humanos está elaborando una lista de organizaciones. Os vais, hacéis un poco el buen samaritano, salváis el mundo, cruzáis los dedos para que la economía vuelva a encarrilarse y dentro de un año o así regresáis al bufete sin haber perdido antigüedad. No estaréis en Inversión Inmobiliaria, pero la firma os buscará algún puesto.

—¿Tenemos el empleo garantizado cuando termine el permiso? —preguntó Samantha.

—No, no hay nada garantizado. A decir verdad, nadie es lo bastante listo para predecir dónde estaremos el año que viene. Nos encontramos en mitad de unas elecciones, Europa se está yendo al garete, los chinos están poniéndose nerviosos, los bancos están cerrando, los mercados se vienen abajo, nadie construye ni compra. Se avecina el fin del mundo.

Permanecieron un momento en el lúgubre silencio del despacho de Andy, los cuatro aplastados bajo el peso de la realidad apocalíptica. Finalmente, Ben preguntó:

—¿Tú también, Andy?

—No, a mí me transfieren a Impuestos. ¿No es increíble? Detesto Impuestos, pero era eso o conducir un taxi. Tengo un máster en Tributación, así que decidieron que podían perdonarme.

—Enhorabuena —dijo Ben.

—Lo siento, chicos.

—No, en serio, me alegro por ti.

—Podría estar en la calle dentro de un mes. ¿Quién sabe?

—¿Cuándo tenemos que irnos? —preguntó Izabelle.

—De inmediato. El procedimiento consiste en firmar un acuerdo de permiso, recoger las pertenencias, limpiar la mesa e irse. Recursos Humanos os enviará por correo electrónico una lista de ONG y todo el papeleo. Lo siento, chicos.

—Haz el favor de dejar de disculparte —dijo Samantha—. Nada de lo que digas va a solucionar la situación.

—Es verdad, pero podría ser peor. A la mayoría de los que están en vuestra situación no se les ofrece un permiso. Los despiden sin más.

—Lo siento, Andy —añadió Samantha—. Ahora mismo se desbordan las emociones.

—No pasa nada. Lo entiendo. Tenéis derecho a estar enfadados y disgustados. Hay que ver: los tres tenéis títulos de universidades de élite y vais a salir del edificio como ladrones, acompañados por los de seguridad. Despedidos igual que obreros. Es terrible, sencillamente terrible. Hay socios que se han ofrecido a cobrar la mitad para evitarlo.

—Apuesto a que no eran muchos —comentó Ben.

—Pues no. Me temo que muy pocos. Pero la decisión ya está tomada.

En el cubículo donde Samantha compartía un «espacio» con otras tres personas, incluida Izabelle, había plantada una mujer de traje negro y corbata del mismo color. Ben estaba pasillo adelante. La mujer intentó sonreír mientras decía:

—Soy Carmen. ¿Os puedo ayudar?

Sujetaba una caja de cartón, en blanco por los cuatro lados a fin de que nadie supiera que era el recipiente oficial de Scully & Pershing para los trastos de oficina de los trabajadores de permiso, despedidos o lo que fuera.

—No, gracias —respondió Samantha, y se las apañó para hacerlo con amabilidad. Podría haber soltado una grosería, pero Carmen solo estaba haciendo su trabajo.

Empezó a abrir cajones y a sacar todas sus pertenencias. En un cajón tenía unos documentos de S & P, así que preguntó:

—¿Qué pasa con esto?

—Se queda aquí —contestó Carmen, que no le quitaba ojo de encima, como si fuera a birlar algo valioso.

Lo cierto era que cuanto de valor había estaba guardado en los ordenadores: uno de sobremesa que usaba en su puesto y otro portátil que llevaba con ella prácticamente siempre. Un portátil de Scully & Pershing, que también se quedaría allí. Podía acceder a todo desde su portátil personal, pero sabía que a esas alturas ya habrían cambiado las claves.

Como una sonámbula, vació los cajones y recogió con cuidado los seis rascacielos en miniatura de su colección, aunque se le pasó por la cabeza tirarlos a la papelera. A Izabelle le dieron otra caja de cartón en cuanto llegó. Todos los demás —asociados, secretarios, ayudantes— de pronto tenían algo que hacer en otra parte. El protocolo se había adoptado de inmediato: cuando alguien limpia la mesa, mejor que lo haga en paz. Sin testigos, sin curiosos, sin falsas despedidas.

Izabelle tenía los ojos hinchados y enrojecidos; saltaba a la vista que había estado llorando en el aseo.

—Llámame. Vamos a tomar algo esta noche —susurró.

—Claro —dijo Samantha.

Acabó de guardarlo todo en la caja, en el maletín y en un enorme bolso de diseño, y sin volver la vista atrás siguió a Carmen por el pasillo hasta los ascensores de la planta cuarenta y ocho. Mientras esperaban, prefirió no echar un vistazo para ver todo por última vez. Se abrió la puerta y, por suerte, el ascensor iba vacío.

—Ya llevo yo eso —se ofreció Carmen señalando la caja, que cada vez parecía más voluminosa y pesada.

—No —dijo Samantha al tiempo que entraba.

Carmen pulsó el botón del vestíbulo. ¿Por qué exactamente tenía que salir del edificio acompañada? Cuanto más se lo planteaba, más furiosa estaba. Sentía deseos de llorar y arremeter contra todo, pero lo que en realidad quería era llamar a su madre. El ascensor se detuvo en la planta cuarenta y tres, y entró un joven bien vestido. Llevaba una caja de cartón idéntica, además de una gran bolsa colgada del hombro y un maletín de cuero bajo el brazo. Tenía el mismo aspecto conmocionado de miedo y confusión. Samantha lo había visto otras veces en el ascensor, pero no lo conocía. Vaya bufete. Tan mastodóntico que los asociados llevaban etiquetas con el nombre en las odiosas fiestas de Navidad. Otro vigilante de seguridad de traje negro entró tras él, y cuando todos ocuparon su lugar Carmen volvió a pulsar el botón del vestíbulo. Samantha bajó la vista, decidida a no hablar por mucho que le dirigieran la palabra. En la planta treinta y nueve el ascensor volvió a pararse, y subió el señor Kirk Knight con la mirada fija en la pantalla del móvil. En cuanto se cerró la puerta miró en derredor, y al ver las dos cajas de cartón dio la impresión de ahogar un grito a la vez que se le tensaba la espalda. Knight era un socio sénior del departamento de Fusiones y Adquisiciones, así como miembro del comité ejecutivo. Al verse de pronto cara a cara con dos de sus víctimas tragó saliva y se quedó mirando fijamente la puerta. Luego pulsó de súbito el botón del piso veintiocho.

Samantha estaba demasiado aturdida para insultarle. El otro asociado iba con los ojos cerrados. Cuando se detuvo el ascensor Knight salió a toda prisa. Después de cerrarse la puerta Samantha recordó que el bufete tenía arrendados desde la planta treinta hasta la sesenta y cinco. ¿Por qué salía de pronto Knight en la veintiocho? ¡Qué más daba!

Carmen cruzó con ella el vestíbulo y la acompañó hasta la puerta que daba a Broad Street. Le ofreció un flojo «Lo lamento», pero Samantha no contestó. Cargada como una mula, se mezcló con los transeúntes sin dirigirse a ningún lugar en concreto. Entonces se acordó de las imágenes de los empleados de Lehman y Bear Stearns saliendo con cajas llenas de pertenencias de sus edificios de oficinas como si estos estuvieran en llamas y huyeran para salvar la vida. En una fotografía, una grande en color de la sección de negocios del *Times*, se veía a una corredora de bolsa de Lehman con lágrimas en los ojos mientras permanecía impotente en la acera.

Pero esas fotos ya se habían quedado obsoletas a esas alturas y Samantha no veía ninguna cámara. Dejó la caja en la esquina de Broad y Wall Street, y esperó a que pasara un taxi.

2

Samantha dejó en el suelo de su sofisticado loft del SoHo de dos mil dólares mensuales de alquiler toda la bazofia de la oficina y se desplomó sobre el sofá. Aferró el móvil, pero aguardó. Respiró hondo, con los ojos cerrados, las emociones bajo control... hasta cierto punto. Necesitaba la voz y las palabras de consuelo de su madre, pero no quería parecer débil, dolida y vulnerable.

Empezó a sentirse aliviada de repente al caer en la cuenta de que se acababa de librar de un empleo que detestaba. Esa noche a las siete igual vería una película o cenaría con sus amigos en vez de trabajar como una esclava en la oficina con el contador en marcha. El domingo podría salir de la ciudad sin pensar ni por un momento en Andy Grubman y el montón de papeleo para su siguiente acuerdo crucial. El móvil de la empresa, un monstruoso dispositivo del que llevaba tres años sin despegarse, había tenido que dejarlo en la oficina. Se sentía liberada y maravillosamente ligera.

Su temor se debía a la pérdida de ingresos y el repentino bandazo que había dado su carrera. Como asociada de tercer año, estaba ganando un sueldo base anual de ciento ochenta mil dólares, además de sustanciosas bonificaciones. Mucho dinero, aunque la vida en Nueva York se las arreglaba para devorarlo. La mitad se iba en impuestos. Tenía una cuenta de ahorro que mantenía sin mucho entusiasmo. Con veintinueve años, soltera y sin compromiso en la ciudad, en una profesión en la que el paquete del año siguiente superaría el salario del actual con bonificaciones incluidas, ¿para qué preocuparse por ahorrar? Tenía un amigo de la facultad de Derecho de Columbia que llevaba cinco años en S & P, acababa de ascender a socio júnior y ganaría medio millón ese año. Samantha iba por el mismo camino.

También tenía amigos que habían abandonado aquella rutina después de doce meses y habían huido alegremente del mundo de los Grandes Bufetes. Uno, antiguo editor del *Columbia Law Review*, ahora era monitor de esquí en Vermont tras escapar de las garras de S & P, vivía en una cabaña a la orilla de un arroyo y rara vez contestaba al móvil. En solo trece meses había pasado de ser un ambicioso joven asociado a ser un pobre tonto que se quedaba dormido a la mesa. Justo antes de que interviniera Recursos Humanos, sufrió una crisis nerviosa y se marchó de Nueva York. Samantha pensaba en él a menudo, por lo general con una punzada de envidia.

Alivio, miedo y humillación. Sus padres le costearon una educación de colegio privado en Washington D. C. que les salió muy cara. Se licenció con mención magna cum laude en Georgetown con una titulación en Ciencias Políticas. Cursó Derecho sin la menor dificultad y acabó con mención honorífica. Una docena de grandes bufetes le ofrecieron un puesto después de trabajar como becaria en un tribunal federal. Los primeros veintinueve años de su vida habían cosechado éxitos aplastantes sin apenas ningún fracaso. Ser despedida de ese modo era abrumador. Que la acompañaran hasta la salida del edificio de esa manera resultaba humillante. No era un mero traspié sin importancia en una carrera larga y gratificante.

Los números ofrecían cierto consuelo. Desde el desmoronamiento de Lehman, miles de jóvenes profesionales se habían quedado en la calle. Mal de muchos, consuelo de tontos, y esas cosas, pero en esos momentos no conseguía compadecerse de nadie más.

—Karen Kofer —dijo al teléfono. Estaba tumbada en el sofá, perfectamente quieta, controlando la respiración. Y luego—: Mamá, soy yo. Lo han hecho. Me han despedido.

Se mordió el labio inferior y procuró contener las lágrimas.

—Lo lamento, Samantha. ¿Cuándo ha sido?

—Hace cerca de una hora. En realidad no me sorprende, pero aun así cuesta creerlo.

—Lo sé, cielo. Cuánto lo siento...

Durante la semana anterior no habían hablado más que del probable despido.

—¿Estás en casa? —preguntó Karen.

—Sí, y estoy bien. Blythe está trabajando. Aún no se lo he dicho. No se lo he dicho a nadie.

—Lo siento mucho.

Blythe era una amiga y compañera de curso de Columbia que trabajaba en otro gran bufete. Compartían apartamento, pero llevaban vidas separadas. Cuando se trabaja entre setenta y cinco y cien horas semanales, no hay gran cosa que compartir. Las cosas tampoco iban bien en la empresa de Blythe y se esperaba lo peor.

—Estoy bien, mamá.

—No, no lo estás. ¿Por qué no vienes a pasar unos días a casa?

El concepto «casa» no designaba estabilidad. Su madre había alquilado un precioso piso cerca de Dupont Circle y su padre tenía en arriendo un apartamentito próximo al río en Alexandria. Samantha no había pasado nunca más de un mes en ninguno de los dos sitios y no tenía intención de hacerlo en ese momento.

—Ya iré —dijo—, pero ahora mismo no.

Una larga pausa y luego un suave:

—¿Qué planes tienes, Samantha?

—No tengo ningún plan, mamá. Estoy en estado de shock y no puedo pensar en lo que haré dentro de una hora.

—Lo entiendo. Ojalá pudiera estar ahí.

—Estoy bien, mamá. Te lo prometo.

Lo último que Samantha necesitaba era tener a su madre rondándola y dándole consejos sin parar acerca de lo que debía hacer.

—¿Es un despido o una especie de baja?

—El bufete lo llama «permiso». Es un acuerdo por el que prestamos nuestros servicios a una ONG durante uno o dos años y así conservamos el subsidio por enfermedad. Luego, si la situación mejora, el bufete vuelve a contratarnos sin perder antigüedad.

—A mí me parece una táctica patética para teneros atados.

«Gracias, mamá, por tu típica sinceridad.»

Karen continuó:

—¿Por qué no mandas al carajo a esos mamarrachos?

—Porque quiero conservar el subsidio por enfermedad, y me gusta saber que quizá tenga la opción de reincorporarme algún día.

—Puedes encontrar trabajo en algún otro sitio.

Lo dijo como una burócrata de carrera. Karen Kofer era abogada sénior del Departamento de Justicia en Washington, el único empleo relacionado con la abogacía que había tenido, y que llevaba desempeñando treinta años ya. Su puesto, como el de todas las personas de su entorno, estaba protegido a conciencia. Al margen de crisis, guerras, cierres gubernamentales, catástrofes nacionales, altibajos políticos o cualquier otra calamidad posible, el sueldo de Karen Kofer era inviolable. Y de ahí la arrogancia despreocupada de los burócratas atrincherados: «Si somos tan valiosos es porque somos necesarios».

—No, mamá, ahora mismo no hay trabajo —repuso Samantha—. Por si no te habías enterado, hay una crisis económica y una depresión a la vuelta de la esquina. Los bufetes están despidiendo asociados en cuadrilla, y luego cierran las puertas.

—Dudo que las cosas vayan tan mal.

—¿Ah, sí? Scully & Pershing ha aplazado todas las nuevas contrataciones, lo que supone que aproximadamente una docena de los licenciados más brillantes de la facultad de Derecho de Harvard han sido informados de que los puestos que les prometieron para septiembre ya no les esperan. Lo mismo por lo que respecta a Yale, Stanford, Columbia.

—Pero tú tienes muchísimo talento, Samantha.

Samantha sabía que nunca hay que discutir con un burócrata. Respiró hondo, y estaba a punto de despedirse cuando Karen recibió una llamada urgente «de la Casa Blanca» y tuvo que dejarla. Prometió volver a llamar de inmediato, en cuanto salvara la República. «Vale, mamá», dijo Samantha. Recibía tanta atención por parte de su madre como podía desear. Era hija única, lo que suponía una ventaja en retrospectiva, a la luz de los restos que había dejado por todas partes el naufragio del matrimonio de sus padres.

Era un día despejado y hermoso, en lo tocante al tiempo, y Samantha necesitaba dar un paseo. Deambuló por el SoHo y luego por el West Village. Por fin llamó a su padre desde una cafetería vacía. Marshall Kofer había sido antaño un abogado querellante de gran nivel cuya especialidad consistía en demandar a las compañías aéreas que habían sufrido un accidente. Levantó un agresivo y próspero bufete en Washington D. C. y pasaba seis noches a la semana en hoteles por todo el mundo bien buscando demandas o bien inmerso en ellas. Ganaba una fortuna, gastaba a espuertas, y de adolescente Samantha tenía muy claro que su familia era más rica que la de muchos de los chicos de su colegio privado de Washington. Mientras su padre pasaba de un caso prominente a otro, su madre la educaba con discreción haciendo carrera tenazmente por su parte en Justicia. Samantha no habría sabido decir si sus padres se peleaban; Marshall, sencillamente, no estaba nunca en casa. En un momento dado —nadie podría haber dicho cuándo con exactitud— entró en escena una pasante joven y bonita, y él se dejó llevar. La cana al aire se convirtió en una aventura, luego en un romance y, después de un par de años, Karen Kofer empezó a tener sospechas. Se encaró a su marido, quien al principio mintió, pero enseguida reconoció la verdad. Quería divorciarse; había encontrado al amor de su vida.

Por casualidad, más o menos al mismo tiempo que Marshall complicaba su vida familiar, tomó alguna que otra mala decisión. Una implicaba un proyecto para llevarse una cuantiosa cifra a un paraíso fiscal. Un jumbo de United Asia Airlines se había estrellado en Sri Lanka con cuarenta norteamericanos a bordo. No había habido supervivientes y, como era de esperar, el señor Kofer llegó allí antes que nadie. Durante las negociaciones para alcanzar un acuerdo, creó una serie de empresas fantasma por el Caribe y Asia para dirigir, desviar y ocultar descaradamente sus considerables honorarios.

Samantha tenía un grueso expediente con artículos de prensa y reportajes de investigación sobre la tentativa de corrupción más bien torpe de su padre. Habría sido un libro fascinante, pero no tenía el más mínimo interés en escribirlo. Lo atraparon, lo humillaron, lo abochornaron en primera plana, lo condenaron, lo inhabilitaron para ejercer la abogacía y lo enviaron a la cárcel durante tres años. Salió en libertad condicional dos semanas antes de que ella se licenciara en Georgetown. En la actualidad Marshall trabajaba como una especie de asesor en una pequeña oficina en el barrio antiguo de Alexandria. Según él, asesoraba a otros abogados querellantes sobre casos de siniestros colectivos, pero siempre se mostraba impreciso en los detalles. Samantha, al igual que su madre, estaba convencida de que Marshall se las había ingeniado para enterrar parte del botín en algún lugar del Caribe. Karen se había hartado de buscar.

Aunque Karen siempre lo negaría, Marshall temió desde el primer momento que su ex mujer había tenido algo que ver en su enjuiciamiento penal. Tenía influencia de sobra en Justicia, y muchos amigos.

—Papá, me han despedido —dijo suavemente por el móvil; la cafetería estaba vacía, pero el camarero andaba cerca.

—Ay, Sam, lo siento —respondió Marshall—. Cuéntame qué ha pasado.

Hasta donde ella sabía, su padre solo había aprendido una cosa en la cárcel. No era humildad, ni paciencia, ni comprensión, ni compasión, ni ninguno de los atributos habituales que adquiere uno tras un batacazo tan humillante. Era tan ambicioso y apasionado como antes, ansioso por afrontar cada día y arrollar a cualquiera que se le pusiera delante. Pero, por algún motivo, Marshall Kofer había aprendido a escuchar, al menos a su hija. Volvió a relatar los hechos con detalle, y él se mantuvo pendiente de todas y cada una de sus palabras. Samantha le aseguró que todo iría bien, pero en un momento dado le dio la impresión de que su padre iba a echarse a llorar.

Por lo general, él habría hecho comentarios sarcásticos sobre cómo su hija había elegido ejercer su carrera. Detestaba los grandes bufetes porque se había enfrentado a ellos durante años. Los veía como meras empresas, no como firmas con abogados de verdad peleando por sus clientes. Tenía una suerte de tribuna improvisada desde la que podía largar una docena de sermones acerca de los males que acarreaban los Grandes Bufetes. Samantha los había oído absolutamente todos, y no estaba de humor para volver a escucharlos.

—¿Quieres que vaya a verte, Sam? —preguntó—. Puedo estar ahí en unas tres horas.

—Gracias, pero no. Todavía no. Dame un día o así. Me hace falta un respiro y estoy pensando en irme unos días de Nueva York.

—Iré a buscarte.

—Tal vez, pero no ahora. Estoy bien, papá, te lo juro.

—Qué va. Necesitas a tu padre.

Seguía resultándole extraño oír algo así de un hombre que había estado ausente los primeros veinte años de su vida. Al menos ahora lo intentaba.

—Gracias, papá. Te llamo luego.

—Vámonos de viaje, buscaremos una playa en alguna parte y beberemos ron.

Tuvo que echarse a reír porque nunca habían hecho un viaje juntos, los dos solos. Había habido alguna que otra salida precipitada de vacaciones cuando era niña, los típicos viajes a ciudades de Europa, casi siempre interrumpidos por asuntos urgentes en casa. La idea de remolonear con su padre en una playa no le resultaba del todo atrayente, al margen de las circunstancias.

—Gracias, papá. Quizá más adelante, pero ahora no. Tengo que ocuparme de unos asuntos aquí.

—Puedo conseguirte un trabajo —dijo él—. Uno de verdad.

«Ya estamos», pensó Samantha, pero lo dejó correr. Su padre llevaba años persuadiéndola para que aceptase un puesto de abogada de verdad; de verdad en el sentido de que implicara interponer demandas a grandes corporaciones por toda clase de negligencias. En el mundo de Marshall Kofer, cualquier compañía de ciertas proporciones tenía que haber cometido delitos atroces para tener éxito en el encarnizado mundo del capitalismo occidental. Los abogados (y quizá los ex abogados) como él estaban destinados a descubrir malas praxis y poner pleitos como locos.

—Gracias, papá. Te llamo luego.

Qué ironía que su padre tuviera tantas ganas de que ejerciera el mismo tipo de abogacía que había dado con los huesos de él en la cárcel. Ella no tenía interés alguno en los juzgados, ni en los conflictos. No estaba segura de lo que quería, probablemente un buen trabajo de oficina con un sueldo bien alto. Gracias sobre todo a ser mujer e inteligente, había tenido bastantes posibilidades de llegar a ser socia en Scully & Pershing, pero ¿a qué precio?

Quizá quería esa carrera profesional o quizá no. Ahora mismo solo le apetecía deambular por las calles del sur de Manhattan y airearse. Merodeó por Tribeca dejando pasar las horas. Su madre la llamó dos veces y su padre una; sin embargo, prefirió no contestar. Izabelle y Ben también intentaron ponerse en contacto con ella, pero no tenía ganas de hablar. Se encontró delante del pub Moke's, cerca de Chinatown, y por un momento se quedó mirando el local. Se había tomado la primera copa con Henry en Moke's, hacía muchos años. Los habían presentado unos amigos. Era aspirante a actor, uno del millón que había en Nueva York, y ella era una asociada novata en S & P. Salieron durante un año antes de que el romance se extinguiera asfixiado por el brutal horario de trabajo de ella y el desempleo de él. Henry se largó a Los Ángeles donde, la última vez que lo vio, conducía limusinas para actores desconocidos y hacía papelitos sin diálogo en anuncios.

Podría haber querido a Henry en otras circunstancias. Él disponía de tiempo, de interés y de pasión. Ella estaba agotada. No era infrecuente en el ámbito de los Grandes Bufetes que las mujeres al cumplir cuarenta años se dieran cuenta de repente de que seguían solteras y había pasado una década sin que se percataran.

Se alejó de Moke's y fue en dirección norte hacia el SoHo.

Anna, de Recursos Humanos, resultó ser de una eficiencia extraordinaria. A las cinco en punto de la tarde Samantha recibió un largo correo electrónico que incluía los nombres de diez ONG que alguien había considerado apropiadas para que colaborasen en ellas de manera gratuita las almas vapuleadas a las que el mayor bufete del mundo había obligado a darse un permiso. Los Guardianes de los Pantanos en Lafayette, Luisiana. El Refugio para Mujeres de Pittsburgh. La Iniciativa a Favor de los Inmigrantes en Tampa. El Centro de Asesoría Jurídica Mountain en Brady, Virginia. La Sociedad para la Eutanasia de Greater Tucson. Una organización para personas sin techo en Louisville. El Fondo de Defensa del lago Erie. Y así sucesivamente. Ninguna de las diez estaba cerca del área metropolitana de Nueva York.

Se quedó mirando la lista largo rato y se planteó la posibilidad de abandonar la ciudad donde había vivido seis de los últimos siete años: tres en Columbia y tres más como asociada. Después de acabar Derecho trabajó como pasante para un juez federal en Washington D. C. y luego regresó a toda prisa a Nueva York. Nunca había vivido lejos de las luces de neón.

¿Lafayette, Luisiana? ¿Brady, Virginia?

En un tono más animado de lo apropiado para la ocasión, Anna advertía a los empleados de permiso que algunas de las ONG mencionadas podían tener plazas limitadas. En otras palabras, más le valía darse prisa o quizá no tuviera la oportunidad de trasladarse al culo del mundo y trabajar gratis los próximos doce meses. Pero Samantha estaba demasiado aturdida para hacer nada apresuradamente.

Blythe se pasó un momento para saludar y comer un plato de pasta al microondas. Samantha había dado a su compañera de piso la gran noticia por medio de un mensaje de texto, y cuando llegó estaba al borde de las lágrimas. Sin embargo, tras unos minutos Samantha se las arregló para tranquilizarla y asegurarle que la vida seguiría adelante. El bufete de Blythe representaba a un montón de sociedades hipotecarias y el estado de ánimo era allí tan lúgubre como en Scully & Pershing. Durante días las dos no habían hablado de nada que no fuera el despido. Mientras comían empezó a vibrar el móvil de Blythe. Era su socio supervisor, que la estaba buscando, conque a las seis y media salió corriendo del apartamento, desesperada por regresar a la oficina y temerosa de que el más leve retraso precipitara su despido.

Samantha se sirvió una copa de vino y llenó la bañera con agua tibia. Se metió, bebió y decidió que, a pesar del buen sueldo, detestaba los Grandes Bufetes y no volvería a trabajar para ellos nunca. No permitiría que le gritasen de nuevo por no estar en la oficina después de anochecer o antes de amanecer. Jamás se dejaría seducir por el dinero otra vez. No volvería a hacer muchas cosas nunca.

En el frente económico, la situación era insegura pero no del todo desoladora. Tenía treinta y un mil dólares ahorrados y ninguna deuda, salvo tres meses más de alquiler del loft. Si se apretaba considerablemente el cinturón y se ganaba un sueldo sumando trabajos a tiempo parcial, era posible que aguantara hasta que remitiese la tormenta. Suponiendo, claro, que no llegara el fin del mundo. No se imaginaba sirviendo mesas o vendiendo zapatos, pero tampoco había soñado nunca que su prestigiosa carrera fuera a terminar de una manera tan brusca. Nueva York no tardaría en estar aún más abarrotada de camareros y dependientes con titulación universitaria.

Otra vez a los Grandes Bufetes. Su objetivo había sido llegar a socia antes de los treinta y cinco, ser una de las pocas mujeres en la cúspide, y lograr un despacho de los que hacían esquina desde donde pudiera jugar duro con los chicos. Tendría secretaria, ayudante, algunos pasantes y un chófer a su servicio, una cuenta de gastos oro y un vestuario de diseñador. Las cien horas de trabajo semanales se reducirían a una cantidad razonable. Se embolsaría más de dos millones al año durante dos décadas, y luego se jubilaría y viajaría por el mundo. Por el camino encontraría marido, tendría uno o dos críos y su vida sería maravillosa.

Lo tenía todo planeado y le había parecido que estaba a su alcance.

Quedó para tomar unos martinis con Izabelle en el vestíbulo del hotel Mercer, a cuatro manzanas de su loft. Habían invitado a Ben, pero acababa de casarse y tenía otras distracciones. Los permisos estaban surtiendo efectos divergentes. Samantha estaba en vías de encajarlo, incluso de restar importancia al asunto y pensar en cómo sobrevivir. Pero era afortunada, porque no había pedido un crédito para costearse los estudios. Sus padres tenían dinero para proporcionarle una buena formación. Izabelle, en cambio, estaba asfixiada por antiguos préstamos y atormentada por el futuro. Sorbió ruidosamente el martini, y la ginebra se le subió directamente al cerebro.

—No puedo aguantar un año sin ingresos —dijo—. ¿Y tú?

—Es posible —reconoció Samantha—. Si recorto en todo y vivo a base de sopa, puedo apañármelas y seguir en la ciudad.

—Yo no —dijo Izabelle con tristeza mientras tomaba otro trago—. Conozco a uno de Litigación. Aceptó el permiso el viernes pasado. Ya ha llamado a cinco ONG y en las cinco le han dicho que los puestos de pasante los han cogido al vuelo otros asociados. ¿No es increíble? Así que llamó a Recursos Humanos y montó la de Dios es Cristo, y le dijeron que continúan ampliando la lista, siguen poniéndose en contacto con ellos ONG que buscan mano de obra sumamente barata. Así que no solo nos ponen de patitas en la calle, sino que la jugadita del permiso no está dando muy buen resultado. Nadie nos quiere, aunque trabajemos gratis. Qué asco.

Samantha tomó un sorbito y saboreó la pócima sedante.

—No sé si voy a aceptar el permiso.

—Entonces ¿qué harás con el subsidio por enfermedad? No puedes quedarte sin cobertura.

—Igual sí.

—Pero si enfermas lo perderás todo.

—No tengo gran cosa.

—Es una tontería, Sam. —Otro trago de martini, aunque un poco más pequeño—. Así que vas a renunciar a un futuro brillante en nuestro querido Scully & Pershing.

—El bufete ha renunciado a mí, y a ti, y a muchos otros. Tiene que haber un sitio mejor donde trabajar, y una manera mejor de ganarse la vida.

—Brindo por eso.

Apareció un camarero y pidieron otra ronda.

3

Samantha durmió doce horas de un tirón y se despertó con el deseo imperioso de irse de Nueva York. Tumbada en la cama y mirando las antiquísimas vigas de madera que cruzaban el techo, hizo memoria del último mes, más o menos, y cayó en la cuenta de que hacía siete semanas que no salía de Manhattan. Andy Grubman le había hecho suspender en el último momento un largo fin de semana de agosto en Southampton y en vez de dormir y salir de juerga, había pasado el sábado y el domingo en la oficina corrigiendo una carpeta de contratos de un palmo de grosor.

Siete semanas. Se duchó a toda prisa y metió lo esencial en una maleta. A las diez subió a un tren en Penn Station y dejó un mensaje en el buzón de voz del móvil de Blythe. Iba a Washington a pasar unos días. Que la llamara si le daban la patada.

Cuando el tren cruzaba New Jersey la curiosidad pudo con ella. Envió un correo al Fondo de Defensa del lago Erie y otro al Refugio para Mujeres de Pittsburgh. Transcurrieron treinta minutos sin respuestas mientras leía el *Times*. Ni una palabra sobre la carnicería en S & P a medida que la debacle económica seguía sin amainar. Despidos en masa en empresas financieras. Unos bancos se negaban a prestar dinero mientras que otros cerraban sus puertas. El Congreso iba de cabeza.

Obama echaba la culpa a Bush. McCain y Palin culpaban a los demócratas. Dio un vistazo al portátil y vio otro correo de Anna, la dicharachera de Recursos Humanos. Habían aparecido otras seis ONG y se habían unido a la fiesta. ¡Había que ponerse las pilas!

El Refugio para Mujeres respondió con una amable nota en la que agradecía a la señorita Kofer su interés, aunque el puesto acababa de ocuparse. Cinco minutos después la gente de bien que luchaba por salvar el lago Erie le comunicó más o menos lo mismo. Oliéndose ahora el peligro, Samantha envió cinco correos seguidos a otras tantas ONG de la lista de Anna, y luego mandó otro a esta para pedirle amablemente que le echara un poco más de entusiasmo a la hora de ponerla al día. Entre Filadelfia y Wilmington, los Guardianes de los Pantanos allá en Luisiana le dijeron que no. El Proyecto Inocencia de Georgia dijo que no. La Iniciativa a Favor de los Inmigrantes de Tampa dijo que no. La Cámara de Compensación por la Pena Capital dijo que no y la Asistencia Jurídica de Greater Saint Louis dijo que no. No, aunque gracias por su interés. Los puestos de pasante ya estaban ocupados.

Cero de siete. ¡No encontraba trabajo ni de voluntaria!

Cogió un taxi en Union Station cerca del Capitolio y, mientras se abría paso con lentitud por entre el tráfico de Washington, se hundió en el asiento trasero. Una manzana tras otra de oficinas gubernamentales, sedes de un millar de organizaciones y sociedades, hoteles y relucientes bloques de pisos nuevos, oficinas gigantescas llenas a rebosar de abogados y miembros de grupos de presión, las aceras atestadas de gente yendo de aquí para allá, ocupándose urgentemente de los asuntos de la nación mientras el mundo estaba al borde del precipicio. Había vivido los primeros veintidós años de su vida en Washington, pero ahora le parecía una ciudad aburrida. Seguía atrayendo a jóvenes brillantes en tropel, pero no hablaban más que de política y propiedades inmobiliarias.

Los miembros de los grupos de presión eran los peores. Ya eran más numerosos que los abogados y los políticos juntos, y dirigían la ciudad. Tenían en sus manos el Congreso y así controlaban el dinero, y durante los cócteles o las cenas te mataban de aburrimiento con los detalles de sus esfuerzos heroicos más recientes por hacerse con una tajada de los fondos gubernamentales o por abrir una brecha (legal) en el código tributario. Todos y cada uno de sus amigos de la infancia y de Georgetown se beneficiaban de un sueldo que, de alguna manera, incluía dinero federal. Su propia madre cobraba ciento cuarenta y cinco mil dólares al año como abogada en Justicia.

Samantha no sabía a ciencia cierta cómo ganaba dinero su padre. Decidió ir a verlo a él primero. Karen trabajaba a destajo y no volvería a casa hasta después de anochecer. Pasó por el apartamento de su madre, dejó la maleta y cruzó en el mismo taxi el Potomac hacia Old Town en Alexandria. Marshall la estaba esperando con un abrazo, una sonrisa y todo el tiempo del mundo. Se había trasladado a un edificio mucho más agradable y había rebautizado su empresa como Grupo Kofer.

—Parece el nombre de un lobby con un montón de miembros —comentó ella mientras paseaba la mirada por la zona de recepción, muy bien amueblada.

—Ah, no —contestó Marshall—. Aquí nos mantenemos al margen de ese circo —dijo señalando en dirección a la ciudad de Washington como si fuera un gueto; iban por el pasillo, pasando por delante de puertas abiertas que daban a pequeños despachos.

«Bueno, entonces, ¿qué hacéis aquí exactamente, papá?» Decidió posponer la pregunta. Marshall la condujo a un enorme despacho que hacía esquina desde donde se veía a lo lejos el Potomac, no muy distinto del de Andy Grubman en una vida anterior. Se sentaron en sillones de cuero en torno a una mesita en espera de que una secretaria les llevase café.

—¿Cómo estás? —preguntó él con sinceridad, poniéndole una mano en la rodilla como si Samantha se hubiera caído por la escalera.

—Estoy bien —dijo Samantha, y de inmediato notó un nudo en la garganta. «Contrólate.» Tragó saliva y añadió—: Es que ha sido tan repentino... Hace un mes todo iba bien, ya sabes, por buen camino, sin problemas. Trabajaba un montón de horas, pero así es la vida en esta profesión. Luego empezamos a oír rumores, tambores lejanos acerca de que las cosas se estaban torciendo. Ahora se han precipitado.

—Es verdad. Esta crisis parece más bien una bomba.

Llegó el café en una bandeja y la secretaria cerró la puerta al salir.

—¿Lees a Trottman? —preguntó Marshall.

—¿Quién?

—Vale, escribe un boletín semanal sobre mercados y política. Tiene su base aquí en Washington y lleva publicándose ya cierto tiempo. Es bastante bueno. Hace seis meses predijo una debacle en el ámbito de los préstamos hipotecarios de alto riesgo, comentó que ya llevaba años cociéndose y demás, anunció que habría una quiebra y una recesión de las gordas. Aconsejó a todo el mundo salirse de los mercados, de todos los mercados.

—¿Lo hiciste?

—Lo cierto es que no tenía nada en los mercados. Y de haber tenido algo no sé si habría seguido su consejo. Hace seis meses estábamos viviendo un sueño y parecía que los valores de los bienes inmobiliarios no iban a bajar nunca. El crédito estaba por los suelos y todo el mundo pedía préstamos a diestro y siniestro. El límite era el cielo.

—¿Qué dice ahora ese tal Trottman?

—Bueno, cuando no anda pavoneándose dice al gobierno federal lo que debe hacer. Predice una recesión grave, planetaria, aunque no como el Crac de 1929. Cree que los mercados se hundirán a la mitad, el desempleo alcanzará nuevos niveles, los demócratas ganarán en noviembre, un par de bancos importantes se irán al cuerno, cundirán el pánico y la incertidumbre, pero el mundo sobrevivirá de alguna manera. ¿Qué has oído por ahí, en Wall Street? Tú estás en el meollo del asunto. O lo estabas, supongo.

Calzaba el mismo estilo de mocasines negros con borlas que había llevado desde siempre. El traje oscuro era probablemente hecho a medida, igual que en sus tiempos de gloria, de lana estambrada y muy caro. Corbata de seda con nudo perfecto. Gemelos. La primera vez que fue a verle a la cárcel llevaba una camisa caqui y unos pantalones de color aceituna, su uniforme estándar, y estuvo lamentándose de lo mucho que echaba en falta su vestuario. A Marshall Kofer siempre le había gustado la ropa de calidad, y ahora que había vuelto saltaba a la vista que estaba dejándose un buen dinero.

—Pánico y nada más —contestó—. Ayer hubo dos suicidios, según el *Times*.

—¿Has comido?

—Un sándwich, en el tren.

—Entonces vamos a cenar, solo los dos.

—Se lo prometí a mamá, pero estoy libre para comer mañana.

—Hago la reserva. ¿Qué tal está Karen? —preguntó.

Según él, sus padres mantenían una charla amistosa por teléfono al menos una vez al mes. Según su madre, las conversaciones se daban en torno a una vez al año. A Marshall le habría gustado mantener la amistad, pero a Karen los recuerdos le pesaban demasiado. Samantha no había intentado nunca mediar entre ellos.

—Está bien, supongo. Trabaja duro y eso.

—¿Está saliendo con alguien?

—No se lo pregunto. ¿Y tú?

La pasante joven y bonita lo dejó tirado dos meses después de ir a parar a la cárcel, así que Marshall llevaba muchos años sin pareja. Sin pareja, pero rara vez solo. Tenía casi sesenta años, seguía delgado y en buena forma, con el pelo entrecano peinado hacia atrás y una sonrisa para morirse.

—Ah, yo continúo en el ajo —dijo con una risotada—. ¿Qué me cuentas tú? ¿Hay alguien especial?

—No, papá, me temo que no. He estado los últimos tres años en una cueva mientras la vida pasaba de largo. Tengo veintinueve años y vuelvo a ser virgen.

—No hace falta que entremos en detalles. ¿Cuánto vas a estar en Washington?

—Acabo de llegar. No lo sé. Ya te hablé del asunto del permiso que ofrece la empresa, y lo estoy valorando.

—¿Lo de trabajar como voluntaria durante un año y luego recuperar el empleo sin perder antigüedad?

—Algo así.

—Huele a chamusquina. En realidad no confías en esos tipos, ¿verdad?

Samantha respiró hondo y tomó un sorbo de café. Llegados a ese punto, la conversación podía caer en picado hacia tópicos que ahora mismo no soportaría.

—No, la verdad es que no. Puedo decir con sinceridad que no confío en los socios que dirigen Scully & Pershing. No.

Marshall ya estaba negando con la cabeza, coincidiendo alegremente con ella.

—Y en realidad no quieres volver allí, ni ahora ni dentro de doce meses, ¿verdad?

—No estoy segura de cómo me sentiré dentro de doce meses, pero no veo mucho futuro en ese bufete.

—Claro, claro. —Dejó la taza en la mesa y se inclinó hacia delante—. Mira, Samantha, puedo ofrecerte un trabajo aquí mismo, uno con un buen sueldo que te mantenga ocupada durante un año o así mientras te aclaras. Igual puede llegar a ser permanente, o igual no, pero tendrás tiempo de sobra para tomar esa decisión. No ejercerás la abogacía, el derecho auténtico, que dicen, pero me parece que tampoco lo has ejercido mucho en estos últimos tres años.

—Mamá dijo que tienes dos socios y que también fueron inhabilitados.

Fingió reír, pero la verdad era incómoda.

—No me extraña que Karen dijera algo así. Pero sí, Samantha, somos tres, todos declarados culpables, condenados, inhabilitados, encarcelados y, me alegra anunciarlo, rehabilitados.

—Lo siento, papá, no me veo trabajando en una firma dirigida por tres abogados inhabilitados.

Marshall encorvó un poco los hombros. Su sonrisa se esfumó.

—En realidad no es un bufete, ¿eh?

—No lo es. No podemos ejercer porque no hemos recuperado la licencia para hacerlo.

—Entonces ¿a qué os dedicáis?

Reaccionó rápidamente y explicó:

—Ganamos mucho dinero, cariño. Trabajamos de asesores.

—Todo el mundo es asesor, papá. ¿A quiénes asesoráis y qué les decís?

—¿Estás familiarizada con la financiación de litigios?

—Para seguir con la charla, digamos que no.

—De acuerdo, la financiación de litigios corre a cargo de empresas privadas que recaudan dinero de sus inversores para participar en juicios importantes. Por ejemplo, digamos que una pequeña empresa de software está convencida de que una de las grandes, pongamos por caso Microsoft, le ha robado el software, pero no hay manera de que la empresa pequeña pueda permitirse demandar a Microsoft y estar a su altura ante los tribunales. Es imposible. Así que acude a un fondo de litigios; este revisa el caso y, si lo considera meritorio, aporta una buena pasta para honorarios y gastos. Diez millones, veinte millones, en realidad no importa. Hay dinero de sobra. El fondo, como es natural, se lleva una tajada. La lucha se vuelve más justa y, por lo general, se llega a un acuerdo lucrativo. Nuestro trabajo consiste en asesorar a los fondos de litigios sobre si deben implicarse o no. No hay que interponer todas las demandas en potencia, ni siquiera en este país. Mis dos socios, socios no capitalistas debo añadir, también eran expertos en demandas colectivas complejas hasta que, por así decirlo, los invitaron a abandonar la abogacía. Nuestro negocio es boyante, a pesar de esta pequeña recesión. De hecho, creemos que este barullo será beneficioso para nosotros. Muchos bancos están a punto de ser demandados, y por sumas inmensas.

Samantha escuchó, tomó el café y procuró tener presente que estaba ante un hombre que antes engatusaba habitualmente a jurados para sacarles millones.

—¿Qué te parece? —preguntó él.

«Me parece horroroso», pensó Samantha, pero mantuvo el ceño fruncido como si estuviera absorta en sus pensamientos.

—Es interesante —consiguió decir.

—Vemos un potencial de desarrollo enorme.

«Sí, y con tres ex presidiarios llevando el cotarro solo es cuestión de tiempo que haya líos.»

—No tengo la menor idea sobre litigios, papá. Siempre he procurado mantenerme al margen. Me dedicaba a asuntos financieros, ¿recuerdas?

—Bah, ya aprenderás. Te enseñaré, Samantha. Nos lo pasaremos en grande. No te niegues en redondo. Prueba unos meses mientras te aclaras las ideas.

—Es que aún no me han inhabilitado —dijo. Los dos se echaron a reír, aunque en realidad no era tan gracioso—. Lo pensaré, papá. Gracias.

—Te prometo que encajarás. Cuarenta horas a la semana,

un bonito despacho, gente simpática. Seguro que es mejor que esa carrera de ratas en Nueva York.

—Pero Nueva York es mi hogar, papá, no Washington.

—Vale, vale. No voy a insistir. La oferta está encima de la mesa.

—Y te la agradezco.

Una secretaria llamó a la puerta con los nudillos y asomó la cabeza.

—Su reunión de las cuatro, señor.

Marshall frunció el ceño a la vez que miraba el reloj de pulsera para confirmar la hora.

—Ahora mismo voy —respondió, y la mujer desapareció.

Samantha cogió el bolso.

—Más vale que me vaya —dijo.

—No hay prisa, cariño. Puede esperar.

—Ya sé que estás ocupado. Nos vemos mañana para comer.

—Lo pasaremos bien. Saluda a Karen de mi parte. Me encantaría verla.

«Ni lo sueñes.»

—Claro, papá. Nos vemos mañana.

Se abrazaron junto a la puerta y ella salió a paso ligero.

El octavo rechazo llegó de la Sociedad Chesapeake de Baltimore y el noveno de una organización que luchaba por salvar las secuoyas del norte de California. En toda su privilegiada vida, a Samantha Kofer nunca la habían rechazado nueve veces en un solo día en nada que se hubiera propuesto. Ni en una semana... o en un mes. No estaba segura de poder encajar el décimo.

Estaba tomando un descafeinado en la cafetería de Kramerbooks cerca de Dupont Circle, esperando e intercambiando correos electrónicos con amigos. Blythe aún conservaba su empleo, pero las cosas cambiaban según pasaban las horas. Le contó el cotilleo de que su bufete, el cuarto más grande del mundo, también estaba masacrando asociados a diestro y siniestro, y que había pergeñado la misma treta del permiso para endosar sus empleados más brillantes a tantas ONG sin blanca y con problemas como fuera posible. Le escribió: «Debe de haber miles de personas por ahí suplicando un puesto de trabajo».

Samantha no tuvo agallas para reconocer que llevaba cero de nueve.

Entonces llegó con un tintineo la décima respuesta. Era un escueto mensaje de una tal Mattie Wyatt del Centro de Asesoría Jurídica Mountain en Brady, Virginia: «Si puede hablar ahora mismo, llámeme al móvil», y le daba su número. Tras nueve negativas tajantes, una detrás de otra, Samantha tuvo la misma sensación que si la hubieran invitado a la investidura presidencial.

Respiró hondo y dio otro sorbo al descafeinado, miró alrededor para asegurarse de que nadie la oía, como si a los demás clientes les importaran sus asuntos, y marcó el número en el móvil.

4

El Centro de Asesoría Jurídica Mountain llevaba a cabo sus operaciones de bajo presupuesto desde una ferretería abandonada en Main Street, en Brady, Virginia, un municipio con una población de más de dos mil habitantes que se reducía con cada censo. Brady estaba en el sudoeste de Virginia, en los Apalaches, la región minera. Con respecto a las acaudaladas zonas residenciales de Washington D. C., al norte de Virginia, Brady estaba a unos cuatrocientos cincuenta kilómetros de distancia y a un siglo de retraso.

Mattie Wyatt era la directora ejecutiva del centro desde el día en que se fundó la organización hacía veintiséis años. Contestó al móvil con su saludo habitual:

—Mattie Wyatt.

Una voz más bien tímida al otro extremo de la línea respondió:

—Sí, soy Samantha Kofer. Acabo de leer su email.

—Gracias, señorita Kofer. He recibido su solicitud esta tarde, junto con varias más. Parece que la situación es bastante apurada en algunos de esos grandes bufetes.

—Podría decirse que sí.

—Bueno, nunca hemos tenido una pasante de una de las firmas más importantes de Nueva York, pero siempre nos va bien un poco de ayuda. No hay escasez de gente pobre con problemas. ¿Ha estado alguna vez en el sudoeste de Virginia?

Samantha no había estado allí. Había visto mundo, pero nunca se había aventurado hasta los Apalaches.

—Me temo que no —reconoció con toda la amabilidad posible.

Al oír la voz de Mattie, afable ligeramente nasal, Samantha decidió que convenía hacer uso de sus mejores modales.

—Pues le espera una buena sorpresa —dijo Mattie—. Mire, señorita Kofer, hoy me han enviado correos tres colegas suyos y no tenemos sitio para tres novatos que aún están verdes, ¿sabe a qué me refiero? Así que la única manera de escoger a uno es por medio de entrevistas. ¿Puede acercarse a echar un vistazo? Los otros dos han dicho que lo intentarían. Creo que uno es de su bufete.

—Sí, claro, podría ir —respondió Samantha. ¿Qué otra cosa iba a decir? Cualquier indicio de reticencia y, sin duda, se encontraría con la décima negativa—. ¿Cuándo tenía pensado?

—Mañana, pasado, cuando sea. No esperaba verme abrumada por solicitudes de abogados despedidos en busca de trabajo, aunque sea sin cobrar. De pronto es un puesto muy disputado, así que supongo que cuanto antes, mejor. Nueva York queda muy lejos.

—Lo cierto es que estoy en Washington D. C. Puedo estar ahí mañana por la tarde, supongo.

—De acuerdo. No dispongo de mucho tiempo para dedicar a las entrevistas, conque es probable que contrate al primero que se presente y anule las demás. Si me gusta el primero, claro.

Samantha cerró los ojos unos segundos y trató de ser objetiva. La mañana del día anterior tenía sobre su mesa, en el bufete más grande del mundo, una empresa que pagaba de maravilla y le ofrecía la perspectiva de una carrera larga y rentable. Ahora, unas treinta horas después, estaba en paro, sentada en la cafetería de Kramerbooks, intentando conseguir como fuera un trabajillo temporal y sin sueldo en el lugar más dejado de la mano de Dios que cabía imaginar.

Mattie continuó:

—El año pasado fui en coche a Washington para asistir a un congreso y me llevó seis horas. ¿Quedamos mañana en torno a las cuatro de la tarde?

—Claro. Nos vemos entonces. Y gracias, señora Wyatt.

—No, gracias a ti. Y llámame Mattie.

Samantha buscó en la red y dio con la página web del centro de asesoría jurídica. Su misión era sencilla: «Ofrecer servicios jurídicos gratuitos a personas con ingresos bajos en el sudoeste de Virginia». Las áreas en que proporcionaban esos servicios incluían relaciones domésticas, alivio de deudas, vivienda, atención sanitaria, educación y subsidio por causa de la neumoconiosis, también conocida como enfermedad del pulmón negro. Durante la carrera había abordado de pasada algunas de esas especialidades, aunque después nunca había trabajado en ellas. El centro no se ocupaba de asuntos criminales. Además de Mattie Wyatt, había otra abogada, una ayudante y una recepcionista, todas mujeres.

Samantha decidió que lo hablaría con su madre y después lo consultaría con la almohada. No tenía coche y, a decir verdad, no se imaginaba perdiendo el tiempo en un desplazamiento a los Apalaches. Hacer de camarera en el SoHo parecía una perspectiva mejor. Mientras miraba la pantalla del ordenador, el refugio para personas sin techo en Louisville respondió con una amable negativa. Diez rechazos en un día. Ya tenía suficiente: cejaría en su aspiración de salvar el mundo.

Karen Kofer llegó al Firefly justo después de las siete. Los ojos se le llenaron de lágrimas al abrazar a su única hija, y tras unas palabras de consuelo Samantha le pidió que hiciera el favor de dejarlo ya. Fueron al bar y pidieron vino mientras esperaban a que quedara una mesa libre. Karen tenía cincuenta y cinco años, y estaba envejeciendo maravillosamente. Se gastaba casi todo el dinero en ropa y siempre iba a la moda, siempre chic. Hasta donde alcanzaba a recordar Samantha, su madre llevaba toda la vida quejándose de la falta de estilo que había en Justicia, como si fuera tarea suya animar un poco las cosas. Se había separado hacía diez años y no le faltaban hombres, aunque no había dado aún con el más adecuado. Por costumbre, dio un repaso a su hija, desde los pendientes hasta los zapatos, e hizo una valoración en cuestión de segundos. Sin comentarios. A Samantha no le importó mucho. En un día tan horrible, tenía otras cosas en la cabeza.

—Papá te manda saludos —dijo en un esfuerzo por desviar la conversación de los urgentes asuntos de Justicia.

—Ah, ¿le has visto? —preguntó Karen con las cejas enarcadas y el radar en alerta máxima de pronto.

—Sí. He pasado por su despacho. Parece que le va bien, tiene buen aspecto, su negocio va viento en popa, según dice.

—¿Te ha ofrecido trabajo?

—Sí. Para empezar de inmediato, cuarenta horas a la semana en una oficina llena de gente maravillosa.

—Todos han sido inhabilitados, ¿sabes?

—Sí, me lo ha dicho.

—Parece un negocio legítimo, al menos por ahora. Pero no estarás pensando en trabajar para Marshall, ¿verdad? Son una pandilla de ladrones y lo más probable es que no tarden en meterse en líos.

—¿Así que los tienes vigilados?

—Digamos que tengo amigos, Samantha. Muchos amigos en los puestos adecuados.

—¿Y te gustaría verlo trincado otra vez?

—No, cielo, ya he superado lo de tu padre. Nos separamos hace años y me llevó mucho tiempo recuperarme. Ocultó bienes y me estafó en el divorcio, pero por fin lo he superado. Tengo una buena vida y no pienso malgastar energía en Marshall Kofer.

Tomaron un sorbo de vino a la vez y contemplaron al camarero, un tío cachas de veintitantos años con una ajustada camiseta negra.

—No, mamá, no voy a trabajar para papá. Sería un desastre.

La encargada las llevó a su mesa y un camarero les sirvió agua con hielo. Cuando volvieron a quedarse a solas, Karen habló.

—Lo siento mucho, Samantha. No me lo puedo creer.

—Por favor, mamá, ya basta.

—Lo sé, pero es que soy tu madre y no lo puedo evitar.

—¿Me dejas el coche un par de días?

—Sí, claro. ¿Para qué necesitas mi coche?

—Hay una asesoría jurídica en Brady, Virginia, una de las ONG de mi lista, y estoy pensando en ir a echar un vistazo. Lo más probable es que sea una pérdida de tiempo, pero la verdad es que no estoy muy ocupada ahora mismo. De hecho, no tengo nada que hacer mañana, y un largo viaje en coche me vendría bien para despejarme.

—¿Una asesoría jurídica?

—¿Por qué no? No es más que una entrevista para un puesto de pasante. Si no me lo dan, seguiré en el paro. Si lo consigo, siempre puedo dejarlo en caso de que no me guste.

—¿Y no te pagan nada?

—Nada. Es parte del trato. Colaboro con ellos durante doce meses y el bufete se encarga de que siga formando parte del sistema.

—Pero seguro que puedes encontrar un buen bufete en Nueva York, ¿no?

—Ya hemos hablado de ello, mamá. Los Grandes Bufetes

están despidiendo a la gente y los pequeños cierran. No te haces idea de la histeria que hay en las calles de Nueva York ahora mismo. Tú estás a salvo y ninguno de tus amigos perderá su puesto. Ahí fuera, en el mundo real, no hay más que miedo y caos.

—¿Yo no formo parte del mundo real?

Por suerte regresó el camarero, con un largo discurso sobre los platos recomendados. Cuando se alejó terminaron el vino y observaron las mesas de alrededor. Por fin Karen dijo:

—Samantha, estás cometiendo un error. No puedes largarte y desaparecer durante un año. ¿Qué pasa con tu apartamento? ¿Y tus amigos?

—Mis amigos están de permiso, igual que yo, o al menos la mayoría. Además, no tengo muchos.

—Es que no me hace mucha gracia.

—Muy bien, mamá, y ¿qué otras opciones tengo? Aceptar un trabajo en el Grupo Kofer.

—Dios no lo quiera. Probablemente irías a parar a la cárcel.

—¿Me visitarías? A él no fuiste a verlo nunca.

—Nunca se me pasó por la cabeza. Me alegré cuando lo enchironaron. Algún día lo entenderás, cariño, pero solo si el hombre al que quieres te deja tirada por otra, y rezo para que no ocurra.

—Vale, creo que lo entiendo. Pero de eso hace mucho tiempo.

—Hay cosas que no se olvidan.

—¿Intentas olvidarlas?

—Mira, Samantha, todos los hijos quieren que sus padres sigan juntos. Es un instinto básico de supervivencia. Y cuando se separan, el hijo quiere que por lo menos sigan siendo amigos. Unos son capaces de hacerlo, otro no. No deseo estar en la misma habitación que Marshall Kofer, y preferiría no hablar de él. Vamos a dejarlo así.

—Muy bien.

Era lo más cerca que había estado Samantha de una mediación, y reculó de inmediato. El camarero les llevó las ensaladas y pidieron una botella de vino.

—¿Qué tal está Blythe? —preguntó Karen, optando por temas de conversación más triviales.

—Preocupada, pero aún tiene trabajo.

Hablaron de Blythe unos minutos y luego de un hombre llamado Forest que llevaba alrededor de un mes pasándose por el apartamento de Karen. Era unos años más joven, como le gustaban a ella, pero no había chispa. Forest era un abogado que ejercía de asesor en la campaña de Obama, y la conversación tomó ese derrotero. Con el vino recién servido, analizaron el primer debate presidencial. Samantha, no obstante, estaba cansada de las elecciones, y Karen, debido a su trabajo, rehuía la política.

—Olvidaba que no tienes coche —dijo.

—Hacía años que no lo necesitaba. Supongo que podría alquilar uno durante unos meses si fuera necesario.

—Ahora que lo pienso, mañana por la tarde me hace falta el mío. Voy a jugar al bridge a casa de una amiga, en McLean.

—No pasa nada. Alquilaré uno un par de días. Cuanto más lo pienso, más me apetece lo de hacer un largo trayecto en coche, sola.

—¿De qué duración?

—Seis horas.

—En seis horas puedes llegar a Nueva York.

—Bueno, mañana voy en la dirección opuesta.

Llegaron los entrantes. Las dos tenían un hambre feroz.

5

A Samantha le costó una hora alquilar un Toyota Prius, y mientras se abría paso por entre el tráfico de Washington D. C., iba aferrada al volante y no quitaba ojo a los retrovisores. Llevaba meses sin conducir y se sentía muy incómoda. Los carriles contrarios estaban atestados de gente que iba a trabajar desde las zonas residenciales, pero el tráfico en dirección oeste era bastante fluido. Una vez que hubo pasado Manassas la interestatal se despejó considerablemente y por fin logró relajarse. Llamó a Izabelle y cotillearon durante un cuarto de hora. Scully & Pershing había obligado a marcharse de permiso a más asociados la víspera a última hora, incluido otro amigo de la facultad de Derecho. Una nueva remesa de socios no capitalistas se había quedado en la calle. Aproximadamente una docena de socios sénior había aceptado la jubilación anticipada, por lo visto a punta de pistola. El personal de apoyo se había reducido en un quince por ciento. La firma estaba paralizada por el miedo, con los abogados echando el pestillo de la puerta y escondiéndose bajo la mesa. Izabelle comentó que igual se mudaba a Wilmington a vivir en el sótano de su hermana, hacía de pasante en un programa de asistencia jurídica infantil y buscaba un trabajo a media jornada. Dudaba que volviera a Nueva York, pero aún era pronto para hacer predicciones. Las cosas estaban muy alborotadas, cambiaban rápidamente y, bueno, nadie podía decir con seguridad dónde estaría el año próximo. Samantha reconoció que estaba encantada de encontrarse lejos del bufete de abogados y en la carretera.

Llamó a su padre y suspendió la comida. Él pareció llevarse un chasco, pero se apresuró a aconsejarle que no se precipitara a aceptar un puesto sin sentido de pasante en lo más recóndito del «tercer mundo». Volvió a mencionar su oferta de trabajo, pero presionó tanto a Samantha que al final esta lo rechazó.

—No, papá, no quiero el puesto, pero gracias de todos modos.

—Estás cometiendo un error, Sam.

—No te he pedido consejo, papá.

—A lo mejor lo necesitas... Haz el favor de escuchar a alguien con dos dedos de frente.

—Adiós, papá. Te llamo luego.

Cerca de la pequeña población de Strasburg, giró hacia el sur por la interestatal 81 y fue a toparse con una estampida de tráileres de dieciocho ruedas, por lo visto todos ajenos al límite de velocidad. Consultando el mapa, se había imaginado un precioso trayecto por el valle del Shenandoah. En cambio, se encontraba esquivando los enormes camiones en una autopista de cuatro carriles abarrotada. Los había a millares. Se las arregló para mirar de reojo alguna que otra vez hacia el este y las faldas de la cordillera Blue Ridge, y hacia los Apalaches al oeste. Era el primer día de octubre y las hojas empezaban a amarillear, pero con semejante tráfico no era prudente contemplar las vistas. Seguían llegándole mensajes de texto al móvil, pero procuró ignorarlos. Se detuvo en un restaurante de comida rápida cerca de Staunton y se vio ante una ensalada mustia. Mientras la comía, respiró hondo, escuchó las conversaciones de los lugareños y procuró tranquilizarse.

Tenía un correo electrónico de Henry, su antiguo novio,

quien estaba en Nueva York y la invitaba a tomar una copa. Se había enterado de la mala noticia y quería darle ánimos. Su carrera de actor había ido aún peor en Los Ángeles que en Nueva York, y estaba harto de conducir limusinas para estrellitas de cuarta categoría con mucho menos talento que él. Decía que la echaba en falta y pensaba a menudo en ella, y que ahora que estaba en paro quizá podrían pasar tiempo juntos, puliendo los currículos y leyendo las ofertas de trabajo. Samantha decidió no contestarle, por lo menos de momento. Tal vez cuando estuviera otra vez en Nueva York, aburrida y sola a más no poder.

A pesar de los camiones y el tráfico, empezaba a disfrutar de la soledad del viaje. Probó a escuchar varias emisoras de radio, pero siempre se encontraba la misma historia: la debacle financiera, la gran crisis. Muchas personas inteligentes predecían una depresión. Otros creían que el pánico pasaría, el mundo sobreviviría. En Washington los cerebros parecían aturdidos mientras se ofrecían, se debatían y se descartaban estrategias contradictorias. Al final pasó de la radio y del móvil, y condujo en silencio, absorta en sus pensamientos. El GPS le indicó que saliera de la interestatal en Abingdon, Virginia, y obedeció encantada. Durante dos horas fue sorteando curvas hacia el oeste, camino de las montañas. A medida que las carreteras se estrechaban se preguntó más de una vez qué estaba haciendo exactamente. ¿Qué podía encontrar en Brady, Virginia, que le resultara lo bastante atractivo para pasar el año siguiente allí? Nada, esa era la respuesta. Pero estaba decidida a llegar a Brady y culminar su aventurilla. Igual le daría para una charla entretenida mientras tomaba unos cócteles de regreso en Nueva York; igual no. De momento, seguía aliviada de estar lejos de la ciudad.

Cuando entró en el condado de Noland tomó la carretera 36 y la calzada se tornó más estrecha aún, las cumbres más escarpadas, y la vegetación de colores más resplandecientes, anaranjados y ocres. Iba sola y, cuanto más se adentraba en las montañas, más dudaba que, de hecho, hubiera otro camino de salida. Fuera cual fuese la ubicación de Brady, parecía estar en el punto final de la carretera. Se le taponaron los oídos y cayó en la cuenta de que ella y el pequeño Prius rojo ascendían lentamente. Un indicador medio roto anunciaba la cercanía a Dunne Spring, con una población de doscientos un habitantes, y al llegar a la cima de la colina pasó por delante de una gasolinera a la izquierda y un almacén rural a la derecha.

Unos segundos después tenía otro coche pegado al parachoques trasero, uno con luces azules que centelleaban. Entonces oyó el ulular de una sirena. Le entró pánico, pisó el freno y a punto estuvo de provocar que chocara contra ella; después se apresuró a detenerse en un tramo de grava cerca de un puente. Para cuando el agente se acercó a su portezuela, Samantha estaba intentando contener las lágrimas. Cogió el móvil para enviar un mensaje de texto a alguien, pero estaba fuera de cobertura.

El agente dijo algo parecido a «Permiso de conducir, por favor». Samantha cogió el bolso y al final encontró el carnet. Las manos le temblaban cuando se lo tendió. El policía se lo acercó casi hasta la nariz, como si tuviera alguna deficiencia visual. Al final Sam lo miró; también saltaban a la vista otras deficiencias. El uniforme era un conjunto desparejado de pantalones caquis raídos y manchados, camisa de color marrón desvaído cubierta de toda suerte de insignias, botas de militar negras sin lustrar y sombrero de la policía montada como el de Smokey, el oso de la campaña para la prevención de incendios, que le venía al menos dos tallas grande y reposaba sobre sus orejas. Por debajo del sombrero asomaba el pelo moreno y despeinado.

—¿Nueva York? —dijo.

Su dicción no era precisamente nítida pero el tono insolente quedaba claro.

—Sí, señor. Vivo en la ciudad de Nueva York.

—Entonces ¿por qué conduce un coche de Vermont?

—Es de alquiler —respondió a la vez que cogía el comprobante de Avis del salpicadero; se lo alargó, pero el policía seguía mirando el carnet de conducir, como si tuviera dificultades para leerlo.

—¿Qué es un Prius? —preguntó arrastrando la «i».

—Es un híbrido, de Toyota.

—¿Un qué?

Samantha no sabía nada de coches, pero en esos momentos daba igual. Por muchos conocimientos que hubiera tenido no habría sabido explicar el concepto de híbrido.

—Un híbrido, ya sabe, funciona con gasolina y electricidad.

—No me diga.

No se le ocurrió una respuesta adecuada y, mientras él esperaba, se limitó a sonreírle. Su ojo izquierdo tenía tendencia a írsele hacia la nariz.

—Bueno, pues debe de ir bastante rápido —comentó—. Le he visto pasar a setenta y seis kilómetros por hora en una zona limitada a treinta y cinco. Eso son cuarenta de más. Aquí en Virginia es conducción temeraria. No sé que será en Nueva York o en Vermont, pero aquí es temeraria. Sí, señora, desde luego que lo es.

—Pero no he visto ninguna señal de límite de velocidad.

—Yo no tengo la culpa de lo que vea o no vea usted, ¿verdad?

Una vieja camioneta se acercó en dirección contraria, aminoró y dio la impresión de que frenaría. El conductor se asomó por la ventanilla y gritó:

—¡Venga, Romey, otra vez no!

El poli se dio la vuelta y contestó a voz en cuello:

—¡Lárgate de aquí!

La camioneta se detuvo sobre la línea central y el conductor dio otro grito:

—¡Tienes que dejar de hacer eso, tío!

El poli desabrochó la funda, sacó la pistola negra y respondió:

—¡Ya me has oído, fuera de aquí!

La camioneta dio una sacudida hacia delante, hizo girar las ruedas traseras y se largó a toda velocidad. Cuando estaba unos veinte metros escasos carretera abajo, el policía apuntó al aire e hizo un disparo atronador que restalló por todo el valle y resonó en las estribaciones. Samantha lanzó un grito y se echó a llorar. El agente siguió la camioneta con la mirada.

—No pasa nada —dijo—. Siempre anda metiéndose donde no le llaman. Bueno, ¿de qué hablábamos?

Volvió a enfundar la pistola y jugueteó con el cierre mientras hablaba.

—No lo sé —respondió ella al tiempo que intentaba enjugarse los ojos con las manos temblorosas.

Frustrado, el poli continuó:

—No pasa nada, señora. No pasa nada. Pero el caso es que tiene permiso de conducir de Nueva York y matrícula de Vermont en este cochecito tan raro, y llevaba un exceso de velocidad de cuarenta kilómetros. ¿Qué está haciendo aquí?

«¿A usted que le importa?» estuvo a punto de espetarle, pero esa actitud solo le acarrearía más problemas. Miró hacia delante, respiró hondo varias veces y procuró serenarse. Al final, dijo:

—Voy a Brady. Tengo una entrevista de trabajo.

Notaba un pitido en los oídos. El tal Romey dejó escapar una risa incómoda y señaló:

—En Brady no hay ningún trabajo, se lo garantizo.

—Tengo una entrevista en el Centro de Asesoría Jurídica Mountain —explicó con los dientes apretados mientras oía sus propias palabras sonar huecas e irreales.

Eso lo desconcertó, y dio la impresión de que no sabía cómo proceder.

—Bueno, tengo que detenerla. Cuarenta kilómetros por encima del límite de velocidad es una temeridad grave. Es probable que el juez le cante las cuarenta. Tengo que llevármela.

—¿Adónde?

—A la cárcel del condado de Brady.

Samantha dejó caer la barbilla contra el pecho y se masajeó las sienes.

—Esto es increíble —dijo.

—Lo siento, señora. Bájese del coche. Le dejaré sentarse en el asiento delantero.

Estaba plantado con las manos en las caderas, la derecha peligrosamente cerca de la funda.

—¿Lo dice en serio? —preguntó.

—Por completo.

—¿Puedo hacer una llamada?

—Ni pensarlo. Igual desde la cárcel. Además, aquí no hay cobertura.

—¿Me detiene y me lleva a la cárcel?

—Veo que ya lo entiende. Seguro que aquí en Virginia hacemos las cosas de una manera distinta. Vamos.

—Y ¿qué pasa con mi coche?

—Ya vendrá la grúa a por él. Le costará otros cuarenta pavos. Venga.

Samantha no podía pensar con claridad, pero tenía la impresión de que todas las demás opciones iban a desembocar en más tiros. Poco a poco, cogió el bolso y se apeó del coche. Medía casi un metro setenta y llevaba zapatos de suela plana, pero aún le sacaba al menos cinco centímetros a Romey. Fue hacia su coche, con las luces azules todavía centelleando tras la rejilla. Miró la portezuela del conductor y no vio nada. Él se dio cuenta de lo que estaba pensando y dijo:

—Es un vehículo policial camuflado. Por eso no me ha visto antes. Siempre da resultado. Móntese en el asiento delantero. No le voy a poner las esposas.

Sam se las arregló para mascullar un débil «Gracias».

Era un Ford azul oscuro de un modelo que no identificó y se parecía ligeramente a un viejo coche patrulla, de los retirados hacía una década. El asiento delantero era de los corridos, de vinilo con grandes grietas por las que se veía el relleno de espuma sucia. Había dos radios en el salpicadero. Romey cogió un micro y dijo, con palabras rápidas apenas descifrables, algo parecido a «Coche diez, de camino a Brady con sujeto. Tiempo aproximado de llegada cinco minutos. Hay que avisar al juez. Necesito una grúa en el puente de Thack para una especie de cochecito japonés raro».

No hubo respuesta, como si nadie estuviera a la escucha. Samantha se preguntó si la radio funcionaba de verdad. En el asiento, a medio camino entre ellos, había un escáner de la policía, tan mudo como la radio. Romey pulsó un interruptor y apagó las lucecitas.

—¿Quiere oír la sirena? —preguntó con una sonrisa, como un niño rodeado de juguetes.

Samantha negó con la cabeza.

Y ella que pensaba que el día anterior había sido el peor del mundo, con los diez rechazos y todo. Y eso que hacía dos la habían despedido y acompañado hasta la salida del edificio. Pero ahora esto: detenida en el culo del mundo y encarcelada. El corazón le latía con fuerza y tenía problemas para tragar saliva.

No había cinturones de seguridad. Romey pisó el acelerador, y enseguida estaban circulando a toda velocidad por el centro de la carretera, con el viejo Ford traqueteando de un parachoques al otro. Tras dos o tres kilómetros, él comentó:

—Lamento mucho todo esto. Solo hago mi trabajo.

—¿Es usted policía o ayudante del sheriff... o algo por el estilo? —indagó ella.

—Soy agente. Me dedico sobre todo al tráfico.

Samantha asintió como si eso lo aclarase todo. Conducía con la muñeca izquierda lánguida sobre el volante, que vibraba. En un tramo recto aceleró el motor y el traqueteo aumentó. Sam miró el cuentakilómetros, que no funcionaba. El tipo volvió a gritar por el micro como un actor malo; esa vez tampoco contestó nadie. Tomaron una curva cerrada a mucha más velocidad de lo debido, pero cuando el vehículo culeó, Romey lo dejó derrapar y apretó un poco el freno.

«Voy a morir», pensó Samantha. O bien sería a manos de un asesino perturbado o bien en un accidente envuelta en llamas. Le dio un vuelco el estómago y le pareció que se desvanecía. Se aferró al bolso, cerró los ojos y empezó a rezar.

A las afueras de Brady por fin consiguió volver a respirar con normalidad. Si tenía planeado violarla y asesinarla, y deshacerse de su cadáver tirándolo por la ladera de una montaña, no lo haría en la ciudad. Pasaron por delante de comercios con aparcamientos de grava e hileras de pulcras casitas adosadas, todas pintadas de blanco. Había campanarios de iglesia que descollaban sobre los árboles cuando levantó la mirada. Antes de llegar a la calle mayor, Romey viró con brusquedad y entró en el aparcamiento sin pavimentar de la cárcel del condado de Noland.

—Usted sígame —dijo.

Durante una fracción de segundo a Samantha le supuso un alivio haber llegado a la cárcel.

Mientras lo seguía hacia la puerta de entrada miró alrededor para asegurarse de que nadie la observaba. ¿Y quién le preocupaba, exactamente? Una vez dentro, se detuvieron en una zona de espera estrecha y polvorienta. A la izquierda había una puerta con la palabra CÁRCEL escrita con plantilla. Romey la señaló y ordenó:

—Siéntese ahí mientras me ocupo del papeleo. Y nada de tonterías, ¿eh?

No había nadie más presente.

—¿Adónde podría ir? —preguntó ella—. Me he quedado sin coche.

—Usted siéntese y estese callada.

Se sentó en una silla de plástico y Romey desapareció por la puerta. Evidentemente las paredes eran muy finas, porque le oyó decir:

—He pillado a una chica de Nueva York, la he trincado allá en Dunne Spring, a setenta y seis kilómetros por hora. ¿No es increíble?

Una voz de hombre respondió con aspereza:

—Anda, venga ya, Romey, otra vez no.

—Sí. La he cazado.

—Tienes que dejarte de chorradas, Romey.

—No me vengas otra vez con eso, Doug.

Resonaron pasos al tiempo que las voces se amortiguaban y luego desaparecían. Después surgieron otras voces potentes y airadas del fondo de la cárcel. Aunque no entendía lo que estaban diciendo, era evidente que por lo menos dos hombres discutían con Romey. Las voces guardaron silencio a medida que transcurrían los minutos. Un tipo rechoncho de uniforme azul entró por la puerta de la cárcel.

—Hola. ¿Es usted la señorita Kofer?

—Sí —contestó mirando la sala vacía en torno a sí.

Devolvió el carnet a Samantha y añadió:

—Espere un momento, ¿de acuerdo?

—Claro. —respondió Sam, y ¿qué otra cosa iba a decir?

Desde el fondo, las voces subieron y bajaron de volumen, y luego callaron del todo. Samantha envió un mensaje de texto a su madre, otro a su padre y otro a Blythe. Si nunca encontraban su cadáver, al menos sabrían algún que otro detalle.

La puerta volvió a abrirse y un hombre joven entró en la sala de espera. Llevaba vaqueros desteñidos, botas de montaña, una chaqueta de sport a la moda e iba sin corbata. Le ofreció una sonrisa relajada.

—¿Es usted Samantha Kofer?

—Sí.

Acercó otra silla de plástico, se sentó casi rozándole las rodillas y dijo:

—Me llamo Donovan Gray. Soy su abogado, y acabo de hacer que desestimen todos los cargos. Le sugiero que nos vayamos de aquí lo antes posible.

Mientras hablaba le dio una tarjeta, que ella miró. Parecía auténtica. Su despacho estaba en Main Street, en Brady.

—De acuerdo, y ¿adónde vamos? —inquirió con cautela.

—A por su coche.

—¿Y qué pasa con el agente?

—Se lo explico por el camino.

Salieron a toda prisa de la cárcel y se montaron en un Jeep Cherokee último modelo. Cuando puso en marcha el motor, Springsteen bramó en el estéreo y él se apresuró a apagarlo. Tenía entre treinta y cinco y cuarenta años, supuso Samantha, con el pelo moreno y greñudo, barba incipiente de al menos tres días, y ojos oscuros y tristes. Mientras salían marcha atrás Sam dijo:

—Un momento, tengo que enviar unos emails.

—Claro. La cobertura será buena durante varios kilómetros.

Mandó mensajes a su madre, su padre y Blythe para darles la noticia de que ya no estaba en la cárcel y todo parecía ir mejor, teniendo en cuenta las circunstancias. No había de qué preocuparse, aún. Se sentía más segura, de momento. Llamaría luego para explicárselo.

Una vez que dejaron atrás el pueblo, Donovan Gray empezó:

—En realidad, Romey no es policía, ni agente, ni tiene autoridad alguna. Lo primero que debe entender es que no está del todo en sus cabales, le faltan un par de tornillos. Igual más. Toda su vida ha querido ser sheriff, por lo que de vez en cuando se siente obligado a salir de patrulla, siempre por la zona de Dunne Spring. Si alguien pasa por allí, y es de fuera del estado, seguro que Romey se fija. Si la matrícula es de, pongamos por caso, Tennessee o Carolina del Norte, no le molesta. Pero si es del norte, entonces se emociona e igual hace lo que le ha hecho a usted. Está convencido de que obra bien al detener a conductores imprudentes, sobre todo si son de Nueva York y Vermont.

—¿Por qué no se lo impide alguien?

—Bueno, lo intentamos. Todo el mundo le grita, pero no podemos estar encima las veinticuatro horas del día. Es muy astuto y conoce estas carreteras mejor que nadie. Por lo general solo detiene al conductor temerario, algún pobre tipo de New Jersey, le da un susto de muerte y le deja ir. Nadie llega a enterarse. Pero de vez en cuando se presenta en la cárcel con un detenido e insiste en que lo encierren.

—No doy crédito.

—Bueno, nunca hace daño a nadie...

—Ha disparado contra otro conductor. Aún me resuenan los oídos.

—Vale, mire, está loco, como mucha gente por estos pagos.

—Entonces enciérrenlo. Seguro que hay leyes contra la detención ilegal y el secuestro.

—Es primo del sheriff.

Samantha respiró hondo y meneó la cabeza.

—Es verdad. Su primo es sheriff desde hace mucho tiempo. Romey le tiene mucha envidia; de hecho, una vez se presentó candidato para el puesto. Lo votaron unas diez personas en todo el condado y eso lo disgustó mucho. Andaba deteniendo a diestro y siniestro hasta que lo encerraron durante unos meses.

—Pues que vuelvan a encerrarlo.

—No es tan sencillo. De hecho, tiene suerte de que no la haya llevado a su cárcel.

—¿Su cárcel?

Donovan sonreía y disfrutaba del relato.

—Sí. Hace unos cinco años el hermano de Romey encontró un sedán último modelo con matrícula de Ohio aparcado detrás de un granero en la granja de su familia. Echó un vistazo, oyó un ruido y se encontró a un tipo de Ohio encerrado en una casilla del establo. Resulta que Romey había reforzado la casilla con tela metálica y alambre de espino, y el pobre hombre llevaba allí tres días. Tenía comida abundante y estaba bastante cómodo. Dijo que Romey iba a verlo varias veces al día y se portaba muy bien.

—Se lo está inventando.

—Pues no. Romey había dejado la medicación y estaba atravesando una mala racha. Las cosas se pusieron feas. El tipo de Ohio montó un revuelo y contrató abogados. Acusaron a Romey de retención ilegal y un montón de cosas más, pero el caso no llegó a ninguna parte. Romey no tiene bienes, salvo el coche patrulla, así que un pleito civil no habría servido de nada. Insistieron en que lo juzgaran por secuestro y demás, y al final Romey se confesó culpable de un cargo menor. Pasó treinta días en la cárcel, no en la suya sino en la del condado, y lo enviaron al psiquiátrico estatal para que le hicieran un chequeo. No es mal tipo, en el fondo.

—Un encanto.

—A decir verdad, hay otros polis por aquí que son más peligrosos. Romey me cae bien. Una vez me ocupé de un caso de su tío. Meta.

—¿Meta?

—Metanfetamina en cristal. Después del carbón, es lo que más dinero da por aquí.

—¿Puedo preguntarle algo que igual suena un poco personal?

—Claro. Soy su abogado, puede preguntarme lo que quiera.

—¿Por qué lleva esa arma en el compartimento central?

Indicó con un gesto ·de la cabeza el compartimento justo debajo de su codo izquierdo, donde había a la vista una pistola negra de tamaño considerable.

—Es legal. Me granjeo muchos enemigos.

—¿Qué clase de enemigos?

—Demando a compañías mineras.

Samantha supuso que una explicación llevaría bastante rato, conque respiró hondo y miró la carretera. Después de relatar las aventuras de Romey, Donovan parecía satisfecho disfrutando del silencio. Ella se dio cuenta de que no le había preguntado qué hacía en el condado de Noland, la pregunta evidente. En el puente de Thack, dio media vuelta en mitad de la carretera y aparcó detrás del Prius.

—Bueno, ¿le debo algo? —preguntó Samantha.

—Claro. Un café.

—¿Un café, por aquí?

—No, hay un sitio que está bien en el pueblo. Mattie está en el juzgado y lo más probable es que esté ocupada hasta las cinco, así que tienes tiempo de sobra.

Samantha quiso decir algo, pero se había quedado sin palabras. Donovan continuó:

—Mattie es mi tía. Es la razón por la que estudié Derecho, y ella me ayudó. Trabajé en el centro de asesoría mientras estudiaba y luego durante tres años después de ingresar en el colegio de abogados. Ahora trabajo por mi cuenta.

—¿Y Mattie te ha dicho que vendría a hacer una entrevista?

Por primera vez se dio cuenta de que llevaba anillo de casado.

—Ha sido una coincidencia. Suelo pasarme por su despacho a primera hora de la mañana para tomar un café y cotillear. Ha mencionado todos esos correos de abogados de Nueva York que de pronto quieren hacer trabajo de voluntariado y ha dicho que igual hoy venía alguien para una entrevista. La verdad es que a abogados como nosotros nos hace gracia ver a los de las grandes firmas huir hacia las colinas, nuestras colinas. Luego resulta que estaba en la cárcel visitando a un cliente cuando ha aparecido tu amigo Romey con su nuevo trofeo. Y aquí estamos.

—No tenía previsto volver a Brady. De hecho, pensaba dar media vuelta con ese cochecito rojo y salir pitando de aquí.

—Bueno, pues aminora al cruzar Dunne Spring.

—No te preocupes.

Hubo una pausa mientras miraban el Prius, y luego él dijo:

—Vale, invito yo al café. Creo que Mattie te caerá bien. No te culparía por irte, pero a menudo las primeras impresiones engañan. Brady es un pueblo agradable, y Mattie tiene muchos clientes a los que les vendría bien tu ayuda.

—No he traído la pistola.

Donovan sonrió y añadió:

—Mattie tampoco lleva arma.

—Entonces ¿qué clase de abogada es?

—Es una abogada estupenda, entregada por completo a sus clientes, que no pueden pagarle. Dale una oportunidad. Habla con ella, por lo menos.

—Estoy especializada en financiar rascacielos en Manhattan. No sé si tengo madera para el trabajo que hace Mattie, sea cual sea.

—Aprenderás enseguida, y te encantará porque ayudarás a gente que te necesita, gente con problemas de verdad.

Samantha respiró hondo. Su instinto le decía que huyera. ¿Adónde, exactamente? Pero su sentido de la aventura la convenció de ver al menos el pueblo otra vez. Si su abogado llevaba un arma, ¿no suponía cierta protección?

—Invito yo —dijo—. Considéralo tus honorarios.

—De acuerdo, sígueme.

—¿No habrá problemas con Romey?

—No, he tenido unas palabras con él. Y su primo también. No te despegues de mi parachoques.

Un paseo rápido por Main Street le permitió ver seis manzanas de edificios de finales del siglo XIX, una cuarta parte de ellos vacíos y con carteles desvaídos de SE VENDE pegados con cinta adhesiva a las ventanas. El bufete de Donovan era una construcción de dos plantas con ventanas grandes y su nombre pintado en letras pequeñas. Arriba, una galería se asomaba a la acera. Al otro lado de la calle, tres manzanas más allá, estaba la vieja ferretería, ahora sede del Centro de Asesoría Jurídica Mountain. En el extremo oeste de la calle había un pequeño palacio de justicia bastante bonito, donde trabajaban casi todos los que dirigían el condado de Noland.

Entraron en el Brady Grill y se sentaron en un reservado hacia el fondo. Al pasar junto a una mesa tres hombres fulminaron con la mirada a Donovan, quien al parecer no se dio cuenta. Una camarera les llevó café. Samantha se acercó a él y dijo en voz baja:

—Por lo visto no les caes muy bien a esos tres de ahí. ¿Los conoces?

Donovan volvió la vista por encima del hombro y asintió.

—Conozco a todo el mundo en Brady, y yo diría que quizá la mitad me odia a muerte. Como te he dicho, demando a compañías mineras, y aquí el carbón es lo que más trabajo da. Es lo que más empleos crea en todos los Apalaches.

—Y ¿por qué los demandas?

Sonrió, tomó un sorbo de café y miró el reloj de muñeca.

—Igual me lleva un buen rato.

—La verdad es que no estoy muy ocupada.

—Bueno, las compañías mineras causan muchos problemas, o al menos la mayoría. Hay un par de empresas decentes, pero a la mayor parte le trae sin cuidado el medioambiente o sus empleados. La extracción de carbón es un negocio sucio, siempre lo ha sido. Pero ahora es mucho peor. ¿Has oído hablar de la remoción de cimas?

—No.

—También se conoce como minería a cielo abierto. Aquí empezaron a extraer carbón a principios del siglo XIX. Minería subterránea: cavaban túneles en las montañas y extraían el carbón. La minería ha sido en esta zona un medio de vida desde entonces. Mi abuelo era minero, igual que su padre. Lo de mi padre es otra historia. Sea como sea, hacia 1920 había ochocientos mil mineros del carbón en las minas, desde Pensilvania hasta Tennessee. La minería del carbón es un trabajo peligroso, y tiene una nutrida historia de conflictos laborales, rivalidad entre sindicatos, violencia, corrupción, toda suerte de dramas históricos. Todo ello en relación con la minería subterránea, que era la técnica tradicional y empleaba mucha mano de obra. En torno a 1970 las compañías mineras decidieron que podían optar por la minería a cielo abierto y ahorrarse millones en costes de mano de obra. Es mucho más barata que la subterránea porque requiere muchos menos trabajadores. Hoy en día solo hay ochenta mil mineros del carbón, y la mitad trabaja en la superficie, para las empresas de minería a cielo abierto. —La camarera pasó por su lado y Donovan se interrumpió un instante. Tomó un sorbo de café, miró alrededor con aire despreocupado, esperó a que se fuera y continuó—: La remoción de cima es algo así como minería a cielo abierto a lo bestia. El carbón de los Apalaches se encuentra en vetas, algo parecido a las distintas capas de una tarta. En la cima de la montaña está el bosque, luego viene la capa superficial de tierra, después una capa de roca y por fin una veta de carbón. Puede ser de un metro de espesor o puede ser de cinco. Cuando una empresa recibe autorización para abrir una mina a cielo abierto, literalmente ataca la montaña con toda clase de maquinaria pesada. Primero corta de raíz los árboles, provocando una deforestación total sin preocuparse en absoluto por salvar los de hoja caduca. Y luego arrastran los troncos con excavadoras al tiempo que arrasan el suelo. Lo mismo ocurre con la capa superficial de tierra, que no es muy gruesa. A continuación está la capa de roca, que se hace saltar por los aires. A menudo los árboles, la tierra de la superficie y la roca se depositan en los valles entre las montañas, creando lo que se conoce como relleno de valle, que aniquila la vegetación, la fauna y las corrientes de agua naturales. Otro desastre medioambiental, ni más ni menos. Si estás río abajo, estás jodido. Como verás por aquí, todos estamos río abajo.

—¿Y eso es legal?

—Sí y no. La minería a cielo abierto es legal debido a las leyes federales, pero el proceso en sí está plagado de actividades ilegales. Tenemos una largo y feo historial de reguladores y organismos protectores que son más amigos de la cuenta de las empresas mineras. La realidad siempre es la misma: las compañías mineras pisotean las tierras y a sus habitantes porque tienen dinero y poder.

—Volvamos al asunto. Habías llegado a la veta de carbón.

—Sí, bueno, una vez que encuentran el carbón, traen más máquinas, lo extraen, se lo llevan y siguen abriéndose paso con explosivos hasta la siguiente veta. No es insólito que se demuela el kilómetro y medio superior de una montaña. Para eso son necesarios relativamente pocos trabajadores. De hecho, una cuadrilla pequeña puede destruir una montaña de arriba abajo en cuestión de meses. —La camarera volvió a llenar las tazas y Donovan la observó hacerlo en silencio, sin prestarle la menor atención. Cuando se fue, se inclinó un poco sobre la mesa y continuó—. Después de llevarse el carbón en camiones, lo lavan, lo que provoca otro desastre. El lavado de carbón crea un fango negro que contiene sustancias químicas tóxicas y metales pesados. Ese fango también se conoce como lodo líquido, una expresión que oirás a menudo. Puesto que no se puede eliminar, las compañías mineras lo almacenan detrás de diques de tierra en pantanos o embalses de lodo. El trabajo de ingeniería es descuidado y chapucero, y las construcciones se resquebrajan constantemente con resultados catastróficos.

—¿Cuánto tiempo lo almacenan?

Donovan se encogió de hombros y miró alrededor. No estaba nervioso ni asustado; solo quería evitar que lo oyeran. Tenía una entonación tranquila y precisa con un ligero acento montañés, y Samantha estaba cautivada, tanto por su relato como por sus ojos oscuros.

—Lo almacenan eternamente; no le importa a nadie. Lo guardan hasta que el dique se rompe y una oleada enorme de desechos tóxicos resbala montaña abajo, hasta las casas, las escuelas y los pueblos, destruyéndolo todo. Seguro que has oído hablar de la famosa marea negra del *Exxon Valdez*, cuando un petrolero chocó contra los arrecifes en Alaska. Treinta millones de galones de crudo fueron a parar a esas prístinas aguas. Fue noticia de portada durante semanas y el país entero se mosqueó. ¿Recuerdas todas aquellas nutrias cubiertas de mugre negra? Apuesto a que no has oído hablar del vertido en el condado de Martin, el desastre medioambiental más importante al este del Mississippi. Ocurrió hace ocho años en Kentucky, cuando se rompió un embalse de lodo líquido y trescientos millones de galones fueron a parar al fondo del valle. Diez veces más que con el *Valdez*, y nadie le prestó atención en todo el país. ¿Sabes por qué?

—No, ¿por qué?

—Porque fue en los Apalaches. Aquí las compañías mineras están destruyendo las montañas, los pueblos, la cultura y la vida, y eso no es noticia.

—Entonces ¿por qué te detestan esos tipos?

—Porque creen que la minería a cielo abierto es buena. Crea empleos, y por aquí no abundan. No son mala gente, solo están mal informados y van descaminados. La remoción de cimas está aniquilando nuestras comunidades. Ha acabado con miles de puestos de trabajo. La gente se ve obligada a abandonar sus hogares por las explosiones, el polvo, el lodo y las inundaciones. Las carreteras no son seguras, porque hay camiones inmensos que bajan por las laderas a toda velocidad. En los últimos cinco años he presentado cinco demandas por muertes causadas debido a negligencias, personas aplastadas por camiones con noventa toneladas de carbón. Muchos pueblos han desaparecido sin más. Las compañías mineras suelen comprar las casas cercanas y las derriban. Todos los condados de la región minera han visto reducida su población en los últimos veinte años. Aun así, mucha gente, incluidos esos tres caballeros de ahí, cree que es preferible que haya unos cuantos empleos a que no haya ninguno.

—Si son caballeros, ¿por qué llevas un arma?

—Porque más de una vez ciertas empresas mineras han contratado matones. Es intimidación, o algo peor, y no es nada nuevo. Mira, Samantha, soy hijo de la región minera, montañés de pura cepa y orgulloso de serlo, y podría contarte anécdotas durante horas acerca de la historia sangrienta de las grandes empresas mineras.

—¿De verdad temes por tu vida?

Donovan hizo una pausa y apartó la mirada un instante.

—El año pasado hubo un millar de asesinatos en la ciudad de Nueva York. ¿Temiste tú por tu vida?

—La verdad es que no.

Sonrió y asintió, antes de continuar.

—Lo mismo digo. El año pasado tuvimos tres asesinatos, todos relacionados con la metanfetamina. Hay que ir con cuidado, nada más. —Le vibró el móvil en el bolsillo y lo sacó como si se lo arrancara. Leyó el texto y dijo—: Es Mattie. Ha salido de los juzgados y está en la oficina, lista para verte.

—Espera, ¿cómo sabía que estaría contigo?

—Esto es un pueblo, Samantha.

6

Volvieron caminando por la acera hasta el bufete de Donovan, donde se estrecharon la mano. Samantha le agradeció su actuación como abogado de oficio y le felicitó por el trabajo. Y, en el caso de que decidiera quedarse unos meses en la ciudad, prometieron comer juntos algún día en el Brady Grill.

Eran casi las cinco de la tarde cuando cruzó la calle por el centro de la calzada cometiendo una imprudencia y temiendo que la detuvieran. Miró hacia el oeste, donde las montañas ya tapaban el sol de media tarde. Las sombras se cernían sobre la ciudad y le daban una atmósfera como de principios de invierno. Una campanilla tintineó en la puerta cuando entró en la desordenada sala de recepción del centro de asesoría jurídica. Una mesa llena de papeles indicaba que, por lo general, allí había alguien para contestar el teléfono y recibir a los clientes, pero en ese momento el área de recepción estaba vacía. Miró en derredor, esperó, se fijó en lo que la rodeaba. La distribución de la oficina era simple: un pasillo estrecho cruzaba por el centro de lo que durante décadas había sido el ajetreado territorio de la ferretería de la ciudad. Todo allí daba la sensación de ser antiguo y estar muy usado. Las paredes eran tabiques pintados de blanco que no alcanzaban el techo con azulejos de cobre. Los suelos estaban cubiertos por una moqueta fina y raída. El mobiliario, al menos en el área de recepción, era un batiburrillo de trastos de mercadillo. En las paredes, sin embargo, se veía una interesante colección de pinturas al óleo y al pastel de artistas locales, todas a la venta a precios muy razonables.

El arte decorativo. El año anterior los socios capitalistas de Scully & Pershing se enzarzaron en una pelea por la propuesta de un diseñador de gastar dos millones de dólares en unos desconcertantes cuadros de vanguardia para el vestíbulo principal del bufete. Al final despidieron al diseñador, se olvidaron de los cuadros y se repartieron el dinero como gratificaciones adicionales.

A mitad del pasillo se abrió una puerta y salió una mujer baja y un tanto corpulenta con los pies descalzos.

—Supongo que eres Samantha —dijo mientras caminaba hacia ella—. Soy Mattie Wyatt. Tengo entendido que te han dispensado un recibimiento más bien brusco al condado de Noland. Lo siento mucho.

—Encantada de conocerla —respondió Samantha al tiempo que miraba las gafas de lectura cuadradas de color rosa intenso encaramadas a la punta de la nariz de Mattie.

Esa montura hacía juego con las puntas rosas de su cabello, corto, tieso y teñido de un blanco riguroso. Era un look que Samantha no había visto nunca, pero que daba resultado, al menos en Brady. Naturalmente, había visto peinados mucho más extravagantes en Manhattan, pero nunca lucidos por una abogada.

—Por aquí —dijo Mattie, que indicó con un gesto de la mano su despacho. Una vez dentro cerró la puerta y continuó—. Supongo que ese chiflado de Romey tendrá que hacerle daño a alguien para que el sheriff se decida a actuar. Lo siento mucho —repitió—. Siéntate.

—No pasa nada. Estoy bien, y ahora tengo una historia que sin duda contaré durante muchos años.

—Desde luego que sí, y si te quedas en Brady, cosecharás un montón más. ¿Quieres un café?

Mattie tomó asiento en una mecedora detrás de una mesa que parecía perfectamente organizada.

—No, gracias. Acabo de tomar uno con su sobrino.

—Sí, claro. Me alegro de que hayas conocido a Donovan. Es una de las alegrías que tenemos por los alrededores. Lo crie yo, ya sabes: una historia familiar trágica y demás. Está entregado por completo a su trabajo y es bastante agradable a la vista, ¿no crees?

—Es simpático —reconoció con cautela Samantha, que no quería hacer ningún comentario sobre su aspecto físico y estaba decidida a no entrar en la tragedia de su familia.

—Sea como sea, aquí estamos. Se supone que debo entrevistar a otro náufrago de Wall Street mañana, y ya está. No tengo mucho tiempo que perder en entrevistas. Hoy he recibido cuatro correos más y he dejado de contestarlos. Echaré un vistazo a ese tipo mañana, y luego se reunirá la junta y escogerá al ganador.

—Bien. ¿Quiénes forman la junta?

—Básicamente, Donovan y yo. Annette es la otra abogada del centro de asesoría, y habría estado invitada a las entrevistas, pero está fuera de la ciudad. Trabajamos bastante rápido, sin mucho papeleo. Si decidimos quedarnos contigo, ¿cuándo puedes empezar?

—No lo sé. Todo está ocurriendo muy deprisa.

—Creía que no estabas muy ocupada ahora mismo.

—Es verdad. Supongo que podría empezar más pronto que tarde, pero me gustaría disponer de un par de días para pensarlo —dijo Samantha, que intentaba relajarse en una rígida silla de madera que cojeaba con solo respirar—. Es que no estoy segura...

—Vale, no pasa nada. No es que una nueva pasante vaya a cambiar mucho las cosas por aquí. Ya los hemos tenido. De hecho, tuvimos una becaria hecha y derecha durante dos años hace un tiempo, una chica de las minas que estudió Derecho en Stanford y luego se fue a trabajar a un bufete importante de Filadelfia.

—¿Qué hacía aquí?

—Se llamaba Evelyn, y se dedicaba a la enfermedad del pulmón negro y la seguridad en las minas. Trabajaba duro y era muy lista, pero se largó a los dos años y nos dejó con un montón de expedientes abiertos. Me pregunto si se habrá quedado en la calle. La situación debe de ser muy apurada por allí.

—Lo es. Perdone que se lo diga, señora Wyatt, pero...

—Mattie.

—De acuerdo, Mattie, pero no parece que te entusiasme la idea de contar con una pasante.

—Ay, perdona. Lo siento. No, en realidad nos viene bien toda la ayuda que puedan prestarnos. Como te dije por teléfono, aquí no escasean los pobres con problemas legales. Esa gente no se puede permitir abogados. La tasa de paro es alta, el consumo de meta más alto aún, y las compañías mineras son brillantes cuando se trata de buscar nuevas maneras de joder a la gente. Te lo aseguro, cielo, necesitamos toda la ayuda que podamos conseguir.

—¿Qué haré yo?

—De todo. Desde contestar al teléfono hasta abrir el correo, pasando por presentar demandas federales. Pone en tu currículo que tienes licencia para ejercer tanto en Virginia como en Nueva York.

—Trabajé de ayudante de un juez en Washington D. C. después de acabar Derecho y pasé el examen del Colegio de Abogados de Virginia.

—¿Has visto el interior de algún juzgado en los últimos tres años?

—No.

Mattie vaciló un instante, como si eso tuviera peso en la entrevista.

—Bueno, supongo que tienes suerte en cierto sentido. Imagino que tampoco has estado en la cárcel, ¿no?

—No desde esta tarde.

—Ah, claro. Ya te he dicho que lo lamento. Aprenderás rápido. ¿Qué clase de trabajo desempeñabas en Nueva York?

Samantha respiró hondo y pensó en algún modo de eludir la pregunta sin faltar a la verdad. Le falló la inventiva y respondió:

—Me dedicaba a los bienes inmuebles comerciales, un asunto bastante aburrido, reconozcámoslo. Extraordinariamente aburrido. Representábamos a un montón de ricachones desagradables que construían edificios altos de punta a punta de la costa Este, sobre todo en Nueva York. Como asociada de nivel intermedio, por lo general me dedicaba a revisar acuerdos financieros con bancos, contratos en carpetas abultadísimas que alguien tenía que preparar y corregir.

Justo por encima de la montura cuadrada y rosa de las gafas, los ojos de Mattie le ofrecieron una mirada de auténtica compasión.

—Qué horror.

—Sí, era un horror. Aún lo es, supongo.

—¿Te alegras de haberlo dejado?

—No sé cómo me siento, Mattie, a decir verdad. Hace un mes estaba metida en esa carrera de ratas, me abría paso a codazos y recibía codazos también, precipitándome hacia algo, ni siquiera recuerdo lo que era. Había nubarrones oscuros, pero estábamos muy ocupados para darnos cuenta. Entonces Lehman se desmoronó, y durante dos semanas estuve asustada hasta de mi propia sombra. Trabajamos aún más duro, con la esperanza de que alguien se diera cuenta, con la esperanza de que meter cien horas a la semana nos salvara cuando noventa no eran suficientes. De pronto se acabó, y nos pusieron de patitas en la calle. Sin finiquito ni nada por el estilo salvo unas cuantas promesas que dudo que nadie pueda cumplir.

Mattie parecía a punto de echarse a llorar.

—¿Volverías?

—Ahora mismo no lo sé. No creo. No me gustaba el trabajo, no me caía bien la mayoría de la gente del bufete y desde luego no me gustaban los clientes. Por desgracia, la mayor parte de los abogados que conozco son del mismo parecer.

—Bueno, querida, aquí, en el Centro de Asesoría Jurídica Mountain, nos encantan nuestros clientes y ellos nos adoran.

—Seguro que son mucho más agradables que los tipos con los que me las veía yo.

Mattie se miró el reloj de pulsera, una esfera de color amarillo intenso sujeta a la muñeca por una correa de vinilo verde, y dijo:

—¿Qué planes tienes esta tarde?

Samantha se encogió de hombros y sacudió la cabeza.

—Ninguno, tan a largo plazo.

—Bueno, desde luego no puedes volver esta noche a Washington.

—¿Trabaja Romey en el turno de noche? ¿Son las carreteras seguras?

Mattie dejó escapar una risilla y añadió:

—Las carreteras son traicioneras. No puedes irte. Vamos a empezar por la cena y luego ya veremos.

—No, de verdad, no puedo...

—Tonterías, Samantha, ahora estás en los Apalaches, en el interior de las montañas, y no despachamos a las visitas a la hora de cenar. Mi casa está a la vuelta de la esquina y mi marido es un cocinero excelente. Vamos a tomar una copa en el porche y a charlar un rato. Te contaré todo lo que tienes que saber acerca de Brady.

Mattie recogió sus zapatos y cerró la oficina. Dijo que el Prius estaba a salvo donde se encontraba aparcado, en Main Street.

—Voy andando a trabajar —comentó—. Es más o menos el único ejercicio que hago.

Los comercios y las oficinas estaban cerrados. Los dos cafés servían cenas tempranas a una clientela escasa. Subieron a paso lento por la ladera de una colina, cruzándose con niños en la acera y vecinos en los porches. Después de dos manzanas enfilaron la calle Tres, un frondoso paseo de pulcras casas de finales del siglo XIX de ladrillo rojo, casi todas idénticas, con porches blancos y tejados a dos aguas. Lo que Samantha quería era ponerse en camino y regresar a toda prisa en dirección a Abingdon, donde había visto varios moteles pertenecientes a cadenas en un nudo de carreteras. Pero no tenía manera de rehusar amablemente la hospitalidad de Mattie.

Chester Wyatt estaba en una mecedora leyendo el periódico cuando su mujer le presentó a Samantha.

—Le he dicho que eres un cocinero excelente —añadió Mattie.

—Supongo que entonces me toca preparar la cena —dijo él con una sonrisa—. Bienvenida.

—Y se está muriendo de hambre —añadió Mattie.

—¿Qué te apetece? —preguntó Chester.

—Todo me va bien —dijo Samantha.

—¿Qué tal pollo al horno con arroz salteado? —sugirió Mattie.

—Justo lo que estaba pensando —convino Chester—. ¿Quieres una copa de tinto antes?

Bebieron vino durante una hora mientras la oscuridad se cernía en torno. Samantha daba pequeños sorbos, con cuidado de no tomar más de la cuenta porque le preocupaba salir del condado de Noland al volante de su coche. Por lo visto, no había hoteles ni moteles en Brady y, teniendo en cuenta su aspecto decadente, dudaba que hubiese una habitación adecuada en ninguna parte. Mientras charlaban sondeó con tacto aquí y allá, y averiguó que los Wyatt tenían dos hijos adultos que se había largado de la región después de terminar la universidad. Tenían tres nietos a los que rara vez veían. Donovan era como un hijo para ambos. Chester era un trabajador del servicio postal jubilado que había repartido el correo durante décadas y conocía a todo el mundo. Ahora era voluntario en un grupo ecologista que supervisaba las extracciones a cielo abierto y presentaba demandas con una docena de organismos burocráticos. Su padre y su abuelo habían sido mineros. El padre de Mattie trabajó en las minas subterráneas durante casi treinta años antes de morir de neumoconiosis a los sesenta y un años.

—Yo tengo esa edad ahora —señaló ella—. Fue horrible.

Mientras las mujeres conversaban sentadas Chester iba y venía de la cocina, viendo qué tal se horneaba el pollo y sirviendo vino. Una de las veces que estaba ausente Mattie dijo:

—No te preocupes, cielo, tenemos un dormitorio de invitados.

—No, de veras, yo...

—Por favor, insisto. No hay una habitación decente en todo el pueblo, te lo aseguro. Solo un par de tugurios que alquilan cuartos por horas, pero incluso esos están a punto de cerrar. Es un comentario triste, supongo. Antes los lugareños se escabullían al motel para acostarse ilícitamente; ahora se van a vivir juntos y juegan a las casitas.

—Bueno, entonces la gente tiene relaciones sexuales por aquí, ¿no? —preguntó Samantha.

—Yo diría que sí. Mi madre tuvo siete hijos y la de Chester seis. No hay mucho más que hacer. Y en esta época del año, en septiembre y octubre, están saliendo como conejillos.

—¿Y eso?

—Hubo una gran tormenta justo después de Navidad.

Chester entró por la puerta mosquitera y preguntó:

—¿De qué habláis?

—De sexo —contestó Mattie—. A Samantha le sorprende que la gente tenga relaciones por aquí.

—Bueno, algunos las tienen —dijo.

—Eso he oído —repuso Mattie con una sonrisa.

—Yo no he sacado el tema del sexo —advirtió Samantha, a la defensiva—. Mattie ha mencionado que tenéis una habitación de invitados para pasar la noche.

—Sí, y es toda tuya. Pero echa el cerrojo y así no habrá problemas —dijo Chester, que desapareció hacia el interior de la casa.

—Es inofensivo, créeme —comentó Mattie en un susurro. Donovan se acercó a saludar y por suerte se perdió esa parte de la conversación. Vivía «en la montaña, allá en el campo» e iba de regreso a casa desde la oficina. Rehusó el vino que le ofrecieron y se fue un cuarto de hora después. Parecía distraído y adujo que estaba cansado.

—Pobrecillo —dijo Mattie cuando se marchó—. Él y su mujer se han separado. Se mudó a Roanoke con su hija, una niña de cinco años que es lo más bonito que hay. Su mujer, Judy, no llegó a adaptarse nunca a la vida en las montañas y simplemente se hartó. Lo suyo es una pena, ¿verdad, Chester?

—Pues sí —reconoció el aludido—. Judy es una persona maravillosa, pero nunca fue feliz aquí. Luego, cuando se armó el lío, se desmoronó. Fue entonces cuando se marchó.

La palabra «lío» quedó suspendida en el aire unos segundos, y ninguno de los Wyatt quiso dar más detalles. Entonces Chester anunció:

—La cena está lista.

Samantha los siguió a la cocina, donde la mesa estaba puesta para tres. Chester sirvió directamente del horno: pollo humeante con arroz y panecillos caseros. Mattie dejó una ensaladera en el centro de la mesa y sirvió agua de una jarra grande de plástico. Era evidente que ya habían tomado bastante vino.

—Huele de maravilla —comentó Samantha a la vez que acercaba una silla y se sentaba.

—Sírvete tú misma ensalada —le indicó Mattie mientras untaba de mantequilla un panecillo.

Empezaron a comer y, por un momento, la charla se interrumpió. Samantha quería mantener la conversación en el terreno de los anfitriones, no en el suyo propio, pero antes de que lo pudiera evitar, Chester dijo:

—Háblanos de tu familia, Samantha.

Ella sonrió y contestó con amabilidad.

—Bueno, no hay mucho que contar.

—Ah, pues ya te echamos una mano —terció Mattie entre risas—. Creciste en Washington, ¿verdad? Seguro que fue interesante.

Abordó los puntos más destacados: hija única de dos ambiciosos abogados, educación privilegiada, escuelas privadas, estudios universitarios en Georgetown, los líos de su padre, su procesamiento y condena, la humillación de su caída desde un puesto de poder ampliamente cubierta por los medios.

—Me parece que lo recuerdo —dijo Chester.

—Salió en todos los periódicos.

Describió sus visitas a la cárcel, pese a que él le decía que no fuera. El dolor del divorcio, sus deseos de largarse de Washington y alejarse de sus padres, la facultad de Derecho en Columbia, el período como pasante federal, la seducción de los Grandes Bufetes y los tres años no demasiado gratos en Scully & Pershing. Le encantaba Manhattan y no se imaginaba viviendo en ninguna otra parte, pero ahora su mundo entero estaba patas arriba y, bueno, no había ninguna certeza en su futuro. Mientras hablaba, Mattie y Chester la observaban con atención y asimilaban todas y cada una de sus palabras. Cuando hubo dicho suficiente, tomó un bocado de pollo con la intención de masticarlo durante un buen rato.

—Desde luego, eso es tratar a la gente con crueldad —comentó Chester.

—Empleados de confianza puestos en la calle —señaló Mattie, meneando la cabeza con incredulidad y desaprobación.

Samantha asintió y siguió masticando. No hacía falta que se lo recordasen. Mientras Chester servía más agua, Samantha preguntó:

—¿Toda el agua potable viene embotellada?

Por alguna razón, les resultó gracioso.

—Ah, sí —repuso Mattie—. Nadie bebe el agua de aquí. Nuestros intrépidos reguladores nos prometen que se puede beber sin ningún peligro, pero nadie los cree. Nos duchamos, lavamos la ropa y fregamos con ella, y algunos incluso se lavan los dientes, pero yo no.

—La minería a cielo abierto ha contaminado muchos de nuestros arroyos, ríos y pozos —señaló Chester—. Las cabeceras de los ríos han quedado asfixiadas por el relleno de valle. Los embalses de lodo líquido se filtran en los pozos subterráneos. La combustión de carbón produce toneladas de ceniza y las compañías las echan a nuestros ríos. Así que, Samantha, haz el favor de no beber agua del grifo.

—Entendido.

—Por eso bebemos tanto vino —aseguró Mattie—. Me parece que voy a tomar otra copa, Chester, si no te importa.

Chester, que a todas luces era cocinero y camarero, no vaciló en coger una botella de la encimera. Puesto que no iba a conducir, Samantha accedió a tomar otra copa. Casi al instante el vino se le subió a la cabeza a Mattie, que empezó a hablar de su carrera y el centro de asesoría jurídica que había fundado hacía veintiséis años. Mientras parloteaba, Samantha fue animándola con preguntas para que siguiera adelante, aunque ella sola se bastaba.

La calidez de la acogedora cocina, el aroma persistente del pollo al horno, el puntillo del vino, la franqueza de dos anfitriones sumamente hospitalarios y la perspectiva de una cama caliente se aunaron hacia la mitad de la cena, y Samantha se relajó de veras por primera vez en meses. No podía tomárselo con calma en Nueva York; allí cada momento de inactividad estaba bajo la tutela del reloj. No había dormido en tres semanas. Sus padres la ponían de los nervios. El trayecto de seis horas había sido estresante, en buena medida. Luego, el episodio con Romey. Por fin, notaba que esas cargas se volatilizaban. De pronto tenía apetito. Se sirvió más pollo, cosa que agradó mucho a sus anfitriones.

—Antes, en el porche, cuando estábamos hablando de Donovan, habéis mencionado un «lío». ¿Está fuera de lugar que pregunte?

Los Wyatt se miraron y se encogieron de hombros. Después de todo, era un pueblo y pocas cosas estaban fuera de lugar. Chester delegó de inmediato y se sirvió más vino. Mattie apartó el plato y explicó:

—Donovan ha tenido una vida trágica.

—Si es demasiado personal, podemos pasarlo por alto —dijo Samantha, pero solo por cortesía; quería el reportaje con pelos y señales.

Mattie no iba permitir que nada la privara de su relato. Hizo caso omiso de la advertencia de Samantha y siguió adelante.

—Todo el mundo lo sabe por aquí; no es ningún secreto —señaló, descartando cualquier obstáculo por motivos de confidencialidad—. Donovan es hijo de mi hermana Rose, mi difunta hermana, lamento decir. Murió cuando él tenía dieciséis años.

—Es una larga historia —añadió Chester, como si tuviera demasiadas implicaciones para contarla en su totalidad.

Mattie no le hizo caso.

—El padre de Donovan es un hombre llamado Webster Gray, que sigue con vida, en alguna parte, y él heredó trescientos acres ahí mismo, en el condado de Curry. La tierra había sido de la familia Gray desde siempre, remontándose hasta principios del siglo XIX. Una tierra hermosa, con colinas y montañas, arroyos y valles, preciosa e inmaculada. Fue allí donde se criaron Donovan y su hermano Jeff. Su padre y su abuelo, Curtis Gray, llevó a los niños al bosque en cuanto fueron capaces de andar, para cazar, pescar y explorar. Como tantos críos en los Apalaches, crecieron en la tierra misma. Aquí hay mucha belleza natural, o lo que queda de ella, pero la propiedad de los Gray era especial. Después de que Rose se casara con Webster, íbamos a reuniones y picnics en familia. Recuerdo a Donovan y Jeff, a mis hijos y todos los primos nadando en Crooked Creek, al lado de nuestro lugar de acampada preferido. —Una pausa, un cauteloso sorbo de vino—. Curtis murió en 1980, me parece, y Webster heredó las tierras. Curtis era minero, de los que trabajaban bajo tierra, un sindicalista de armas tomar, y estaba orgulloso, como la mayoría de los más entrados en años. Pero nunca quiso que Webster trabajara en las minas. A Webster, según se vio, no le iba mucho el trabajo de ninguna clase, e iba pasando de un empleo a otro sin llegar nunca muy alto. La familia empezó a tener problemas y su matrimonio con Rose se volvió bastante turbulento. Empezó a empinar el codo y eso provocó más problemas. Una vez pasó seis meses en la cárcel por unos artículos robados y la familia estuvo a punto de morir de hambre. Estábamos preocupadísimos por ellos.

—Webster no era una buena pieza —sentenció Chester, por si no había quedado claro.

—El punto más elevado de su propiedad se llamaba Gray Mountain, con casi mil metros de altura y cubierto de árboles de hoja caduca. Las empresas mineras saben dónde está enterrado hasta el último kilo de carbón por todos los Apalaches; hicieron sus prospecciones geológicas hace décadas. Y no era ningún secreto que en Gray Mountain estaban algunas de las vetas más abundantes por estos pagos. En el transcurso de los años Webster había dejado caer indirectas acerca de arrendar parte de sus tierras para abrir minas, pero sencillamente no le hicimos caso. Ya se había empezado a implantar la minería a cielo abierto y estaba dando quebraderos de cabeza.

—Aunque no tantos como hoy en día —señaló Chester.

—Ah, no, nada parecido a hoy en día. Sea como sea, sin consultárselo a la familia, Webster firmó un contrato de arriendo con una compañía de Richmond, Vayden Coal, para abrir una mina en superficie en Gray Mountain.

—No me gusta el término «mina en superficie» —dijo Chester—. Tiene visos de legitimidad, pero no es más que minería a cielo abierto.

—Webster se anduvo con cuidado; bueno, no era ningún estúpido. Lo vio como su oportunidad de ganar dinero de verdad, y encargó a un buen abogado el contrato de arrendamiento. Webster se llevaría dos dólares por tonelada, lo que por aquel entonces era mucho más de lo que estaban sacando otros. La víspera de que aparecieran las excavadoras, Webster les contó por fin a Rose y a los chicos lo que había hecho. Doró la píldora cuanto pudo, dijo que la compañía minera sería vigilada de cerca por reguladores y abogados, y que las sumas elevadas de dinero compensarían más que de sobra los quebraderos de cabeza a corto plazo. Rose me llamó esa noche deshecha en lágrimas. Por aquí los propietarios de tierras que se venden a las empresas mineras no son vistos con muy buenos ojos, y la aterraba lo que pensarían los vecinos. También estaba preocupada por sus tierras. Dijo que Webster y Donovan tuvieron una fuerte pelea, que se dijeron cosas horribles. Y eso solo fue el comienzo. A la mañana siguiente un pequeño ejército de excavadoras se abrió camino hasta la cima de Gray Mountain y dio comienzo...

—La destrucción de la tierra —añadió Chester, meneando la cabeza.

—Sí, eso y más. Talaron el bosque por completo, lo pelaron de cabo a rabo y lanzaron miles de árboles a los valles más abajo. Luego removieron la capa de tierra superior y la echaron encima de los árboles. Cuando empezaron las explosiones se armó un buen follón.

Mattie tomó un sorbo de vino y Chester intervino en el relato.

—Tenían una casa antigua maravillosa en lo más profundo del valle, a orillas de Crooked Creek. Era propiedad de la familia desde hacía décadas. Creo que la construyó el padre de Curtis hacia finales del siglo XIX. Los cimientos eran de piedra, y poco después las piedras empezaron a agrietarse. Webster le armó un follón a la compañía minera, pero fue una pérdida de tiempo.

Mattie volvió a tomar las riendas:

—La polvareda era horrible, como una niebla sobre los valles alrededor de la montaña. Rose estaba fuera de sí y yo iba a menudo a hacerle compañía. El suelo temblaba varias veces al día cuando hacían voladuras. La casa empezó a ladearse y las puertas no cerraban. Ni que decir tiene que era una pesadilla para la familia y para el matrimonio. Después de que Vayden se cargara la cima de la montaña, un centenar de metros, alcanzaron la primera veta, y cuando por fin empezaron a sacar carbón Webster fue a reclamar sus cheques. La compañía iba dándole largas, y luego por fin efectuó uno o dos pagos. Ni remotamente lo que esperaba Webster. Implicó a sus abogados y eso irritó de veras a la empresa minera. Comenzó la guerra y todos sabían quién saldría ganando.

Chester meneaba la cabeza recordando la pesadilla.

—El arroyo se secó —dijo—, asfixiado por el relleno del

valle. Es lo que ocurre. En los últimos veinte años hemos perdido más de mil quinientos kilómetros de cabeceras de ríos en los Apalaches. Un horror.

—Rose se fue por fin —continuó Mattie—. Ella y los chicos vinieron a vivir con nosotros, pero Webster se negó a marcharse. Bebía y se portaba como un chiflado. Se sentaba en su porche con la escopeta y retaba a cualquiera de la compañía a que se acercara. Rose estaba preocupada por él, así que ella y los chicos volvieron al hogar. Él prometió reparar la casa y arreglarlo todo en cuanto le llegara dinero. Presentó reclamaciones con los reguladores, hasta interpuso una demanda contra Vayden, pero lo acorralaron en el juicio. Es difícil vencer a una compañía minera.

—El agua de su pozo estaba contaminada de azufre —señaló Chester—. El aire siempre estaba impregnado de polvo de las voladuras y los camiones de carbón. Simplemente no era un lugar seguro, así que Rose se fue otra vez. Ella y los chicos se alojaron en un motel durante varias semanas, luego vinieron aquí de nuevo y después se marcharon a otra parte. Siguieron así durante un año, ¿no, Mattie?

—Por lo menos. La montaña siguió menguando conforme pasaban de una veta a la siguiente. Era espeluznante verla desaparecer. El precio del carbón había subido, así que los de Vayden explotaban el yacimiento como locos, siete días a la semana, con toda la maquinaria y los camiones que podían meter allí. Un día Webster recibió un cheque por treinta mil dólares. Su abogado lo devolvió con una reclamación furiosa. Ese fue el último cheque que le enviaron.

—De pronto todo se acabó —dijo Chester—. El precio del carbón bajó drásticamente y Vayden desapareció de la noche a la mañana. El abogado de Webster presentó una demanda para que le abonaran cuatrocientos mil dólares, junto con otro pleito. Más o menos un mes después Vayden se declaró en bancarrota y se esfumó. Se reestructuró en una nueva compañía y aún sigue dando la lata. Es propiedad de un multimillonario de Nueva York.

—¿Así que la familia no sacó nada? —preguntó Samantha.

—No gran cosa —contestó Mattie—. Unos cuantos cheques por pequeñas cantidades al principio, pero solo una fracción de lo que se les debía por el arrendamiento.

—Es uno de los timos más habituales en la minería. Una empresa explota el yacimiento y luego se declara en bancarrota para eludir los pagos y las reclamaciones. Antes o después vuelven a asomar la cabeza con otro nombre. Los mismos canallas, pero con un logotipo nuevo.

—Es asqueroso —comentó Samantha.

—No, es la ley.

—¿Qué fue de la familia?

Chester y Mattie cruzaron una mirada larga y triste.

—Cuéntalo tú, Chester —pidió ella, y tomó un sorbo de vino.

—No mucho después de que Vayden se largara hubo un gran aguacero y una inundación. Como los arroyos y los ríos están obturados, el agua se desvía por otros cauces. Las inundaciones son un problema tremendo, por no decir otra cosa. Una avalancha de fango, árboles y tierra barrió el valle y se llevó la casa de los Gray. La aplastó y dispersó sus restos a lo largo de kilómetros corriente abajo. Por suerte, no había nadie en la casa; para entonces era ya inhabitable, ni siquiera Webster podía quedarse allí. Otro pleito, otra pérdida de tiempo y dinero. Las leyes en materia de bancarrota son como el teflón. Rose salió a dar un paseo en coche un día soleado y encontró unas piedras de los cimientos. Escogió un lugar y acabó con su vida.

Samantha dejó escapar un gemido, se pasó la mano por la frente y masculló:

—Oh, no.

—Webster desapareció de una vez por todas. La última

vez que supimos de él vivía en Montana y se dedicaba a no sé qué. Jeff fue a vivir con otra tía y Donovan se quedó con nosotros hasta que terminó la secundaria. Tuvo tres empleos para costearse la universidad. Para cuando se licenció, sabía exactamente lo que quería hacer: llegar a ser abogado y pasar el resto de su vida plantando cara a las empresas mineras del carbón. Le ayudamos a terminar Derecho. Mattie le dio un puesto en el centro de asesoría y trabajó allí unos años antes de abrir su propio bufete. Ha presentado cientos de pleitos y se ha enfrentado a todas y cada una de las compañías que alguna vez se plantearon abrir una explotación minera a cielo abierto. Es implacable e intrépido.

—Y es brillante —señaló Mattie con orgullo.

—Desde luego que sí.

—¿Gana?

Hicieron una pausa y cruzaron miradas indecisas. Mattie contestó:

—Sí y no. Es difícil litigar contra las empresas mineras. Juegan duro. Mienten, engañan y encubren, y contratan bufetes potentes como el tuyo para levantar un muro a cualquiera que interponga una demanda. Donovan gana y pierde, pero siempre está al ataque.

—Y, como es natural, lo detestan —añadió Chester.

—Sí, claro, desde luego que lo detestan. He dicho que es despiadado, ¿verdad? Donovan no siempre juega según las reglas. Considera que las empresas mineras adaptan las normas de los procedimientos jurídicos en beneficio propio, así que se ve obligado a hacer lo mismo.

—¿Y eso dio lugar al «lío»? —preguntó Samantha.

—Así fue —respondió Mattie—. Hace cinco años se rompió un dique en el condado de Madison, en Virginia Occidental, a unos ciento cincuenta kilómetros de aquí, y una avalancha de lodo de carbón se deslizó hacia el fondo de un valle y cubrió el pueblecillo de Prentiss. Murieron cuatro personas y prácticamente todos los edificios quedaron destruidos, fue un auténtico desastre. Donovan se ocupó del caso, aunó esfuerzos con otros abogados ecologistas de Virginia Occidental y entabló una cuantiosa demanda federal. Su foto salió en los periódicos, tuvo mucho eco en los medios y con toda probabilidad habló más de la cuenta. Entre otras cosas, llamó a la compañía minera «la corporación más sucia de América». Fue entonces cuando empezó el acoso. Llamadas de teléfono anónimas. Cartas de amenaza. Matones entre las sombras. Empezaron a seguirle, y aún lo hacen.

—¿Siguen a Donovan? —preguntó Samantha.

—Desde luego —dijo Mattie.

—Así que por eso lleva un arma.

—Armas, en plural. Y sabe utilizarlas —aseguró Chester.

—¿Estáis preocupados por él?

Chester y Mattie soltaron una risilla.

—La verdad es que no —dijo Chester—. Sabe lo que se hace y puede cuidar de sí mismo.

—¿Tomamos el café en el porche? —sugirió Mattie.

—Claro, voy a prepararlo —se ofreció Chester a la vez que se levantaba de la mesa.

Samantha siguió a Mattie hasta el porche delantero y volvió a ocupar su sitio en la mecedora de mimbre. Hacía casi demasiado fresco para estar fuera. La calle estaba en silencio; en muchas casas ya se habían apagado las luces.

Animada por el vino, Samantha preguntó:

—¿Qué ocurrió con el pleito?

—Se llegó a un acuerdo el año pasado. Un acuerdo confidencial que aún no ha trascendido.

—Si el pleito quedó zanjado, ¿por qué continúan siguiéndolo?

—Porque es su peor enemigo. Juega sucio cuando debe hacerlo, y las compañías mineras lo saben.

Chester llegó con una bandeja de café descafeinado y se

fue a fregar los platos. Tras tomar unos sorbos y mecerse suavemente durante unos minutos, Samantha empezó a amodorrarse.

—Tengo un bolsito de viaje en el coche. Más vale que lo coja.

—Te acompaño —dijo Mattie.

—No nos seguirá nadie, ¿verdad?

—No, querida, no somos una amenaza.

Desaparecieron hacia la oscuridad.

7

Los dos caballeros a su derecha estaban trasegando whisky y discutiendo febrilmente acerca de cómo salvar la Asociación Federal Nacional Hipotecaria. Los tres a su izquierda, por lo visto, trabajaban en el Tesoro, que parecía ser el epicentro del colapso. Estaban metiéndose martinis entre pecho y espalda, por gentileza de los contribuyentes. En el bar del Bistro Venezia de lo único que se hablaba era del fin de los tiempos. Un charlatán a su espalda relataba a voz en cuello la conversación que había tenido esa misma tarde con un asesor sénior de la campaña McCain/Palin. Había descargado una oleada de consejos en firme que, mucho se temía, nadie estaba teniendo en cuenta. Dos camareros se lamentaban del desplome del mercado de valores, como si estuvieran perdiendo millones. Alguien decía que el gobierno federal igual hacía tal cosa, o igual tal otra. Bush estaba recibiendo malos consejos. Obama subía como la espuma en los sondeos. Goldman necesitaba liquidez. Los pedidos a las fábricas de China habían caído en picado.

En mitad de la tormenta Samantha tomaba un refresco light y esperaba a su padre, que llegaba con retraso. Se le pasó por la cabeza que en Brady nadie parecía ni remotamente al tanto de que el mundo estaba al borde de una depresión catastrófica. Quizá las montañas mantenían la región aislada y a salvo. O quizá allí la vida llevaba tanto tiempo sumida en la depresión que ya no iban a preocuparse de una crisis más. Su móvil vibró y lo sacó del bolsillo. Era Mattie Wyatt.

—Samantha, ¿qué tal el viaje? —preguntó.

—Bien, Mattie. Ahora estoy en Washington.

—Genial. Mira, la junta se acaba de reunir y ha votado por unanimidad ofrecerte el puesto de pasante. Esta tarde he entrevistado al otro aspirante, un joven bastante nervioso que de hecho era de tu bufete, y no nos interesa. Me ha dado la impresión de que solo estaba de paso, probablemente se ha montado en el coche y ha seguido directo hasta Nueva York. No sé si parece muy estable. Sea como sea, Donovan y yo no le hemos visto mucho potencial y lo hemos descartado de inmediato. ¿Cuándo puedes empezar?

—¿Se ha tropezado con Romey?

Mattie rió al otro extremo de la línea y dijo:

—Me parece que no.

—Tengo que ir a Nueva York a recoger unas cosas. Estaré en Brady el lunes.

—Excelente. Llámame dentro de un día o así.

—Gracias, Mattie. Tengo muchas ganas de empezar.

Vio a su padre en la entrada del local y se levantó de la barra. Una camarera los llevó hasta una mesa en un rincón y les dio las cartas con gesto apresurado. El restaurante estaba lleno a rebosar y el clamor de la charla nerviosa resonaba en todas direcciones. Un instante después apareció un encargado vestido de esmoquin y anunció en tono grave:

—Lo lamento mucho, pero necesitamos esta mesa.

—¿Cómo dice? —respondió Marshall sorprendido por la actitud del encargado.

—Por favor, caballero, tenemos otra mesa para ustedes.

En ese momento una caravana de todoterrenos negros se detuvo en la calle N delante del restaurante. Se abrieron las portezuelas de par en par y salió a la acera una marea de agentes. Samantha y Marshall se levantaron de la mesa, observando, como todos los demás, el circo en la calle. Esa clase de espectáculos eran habituales en Washington, y en ese momento todos hacían cábalas. ¿Sería el presidente? ¿Dick Cheney? ¿Con qué pez gordo podrían decir que habían comido? Por fin apareció el VIP, a quien acompañaron al interior del establecimiento, donde el gentío, de súbito paralizado, miraba boquiabierto y esperaba.

—¿Quién demonios es ese? —preguntó alguien.

—No le había visto nunca.

—Ah, creo que es ese tipo israelí, el embajador.

Una perceptible ráfaga de aire abandonó el restaurante al caer en la cuenta los comensales de que se había armado revuelo por un famosillo de segunda. Aunque perfectamente irreconocible, el VIP era a todas luces un hombre marcado. Su mesa —la que ocupaban hasta entonces los Kofer— fue retirada hasta el fondo y quedó oculta tras unos biombos que aparecieron de la nada. Todo restaurante de Washington que se precie tiene a mano biombos de plomo, ¿verdad? El VIP se sentó con una acompañante y procuró aparentar normalidad, como un tipo cualquiera que hubiera salido a tomar un bocado. Entre tanto sus matones patrullaban la acera y vigilaban la calle N atentos a terroristas suicidas.

Marshall maldijo al encargado y le indicó a Samantha:

—Vámonos de aquí. A veces detesto esta ciudad.

Caminaron tres manzanas por la avenida Wisconsin y encontraron un pub que los yihadistas estaban dejando de lado. Samantha pidió otro refresco light mientras su padre optaba por un vodka doble.

—¿Qué tal te fue por los Apalaches? —preguntó Marshall.

La había interrogado por teléfono, pero ella prefería guardarse sus historias para la conversación cara a cara. Sonrió y empezó por lo de Romey. A mitad del relato cayó en la cuenta de lo mucho que estaba disfrutando con la aventura. Marshall no daba crédito y quería denunciar a alguien, pero se tranquilizó después de unos tragos de vodka. Pidieron pizza y Sam le describió la cena con Mattie y Chester.

—No pensarás en serio ir a trabajar allí, ¿verdad? —preguntó él.

—Me han dado el puesto. Probaré durante unos meses. Si me aburro, volveré a Nueva York y buscaré empleo de dependienta de zapatería en Barneys.

—No estás obligada a vender zapatos ni estás obligada a trabajar en un centro de asistencia jurídica. ¿Cuánto dinero tienes en el banco?

—Suficiente para sobrevivir. ¿Cuánto tienes tú en el banco?

Marshall frunció el ceño y tomó otro trago. Samantha continuó:

—Mucho, ¿eh? Mamá está convencida de que enterraste un montón de pasta en algún paraíso fiscal y se la clavaste en el divorcio. ¿Es verdad?

—No, no lo es, pero si lo fuera ¿crees que lo reconocería ante ti?

—No, nunca. Hay que negarlo todo siempre. ¿No es esa la primera regla del abogado penalista defensor?

—Qué sé yo. Y por cierto, reconocí mis delitos y me declaré culpable. ¿Qué sabes tú de derecho penal?

—Nada, pero estoy aprendiendo. Para empezar, ya he sido detenida.

—Bueno, yo también lo fui... y no se lo recomiendo a nadie. Al menos te libraste de las esposas. ¿Qué más dice tu madre de mí?

—Nada bueno. En algún rincón de mi mente fatigada por el trabajo hay una fantasía en la que los tres nos sentamos a cenar en un restaurante precioso, no como familia, Dios no lo quiera, sino como tres adultos que igual tenemos un par de cosas en común.

—Me apunto.

—Sí, pero ella no. Hay demasiados asuntos pendientes.

—¿Cómo hemos pasado a hablar de esto?

—No lo sé. Lo siento. ¿Has demandado en alguna ocasión a una empresa minera?

Marshall hizo tintinear los cubitos de hielo y pensó un momento. Había presentado demandas contra infinidad de corporaciones díscolas. Por desgracia, dijo:

—No, me parece que no. Me especializaba en accidentes de aviación, pero Frank, uno de mis socios, estuvo implicado alguna vez en un caso relacionado con el carbón. Un desastre ambiental que tenía que ver con la porquería esa que almacenan en lagos. No habla mucho del asunto, lo que probablemente quiere decir que perdió el caso.

—Se llama lodo líquido o fango, como prefieras. Son residuos tóxicos que se producen al lavar el carbón. Las empresas lo almacenan en embalses con diques de tierra donde se pudre durante años, se filtra en la tierra y contamina el agua potable.

—Vaya, vaya, así que ahora eres una enteradilla.

—Bueno, he aprendido mucho en las últimas veinticuatro horas. ¿Sabías que algunos condados de las regiones mineras tienen los índices más elevados de cáncer de todo el país?

—A mí me suena a pleito.

—Allí es difícil ganar un pleito porque el carbón es lo que manda y muchos jurados se muestran comprensivos con las compañías.

—Eso es maravilloso, Samantha. Ahora hablamos de derecho de verdad, no de construir rascacielos. Cómo me enorgullezco de ti. Vamos a demandar a alguien.

Llegó la pizza y la comieron directamente de la piedra. Una morena con buen tipo pasó por delante en minifalda; Marshall la miró por instinto y dejó de masticar un instante, luego se controló y procuró comportarse como si no hubiera visto a aquella mujer.

—¿Qué clase de trabajo harás allí? —preguntó, incómodo, con un ojo fijo aún en la falda.

—Tienes sesenta años y ella es más o menos de mi edad. ¿Cuándo vas a dejar de mirar?

—Nunca. ¿Qué tiene de malo mirar?

—No lo sé. Supongo que es el primer paso.

—Lo que pasa es que no entiendes a los hombres, Samantha. Mirar es automático e inofensivo. Todos miramos. Venga.

—¿Así que no lo puedes evitar?

—No. Y ¿por qué hablamos de esto? Prefiero charlar de demandas contra empresas mineras.

—No tengo nada más. Te he contado todo lo que sé.

—¿Vas a demandarlos?

—Lo dudo. Pero conocí a un hombre que se dedica en exclusiva a casos relacionados con el carbón. Su familia quedó destrozada por una explotación minera a cielo abierto cuando era niño y ha emprendido una especie de vendetta. Lleva un arma. La vi.

—¿Un hombre? ¿Te gustó?

—Está casado.

—Bien. Más vale que no te enamores de un montañés. ¿Por qué va armado?

—Me parece que es habitual por allí. Dice que las compañías mineras no le tienen aprecio y que en su oficio hay un largo historial de violencia.

Marshall se limpió la boca con una servilleta de papel y tomó un sorbo de agua.

—Déjame que resuma lo que he oído. Es un lugar donde permiten a los enfermos mentales vestir uniforme, presentarse como agentes, conducir coches con luces centelleantes, detener a los conductores que no son del estado y, a veces, incluso llevarlos al calabozo. Otros, que evidentemente no son enfermos mentales, se dedican a ejercer la abogacía con armas

93

en el maletín. Y también hay otros que ofrecen empleos temporales a abogados despedidos y no les pagan por ello.

—Es un análisis bastante ajustado.

—¿Y empiezas el lunes por la mañana?

—Eso es.

Marshall meneó la cabeza y escogió otra porción de pizza.

—Supongo que es mejor que los Grandes Bufetes de Wall Street.

—Ya veremos.

Blythe se escapó del bufete para almorzar deprisa y corriendo. Quedaron en una tienda de productos gourmet no muy lejos de su despacho y, mientras comían una ensalada, se las apañaron para llegar a un acuerdo. Samantha pagaría su parte del alquiler durante los tres meses que quedaban de contrato, pero luego ya no se comprometía a seguir. Blythe se estaba aferrando a su empleo y era ligeramente optimista con respecto a sus posibilidades de conservarlo. Quería mantener el apartamento, pero no podía pagar el alquiler entero. Samantha le aseguró que había muchas probabilidades de que dentro de poco volviera a Nueva York, a hacer algo.

Esa misma tarde quedó con Izabelle para tomar un café y cotillear. Izabelle tenía el equipaje hecho e iba a volver a su casa, en Wilmington, a vivir con una hermana que tenía una habitación libre en el sótano. Colaboraría con un grupo de defensa jurídica de menores y buscaría un empleo de verdad. Estaba deprimida y amargada, y no tenía clara su supervivencia. Cuando se dieron un abrazo de despedida las dos sabían que tardarían mucho en volver a verse.

El sentido común aconsejaba a Samantha alquilar un vehículo en el área metropolitana de Nueva York, cargarlo e irse camino del sur. Sin embargo, como no tardó en averiguar por medio del móvil, cualquier coche alquilado tendría matrícula de Nueva York. Probablemente podría encontrar uno en New Jersey, o incluso en Connecticut, pero los tres llamarían la atención en Brady. No podía quitarse a Romey de la cabeza. Después de todo, seguía en libertad, haciendo de las suyas.

En su lugar, llenó dos maletas y un bolso grande de lona con todo lo que le pareció apropiado para el lugar adonde iba. Un taxi la dejó en Penn Station. Cinco horas después otro taxi la recogió en Union Station, en Washington. Karen y ella comieron sushi a domicilio en pijama y vieron una película antigua. No mencionaron a Marshall en ningún momento.

La página web de Alquileres Gasko en Falls Church prometía una amplia selección de estupendos vehículos usados, cómodos plazos, papeleo sin apenas molestias, un seguro fácil de contratar y satisfacción absoluta para el cliente. Samantha no tenía muchos conocimientos sobre automóviles, pero algo le dijo que un modelo nacional seguramente le causaría menos problemas que uno, pongamos por caso, japonés. Curioseando en la web de Gasko vio un Ford mediano de 2004 con puerta trasera que parecía adecuado. Por teléfono el vendedor dijo que seguía disponible y, lo más importante, le garantizó que tendría matrícula de Virginia. «Sí, señora, delante y detrás.»

Samantha tomó un taxi a Falls Church y se reunió con Ernie, el vendedor. Era un ligón que hablaba demasiado pero poco observador. De haber sido más astuto, se habría dado cuenta de lo mucho que le aterraba a Samantha el proceso de alquilar durante doce meses con opción a compra un coche usado.

De hecho, se había planteado llamar a su padre para que la ayudara, pero lo dejó correr. Se convenció de que era lo bastante dura para afrontar el reto, relativamente poco importante. Tras dos largas horas con Ernie por fin salió de allí al volante de un Ford discreto a más no poder, propiedad de alguien que a todas luces vivía en el estado de Virginia.

8

El cursillo de orientación consistió en una reunión a las ocho de la mañana con una cliente nueva. Por suerte para Samantha, que no tenía idea de cómo llevar a cabo ese encuentro, Mattie llevó las riendas. «Tú toma notas, frunce mucho el ceño y procura aparentar que eres inteligente», le aconsejó en un susurro. No había problema: así era justo como había sobrevivido los dos primeros años en Scully & Pershing.

La cliente era Lady Purvis, una mujer de unos cuarenta años con tres hijos, cuyo marido, Stocky, estaba en ese momento en la cercana cárcel del condado de Hopper. Mattie no le preguntó si Lady era su nombre auténtico; en el caso de que tuviera importancia, el detalle ya saldría luego a colación. Pero, teniendo en cuenta su aspecto rústico y su manera de hablar descarada, costaba trabajo imaginar que sus padres le hubieran puesto oficialmente el nombre de Lady. Tenía ese aire de penuria ganado a pulso en algún sitio dejado de la mano de Dios, y se molestó cuando Mattie le dijo que no podía fumar en la oficina. Samantha, con el ceño fruncido, se puso a garabatear como una posesa y no articuló palabra. Desde la primera frase Lady no habló más que de mala suerte y miseria. La familia vivía en una caravana, que estaba hipotecada, y llevaban retraso con las letras; llevaban retraso con todo. Sus hijos mayores habían dejado los estudios para buscar trabajos inexistentes en los condados de Noland, Hopper o Curry. Amenazaban con fugarse a algún sitio hacia el oeste, donde igual podían sacar algo de dinero recogiendo naranjas. Lady trabajaba aquí y allá, limpiaba casas los fines de semana y hacía de canguro por cinco pavos la hora; lo que fuera, en realidad, para sacar un dólar.

El delito de Stocky: exceso de velocidad, lo que llevó al agente a echar un vistazo a su carnet de conducir, que había caducado un par de días antes. La multa y las costas ascendían a 175 dólares, un dinero que no tenía. El condado de Hopper había contratado una empresa privada para sacar dinero por los medios que fuera a Stocky y otros pobres con la mala fortuna de haber cometido delitos menores e infracciones de tráfico. Si Stocky hubiera podido firmar el cheque, lo habría hecho y se habría ido a casa. Pero como era pobre y estaba sin blanca, su caso se llevaba de una manera distinta. El juez ordenó que lo llevaran los canallas de Respuesta Judicial Asociados. Lady y Stocky se reunieron con un empleado de RJA el día que fueron a juicio, y este les explicó cómo funcionaría el plan de pago. Su empresa añadía honorarios diversos: un pago inicial de 75 dólares, otro denominado Tarifa de Servicio Mensual de 35 al mes, y otro al final, suponiendo que llegaran hasta allí, llamado Tarifa de Terminación, que era un chollo a solo 25 dólares. Las costas judiciales y otros añadidos sin precisar hacían que el total ascendiera a 400 dólares. Supusieron que quizá podrían pagar 50 dólares al mes, el mínimo autorizado por RJA; fuera como fuese, enseguida se dieron cuenta de que 35 de los 50 dólares los engullía la Tarifa de Servicio Mensual. Intentaron renegociarlo, pero RJA no quiso ceder. Después de dos cuotas Stocky dejó de pagar y fue entonces cuando empezaron los problemas graves. Dos agentes de policía fueron a su caravana de madrugada y detuvieron a Stocky. Lady protestó, igual que su hijo mayor, y los agentes amenazaron con dejarlos inconscientes con sus recién adquiridas pistolas paralizantes. Cuando llevaron a rastras a Stocky delante del juez otra vez se añadieron más multas y honorarios. El nuevo total ascendía a 550 dólares. Stocky explicó que estaba sin blanca y sin trabajo, y el juez le envió de vuelta a prisión. Llevaba dos meses encerrado. Entre tanto, RJA seguía añadiendo su dichosa Tarifa de Servicio Mensual, que por alguna razón misteriosa había aumentado a 45 dólares al mes.

—Cuanto más tiempo sigue encerrado, más nos endeudamos —dijo Lady, derrotada por completo.

Llevaba sus documentos en una bolsa de papel y Mattie se puso a revisarlos. Había cartas de queja del fabricante de la caravana, cuya adquisición también estaba financiando, y avisos de apertura de juicios hipotecarios, facturas pendientes y notificaciones de impuestos, así como un montón de documentos diversos de RJA. Mattie los leyó y se los pasó a Samantha, que no tenía idea de qué hacer con ellos aparte de elaborar un listado de toda la miseria de los Purvis.

Lady, por fin, se vino abajo.

—Tengo que fumar. Necesito cinco minutos.

Le temblaban las manos.

—Claro —dijo Mattie—. Sal ahí mismo.

—Gracias.

—¿Cuántos paquetes al día?

—Solo dos.

—¿De qué marca?

—Charlie's. Sé que tendría que dejarlo, y lo he intentado, pero es lo único que me calma los nervios.

Lady cogió el bolso y salió del despacho.

—Charlie's es una de las marcas preferidas en los Apalaches —explicó Mattie—. Es más barata, pero aun así sale a cuatro dólares el paquete. Eso son ocho pavos al día, doscientos cincuenta al mes, y apuesto a que Stocky fuma por lo menos lo mismo. Probablemente se dejan quinientos dólares mensuales en tabaco y Dios sabe cuánto en cerveza. Si alguna vez les sobra algo, seguro que se lo gastan en boletos de lotería.

—Eso es ridículo —dijo Samantha, para quien era un alivio meter baza por fin—. Podrían pagar sus multas en un mes y él saldría de la cárcel.

—Ellos no piensan así. Fumar es una adicción, algo de lo que sencillamente no pueden prescindir.

—Vale, ¿puedo preguntarte una cosa?

—Claro. Apuesto a que quieres saber por qué a una persona como Stocky pueden meterla en una cárcel especial para deudores y morosos, lo que en este país fue declarado ilegal hace doscientos años, ¿verdad?

Samantha asintió con ademán lento.

—Más que probablemente —continuó Mattie—, también estás convencida de que meter a alguien en la cárcel porque no puede pagar una multa o unos honorarios infringe la Cláusula sobre Protección Igualitaria de la Decimocuarta Enmienda. Y sin duda estás familiarizada con el dictamen del Tribunal Supremo de 1983, ahora mismo no recuerdo el nombre, en el que este dictaminó que antes de meter en la cárcel a una persona por no pagar una multa hay que demostrar que está eludiendo el pago a propósito. En otras palabras, que puede pagar, pero se niega a hacerlo. Todo eso y más, ¿eh?

—Es un buen resumen.

—Está ocurriendo en todas partes. RJA maneja el cotarro en los tribunales de delitos menores de una docena de estados del sur. De promedio, los gobiernos locales recaudan el treinta por ciento del dinero de sus multas. RJA aparece y promete el setenta por ciento, sin que el contribuyente tenga que poner nada. Aseguran que todo eso lo financian tipos como Stocky que se dejan embaucar. Todas las ciudades y los condados necesitan pasta, así que firman con RJA y los tribunales les pasan los casos. Las víctimas quedan en libertad condicional y, cuando no pueden pagar, los meten en la cárcel, donde naturalmente los contribuyentes empiezan a correr con los gastos otra vez. Están gastando treinta dólares al día en alimentar y alojar a Stocky.

—Eso no puede ser legal.

—Es legal, porque no es específicamente ilegal. Son pobres, Samantha, están en el último peldaño de la escala social, y ahí abajo las leyes son distintas. Por eso nosotras tenemos trabajo, por así decirlo.

—Qué horror.

—Pues sí, y puede empeorar. En tanto que delincuente en libertad condicional, son capaces de excluir a Stocky de los cupones para alimentos y la ayuda para la vivienda, retirarle el carnet de conducir... Qué coño, en algunos estados igual hasta le niegan el derecho a votar, suponiendo que se haya tomado la molestia de inscribirse en el censo.

A su regreso, Lady apestaba a humo de tabaco y seguía igual de nerviosa. Fueron revisando con lentitud sus facturas pendientes.

—¿Podéis ayudarme de alguna manera? —preguntó con ojos llorosos.

—Claro —respondió Mattie, mucho más optimista de la cuenta—. He logrado más de un éxito negociando con RJA. No están acostumbrados a que intervengan abogados y, para ser unos tipos tan duros, es fácil acoquinarlos. Saben que no tienen razón y temen que alguien los ponga en evidencia. Conozco al juez de allí y, a estas alturas, están hartos de alimentar a Stocky. Podemos sacarlo para que vuelva a trabajar. Luego nos plantearemos declararos insolventes para salvar la casa y eliminar algunas facturas. Regatearé con las empresas de suministro.

Enumeró las arriesgadas jugadas como si ya las hubiera llevado a cabo, y de pronto Samantha se sintió mejor. Lady consiguió sonreír por primera y única vez.

—Danos un par de días y prepararemos un plan —continuó Mattie—. Llama a Samantha cuando quieras si tienes alguna pregunta. Sabrá todo lo que haya que saber sobre tu caso.

El corazón le dio un vuelco a la pasante al oír que se mencionaba su nombre. En esos instantes tenía la sensación de no saber nada de nada.

—¿Así que tenemos dos abogadas? —preguntó Lady.

—Desde luego.

—¿Y trabajáis, bueno... gratis?

—Así es, Lady. Somos abogadas de oficio. No cobramos por nuestros servicios.

Lady se cubrió los ojos con las dos manos y se echó a llorar.

Samantha no se había recuperado de la primera reunión con una cliente cuando convocaron la segunda. A Annette Brevard, la «socia júnior» del Centro de Asesoría Jurídica Mountain, le pareció que a la nueva pasante le vendría bien ver con sus propios ojos un poco de violencia doméstica.

Annette era una divorciada con dos hijos que llevaba diez años en Brady. Antes vivía en Richmond y ejercía la abogacía en una empresa mediana hasta que un mal divorcio la empujó a hacer las maletas. Huyó a Brady con sus hijos y aceptó el trabajo con Mattie porque no había nada más en todo el estado. Desde luego, no tenía planeado quedarse en Brady, pero ¿quién era lo bastante listo para planear el resto de su vida? Vivía en una casa antigua en el centro detrás de la cual había un garaje independiente y sobre este un apartamento de dos habitaciones que sería el hogar de Samantha durante los meses siguientes. Annette decidió que, si iba a colaborar de manera gratuita, también tendría gratis el alojamiento. Lo habían discutido, pero Annette se había mostrado tajante. Samantha no tenía otra opción viable y se mudó, prometiendo que haría de canguro sin cobrar. Incluso podía aparcar el coche en el garaje.

La cliente era una mujer de treinta y seis años llamada Phoebe. Estaba casada con Randy, y acababan de pasar un fin de semana malo. Randy estaba en la cárcel a unas seis manzanas de allí (la misma cárcel de la que Samantha había escapado por los pelos), y Phoebe estaba sentada en el despacho de una abogada con el ojo izquierdo a la funerala, un corte en la nariz y terror en los ojos. Con compasión y tacto, Annette logró que Phoebe fuera relatando su historia. Una vez más Samantha frunció el ceño con aire inteligente sin emitir sonido alguno, tomó páginas enteras de notas y se preguntó cuántos chiflados vivían en esa zona.

Con una voz tan sosegada que tranquilizaba incluso a Samantha, Annette fue animándola a continuar entre abundantes lágrimas y emoción de sobra. Randy era adicto a la meta y camello, también era un borracho que llevaba año y medio maltratándola. No le pegó mientras su padre seguía con vida —Randy le tenía un miedo horrible—, pero después de su muerte, hacía un par de años, empezó el maltrato físico. Amenazaba constantemente con matarla. Sí, ella también le daba a la meta, pero tenía cuidado y, desde luego, no estaba enganchada. Tenían tres hijos, todos menores de diez años. Era su segundo matrimonio, el tercero de él. Randy tenía cuarenta y dos años, era mayor, y tenía muchos amigos con malas pulgas en el negocio de la meta. Esa gente le daba miedo. Tenían dinero en efectivo e iban a pagarle la fianza en cualquier momento. Una vez en libertad, casi con toda seguridad Randy la buscaría. Estaba furioso, porque al final Phoebe había llamado a la policía y lo habían detenido. Pero Randy conocía bien al sheriff y no pasaría mucho tiempo en la cárcel. La golpearía hasta que retirara las acusaciones de maltrato. Phoebe utilizó un montón de pañuelos de papel y relató su historia sin parar de llorar.

De vez en cuando Samantha escribía preguntas importantes como «¿Dónde me he metido?» y «¿Qué estoy haciendo aquí?».

Phoebe tenía miedo de regresar a su casa de alquiler. A sus tres hijos los tenía escondidos una tía suya en Kentucky. Un agente le dijo que Randy debía presentarse en el juzgado el lunes. Ahora mismo el juez podía estar decretando la fianza para que saliera en libertad condicional y, una vez fijada esta, sus colegas apoquinarían el dinero y Randy estaría en la calle.

—Tenéis que ayudarme —decía Phoebe una y otra vez—. Me va a matar.

—Nada de eso —respondió Annette con una extraña convicción.

A juzgar por las lágrimas de Phoebe, su aire aterrado y su lenguaje corporal, Samantha estaba de acuerdo con ella y sospechaba que Randy aparecería en cualquier momento y empezaría a causar problemas. A Annette, en cambio, no parecía inquietarle en absoluto esa posibilidad.

«Ha pasado por esto un centenar de veces», pensó Sam.

—Samantha, entra en internet y mira la lista de casos pendientes del juzgado —ordenó Annette.

Recitó de corrido la dirección del sitio web del boletín gubernamental del condado de Noland, y la pasante se apresuró a abrir el portátil, iniciar la búsqueda y dejar de lado por un instante a Phoebe y sus emociones.

—Tengo que divorciarme —decía la mujer—. No pienso volver con él, ni soñarlo.

—Vale, entablaremos un pleito de divorcio mañana y obtendremos un mandamiento judicial para que no se te acerque.

—¿Qué es un mandamiento judicial?

—Es una orden del tribunal y, si la infringe, cabreará mucho al juez, que volverá a meterlo entre rejas.

Eso hizo sonreír a Phoebe, pero solo un momento.

—Tengo que irme de la ciudad —dijo—. No puedo quedarme aquí. Se pondrá ciego otra vez, se olvidará del mandamiento judicial y del juez, y vendrá a por mí. Han de mantenerlo encerrado una temporada. ¿Pueden hacerlo?

—¿De qué se le acusa, Samantha? —indagó Annette.

—De agresión dolosa —contestó nada más encontrar el caso en la red—. Debe presentarse ante el juez a la una de esta tarde. Aún no se ha fijado la fianza.

—¿Agresión dolosa? ¿Con qué te pegó?

Las lágrimas afloraron al instante y Phoebe se las enjugó de las mejillas con el dorso de la mano.

—Tenía una pistola, una pistola que guardamos en un cajón de la cocina, descargada, por los niños, aunque las balas están encima de la nevera, por si acaso, ya sabéis. Estábamos peleando y gritando, y sacó la pistola como para cargarla y acabar conmigo, supongo. Intenté cogérsela y me golpeó en la sien con la empuñadura. Luego la tiró al suelo y me pegó con las manos. Salí de casa, fui a la de al lado y llamé a la poli.

Annette levantó un brazo con ademán tranquilo para acallarla.

—De ahí lo de «dolosa»: utilizó un arma. —Miró a Phoebe y Samantha mientras lo decía, para aclarárselo a ambas—. En Virginia la sentencia puede ser de cinco a veinte años, dependiendo de las circunstancias: el arma, la lesión, etc.

Samantha estaba tomando notas decididamente otra vez. Había oído algo al respecto en la facultad de Derecho, hacía muchos años.

—Ahora bien, Phoebe —continuó Annette—, cabe esperar que tu marido diga que tú fuiste a por el arma primero, que le golpeaste y demás, e incluso podría presentar cargos contra ti. ¿Cómo responderías entonces?

—Ese tipo mide un palmo más que yo y pesa cincuenta kilos más. Nadie con dos dedos de frente se tragaría que busqué pelea con él. Los polis, si dicen la verdad, confirmarán que estaba borracho y se le había ido la pinza. Incluso forcejeó con ellos hasta que le dieron con la pistola paralizante en ese culo gordo que tiene.

Annette sonrió, satisfecha. Miró el reloj de pulsera, abrió un archivador y sacó unos documentos.

—Tengo que hacer una llamada dentro de cinco minutos. Samantha, este es nuestro cuestionario de divorcio. Es bastante claro. Repásalo con Phoebe y obtén toda la información que puedas. Vuelvo dentro de media hora.

Samantha cogió el cuestionario como si ya se hubiera ocupado de varias docenas de cosas semejantes.

Una hora después respiró hondo, sola y a salvo en su despacho improvisado. Parecía haber sido un trastero, y resultaba diminuto e incómodo, con dos sillas cojas y una mesa redonda cubierta de vinilo. Mattie y Annette se habían disculpado y le habían prometido una mejora más adelante. Una pared estaba ocupada casi completamente por una ventana que daba al aparcamiento de atrás. Samantha se alegraba de tener luz.

Pese a lo pequeño que era, en Nueva York no había dispuesto de mucho más espacio. En contra de su voluntad, la cabeza se le iba a la gran ciudad, el importante bufete y todas sus promesas y horrores. Sonrió al darse cuenta de que no tenía que fichar; había quedado atrás la presión incesante de haber de facturar más horas, de ganar dinero para los muchachotes de las plantas superiores, de impresionarles con objeto de llegar a ser como ellos algún día. Miró el reloj. Eran las once y aún no había facturado un solo minuto, ni lo facturaría. El antiquísimo teléfono emitió un estertor y no le quedó otra que contestar.

—Tienes una llamada por la línea dos —dijo Barb.

—¿Quién es? —preguntó Samantha con nerviosismo; era su primera llamada.

—Un tal Joe Duncan. No me suena.

—¿Por qué quiere hablar conmigo?

—No me lo ha dicho, pero sí que necesita un abogado, y ahora mismo Mattie y Annette están ocupadas. Es tuyo por eliminación.

—¿Qué tipo de caso es el suyo? —indagó Samantha, que miró de reojo sus seis rascacielos agrupados encima de un archivador sacado de los excedentes del ejército.

—Seguridad Social. Ten cuidado. Línea dos.

Barb trabajaba a media jornada y se ocupaba de la recepción. Samantha solo había hablado con ella unos segundos esa mañana temprano durante las presentaciones. El centro también contaba con una ayudante a media jornada que se llamaba Claudelle. Era un local exclusivamente de chicas.

Pulsó la línea dos y dijo:

—Samantha Kofer.

El señor Duncan saludó y le planteó unas preguntas para cerciorarse de que era abogada. Ella le aseguró que lo era, aunque en esos instantes tenía dudas. Poco después a Joe Duncan ya se le había soltado la lengua. Estaba atravesando una mala racha y necesitaba hablar de ello. Él y su familia habían padecido toda suerte de desgracias y, a juzgar por los diez primeros minutos de su relato, tenía problemas suficientes para mantener ocupado a un bufete pequeño durante varios meses. Estaba en el paro —había sido objeto de un despido improcedente, aunque eso quedaba para más adelante—, pero su auténtico problema era la salud. Tenía una hernia discal y no podía trabajar. Había pedido que la Seguridad Social le concediera un subsidio de invalidez y se lo habían negado. Ahora lo estaba perdiendo todo.

Puesto que Samantha no tenía mucho que ofrecer, prefirió dejarle que siguiera divagando. Transcurrida media hora, no obstante, se aburrió. Poner fin a la conversación era un reto —el señor Duncan estaba desesperado y era insistente—, pero al final lo convenció de que revisaría de inmediato su caso con su especialista en Seguridad Social y se pondría en contacto con él.

A mediodía estaba muerta de hambre y agotada. No era la fatiga provocada por horas de leer y revisar voluminosas carpetas con documentos, ni la presión incesante de impresionar a la gente, ni el miedo a no estar a la altura y que la descartaran de la carrera para llegar a ser socia. No era el agotamiento con el que había convivido durante los últimos tres años. Estaba exhausta por efecto de la impresión y el miedo de ver la ruina emocional de seres humanos de carne y hueso, personas desesperadas con pocas perspectivas que reclamaban su ayuda.

Para el resto del bufete, en cambio, era una típica mañana de lunes. Fueron a la sala de reuniones para almorzar lo que habían traído de casa en bolsas de papel marrón, un ritual semanal que consistía en comer deprisa mientras hablaban de casos, clientes o cualquier otro asunto que creyeran necesario. Ese lunes, sin embargo, el tema principal era la nueva pasante. Tenían ganas de darle un buen repaso. Al final, la animaron a hablar.

—Bueno, necesito un poco de ayuda —reconoció Samantha—. Acabo de hablar por teléfono con un hombre al que le han negado el subsidio por invalidez de la Seguridad Social. Aunque a saber qué significa eso.

El comentario fue recibido con una mezcla de risas y gestos divertidos. Por lo visto la palabra «invalidez» había hecho reaccionar al resto del bufete.

—Ya no aceptamos casos relacionados con la Seguridad Social —dijo Barb desde primera línea; ella era la que recibía a los clientes nada más entrar por la puerta.

—¿Cómo se llamaba? —preguntó Claudelle.

Samantha vaciló y miró las caras impacientes.

—Bueno, lo primero es lo primero. No sé a qué atenerme con respecto a la confidencialidad. ¿Habláis... hablamos abiertamente de los casos de las demás o tenemos que ceñirnos al secreto profesional?

Eso provocó más risas aún. Las cuatro se pusieron a hablar a la vez mientras reían entre dientes y mordisqueaban su sándwich. Samantha tuvo claro de inmediato que, entre esas paredes, esas cuatro señoras hablaban de cualquier cosa y de cualquiera.

—Dentro del bufete, vale todo —dijo Mattie—. Pero fuera, ni una palabra.

—Muy bien.

—Se llamaba Joe Duncan —apuntó Barb—. Ahora me suena de algo.

—Me ocupé de él hace unos años —dijo Claudelle—. Interpuse una demanda y la desestimaron. Creo que era por problemas con el hombro.

—Bueno, pues se le han extendido a la zona lumbar —señaló Samantha—. Parece que está hecho polvo.

—Es de los que se dedican a presentar demandas en serie —le advirtió Claudelle—. Y esa es una de las razones por las que ya no aceptamos casos relacionados con la Seguridad Social. Hay muchos fraudes en el sistema. Está muy corrompido, sobre todo por aquí.

—Vale, y ¿qué le digo al señor Duncan?

—Hay un bufete en Abingdon que se encarga exclusivamente de casos de invalidez.

—Cockrell y Rhodes —terció Annette—, mejor conocidos como Cuca y Racha, o Cucaracha para abreviar. Son unos tipos de mucho cuidado que tienen un chanchullo con médicos y jueces de la Seguridad Social. Todos sus clientes acaban cobrando. Están que se salen.

—Podría interponer una demanda un triatleta y los Cucaracha le conseguirían una pensión por invalidez.

—Así que nosotras nunca...

—Nunca.

Samantha tomó un bocado de su muy elaborado sándwich de pavo y miró directamente a Barb. Estuvo a punto de preguntar lo que era obvio: «Si no aceptamos esos casos, ¿por qué me has pasado la llamada?». En cambio, tomó nota mental de tener siempre el radar en alerta máxima. Tres años de Grandes Bufetes habían afilado como una cuchilla de afeitar sus habilidades de supervivencia. Los tajos en el gaznate y las cuchilladas por la espalda eran la norma, y había aprendido a eludir unos y otras.

No pensaba discutirlo en ese momento con Barb, pero lo sacaría a relucir cuando la ocasión fuera propicia.

Claudelle parecía ser la payasa del grupo. Solo tenía veinticuatro años, no hacía ni uno que se había casado, estaba embarazada y lo llevaba fatal. Había pasado la mañana en el servicio, reprimiendo las náuseas y pensando atrocidades de su criatura aún por nacer, un niño que ya llevaba el nombre de su padre y estaba dándole tantos problemas como él.

El tono de la conversación era sorprendentemente atrevido. En tres cuartos de hora no solo abordaron los problemas más acuciantes del bufete sino que se las arreglaron para explorar las náuseas matinales, los calambres menstruales, el parto, los hombres y el sexo; por lo visto, ninguna estaba pillando suficiente.

Annette disolvió la reunión cuando miró a Samantha y dijo:

—Tenemos que estar en los juzgados dentro de quince minutos.

9

En términos generales, su experiencia en los juzgados no había resultado agradable. Unas visitas habían sido por obligación, otras por voluntad propia. Cuando estaba en primero de secundaria, el gran Marshall Kofer, que estaba llevando la demanda de un accidente de aviación ante un tribunal federal en el centro de Washington, convenció a la profesora de educación cívica de Samantha de que sus alumnos tendrían una excelente experiencia educativa viéndole en acción. Durante dos días enteros los chicos fueron presa de un aburrimiento sofocante mientras testigos expertos presentaban sus argumentos acerca de la aerodinámica en condiciones de congelación extrema. Lejos de enorgullecerse de su padre, a Samantha la mortificó la atención superflua. Por suerte para él, los alumnos ya habían vuelto a clase cuando el jurado regresó con un veredicto a favor del fabricante, asestándole una derrota poco habitual en su carrera. Siete años después Samantha volvió al mismo edificio, aunque a una sala distinta, para ver a su padre declararse culpable de sus delitos. Fue un buen día para su madre, que ni siquiera se planteó asistir, de modo que Samantha fue con un tío suyo, uno de los hermanos de Marshall, y pasó el rato enjugándose las lágrimas con pañuelos de papel. Una asignatura de introducción al Derecho en Georgetown tenía como requisito presenciar parte de un juicio penal, pero Sam no pudo acudir porque tenía un poco de gripe. Como todos los alumnos de Derecho participó en simulacros de juicio, y disfrutó con ellos hasta cierto punto, pero no quiso tomar parte en ningún caso real. Luego, durante su pasantía, rara vez vio un juzgado. En las entrevistas dejaba claro que quería mantenerse al margen de litigios.

Y ahora entraba en el palacio de justicia del condado de Noland, camino de la sala principal. El edificio en sí era una espléndida estructura antigua de ladrillo rojo con un reluciente tejado de estaño un tanto combado sobre la tercera planta. En el interior, un vestíbulo polvoriento exhibía retratos desvaídos de héroes barbudos, y una pared estaba cubierta de notificaciones judiciales grapadas de cualquiera manera a tablones de anuncios. Siguió a Annette hasta la segunda planta, donde pasaron por delante de un anciano alguacil que dormitaba en su silla. Cruzaron unas gruesas puertas de doble hoja y accedieron a la parte posterior de la sala. Delante, un juez trabajaba en su estrado mientras unos cuantos abogados revolvían documentos y cruzaban comentarios en son de broma. A la derecha había una tribuna del jurado vacía. Las altas paredes estaban cubiertas de más retratos desvaídos, todos de hombres, todos con barba y, al parecer, muy dignos en cuestiones jurídicas. Un par de secretarias charlaban y flirteaban con los abogados. Varios espectadores miraban y esperaban que prevaleciera la justicia.

Annette acorraló a un fiscal, un hombre al que presentó apresuradamente a su pasante como Richard, y le dijo que representaban a Phoebe Fanning, que presentaría un pleito de divorcio en cuanto fuera posible.

—¿Qué sabes tú? —le preguntó a Richard.

Los tres se apartaron a un rincón cerca del estrado para que nadie los oyera.

—Según la poli —dijo Richard—, estaban los dos colocados y decidieron arreglar sus diferencias con una buena pelea. Ganó él, ella perdió. De alguna manera apareció un arma, descargada, y él le golpeó en la cabeza.

Annette relató la versión de Phoebe mientras Richard escuchaba con atención.

—Hump es su abogado y lo único que quiere ahora es una fianza baja —explicó—. Pediré una más alta y quizá consigamos que el tipo ese pase unos cuantos días más en la cárcel, a ver si se serena mientras aclara las ideas.

Annette asintió y accedió.

—Gracias, Richard.

Hump era Cal Humphrey, de un bufete calle abajo; acababan de pasar por delante de sus oficinas. Annette lo saludó y le presentó a Samantha, que se quedó abrumada ante el tamaño de su barriga. Un par de tirantes chillones acusaban la carga y parecían a punto de saltar, con consecuencias tan asquerosas que prefirió no imaginarlas siquiera. Hump susurró que «su hombre» Randy —por un instante no pudo recordar el apellido— tenía que salir de la cárcel porque estaba faltando al trabajo. Hump no se tragaba la versión de los hechos de Phoebe, sino que sugería que todo el conflicto se había iniciado al atacar ella a su cliente con la pistola descargada.

—Para eso tenemos juicios —masculló Annette cuando se alejaban de Hump.

Randy Fanning y otros dos presos fueron conducidos a la sala, donde los ubicaron en la primera fila. Les quitaron las esposas y un agente se quedó a su lado. Los tres podrían haber sido miembros de la misma banda, con sus monos de presidiarios de color naranja desteñido, sin afeitar, el pelo revuelto y cara de pocos amigos. Annette y Samantha se sentaron entre el público, lo más lejos posible de ellos. Barb entró de puntillas en la sala, le dio una carpeta a Annette y dijo:

—Es lo del divorcio.

Cuando el juez llamó a declarar a Randy Fanning, Annette envió un mensaje de texto a Phoebe, que esperaba en el coche delante de los juzgados. Randy compareció ante el juez, con Hump a su derecha y Richard a su izquierda, aunque más lejos. Hump comenzó a hablar con vehemencia de lo mucho que su cliente necesitaba ir a trabajar, lo profundas que eran sus raíces en el condado de Noland, cómo se podía confiar en que acudiera al juzgado siempre que se requiriese su presencia, y tal y cual. No era más que una disputa conyugal común y corriente, y cabía arreglar el asunto sin que el sistema judicial tuviera que implicarse más. Mientras lanzaba su perorata Phoebe entró discretamente en la sala y tomó asiento al lado de Annette. Le temblaban las manos y tenía los ojos húmedos.

Richard, en representación de la fiscalía, hizo hincapié en la gravedad de los cargos y la posibilidad real de que Fanning fuera condenado a una pena de cárcel prolongada. «Tonterías», repuso Hump. Su hombre era inocente. Su hombre había sido agredido por su mujer «desequilibrada». Si insistía en seguir por ese camino, tal vez acabaría ella en la cárcel. Los abogados se enzarzaron en una discusión.

El juez, un anciano y pacífico caballero con el pelo alisado, preguntó con toda tranquilidad:

—Tengo entendido que la presunta víctima está presente. ¿Es así, señora Brevard? —preguntó escudriñando la sala.

Annette se puso en pie de un brinco y anunció:

—Está aquí mismo, señoría. —Accedió al estrado como si la sala fuera de su propiedad, con Phoebe tras sus pasos—. Representamos a Phoebe Fanning, cuya demanda de divorcio presentaremos dentro de diez minutos.

Samantha, que seguía a salvo entre el público, vio a Randy Fanning fulminar con la mirada a su esposa. Richard aprovechó la ocasión y dijo:

—Señoría, quizá convenga fijarse en las heridas evidentes que presenta la señora Fanning en la cara. A esta mujer le han dado una paliza de muerte.

—No estoy ciego —repuso el juez—. No veo que usted tenga heridas en la cara, señor Fanning. Este tribunal también toma nota de que usted mide más de uno ochenta y es bastante corpulento. Su mujer es, por así decirlo, bastante más pequeña. ¿La golpeó?

Randy cambió el considerable peso de su cuerpo de un pie al otro, con aire a todas luces culpable, y se las apañó para decir:

—Nos peleamos, juez. Empezó ella.

—Seguro que sí. Creo que es mejor que siga tranquilizándose durante un par de días. Voy a mandarlo de nuevo a la cárcel y nos veremos otra vez el jueves. Entre tanto, señora Brevard, usted y su cliente atiendan sus asuntos legales más acuciantes y manténganme al tanto.

—Pero, señoría —se quejó Hump—, mi cliente perderá su empleo.

—No tiene trabajo —se le escapó a Phoebe—. Tala árboles a media jornada y vende meta a jornada completa.

Dio la impresión de que todos los presentes tragaban saliva con dificultad mientras sus palabras resonaban en la sala. Randy estaba dispuesto a reanudar la pelea y miró a su esposa con odio asesino. El juez dijo por fin:

—Ya está bien. Tráiganlo de nuevo el jueves.

Un alguacil agarró a Randy y se lo llevó de la sala.

En la puerta principal había dos hombres, un par de rufianes con el pelo apelmazado y tatuajes. Se quedaron mirando fijamente a Annette, Samantha y Phoebe cuando pasaron. En el vestíbulo, Phoebe susurró:

—Esos matones están con Randy, andan todos metidos en el negocio de la meta. Tengo que irme de este pueblo.

«Es posible que te siga los pasos», pensó Samantha.

Entraron en la oficina del Tribunal Superior y presentaron la demanda de divorcio. Annette pidió que se celebrara de inmediato una vista a fin de obtener la orden de alejamiento para que Randy no se acercara a la familia.

—El hueco más próximo es el miércoles por la tarde —dijo una secretaria.

—Pues entonces —accedió Annette.

Los dos matones estaban esperando justo delante de la puerta principal del palacio de justicia, y se había sumado a ellos un tercer joven de aspecto airado. Se cruzó delante de Phoebe y gruñó:

—Más vale que retires los cargos, tía, o te arrepentirás.

Phoebe no reculó; en cambio, le miró de un modo que denotaba años de familiaridad y desprecio.

—Es el hermano de Randy, Tony, que acaba de salir de la cárcel —le explicó a Annette.

—¿Me has oído? He dicho que retires los cargos —insistió Tony, gruñendo más alto.

—Acabo de pedir el divorcio, Tony. Se ha terminado. Me voy a ir de la ciudad tan pronto como pueda, pero volveré cuando se celebre el juicio, pierde cuidado. No pienso retirar los cargos, así que haz el favor de dejarme pasar.

Un matón miraba de hito en hito a Samantha, el otro a Annette. La breve confrontación acabó cuando Hump y Richard salieron del palacio de justicia y vieron lo que ocurría.

—Ya está bien —advirtió Richard, y Tony retrocedió.

—Vámonos, chicas —dijo Hump—. Os acompaño a la oficina.

Hump echó a andar con pesadez por Main Street, hablando sin cesar sobre otro caso que Annette y él estaban defendiendo, y Samantha los siguió, perturbada por el incidente y preguntándose si tendría que llevar un arma en el bolso. No era de extrañar que Donovan ejerciera la abogacía con un pequeño arsenal.

El resto de la tarde lo tenía despejado de clientes, por suerte. Ya había oído suficientes desgracias para un día, y tenía que estudiar. Annette le prestó material muy usado de seminarios para abogados novatos, con secciones sobre el divorcio y las relaciones domésticas, la inmigración y las ayudas del gobierno. Una sección sobre el subsidio para enfermos de neumoconiosis había sido añadida a posteriori. Resultaba árido y pesado, al menos la lectura, pero ya había aprendido de primera mano que los casos eran cualquier cosa menos aburridos.

A las cinco en punto por fin llamó al señor Joe Duncan y le informó de que no podía ocuparse de su apelación a la Seguridad Social. Sus superiores prohibían esa clase de representación. Le dio los nombres de dos abogados privados que llevaban casos como el suyo y le deseó suerte. El señor Duncan quedó muy contento con la llamada.

Sam se pasó por el despacho de Mattie e hicieron un resumen de su primer día de trabajo. Hasta el momento iba bastante bien, aunque seguía nerviosa por el breve enfrentamiento en la escalera del palacio de justicia.

—Seguro que no se meten con un abogado —le aseguró Mattie—. Sobre todo si es una mujer. Llevo veintiséis años dedicándome a esto y nunca he sufrido una agresión.

—Enhorabuena. ¿Te han amenazado?

—Igual un par de veces, pero nada que me diera miedo de veras. Te irá bien.

Se sintió mejor al salir del bufete y coger el coche, aunque no pudo evitar mirar alrededor. Caía una ligera llovizna y el pueblo se estaba oscureciendo. Aparcó en el garaje sobre el que estaba su apartamento y subió la escalera.

La hija de Annette, Kim, tenía trece años; su hijo, Adam, diez. Les intrigaba su nueva «compañera de piso» e insistieron en que cenaran todos juntos, aunque Samantha no tenía intención de compartir mesa con ellos todas las noches. Con su anterior horario de locura, y el de Blythe, se había acostumbrado a comer sola.

Annette, en tanto que profesional con un trabajo agotador, tenía poco tiempo para cocinar. A todas luces, limpiar tampoco era una prioridad. La cena consistía en macarrones con queso de microondas y ensalada de tomate del huerto de un cliente. Bebieron agua de botellas de plástico, nunca del grifo. Mientras comían, los niños acribillaron a Samantha a preguntas sobre su vida, lo que había sido crecer en Washington, vivir y trabajar en Nueva York, y por qué demonios había decidido ir a Brady. Eran listos, seguros de sí mismos, tenían sentido del humor y no les daba miedo indagar sobre cuestiones personales. También eran bien educados, y nunca les faltaba un «Sí, señora» o un «No, señora». Decidieron que era muy joven para llamarla señora Kofer, y Adam creía que Samantha era un nombre demasiado largo. Al final acordaron llamarla miss Sam, aunque Samantha confiaba en que el «miss» no tardaría en desaparecer. Les dijo que sería su canguro, lo que por lo visto los desconcertó.

—¿Para qué necesitamos una canguro? —preguntó Kim.

—Para que vuestra madre pueda salir y hacer lo que le apetezca —dijo Samantha.

Lo encontraron gracioso.

—Pero si no sale nunca —señaló Adam.

—Es verdad —reconoció Annette—. No hay mucho que hacer en Brady. De hecho, no hay nada que hacer si no vas a misa tres tardes a la semana.

—¿Y vosotros no vais a misa? —preguntó Samantha.

De momento, en el poco tiempo que llevaba en los Apalaches, había llegado a la conclusión de que cada cinco familias había una minúscula iglesia con su torre blanca de tejado inclinado. Las había por doquier, todas ellas compartían su fe en la infalibilidad de las Sagradas Escrituras, pero por lo visto poco más.

—A veces los domingos —dijo Kim.

Después de cenar Kim y Adam recogieron obedientemente la mesa y apilaron los platos en el fregadero. No había lavavajillas. Querían ver la tele con miss Sam y saltarse los deberes, pero al final Annette los ahuyentó a sus cuartitos. Percibiendo que su invitada igual se aburría, dijo:

—Vamos a tomar un té y a charlar.

Sin otra cosa que hacer, Samantha accedió. Annette recogió un montón de prendas sucias y las metió en la lavadora, al lado de la nevera. Añadió jabón y giró el programador.

—Hace tanto ruido que no se oirá nada de lo que decimos —comentó mientras buscaba bolsitas de té en el armario—. ¿Te va bien sin cafeína?

—Claro —asintió Samantha al tiempo que accedía al estudio, atestado de estanterías combadas, montones de revistas y muebles poco firmes a los que hacía meses que no les quitaban el polvo. En un rincón había un televisor de pantalla plana (en el apartamento del garaje no lo había), y en otro rincón Annette tenía una mesita con un ordenador y un montón de expedientes. Trajo dos tazas de té humeante, le tendió una a Samantha, y dijo:

—Vamos a sentarnos en el sofá y a hablar de cosas de chicas.

—Vale, ¿en qué estás pensando?

Mientras se acomodaban, Annette respondió:

—Pues... en sexo para empezar. ¿Cada cuánto echabas un polvo en Nueva York?

Samantha rió al oír su franqueza, y tardó en contestar, como si no alcanzara a recordar la última vez.

—No hay tanta marcha, no creas. Bueno, la hay si te va eso, pero en mi entorno trabajamos demasiado para divertirnos. Para nosotros salir una noche consiste en una cena agradable y unas copas; después estoy muy cansada para hacer otra cosa que no sea dormir, sin compañía.

—Cuesta creerlo, con tantos profesionales ricos y jóvenes merodeando. He visto una y otra vez *Sexo en Nueva York*. Yo sola, claro, después de que los niños se acuesten.

—Yo no la he visto. He oído hablar de la serie, pero por lo

general estaba en la oficina cuando la daban. He tenido novio los últimos tres años. Henry, un actor muerto de hambre, muy mono y divertido en la cama, pero que se hartó de mis horarios y mi cansancio. Una conoce a muchos chicos, claro, pero la mayoría están igual de entregados a su trabajo. Las mujeres son prescindibles. También hay cantidad de gilipollas, un montón de capullos arrogantes que no hablan más que de dinero y de lo que pueden comprar.

—Qué palo.

—No creas. No es tan glamuroso como te parece.

—¿Nunca?

—Bueno, sí, he tenido algún rollo ocasional, pero nada que me apetezca recordar. —Samantha tomó un sorbo de té y buscó el modo de desviar la conversación—. Y tú, ¿qué? ¿Pillas mucho en Brady?

Ahora le tocaba reír a Annette. Hizo una pausa, tomó un sorbo y se entristeció.

—Aquí no ocurre gran cosa. Tomé la decisión, ahora la vivo, y no tiene nada de malo.

—¿La decisión?

—Sí, vine aquí hace diez años, buscando un retiro absoluto. Mi divorcio fue una pesadilla y tenía que alejarme de mi ex. También llevarme a mis hijos. Casi no mantenemos ningún contacto. Ahora tengo cuarenta y cinco años, conservo cierto atractivo y estoy en bastante buena forma, a diferencia de, bueno...

—Ya.

—Digamos que no hay mucha competencia en el condado de Noland. Ha habido un par de hombres majos por el camino, pero ninguno con el que quisiera vivir. Uno tenía veinte años más que yo, y sencillamente no podía hacerles algo así a mis hijos. Durante los primeros años tuve la sensación de que la mitad de las mujeres del pueblo intentaban que me liase con un primo suyo. Luego me di cuenta de que en realidad querían que me casara para no tener que preocuparse por sus propios maridos. Pero los hombres casados no me tientan. Es demasiado problemático, aquí o en Nueva York.

—¿Por qué sigues en Brady?

—¡Es una gran pregunta! De hecho, no estoy segura de que vaya a quedarme. Es un lugar seguro para criar a los niños, aunque nos preocupan los peligros medioambientales. Brady está bien, pero no muy lejos de aquí, en los asentamientos y las cuencas mineras, los niños enferman constantemente por el agua contaminada y el polvo del carbón. Respondiendo a tu pregunta, sigo aquí porque me encanta el trabajo. Me encanta la gente que necesita mi ayuda. Puedo cambiar su vida aunque solo sea un poco. Hoy los has conocido. Has visto el miedo y la desesperación. Me necesitan. Si me voy, quizá alguien ocupe mi puesto, o quizá no.

—¿Cómo desconectas cuando sales de la oficina?

—No siempre lo consigo. Sus problemas son tan graves que a menudo me quitan el sueño.

—Me alegra oírlo, porque no dejo de pensar en Phoebe Fanning, con la cara magullada y los hijos escondidos en casa de una pariente, y casada con un gorila que probablemente la mate cuando salga a la calle.

Annette le ofreció una sonrisa cariñosa.

—He visto a muchas mujeres en su situación, y todas han sobrevivido. A Phoebe le irá bien, con el tiempo. Se reubicará en alguna parte, nosotras la ayudaremos, y se divorciará de ese tipo. Ten en cuenta, Samantha, que ahora mismo está en la cárcel, averiguando lo que es vivir entre rejas. Si hace alguna estupidez, podría pasar el resto de su vida a la sombra.

—No me ha dado la impresión de que sea un hombre reflexivo, precisamente.

—Tienes razón. Es un idiota y un drogadicto. No quiero restar importancia a la situación de Phoebe, pero le irá bien.

Samantha suspiró y dejó la taza en la mesita de centro.

—Lo siento, es que todo esto me coge de nuevas.

—¿Lo de tratar con gente de verdad?

—Sí, verme implicada en sus problemas, y que esperen que yo los resuelva. El último expediente del que me ocupé en Nueva York tenía que ver con un tipo muy turbio, un patrimonio de unos mil millones de dólares, un cliente nuestro que quería construir un hotel elegante y altísimo en mitad de Greenwich Village. Era con mucho el proyecto más feo que había visto, chabacano a más no poder. Despidió a tres o cuatro arquitectos, y el edificio se volvía cada vez más alto y más horrible. La ciudad dijo que ni soñarlo, así que empezó a interponer demandas, se congraciaba con políticos y se conducía como muchos promotores inmobiliarios en Manhattan. Lo conocí de pasada cuando vino al bufete para avasallar a mi socio. Un chorizo de tomo y lomo. Y era cliente nuestro, mío. Aborrecía a ese tipo. Quería que se hundiese.

—¿Y eso qué tiene de malo?

—Se hundió, y nos alegramos en secreto. Fíjate, invertimos montones de horas, le cobramos una fortuna, y nos entraron ganas de celebrarlo cuando desestimaron su proyecto. Vaya relación con los clientes, ¿eh?

—Yo también lo habría celebrado.

—Ahora estoy preocupada por Lady Purvis, que tiene a su marido en la cárcel para deudores, y me inquieta que Phoebe no se haya ido de aquí antes de que su marido salga bajo fianza.

—Bienvenida a nuestro mundo, Samantha. Mañana habrá más casos aún.

—No sé si tengo madera para esto.

—Claro que la tienes. Hay que ser dura en este oficio, y tú eres mucho más dura de lo que crees.

Adam estaba de vuelta, había terminado los deberes en un abrir y cerrar de ojos y quería retar a miss Sam a una partida de rummy.

—Se cree muy listo jugando a cartas —le advirtió Annette—. Y hace trampas.

—No he jugado nunca al rummy —reconoció miss Sam.

Adam ya barajaba los naipes como un crupier de Las Vegas.

10

La mayoría de las jornadas laborales de Mattie comenzaban con un café a las ocho en punto, la puerta del despacho cerrada, el teléfono desatendido y Donovan sentado enfrente para charlar sobre los cotilleos más recientes. En realidad, no había necesidad de cerrar la puerta porque nadie más llegaba al centro de asesoría hasta las ocho y media o así, cuando Annette aparecía después de dejar a los niños en el colegio. Aun así, Mattie valoraba la intimidad con su sobrino y la protegía.

Las normas y los procedimientos en el bufete no parecían ser muy rigurosos, y a Samantha le habían dicho que fuera «a eso de las nueve» y trabajara hasta que encontrara un buen momento para dejarlo a media tarde. Al principio le preocupaba que la transición de cien horas a la semana a cuarenta le resultara difícil, pero nada de eso. Hacía años que no dormía hasta las siete y lo estaba disfrutando mucho. A las ocho, no obstante, ya estaba subiéndose por las paredes, impaciente por iniciar la jornada. El martes cruzó la puerta principal, pasó por delante del despacho de Mattie, oyó que alguien hablaba en voz baja y fue a la cocina en busca de la cafetera. Se acababa de sentar a su mesita para estudiar una o dos horas, o hasta que la llamaran para asistir a otra entrevista con un cliente, cuando de pronto apareció Donovan y saludó:

—Bienvenida al pueblo.

—Vaya, hola —respondió.

Donovan miró a su alrededor y comentó:

—Seguro que en Nueva York tenías un despacho mucho más grande.

—La verdad es que no. Nos metían a los novatos en lo que llamaban «cubículos», unos espacios de trabajo tan estrechos que bastaba con alargar el brazo para tocar a un compañero, si era necesario. Ahorraban en alquiler para que los socios protegieran su cuenta de beneficios.

—Parece que lo echas mucho de menos.

—Creo que sigo aturdida. —Indicó la otra silla que había y apostilló—: Siéntate.

Donovan se acomodó con despreocupación en la sillita y dijo:

—Mattie me ha contado que fuiste al juzgado en tu primer día de trabajo.

—Pues sí. ¿Qué más te ha contado?

Samantha se preguntó si repasarían sus movimientos del día anterior todas las mañanas durante el café.

—Nada, no es más que la charla intrascendente de los abogados del pueblo. Antes Randy Fanning era un buen tipo, pero empezó a darle a la meta. Acabará muerto o en la cárcel, como muchos otros por aquí.

—¿Puedes prestarme una de tus armas?

Donovan se echó a reír, y luego añadió:

—No te hará falta. Los traficantes de meta no son ni remotamente tan chungos como las empresas mineras. Si empiezas a demandarlas una y otra vez, te conseguiré un arma. Sé que es temprano, pero ¿has pensando en el almuerzo?

—Aún no he pensado ni en el desayuno.

—Te propongo almorzar, un almuerzo de trabajo en mi despacho. ¿Un sándwich de ensalada de pollo?

—¡Cómo iba a rehusar esa invitación!

—¿Mediodía encaja en tu plan de trabajo?

Sam fingió consultar su ocupada agenda y respondió:

—Estás de suerte. Resulta que tengo un hueco.

Donovan se puso en pie de un salto y se despidió.

—Nos vemos —dijo.

Samantha estudió en silencio un rato, con la esperanza de que la dejaran tranquila. A través de los finos tabiques oyó que Annette discutía sobre un caso con Mattie. El teléfono sonaba de cuando en cuando, y cada vez que Samantha lo oía contenía la respiración y confiaba en que la recepcionista pasara la llamada a otro despacho, a una abogada que supiera qué hacer. Su suerte duró hasta casi las diez, cuando Barb asomó la cabeza por la puerta y le espetó:

—Voy a ausentarme una hora. Ocúpate tú de la recepción.

Desapareció antes de que Samantha pudiera preguntarle a qué se refería con exactitud.

Suponía sentarse a la mesa de Barb en el vestíbulo, sola e indefensa, para que probablemente la abordara alguna alma en pena sin dinero con la intención de contratar a un abogado de verdad. Suponía contestar el teléfono y pasar las llamadas o bien a Mattie o bien a Annette, o sencillamente darles largas. Una persona preguntó por Annette, que estaba con un cliente. Otra preguntó por Mattie, que había ido a los juzgados. Otra necesitaba ayuda con una petición de subsidio por invalidez a la Seguridad Social, y Samantha le remitió sin problemas a un bufete privado. Al final, se abrió la puerta de la calle y entró la señora Francine Crump con un asunto judicial que tendría obsesionada a Sam durante meses.

Lo único que quería era un testamento, uno «que no costara nada». Los testamentos simples son documentos claros, cuya preparación pueden abordarla sin problemas hasta los abogados con menos experiencia. De hecho, los novatos no dejan escapar la oportunidad de redactarlos, porque es difícil meter la pata. Samantha, de pronto segura de sí misma, llevó a la señora Crump a una pequeña sala de reuniones y dejó la puerta abierta para ver el vestíbulo.

La señora Crump tenía ochenta años y aparentaba hasta el último de ellos. Su marido había muerto hacía mucho tiempo y sus cinco hijos estaban dispersos por el país, ninguno cerca de casa. Dijo que se habían olvidado de ella; rara vez iban a verla, rara vez llamaban. Quería firmar un testamento que no les dejara nada. «Excluirlos a todos», aseguró con asombrosa amargura. A juzgar por su aspecto, y por el hecho de que quería un testamento gratuito, Samantha supuso que no poseía gran cosa. La señora Crump vivía en Eufaula, una pequeña comunidad en «el interior de Jacob's Holler». Samantha lo anotó como si supiera exactamente dónde estaba. No tenía deudas, y ninguna otra posesión más que una casa antigua y ochenta acres de tierra que llevaban en su familia desde siempre.

—¿Tiene idea de lo que puede valer la tierra? —indagó Samantha.

La señora Crump hizo crujir la dentadura postiza y respondió:

—Mucho más de lo que nadie sabe. El caso es que la compañía minera vino a verme el año pasado e intentó comprármela, llevaban ya rondándome un tiempo, pero volví a despacharlos. No pienso vendérsela a ninguna compañía minera, no señora. Están haciendo voladuras no muy lejos de mis tierras, pretenden derribar Cat Mountain, y es una vergüenza. No quiero saber nada de ninguna compañía minera.

—¿Cuánto le ofrecieron?

—Mucho, y no se lo dije a mis hijos. No se lo pienso decir. No ando bien de salud, ya sabe, y moriré pronto. Si mis hijos se quedan con la tierra, se la venderán a la compañía minera antes de que mi cadáver se haya enfriado en la tumba. Eso es exactamente lo que harán. Los conozco. —Metió la mano en el bolso y sacó unos documentos doblados—. Aquí tengo un testamento que firmé hace cinco años. Mis hijos me llevaron a la oficina de un abogado, justo ahí mismo, y me obligaron a firmarlo.

Samantha desdobló lentamente los documentos y leyó las últimas voluntades de Francine Cooper Crump. El tercer párrafo se lo dejaba todo a sus cinco hijos a partes iguales. Samantha garabateó unas notas inservibles y dijo:

—Bien, señora Crump, para calcular los impuestos del estado, necesito saber el valor aproximado de sus tierras.

—¿El qué?

—¿Cuánto le ofreció la empresa minera?

La anciana puso cara de haber sido insultada y luego se acercó mucho a Sam y susurró:

—Doscientos mil y pico, pero vale el doble. Quizá el triple. No se puede confiar en una compañía minera. Engañan a todo el mundo con ofertas de risa y luego se las apañan para acabar robándote.

De súbito, el testamento simple ya no era tan simple. Samantha se condujo con cautela, preguntando:

—Bien, entonces ¿quién se queda con los ochenta acres según el nuevo testamento?

—Se los quiero dejar a mi vecina, Jolene. Vive al otro lado del riachuelo en su propia finca y tampoco piensa venderla. Confío en ella, y ya me ha prometido ocuparse de mis tierras.

—¿Lo ha hablado con su vecina?

—Hablamos de ello todo el rato. Ella y su marido, Hank, dicen que también harán nuevos testamentos y me dejarán sus tierras por si mueren antes. Pero tienen mejor salud, ¿sabe? Supongo que yo me iré al otro barrio primero.

—Pero ¿y si mueren ellos?

—Lo dudo. Tengo la tensión alta y el corazón mal, además de bursitis.

—Ya, pero ¿qué pasa si ellos fallecen primero y usted hereda sus tierras además de las que ya tiene, y luego fallece usted? ¿Quién hereda todas esas tierras?

—Mis hijos no, desde luego, ni los de ellos tampoco. Dios nos asista. Si cree que los míos son malos...

—Lo entiendo, pero alguien tiene que heredar las tierras. ¿A quién tiene pensado legarlas?

—A eso he venido, a hablar con un abogado. Necesito que alguien me asesore.

De pronto, con bienes en juego, había diferentes posibilidades. El nuevo testamento sin duda sería impugnado por los cinco hijos, y aparte de lo que acababa de leer en el material de seminarios, Samantha no sabía nada acerca de impugnaciones testamentarias. Recordaba vagamente un par de casos de una asignatura en la facultad de Derecho, pero aquello le quedaba muy lejos. Se las arregló para darle largas, tomar notas y plantear preguntas más o menos pertinentes durante media hora, hasta lograr convencer a la señora Crump de que volviera unos días después cuando el bufete hubiera estudiado su situación. Barb estaba de regreso, y demostró su tacto al ayudar a la nueva cliente a salir por la puerta.

—¿De qué iba todo eso? —preguntó Barb después de marcharse la señora Crump.

—No estoy segura. Voy a mi despacho.

Las oficinas de Donovan estaban mucho mejor acondicionadas que las del centro de asesoría jurídica. Sillones de cuero, gruesas alfombras, suelos de madera noble con un bonito acabado. En el centro del vestíbulo colgaba una tintineante araña de luces. Lo primero que pensó Samantha fue que, vaya, por fin había alguien en Brady que igual ganaba un pavo o dos. Su recepcionista, Dawn, la saludó con amabilidad y le comunicó que el jefe la esperaba arriba. Ella salía a almorzar. Según subía la escalera circular, Samantha oyó que la puerta principal se cerraba con llave. No había rastro de nadie más.

Donovan estaba hablando por teléfono detrás de una amplia mesa de madera que parecía muy antigua. Le indicó con un gesto que pasara, señaló una butaca de tamaño considerable y dijo:

—Tengo que dejarte. —Colgó el auricular con fuerza y saludó—: Bienvenida a mis dominios. Aquí es donde se batean todas las pelotas largas.

—Qué bonito —comentó ella mirando alrededor.

El despacho era amplio y daba a la galería. Las paredes estaban revestidas de espléndidas estanterías, llenas a rebosar con el típico surtido de tratados y tomos gruesos a fin de impresionar. En un rincón había un armero en el que se exhibían al menos ocho armas letales. Samantha no distinguía una escopeta de un fusil para cazar ciervos, pero la colección parecía cuidada y lista para su uso.

—Hay armas por todas partes —observó.

—Voy mucho a cazar, siempre he cazado. Si creces en estas montañas, te crías en los bosques. Maté mi primer ciervo a los seis años, con un arco.

—Enhorabuena. Y ¿a qué viene el almuerzo?

—Me lo prometiste, ¿recuerdas? ¿La semana pasada, justo después de que te detuvieran y yo te sacara de la cárcel?

—Pero quedamos en comer en el restaurante calle abajo.

—Pensé que aquí tendríamos más intimidad. Además, procuro evitar los establecimientos locales. Como te dije, hay mucha gente por aquí que no me aprecia. A veces dicen cosas y montan una escena en público, lo que puede fastidiar una buena comida.

—No veo nada de comer.

—Está en la sala de operaciones. Acompáñame.

Se puso en pie de un brinco y Sam lo siguió por un corto pasillo hasta una sala alargada sin ventanas. En un extremo de una mesa en desorden había dos recipientes de plástico de comida para llevar y dos botellines de agua. Los señaló.

—El almuerzo está servido.

Samantha se acercó a una de las paredes y se quedó mirando una foto ampliada de al menos dos metros cuarenta de alto. Era en color y representaba una escena espeluznante y trágica. Una roca inmensa, del tamaño de un coche pequeño, había caído sobre una caravana, la había partido por la mitad y le había provocado graves daños.

—¿Qué es esto? —preguntó.

Donovan se puso a su lado y explicó:

—Bueno, es una demanda, eso de entrada. Durante alrededor de un millón de años esa roca formó parte de Enid Mountain, a unos sesenta kilómetros de aquí, en el condado de Hopper. Hace un par de años emprendieron la explotación a cielo abierto de la montaña, hicieron saltar por los aires la cima y extrajeron el carbón. El 14 de marzo del año pasado, a las cuatro de la madrugada, una excavadora propiedad de una empresa fraudulenta llamada Strayhorn Coal estaba limpiando las rocas, sin permiso, y lanzaron la que ves ahí valle abajo hacia el área de relleno. Debido a su tamaño, cogió impulso en el descenso por el lecho empinado de este riachuelo. —Señaló un mapa ampliado al lado de la foto—. Casi a kilómetro y medio de donde abandonó la pala del bulldozer, fue a caer sobre esta pequeña caravana. En el dormitorio del fondo estaban dos hermanos, Eddie Tate, de once años, y Brandon Tate, de ocho. Dormidos como troncos, como cabía esperar. Su padre estaba en la cárcel por fabricar metanfetamina. Su madre estaba trabajando en una tienda abierta toda la noche. Los niños murieron al instante, aplastados.

Samantha contempló la foto con incredulidad.

—Qué horror.

—Fue un horror, desde luego, y lo sigue siendo. La vida cerca de una mina a cielo abierto no es nunca aburrida. La tierra tiembla y se agrietan los cimientos. El polvo impregna el aire y lo cubre todo como un manto. El agua de los pozos se vuelve de color naranja. Saltan rocas por los aires constantemente. Hace un par de años tuve un caso en Virginia en el que los señores Herzog estaban sentados junto a su piscinita una calurosa tarde de sábado cuando una roca de una tonelada apareció como salida de la nada y cayó en medio de la piscina. Quedaron empapados. La piscina se agrietó. Demandamos a la empresa y sacamos unos pavos, pero no gran cosa.

—¿Y has demandado a Strayhorn Coal?

—Sí, claro. Vamos a juicio el lunes próximo en Colton, ante el Tribunal Superior.

—¿La compañía no quiere llegar a un acuerdo?

—La compañía fue multada por nuestros intrépidos reguladores. Les metieron un puro por veinte mil dólares, que han recurrido. No, no quieren llegar a un acuerdo. Ellos, junto con su aseguradora, han ofrecido cien mil dólares.

—¿Solo cien mil por dos niños muertos?

—Los niños muertos no valen mucho, sobre todo en los Apalaches. Carecen de valor económico porque, evidentemente, no tienen empleo. Es un caso estupendo para reclamar una indemnización por daños y perjuicios. El capital de Strayhorn Coal asciende a quinientos millones de dólares, y pienso pedir uno o dos millones. Pero los sabios que dictan las leyes en Virginia decidieron hace años limitar ese tipo de indemnizaciones.

—Creo que lo recuerdo del examen de ingreso.

—El tope está en trescientos cincuenta mil dólares, al margen de los daños ocasionados por el demandado. Fue un regalo de nuestra Asamblea General a la industria de los seguros, como todas las restricciones.

—Hablas igual que mi padre.

—¿Quieres comer o vas a quedarte ahí de pie media hora?

—No sé si tengo mucha hambre.

—Bueno, yo sí.

Se sentaron a la mesa y desenvolvieron los sándwiches. Samantha tomó un bocado, pero no tenía apetito.

—¿Has intentado llegar a un acuerdo? —preguntó.

—Puse un millón sobre la mesa y respondieron con cien mil, así que estamos muy lejos de alcanzarlo. Ellos, los abogados de las aseguradoras junto con la empresa minera, quieren sacar partido de que los Tate eran una familia desestructurada y no demasiado unida. También cuentan con que muchos jurados por estos lares o bien temen a las grandes empresas mineras o bien las apoyan discretamente. Si demandas a una compañía minera en los Apalaches no siempre puedes contar con un jurado imparcial. Incluso los que las desprecian tienden a guardar silencio al respecto. Todo el mundo tiene un amigo o un pariente con un empleo en la minería, lo que provoca una dinámica interesante ante el tribunal.

Samantha tomó otro bocadito y paseó la mirada por la habitación. Las paredes estaban cubiertas de mapas y fotos en color ampliadas, algunas etiquetadas como pruebas judiciales, otras por lo visto pendientes de juicio.

—Me recuerda al despacho de mi padre, hace tiempo —comentó Samantha.

—Marshall Kofer. Le eché un vistazo. Fue un abogado penalista de los grandes, en su época.

—Sí, lo fue. Cuando era pequeña, si quería verlo, por lo general tenía que ir a su despacho, si es que estaba en la ciudad. Trabajaba sin descanso. Dirigía un bufete importante. Cuando no estaba recorriendo el mundo en su jet en busca del siniestro aéreo más reciente, estaba en su despacho preparando un juicio. Tenían una sala grande y atestada... Ahora que lo pienso, la llamaban «sala de operaciones».

—Yo no me inventé el término, la mayoría de los abogados penalistas la tienen.

—Y las paredes estaban cubiertas de fotos grandes y diagramas y toda clase de pruebas. Era impresionante, incluso para una niña. Aún recuerdo la tensión, la ansiedad en la sala cuando él y su equipo se preparaban para ir a juicio. Se trataba de accidentes importantes, con muchos fallecidos, muchos abogados y demás. Más adelante me explicó que en un elevado porcentaje de los casos se llegaba a un acuerdo justo antes del juicio. La responsabilidad rara vez estaba en tela de juicio. El avión se había estrellado y no era culpa de los pasajeros. Las aerolíneas tienen dinero y seguros en abundancia, y se preocupan por su imagen, así que llegan a un acuerdo por sumas inmensas.

—¿Te planteaste alguna vez trabajar con él?

—No, nunca. Es imposible, o al menos lo era. Tenía un ego inmenso, era un adicto al trabajo de la cabeza a los pies, y además un capullo. No quería entrar a formar parte de su mundo.

—Luego se estrelló él.

—Pues sí, desde luego.

Samantha se levantó y se acercó a otra fotografía, esta de un coche aplastado. El personal de rescate intentaba sacar a alguien atrapado en el interior.

Donovan seguía sentado, masticando una patata frita.

—Llevé ese caso en el condado de Martin, en Virginia Occidental, hace tres años. Perdí.

—¿Qué ocurrió?

—Un camión de carbón venía montaña abajo, sobrecargado y a más velocidad de lo permitido, se saltó la mediana y arrolló al pequeño Honda, cuya conductora era Gretchen Bane, de dieciséis años, mi cliente, que murió en el acto. Si miras con atención, se ve el pie izquierdo ahí abajo, colgando de la puerta.

—Eso me temía. ¿Se fijó el jurado?

—Sí, claro. Lo vieron todo. Durante cinco días hice una exposición detallada, pero dio igual.

—¿Cómo es que perdiste?

—Pierdo más o menos la mitad de las veces. En ese caso, el conductor del camión subió al estrado, juró decir la verdad y luego mintió durante tres horas. Dijo que Gretchen se saltó la mediana y provocó el accidente, dio a entender que quería acabar con su vida. Las empresas mineras son astutas y nunca envían un camión solo. Van de dos en dos, de modo que siempre hay un testigo listo para prestar testimonio. Camiones cargados con cientos de toneladas de carbón que cruzan a toda velocidad viejos puentes de veinte toneladas todavía utilizados por autobuses de transporte escolar, haciendo caso omiso de todas las normas de tráfico. Si hay un accidente, suele ser grave. En Virginia Occidental se cargan a un conductor inocente a la semana. El camionero jura que no hizo nada mal, su colega lo respalda, no hay más testigos, así que el jurado se pone de parte de las grandes empresas mineras.

—¿No puedes apelar?

Donovan se echó a reír como si Samantha acabara de explicarle un buen chiste. Tomó un trago de agua y dijo:

—Claro, seguimos teniendo ese derecho. Pero Virginia Occidental elige a sus jueces, lo que es una abominación. En nuestro estado hay leyes bastante absurdas, pero por lo menos no elegimos a los jueces. Allí no es así. Hay cinco miembros del Tribunal Supremo de Virginia Occidental. Cumplen mandatos de cuatro años y se presentan a la reelección. Adivina quién contribuye con la pasta gansa para las campañas.

—Las empresas mineras.

—Bingo. Influyen en los políticos, reguladores, jueces y a menudo controlan a los jurados. Por lo que no es precisamente un ambiente ideal para los abogados litigantes.

—Al carajo con la posibilidad de un juicio justo —comentó Sam, mirando todavía las fotos.

—De vez en cuando ganamos. En el caso de Gretchen tuvimos suerte. Un mes después del juicio el mismo conductor chocó con otro coche. Por fortuna no murió nadie, se saldó con unos cuantos huesos rotos. Al agente que se encontró el accidente le picó la curiosidad y se llevó al conductor a comisaría para hacerle unas preguntas. Se comportaba de una manera extraña y al final reconoció que llevaba quince horas seguidas conduciendo. Para más inri, estaba bebiendo Red Bull con vodka y esnifaba cristal de meta. El agente puso en marcha una grabadora y le interrogó acerca del accidente de Bane. Reconoció que su jefe le había amenazado para que mintiese. Me facilitó una copia de la transcripción y presenté un montón de mociones. Al final los trinqué.

—¿Qué le ocurrió al conductor?

—Tiró de la manta y lo largó todo acerca de la empresa minera Eastpoint, para la que trabajaba. Alguien le rajó las ruedas del coche y efectuó dos disparos por la ventana de su cocina, así que ahora está escondido, en otro estado. Le paso dinero para que se las apañe.

—¿Es legal?

—Eso no se pregunta en la región minera. En mi mundo nada es blanco o negro. El enemigo infringe todas las normas, así que la pelea nunca es limpia. Si te atienes a las reglas pierdes, por mucho que tengas razón.

Samantha volvió a la mesa y mordisqueó una patata frita.

—Ya sabía yo que lo mejor era mantenerme al margen de litigios —comentó.

—Vaya chasco —dijo Donovan, que seguía con sus ojos oscuros todos y cada uno de los movimientos de Samantha—. Estaba pensando en ofrecerte un puesto.

—¿Cómo dices?

—Va en serio. Me vendría bien alguien que investigue, y te pagaría. Ya sé cuánto ganas en el centro de asesoría, así que he pensado que en tus ratos libres podrías hacer de ayudante de investigación.

—¿Aquí, en tu bufete?

—¿Dónde, si no? No interferiría en absoluto con tu trabajo de pasante, sería después de acabar la jornada y los fines de semana. Si aún no estás aburrida en Brady, no tardarás en estarlo.

—¿Por qué yo?

—No hay nadie más. Tengo dos ayudantes y uno se va mañana. No puedo confiar en ningún otro abogado de la ciudad, ni en ningún otro bufete. Soy paranoico cuando se trata de confidencialidad, y es evidente que tú no llevas aquí lo suficiente para saber de nada ni de nadie. Eres la candidata perfecta.

—No sé qué decir. ¿Has hablado con Mattie?

—De esto no. Pero si estás interesada, se lo comentaré. Rara vez me dice que no. Piénsatelo. Si no quieres, lo entenderé perfectamente.

—De acuerdo, lo pensaré. Pero acabo de empezar en un trabajo y no tenía intención de buscar otro, por lo menos tan pronto. Además, lo cierto es que no sé mucho de litigación.

—No tendrás que ir a juicio. Estarás aquí escondida, investigarás, redactarás informes y trabajarás todas las horas que estás acostumbrada a trabajar.

—Quería olvidarme de eso.

—Lo entiendo. Dale unas vueltas y ya hablaremos.

Se concentraron en los sándwiches un momento, pero el silencio resultaba muy pesado. Al final Samantha dijo:

—Mattie me habló de tu pasado.

Donovan sonrió y apartó la comida.

—¿Qué quieres saber? Soy un libro abierto.

Sam lo dudaba. Le vinieron a la cabeza varias preguntas: «¿Qué fue de tu padre? ¿Hasta qué punto va en serio la separación de tu mujer? ¿Con qué frecuencia la ves?».

Igual más adelante.

—Nada, la verdad —dijo—. Es un pasado interesante, nada más.

—Interesante, triste, trágico, lleno de aventuras. Todo lo anterior. Tengo treinta y ocho años, y moriré joven.

A Samantha no se le ocurrió ninguna respuesta.

11

La carretera a Colton serpenteaba entre las montañas, ascendía y descendía, ofrecía vistas pasmosas de las frondosas estribaciones y luego se sumía en valles sembrados de grupos de cabañas ruinosas y caravanas con coches hechos polvo dispersos por ahí. Se aferraba a riachuelos con rápidos poco profundos y agua lo bastante clara para beberla, y justo cuando la belleza empezaba a arraigar, pasaba por delante de otro asentamiento de casas diminutas y abandonadas, unas pegadas a otras, a la sombra eterna de las montañas. El contraste era arrebatador: la belleza de las estribaciones en comparación con la pobreza de la gente que vivía entre ellas. Había alguna que otra casa bonita con jardines cuidados y cercas de madera blanca, pero los vecinos no acostumbraban a ser tan adinerados.

Mattie conducía y hablaba mientras Samantha admiraba el paisaje. Cuando subían un tramo de carretera, una de las pocas rectas, vieron que un tráiler se les acercaba en sentido contrario. Estaba sucio, cubierto de polvo, con una lona encima de la caja. Venía lanzado ladera abajo, a todas luces a más velocidad de la permitida, aunque por su carril correspondiente. Cuando hubo pasado, Samantha dijo:

—Supongo que era un camión de carbón.

Mattie miró por el retrovisor como si no se hubiera dado cuenta.

—Ah, sí. Lo sacan después de haberlo lavado, cuando está listo para el mercado. Están por todas partes.

—Donovan me habló de ellos ayer. No les tiene mucho cariño.

—Apuesto a que ese camión iba sobrecargado y probablemente no pasaría una inspección.

—¿Y no los supervisa nadie?

—No está claro. Por lo general, cuando llegan los inspectores las compañías mineras ya están sobre aviso de su llegada. Mis preferidos son los inspectores de seguridad en las minas que supervisan las voladuras. Tienen la visita programada, conque cuando aparecen en una explotación a cielo abierto, ya te lo puedes imaginar. Todo está como es debido. En cuanto se marchan, la compañía empieza a hacer voladuras sin atenerse a las normas.

Samantha supuso que Mattie ya estaba al tanto de su almuerzo con Donovan la víspera. Aguardó un momento para ver si mencionaba la oferta de trabajo. No lo hizo. Llegaron a la cima de la montaña e iniciaron otro descenso.

—Déjame que te enseñe una cosa —dijo Mattie—. Solo nos llevará un momento.

Pisó el freno y se desvió por una carretera más estrecha que además tenía más curvas y subidas más empinadas. Estaban ascendiendo otra vez. Un cartel indicaba que más adelante había un área de descanso con vistas pintorescas. Se detuvieron en una pequeña franja de tierra con dos mesas de madera y un cubo de basura. Ante ellas se extendían kilómetros de montañas ondulantes cubiertas de densos bosques. Se apearon del coche y se acercaron a una valla desvencijada puesta para que la gente y los vehículos no se precipitaran a las profundidades del valle, donde no los encontrarían nunca.

—Es un buen sitio para ver desde lejos cómo se cargan la cima de una montaña —dijo Mattie, que señaló hacia la izquierda—. Esa es la mina de Cat Mountain, no muy lejos de

Brady. Justo delante está la mina de Loose Creek en Kentucky. Y a la derecha queda la mina de Little Utah, también en Kentucky. Todas en activo, todas sacando carbón a cielo abierto tan deprisa como es humanamente posible. Antes esas montañas medían mil metros de alto, como las de al lado. Fíjate ahora.

Se veían desprovistas por completo de vegetación y reducidas a roca y tierra. Las cimas habían desaparecido y se alzaban cual dedos cercenados, los muñones en una mano mutilada. Estaban rodeadas de montañas intactas, iluminadas por los colores anaranjados y amarillentos de mediados de otoño; hermosas de no ser por las monstruosidades que afeaban la cordillera.

Samantha permaneció inmóvil, contemplando el paisaje con incredulidad e intentando asimilar la devastación. Por fin dijo:

—Eso no puede ser legal.

—Pues me temo que sí, según las leyes federales. Técnicamente es legal. Pero la manera en que lo hacen es del todo ilegal.

—No hay forma de impedirlo.

—Se sigue litigando a brazo partido, llevamos así desde hace veinte años. Hemos obtenido alguna que otra victoria a nivel federal, pero todas las decisiones favorables han sido revocadas tras su apelación. El Tribunal de Apelaciones del Cuarto Circuito está atestado de republicanos. Pero seguimos peleando.

—¿Seguimos?

—Los buenos, los que nos oponemos a las explotaciones a cielo abierto. No estoy implicada en persona como abogada, pero estoy en el bando correcto. Nos encontramos claramente en minoría, pero seguimos luchando. —Mattie miró el reloj y dijo—: Más vale que nos vayamos.

De nuevo en el coche Samantha comentó:

—Es repugnante, ¿verdad?

—Sí, han destruido en buena medida nuestra forma de vida aquí en los Apalaches, conque sí, me pone enferma.

Al entrar en Colton la carretera se convirtió en Center Street y unas manzanas más adelante apareció un palacio de justicia a la derecha.

—Donovan tiene un juicio aquí la semana que viene —comentó Samantha.

—Ay, sí, uno importante. Esos dos niños... Qué triste.

—¿Conoces el caso?

—Sí, claro, se armó un gran revuelo cuando murieron. Sé más de lo que me gustaría al respecto. Espero que gane. Le aconsejé que hiciera un trato, que sacara algo para la familia, pero se ha propuesto hacer una declaración de principios.

—Así que no ha escuchado tus consejos.

—Donovan suele hacer lo que quiere, y por lo general acierta.

Aparcaron detrás de los juzgados y entraron. A diferencia del palacio de justicia del condado de Noland, el del condado de Hopper era una desconcertante estructura moderna que sin duda en algún momento debió de parecer apasionante sobre el papel. Todo vidrio y piedra, sobresalía por aquí y se replegaba por allá, desperdiciando espacio en su intrépido diseño. Samantha supuso que el arquitecto debía de haber perdido la licencia para ejercer.

—El antiguo se quemó —dijo Mattie cuando subían la escalera—. Pero, al final, todos arden.

Samantha no supo con seguridad a qué se refería. Lady Purvis, sentada con aire nervioso en el vestíbulo de la sala, sonrió con inmenso alivio cuando vio a sus abogadas. Había otras personas por allí, esperando a que se reuniera el tribunal. Tras unos breves preliminares, Lady señaló a un joven de cara de niño bien con chaqueta de sport de poliéster y botas lustrosas terminadas en punta.

—Es ese, trabaja para RJA, se llama Snowden, Laney Snowden.

—Espera aquí —dijo Mattie. Con Samantha tras sus pasos, se dirigió en línea recta hacia el señor Snowden, que fue abriendo los ojos cada vez más conforme se acercaba—. ¿Es el representante de RJA? —preguntó Mattie en tono firme.

—Sí —asintió Snowden con orgullo.

Ella le mostró una tarjeta de visita como si fuera una navaja y dijo:

—Soy Mattie Wyatt, abogada de Stocky Purvis. Esta es mi asociada, Samantha Kofer. Nos han contratado para sacar a nuestro cliente de la cárcel.

Snowden dio un paso atrás, avasallado por Mattie. Samantha, a la expectativa, no sabía qué hacer, así que se apresuró a adoptar una pose y un semblante agresivos. Miró con el ceño fruncido a Snowden mientras él la observaba sin entender e intentaba hacerse a la idea de que un muerto de hambre como Stocky Purvis hubiera contratado no a una sino a dos abogadas.

—Bien —dijo Snowden—. Aflojen la pasta y lo sacaremos.

—No tiene dinero, señor Snowden. Eso debería haber quedado claro a estas alturas. Y no puede ganar dinero mientras lo tengan metido en la cárcel. Ya pueden añadir todas las tasas legales que quieran, pero lo cierto es que a mi cliente le es imposible ganar ni un centavo sentado donde está en estos momentos.

—Tengo una orden judicial —repuso Snowden en tono bravucón.

—Bueno, estamos a punto de hablar con el juez acerca de su orden judicial. Se va a revocar para que Stocky salga a la calle. Si no negocian, serán ustedes los que carguen con el muerto.

—Vale, ¿qué tenéis en mente, chicas?

—¡No me llames «chica»! —le espetó Mattie.

Snowden reculó temeroso, como si fueran a endosarle una de esas demandas por acoso sexual de las que tanto se oye hablar. Mattie, acercándose cada vez más a Snowden mientras la cara le cambiaba de color, explicó:

—El trato es el siguiente. Mi cliente le debe al condado unos doscientos dólares en multas y honorarios. Vosotros habéis añadido cuatrocientos más por vuestros chanchullos. Abonaremos cien de ellos, lo que hace un total de trescientos como máximo, y dispondremos de seis meses para pagarlo. Ahí queda eso, lo tomas o lo dejas.

Snowden mostró una sonrisa falsa, negó con la cabeza y dijo:

—Lo siento, señora Wyatt, no podemos aceptarlo.

Sin apartar la mirada de Snowden, Mattie metió la mano en su maletín y sacó unos documentos.

—Entonces, tendréis que aceptar esto —dijo agitando los documentos delante de su cara—. Es una demanda que vamos a interponer ante el Tribunal Federal contra Respuesta Judicial Asociados, luego le añadiré como abogado defensor, por detención y encarcelamiento indebidos. El caso, señor Snowden, es que la Constitución dice con toda claridad que no se puede encarcelar a una persona por no pagar sus deudas. No espero que lo sepa, porque trabaja para un montón de canallas. En cambio, no le quepa duda, los jueces federales lo entienden porque han leído la Constitución o, al menos, la ha leído la mayoría. Las cárceles para deudores son ilegales. ¿Ha oído hablar de la Cláusula sobre Protección Igualitaria?

Snowden tenía la boca abierta, pero no le salían las palabras.

Mattie siguió adelante.

—Ya me parecía a mí que no. Igual sus abogados se la pueden explicar, a trescientos pavos la hora. Se lo digo para que comunique a sus jefes que pienso tenerlos ocupados en los juzgados durante los próximos dos años. Los ahogaré en papeleo. Los someteré a horas y horas de declaraciones y descubriré todas sus sucias tretas. Todo saldrá a la luz. Los acosaré sin descanso y les haré la vida imposible. Tendrán pesadillas conmigo. Y al final ganaré el caso y cobraré mis honorarios como abogada.

Le plantó la demanda contra el pecho y él la aceptó a regañadientes.

Dieron media vuelta y se marcharon, dejando a Snowden con las rodillas temblorosas y tan conmocionado que ya empezaba a atisbar las pesadillas. Samantha, pasmada también a su manera, susurró:

—¿No podemos declarar insolvente a Purvis para que no tenga que pagar los trescientos dólares?

Ya tranquila, Mattie respondió con una sonrisa.

—Claro que podemos —dijo—. Y lo haremos.

Media hora después Mattie estaba delante del juez y anunciaba que habían llegado a un acuerdo para que pusieran en libertad de inmediato a su cliente, el señor Stocky Purvis. Lady estaba deshecha en lágrimas cuando salió de los juzgados camino de la cárcel.

De regreso a Brady al volante de su coche Mattie comentó:

—Una licencia para ejercer la abogacía es una herramienta muy poderosa, Samantha, cuando se utiliza para ayudar a gente modesta. Los chorizos como Snowden están acostumbrados a intimidar a la gente que no puede permitirse a alguien que los represente. Pero si implicas a un buen abogado, la intimidación se acaba de inmediato.

—A ti se te da bastante bien intimidar.

—Tengo práctica.

—¿Cuándo preparaste la demanda?

—La tenemos en el inventario. En realidad el expediente se llama «Simulacro de demanda». Basta con introducir un nombre distinto, poner las palabras «Tribunal Federal» por todas partes, y se escabullen como ardillas.

Simulacros de demanda. Escabullirse como ardillas. Samantha se preguntó cuántos compañeros suyos de promoción en Columbia se las habrían visto con tácticas penales semejantes.

A las dos de la tarde Sam estaba sentada en la sala principal del palacio de justicia del condado de Noland, dando palmaditas en la rodilla a Phoebe Fanning, que se encontraba aterrada. Sus heridas de la cara se habían vuelto de un tono azul oscuro y tenían peor aspecto. Había llegado a los juzgados con una gruesa capa de maquillaje que a Annette no le gustó. Dio instrucciones a su cliente de que fuera a los servicios y se lavara el rostro.

Una vez más, trajeron a Randy Fanning con su escolta y le hicieron pasar a la sala, con un aspecto más violento incluso del que tenía dos días antes. Le habían entregado una copia del divorcio y parecía perturbado. Fulminó con la mirada a su esposa y a Samantha, mientras un agente le retiraba las esposas.

El juez del Tribunal Superior era Jeb Battle, un joven ansioso por triunfar que no aparentaba más de treinta años. Puesto que el centro de asesoría jurídica se ocupaba de muchos casos de violencia doméstica, Annette era una presencia habitual y aseguraba llevarse bien con su señoría. El juez llamó al orden a la sala y aprobó varios asuntos sin disputa mientras aguardaban. Cuando anunció el caso Fanning contra Fanning, Annette y Samantha accedieron al estrado con su cliente y se sentaron a una mesa cerca del juez. Randy Fanning fue a otra mesa, con un agente a su lado, y esperó a que Hump llegara hasta su lugar. El juez Battle miró con atención a Phoebe, con la cara magullada, y, sin decir una palabra, tomó su decisión.

—Este divorcio se presentó el lunes. ¿Le han facilitado una copia, señor Fanning? Puede permanecer sentado.

—Sí, señor, tengo una copia.

—Señor Humphrey, tengo entendido que se fija fianza por la mañana, ¿es así?

—Sí, señor.

—Estamos aquí por una moción para que se dicte una orden de alejamiento provisional. Phoebe Fanning solicita a este tribunal que ordene a Randall Fanning mantenerse alejado de la vivienda de la pareja, los tres hijos comunes, la propia Phoebe y cualquier pariente cercano. ¿Tiene alguna objeción, señor Humphrey?

—Claro que la tenemos, señoría. Este asunto se está sacando de quicio. —Hump estaba en pie, agitaba las manos con dramatismo y su voz sonaba más nasal a cada frase que pronunciaba—. La pareja tuvo una pelea, y no es la primera, y no todas las ha provocado mi cliente, pero, sí, se peleó con su mujer. Evidentemente, están teniendo problemas, pero intentan solucionar las cosas. Si pudiéramos todos respirar hondo, sacar a Randy de la cárcel y ponerlo de nuevo a trabajar, seguro que estos dos podrían resolver algunas de sus diferencias. Mi cliente echa en falta a sus hijos y tiene muchas ganas de volver a casa.

—Ella ha pedido el divorcio, señor Humphrey —dijo el juez en tono severo—. Me parece que tiene toda la intención de separarse.

—Y los divorcios se pueden desestimar tan rápido como se presentan, lo vemos a diario, señoría. Mi cliente está dispuesto incluso a ir a uno de esos consejeros matrimoniales, si eso la hace feliz.

Annette lo interrumpió:

—Señoría, lo del consejero matrimonial quedó atrás hace tiempo. El cliente del señor Humphrey se enfrenta a una acusación de agresión dolosa, y posiblemente a una condena de prisión. Él tiene la esperanza de que todo eso pase por alto y su cliente salga libre. Pero no ocurrirá. Este divorcio no se va a desestimar.

—¿De quién es propiedad la casa? —indagó el juez Battle.

—De un tercero. Están de alquiler —respondió Annette.

—¿Y dónde están los hijos?

—Lejos, fuera de la ciudad, en un lugar seguro.

Aparte de algún que otro mueble desparejado, la casa ya estaba vacía. Phoebe se había llevado la mayor parte de sus pertenencias a un guardamuebles. Se escondía en un motel en Grundy, Virginia, a una hora de allí. Por medio de un fondo de reserva, el centro de asesoría jurídica le estaba pagando el alojamiento y la comida. Tenía planeado mudarse a Kentucky y vivir cerca de un familiar, pero no había nada seguro.

El juez Battle miró de hito en hito a Randy Fanning y dijo:

—Señor Fanning, accedo a lo que se solicita en esta moción, palabra por palabra. Cuando salga de la cárcel no debe tener contacto alguno con su mujer, sus hijos ni nadie de la familia directa de su esposa. Hasta nueva orden, no debe acercarse a la casa que alquilan usted y su mujer. Ningún contacto. Manténgase alejado, ¿de acuerdo?

Randy se inclinó hacia su abogado y le susurró algo. Hump preguntó:

—Señoría, ¿podemos disponer de una hora para recoger su ropa y sus cosas?

—Una hora. Y enviaré a un agente con él. Póngame al tanto cuando sea excarcelado.

Annette se levantó y dijo:

—Señoría, mi cliente se siente amenazada y está asustada. Cuando salíamos de los juzgados el lunes, se nos encaró en la escalera el hermano del señor Fanning, Tony, con un par de tipos duros más. Le dijeron a mi cliente que retirara los cargos penales o que se preparase. Fue un altercado breve, pero aun así perturbador.

El juez Battle volvió a fulminar con la mirada a Randy Fanning y preguntó:

—¿Es eso cierto?

—No lo sé, juez, no estaba allí —contestó Randy.

—¿Era su hermano?

—Es posible. Si lo dice ella.

—No veo con buenos ojos la intimidación, señor Fanning. Le sugiero que tenga unas palabras con su hermano y le haga entrar en razón. Si no lo hace, llamaré al sheriff.

—Gracias, su señoría —dijo Annette.

Esposaron a Randy y se lo llevaron, seguido de Hump, quien le iba susurrando que todo iría bien. El juez Battle hizo sonar su mazo y anunció un descanso. Samantha, Annette y Phoebe abandonaron la sala y salieron a la calle, casi esperando más problemas.

Tony Fanning y un amigo aguardaban detrás de una camioneta aparcada en Main Street. Vieron a las mujeres y echaron a andar hacia ellas, los dos fumando con aire de tipos duros.

—Ay, Dios —dijo Annette entre dientes.

—Ese no me da miedo —aseguró Phoebe.

Los dos hombres les cortaron el paso en la acera, pero justo cuando Tony estaba a punto de hablar, apareció Donovan Gray de la nada y dijo a voz en cuello:

—Bueno, señoras, ¿qué tal ha ido?

Tony y su colega perdieron por completo el aire de matones que tenían apenas unos segundos antes. Retrocedieron, evitando el contacto ocular, pues no querían buscarle las cosquillas a Donovan.

—Perdonad, chicos —dijo este último, con la clara intención de provocarlos. Al pasar, miró de soslayo a Tony, que le sostuvo la mirada un momento antes de apartarla.

Después de cenar tres días seguidos con Annette y sus hijos Samantha se disculpó y adujo que tenía que estudiar y acostarse temprano. Se preparó un cuenco de sopa en un hornillo, dedicó otra hora al material de los seminarios y luego lo dejó de lado. Costaba trabajo imaginar lo que debía de ser llevar un bufete en Main Street e intentar sobrevivir a fuerza de acuerdos de divorcio y ventas de propiedades inmobiliarias. Annette había comentado más de una vez que la mayoría de los abogados de Brady apenas se ganaban la vida y con suerte sacaban treinta mil dólares al año. Su sueldo era de cuarenta mil, igual que el de Mattie. Annette se había reído al decir: «Probablemente es el único lugar del país donde los abogados de oficio ganan más de promedio que los que ejercen por cuenta propia». Aseguró que Donovan se embolsaba mucho más que cualquier otro, pero también corría mayores riesgos.

Era asimismo quien más contribuía al centro de asesoría jurídica, que dependía por completo de la financiación privada. Había algo de dinero de una fundación, y algunos bufetes importantes del «norte» hacían generosas aportaciones, pero Mattie seguía teniendo problemas para alcanzar el objetivo anual de doscientos mil dólares. Annette dijo: «Nos encantaría pagarte algo, pero es que sencillamente no hay dinero». Samantha le aseguró que estaba satisfecha con el acuerdo.

Accedía a internet a través del sistema por vía satélite de Annette, tal vez el más lento de Norteamérica. «Hay que tener paciencia», le había advertido. Por suerte, Samantha tenía paciencia de sobra últimamente, a medida que iba adaptándose sin problemas a una rutina que incluía noches tranquilas y sueño abundante. Se conectó para echar un vistazo a la prensa local, el *Times* de Roanoke y la *Gazette* de Charleston, Virginia Occidental. En la *Gazette* encontró un artículo interesante con el titular «Se sospecha que los recientes sucesos son obra de ecoterroristas».

Durante los dos últimos años una banda había estado boicoteando la maquinaria pesada de varias explotaciones mineras a cielo abierto en el sur de Virginia Occidental. Un portavoz de una compañía minera se refería a ellos como «ecoterroristas» y amenazaba con toda suerte de represalias cuando fueran detenidos, si es que los pillaban. Su método de destrucción preferido consistía en esperar a las horas previas al amanecer y disparar desde la seguridad de las colinas circundantes. Eran francotiradores excelentes, se servían de los rifles militares más modernos y eran de lo más eficientes a la hora de inutilizar los camiones Caterpillar de cien toneladas para el transporte todoterreno de carbón. Los neumáticos de caucho medían cuatro metros y medio de circunferencia, pesaban cerca de media tonelada y se vendían a dieciocho mil dólares la unidad. Cada camión tenía seis neumáticos y, evidentemente, eran blanco fácil para los francotiradores. Había una fotografía de una docena de camiones amarillos, todos vacíos y alineados en una impresionante demostración de fuerza. Un capataz señalaba las ruedas pinchadas: veintiocho nada menos. Dijo que un vigilante nocturno se llevó un buen sobresalto a las cuatro menos veinte de la madrugada cuando empezó el asalto. En un ataque coordinado a la perfección, las balas comenzaron a alcanzar los neumáticos, que explotaron como pequeñas bombas. Se puso a cubierto con prudencia en una zanja mientras llamaba al sheriff. Para cuando llegaron los agentes de policía, los tiradores se habían quedado a gusto y se habían largado hacía rato. El sheriff decía que estaba afanándose en resolver el caso, pero reconocía que sería difícil dar con los «gamberros». La explotación, conocida como la mina de Bull Forge, estaba al lado de Winnow Mountain y Helley's Bluff, las dos elevaciones de más de mil metros de altura y cubiertas de bosques vírgenes en cuyo interior era fácil esconderse y asimismo disparar contra los camiones, de día o de noche. Fuera como fuese, el sheriff opinaba que no se trataba de un grupo de tipos con rifles de caza divirtiéndose un poco. Desde donde estaban ocultos alcanzaban blancos a casi un kilómetro de distancia. Las balas halladas en algunos neumáticos eran proyectiles similares a los del ejército de 51 milímetros, disparados a todas luces con sofisticados rifles de francotirador.

En el artículo se recordaban ataques recientes. Los ecoterroristas escogían siempre sus objetivos con cuidado y, puesto que las explotaciones a cielo abierto no escaseaban en el mapa, al parecer esperaban pacientemente a que los camiones estuvieran aparcados en los lugares más adecuados. Se destacaba que, por lo visto, los tiradores tenían mucho cuidado de no herir a nadie. Aún no habían disparado contra ningún camión que no estuviera aparcado, y eso que en muchas minas se trabajaba veinticuatro horas al día. Seis semanas antes, en la explotación de Red Valley en el condado de Martin, habían destrozado veintidós neumáticos con una cortina de fuego que en apariencia solo había durado unos instantes, según otro vigilante nocturno. En aquel momento cuatro compañías mineras ofrecían recompensas que ascendían a un total de doscientos mil dólares.

No había vinculación con el ataque a la mina de Bullington dos años antes, en el que, en el acto de sabotaje más audaz en décadas, utilizaron explosivos del almacén de la propia compañía para dañar seis volquetes, dos excavadoras, dos palas cargadoras, un edificio de oficinas provisional y el almacén en sí. Los desperfectos superaron los cinco millones de dólares. No se había detenido a ningún sospechoso; no los había.

Samantha rebuscó en la hemeroteca del periódico y se sorprendió jaleando a los ecoterroristas. Luego, cuando empezaba a adormilarse, fue a regañadientes al *New York Times*. Salvo alguna rara mañana de domingo, cuando estaba en Nueva York, pocas veces pasaba de hojearlo. Ahora, saltándose la sección de economía, le echó un rápido vistazo, pero paró en seco en la sección de gastronomía. El crítico gastronómico se cargaba un nuevo restaurante en Tribeca, un lugar de moda en el que ella había comido un mes antes. Había una fotografía de la zona de la barra, donde, al fondo, jóvenes profesionales en hileras de dos tomaban copas, sonreían y esperaban sus mesas. Recordó que la comida era excelente y enseguida perdió interés en las quejas del crítico. En cambio, miró con atención la fotografía. Alcanzó a oír el bullicio de la muchedumbre; percibió la energía frenética. Qué rico le sabría un martini ahora. ¿Y una cena de dos horas con sus amigas, manteniéndose alerta por si aparecía algún hombre guapo?

Por primera vez sintió un poco de nostalgia, pero enseguida la ahuyentó. Podía irse al día siguiente si lo deseaba. Desde luego, tenía la posibilidad de ganar más dinero en Nueva York del que estaba obteniendo en Brady. Si quería marcharse, no había nada que la retuviera.

12

La excursión comenzó al final de un sendero de leñadores abandonado mucho tiempo atrás que nadie salvo Donovan habría sido capaz de encontrar. El trayecto en coche hasta allí requería la pericia y la sangre fría de un especialista, y en ocasiones Samantha había tenido la seguridad de que iban a acabar en el fondo del valle. Pero Donovan logró alcanzar un pequeño calvero a la sombra de robles, eucaliptos y castaños, y anunció:

—Esto es el final de la carretera.

—¿Llamas «carretera» a eso? —comentó Samantha a la vez que abría lentamente la portezuela.

Él rió y respondió:

—Es una carretera de cuatro carriles en comparación con algunos senderos que hay por aquí.

Samantha estaba pensando que la vida en la gran ciudad no la había preparado para eso, pero también estaba ilusionada con la aventura. Lo único que le había aconsejado él era que llevase «botas de montaña y ropa neutra». Entendía lo de las botas, pero lo de la ropa requería explicación.

—Tenemos que pasar inadvertidos —le había dicho—. Nos estarán buscando y vamos a entrar ilegalmente.

—¿Cabe la posibilidad de que me detengan otra vez? —le había preguntado.

—Lejana. No pueden atraparnos.

Las botas las había comprado la víspera en la tienda de beneficencia de Brady; le habían costado 45 dólares y le quedaban un poco rígidas y ajustadas. Llevaba unos pantalones caquis viejos y una sudadera gris con el logotipo de la facultad de Derecho de Columbia en letras pequeñas sobre el pecho. Él, por su parte, vestía ropa verde de camuflaje para cazar y unas botas de montaña de lo más modernas compradas por catálogo que ya llevaban recorridos miles de kilómetros. Abrió la puerta trasera del jeep y sacó una mochila que se echó a los hombros. Cuando la tuvo bien colocada, sacó un rifle con mira telescópica de tamaño considerable. Al verlo, Samantha preguntó:

—¿Qué, vamos de caza?

—No, es para protegernos. Hay muchos osos por esta zona.

Sam lo dudaba, pero no sabía muy bien qué creer. Durante unos minutos siguieron un sendero que ya había utilizado alguien, aunque no a menudo. La pendiente era poco acusada y la maleza estaba sombreada de sasafrás, cercis, tiarilla y silene, variedades que Donovan señalaba de pasada como si hablara con soltura otro idioma. En honor a Samantha, iba a paso relajado, pero ella sabía que podía acelerar montaña arriba cuando le viniera en gana. Poco después estaba jadeante y sudorosa, pero seguía decidida a no quedar rezagada.

Era obligatorio que todos los profesionales solteros de Nueva York fueran socios de un gimnasio, y no de uno cualquiera. Tenía que ser el más indicado: el lugar adecuado con el atuendo idóneo, en el momento preciso del día o de la noche para dejarse ver sudando y gruñendo, tonificándose debidamente por doscientos cincuenta dólares al mes. Las aspiraciones de Samantha se habían desmoronado bajo las exigencias implacables de Scully & Pershing, su carnet del gimnasio había caducado hacía dos años y no lo había echado en falta lo más mínimo. Las sesiones de entrenamiento se habían reducido a largos paseos por la ciudad que, junto con unos hábitos alimenticios saludables, le habían permitido mantener el peso a raya, pero no estaba ni remotamente en forma. Las botas nuevas le resultaban más pesadas a cada giro conforme iban subiendo la ladera en zigzag.

Se detuvieron en un pequeño claro y contemplaron por entre el bosque un valle largo y profundo con una cadena montañosa a lo lejos. La vista era espectacular, y Samantha agradeció el descanso. Donovan hizo un gesto con el brazo y dijo:

—Estas son las montañas con mayor biodiversidad de toda Norteamérica, mucho más antiguas que cualquier otra cordillera. Albergan miles de especies de plantas y animales que no se encuentran en ningún otro lugar. Les llevó una eternidad convertirse en lo que son. —Hizo una pausa mientras asimilaba el paisaje. Como un guía turístico que no necesitaba que nadie lo incitara, siguió explicando—. Hace en torno a un millón de años empezó a formarse el carbón en vetas. Fue una maldición. Ahora estamos destruyendo las montañas para extraerlo a fin de obtener toda la energía barata que seamos capaces de engullir. Cada una de las personas de este país usamos diez kilos de carbón al día. Investigué un poco el uso de carbón por regiones; hay una página web. ¿Sabías que una persona de Manhattan gasta de promedio cuatro kilos al día de carbón proveniente de las explotaciones a cielo abierto de los Apalaches?

—Lo siento, no lo sabía. ¿De dónde salen los otros seis kilos?

—De las minas subterráneas del este, de Ohio, Pensilvania, sitios donde extraen el carbón a la vieja usanza y protegen las montañas. —Dejó la mochila en el suelo y sacó unos prismáticos. Miró y encontró lo que buscaba. Se los pasó a

Samantha y dijo—: Ahí, a las doce en punto, apenas se ve una zona gris y marrón.

Sam miró por los prismáticos, los enfocó y comentó:

—Sí, ahí está.

—Es la mina de Bull Forge en Virginia Occidental, una de las explotaciones a cielo abierto más grandes que hemos visto.

—Leí al respecto anoche. Tuvieron un problemilla hace unos meses. Utilizaron los neumáticos de unos camiones como dianas.

Donovan se volvió y sonrió.

—Has hecho los deberes, ¿eh?

—Tengo un portátil y en Brady se puede acceder a Google. Los ecoterroristas atacaron de nuevo, ¿no?

—Eso dicen.

—¿Quiénes son esos tipos?

—Con un poco de suerte, nunca lo sabremos.

Estaba algo adelantado, mirando todavía a lo lejos, y mientras hablaba echó atrás la mano izquierda instintivamente unos centímetros y tocó la culata del rifle. Sam apenas se dio cuenta.

Abandonaron el claro y comenzaron a subir de verdad. El sendero, cuando lo había, casi no se veía, y Donovan no parecía reparar en él siquiera. Iba de árbol en árbol, buscaba el siguiente punto de referencia más adelante, bajando de vez en cuando la vista para no pisar en falso. La pendiente se hizo más escarpada, y a Samantha empezaron a dolerle los muslos y las pantorrillas. Las botas baratas le apretaban en los empeines. Su respiración era trabajosa y, tras quince minutos de ascender en silencio, preguntó:

—¿Has traído agua?

Un tronco medio podrido hizo las veces de agradable lugar de descanso mientras compartían un botellín. Donovan no le preguntó qué tal lo llevaba y ella no indagó cuánto rato seguirían caminando. Cuando recuperaron el resuello él le explicó:

—Estamos en Dublin Mountain, a unos cien metros de la cima. Está al lado de Enid Mountain, que empezaremos a ver dentro de unos minutos. Si todo va según lo planeado, dentro de unos seis meses Strayhorn Coal enviará las excavadoras, pelará la montaña por completo, destruirá estos preciosos árboles de hoja caduca, dispersará a los animales y empezará a volarlo todo por los aires. Su solicitud para iniciar la explotación a cielo abierto casi está aprobada. Hemos plantado cara durante dos años, pero ya lo tienen atado. —Movió el brazo para señalar los árboles y añadió—: Todo esto habrá desaparecido en un abrir y cerrar de ojos.

—¿Por qué no talan los árboles por lo menos?

—Porque son unos bestias. Una vez que una compañía minera recibe luz verde, se vuelven locos. Van a por el carbón, maldita sea, y nada más tiene importancia. Destruyen todo lo que se les pone por delante: bosques, vegetación, fauna, y arrollan a cualquiera que se cruce en su camino: terratenientes, habitantes de la zona, reguladores, políticos y, sobre todo, activistas y defensores del medioambiente. Es una guerra en la que no existe término medio.

Samantha contempló el espeso bosque y meneó la cabeza con incredulidad.

—No puede ser legal —dijo.

—Es legal porque no es ilegal. La legalidad de la remoción de cima lleva años en litigio; sigue en los tribunales. Pero nada la ha detenido.

—¿A quién pertenece esta tierra?

—Ahora a Strayhorn, así que hemos entrado ilegalmente, y te aseguro que les encantaría pillarme aquí arriba tres días antes del juicio. Pero no te preocupes, estamos a salvo. Durante unos cien años estas tierras fueron propiedad de la familia Herman. Las vendieron hace dos años y construyeron una mansión en la playa en alguna parte. —Señaló hacia la derecha y dijo—: Hay una vieja casa familiar justo al otro lado de esa colina, unos ochocientos metros valle abajo, durante décadas la habitaron los Herman. Ahora está abandonada, vacía. A las excavadoras les llevará unas dos horas derruirla junto con las construcciones anexas. Hay un pequeño cementerio familiar debajo de un viejo roble no muy lejos de la casa, con una diminuta cerca de madera blanca en torno a las tumbas. Muy pintoresco. Todo acabará en el fondo del valle: lápidas, ataúdes, huesos y demás. A Strayhorn le trae sin cuidado, y los Herman son lo bastante ricos para olvidar de dónde provienen.

Samantha tomó otro sorbo de agua e intentó mover los dedos de los pies. Donovan metió la mano en la mochila, sacó dos barritas de cereales y le ofreció una.

—Gracias.

—¿Sabe Mattie que estás aquí? —le preguntó él.

—Vivo con la impresión de que Mattie, Annette y Barb, y creo que hasta Claudelle, están al tanto prácticamente de todos mis movimientos. Como sueles decir tú: «Es un pueblo».

—Yo no he dicho nada.

—Es viernes por la tarde y no había mucho que hacer en la oficina. Le he contado a Mattie que me habías invitado a ir de excursión. Nada más.

—Bien, entonces hemos ido de excursión. No tiene por qué saber adónde.

—Ella cree que deberías llegar a un acuerdo, por lo menos sacar algo para la madre de los dos niños.

Donovan sonrió y dio un buen mordisco a la barrita. Transcurrieron unos segundos, luego todo un minuto, y Samantha cayó en la cuenta de que las pausas largas en la conversación no lo incomodaban. Por fin, comentó:

—Adoro a mi tía, pero no sabe nada de litigios. Dejé su pequeño centro de asesoría jurídica porque quería hacer grandes cosas, ocuparme de demandas importantes, obtener sentencias con gran repercusión, conseguir que las todopoderosas compañías mineras pagaran por sus delitos. He logrado grandes victorias y he sufrido pérdidas importantes, y como muchos abogados penalistas vivo al límite. Sufro altibajos. Un año estoy montado en el dólar y el siguiente estoy sin blanca. Seguro que tú pasaste por eso de niña.

—No, nunca nos arruinamos, ni mucho menos. Estaba al tanto de que mi padre a veces no ganaba, pero siempre había dinero de sobra. Por lo menos, hasta que lo perdió y fue a la cárcel.

—¿Cómo fue eso, desde tu punto de vista? Eras una adolescente, ¿verdad?

—Mira, Donovan, estás separado de tu mujer y no quieres hablar de ello. Muy bien. Mi padre fue a la cárcel y no quiero hablar de ello. Vamos a hacer un trato.

—De acuerdo. Más vale que nos pongamos en marcha.

Continuaron ascendiendo, cada vez más despacio a medida que el sendero desaparecía y el terreno se volvía más empinado aún. Se deslizaban a su espalda piedras y guijarros mientras se agarraban a arbustos para darse impulso. En un momento dado se detuvieron para recuperar el aliento, y Donovan sugirió a Samantha que fuera por delante para que pudiera recogerla si resbalaba y caía hacia atrás. Obedeció sus indicaciones, y él permaneció cerca, con una mano en la cadera de ella, medio guiándola, medio empujándola. Al final llegaron a la cima de Dublin Mountain, y cuando salían del bosque a un pequeño calvero rocoso, él dijo:

—Tenemos que andarnos con cuidado. Es nuestro escondrijo. Justo al otro lado de esas rocas está Enid Mountain, donde Strayhorn trabaja a destajo. Tienen vigilantes de seguridad que de vez en cuando prestan atención a esta zona. Llevamos litigando más de un año, y hemos tenido un par de altercados bastante feos.

—¿Como por ejemplo?

Se desprendió de la mochila y apoyó el rifle en una roca.

—Ya has visto las fotografías que tengo en el despacho. La primera vez que vinimos aquí con un fotógrafo nos pillaron e intentaron presentar cargos. Acudí al juez y obtuve una orden que nos permitía acceder con condiciones muy estrictas. Luego el juez nos aconsejó que nos mantuviéramos alejados de la propiedad.

—No he visto ningún oso. ¿A qué viene el rifle?

—Es por protección. Agáchate y ven.

Se agazaparon y avanzaron unos pasos hasta un hueco entre dos rocas. A sus pies estaban los restos de Enid Mountain, que años antes alcanzaba casi los mil metros de altura, si bien ahora estaba reducida a un paisaje de polvo y piedra sembrado de socavones y máquinas que iban de aquí para allá. La inmensa explotación se extendía sobre los restos de la montaña y se asomaba a las estribaciones a su alrededor. Camiones mineros que acarreaban cientos de toneladas de carbón recién extraído y aún sin lavar iban bamboleándose por infinidad de caminos con pronunciados desniveles, descendiendo uniformemente cual hormigas que desfilaran en formación de manera mecánica. Una inmensa excavadora de arrastre del tamaño de su edificio de apartamentos oscilaba adelante y atrás, hundiendo la pala en la tierra para sacar ciento cincuenta metros cúbicos de sobrecarga y depositarlos en pulcros montones. Cargadoras de pala más pequeñas se afanaban metódicamente en recogerla y depositarla en otra flota de camiones que la transportaba hasta un área donde los bulldozers la lanzaban hacia el fondo del valle. Algo más abajo en la ladera de la montaña, o la explotación minera, las excavadoras sacaban carbón de la veta al descubierto y lo depositaban en los camiones, que se alejaban lentamente cuando estaban llenos, bamboleándose bajo el peso de su carga. Sobre todas las fases de la operación flotaban nubes de polvo.

Donovan, en un tono de voz bajo y sombrío, como si pudiera oírle alguien, dijo:

—Impresiona, ¿eh?

—«Impresionar» no es el término adecuado —señaló Sam—. Mattie me enseñó tres explotaciones a cielo abierto cuando fuimos a Colton el miércoles, pero no nos acercamos tanto. Es repugnante.

—Sí, y uno no se acostumbra nunca. Es una destrucción continua de la tierra, una nueva agresión cada día.

La violencia era lenta, metódica y eficiente. Transcurridos unos minutos, Donovan continuó:

—En dos años se han cargado casi doscientos cincuenta metros de montaña. Han agotado cuatro o cinco vetas y aún les quedan otras tantas por explotar. Cuando hayan terminado habrán sacado de Enid Mountain unos tres millones de toneladas de carbón, a un precio de sesenta pavos la tonelada como promedio. Es fácil hacer los cálculos.

Se arrimaron el uno al otro, con cuidado de no llegar a tocarse, y contemplaron la desolación. Una excavadora desplazó una carga peligrosamente hasta el borde, y las piedras más grandes cayeron rodando por un muro de relleno de valle de unos trescientos metros de altura. Las rocas rebotaron y siguieron cayendo hasta perderse de vista más abajo.

—Y así es como ocurrió —dijo—. Intenta imaginar la montaña con unos ciento cincuenta metros más de altura, como era hace diecinueve meses. Fue entonces cuando uno de esos bulldozers empujó la roca que cayó casi kilómetro y medio antes de aplastar la caravana donde estaban durmiendo los niños de la familia Tate. —Recogió los prismáticos y se puso a buscar, y luego se los pasó a Samantha—. No te incorpores —le advirtió—. Valle abajo, más allá del material de relleno, se ve apenas un edificio blanco. Antes era una iglesia. ¿Lo ves?

—Lo veo —asintió ella unos segundos después.

—Justo detrás de la iglesia había un pequeño asentamiento con varias casas y caravanas. Desde aquí no se ve. Como he dicho, está a kilómetro y medio y los árboles tapan la vista. En el juicio tenemos previsto proyectar un vídeo que reproduce la trayectoria de la roca. Voló literalmente por encima de la iglesia, a eso de ciento veinte kilómetros por hora, según hemos calculado por el peso, y rebotó una o dos veces antes de empotrarse contra la caravana de los Tate.

—¿Tenéis la roca?

—Sí y no. Pesa seis toneladas, conque no la llevaremos a la sala. Pero sigue ahí y tenemos fotografías de sobra. Cuatro días después del accidente la compañía minera intentó eliminarla con explosivos y maquinaria, pero logramos impedírselo. Son bestias, nada más que bestias. De hecho, se presentaron con toda una cuadrilla de trabajo al día siguiente del funeral, entraron en una propiedad donde no tenían autorización y estuvieron a punto de hacer pedazos la roca, sin preocuparse por el daño que causaran a todo lo demás. Llamé al sheriff y hubo momentos de tensión.

—¿Llevabas el caso cuatro días después del accidente?

—No, llevaba el caso al día siguiente. Menos de veinticuatro horas después. Me puse en contacto con el hermano de la madre. Aquí hay que moverse rápido.

—Mi padre estaría impresionado.

Donovan miró el reloj y contempló Enid Mountain.

—Hay una voladura prevista a las cuatro, así que vas a divertirte un rato —dijo.

—Me muero de ganas.

—¿Ves ese camión raro con un aguilón largo en la parte de atrás, allí al fondo a la izquierda?

—¿Bromeas? Hay un centenar de camiones.

—No es un vehículo de carga; es mucho más pequeño. Está aparte.

—Vale, sí. Ya lo veo. ¿Qué es?

—No sé si tiene un nombre oficial, pero se lo conoce como el camión de voladura.

Con ayuda de los prismáticos Samantha observó el camión y a los obreros atareados alrededor del vehículo.

—¿Qué hacen?

—Ahora mismo están empezando a perforar. Las regulaciones les permiten alcanzar los veinte metros de profundidad con un orificio de dieciocho centímetros de diámetro para llevar a cabo la voladura. Los agujeros están a tres metros de distancia, formando algo así como una cuadrícula. Las normas permiten realizar cuarenta orificios por voladura. Hay regulaciones para dar y tomar, un montón de normas en los libros. No es de extrañar que se incumplan por rutina y que compañías como Strayhorn estén acostumbradas a hacer su santa voluntad. En realidad nadie los vigila, salvo quizá un grupo medioambiental de vez en cuando. Filman un vídeo, presentan una demanda, entonces imponen a la compañía una multa de risa y un tirón de orejas, y la vida continúa. Los reguladores reciben sus sobres y duermen a pierna suelta.

Un corpulento hombre con barba se les acercó sigilosamente por detrás y golpeó a Donovan en los hombros con las palmas de las manos a la vez que soltaba un sonoro «¡Bum!». Donovan gritó «¡Joder!» al mismo tiempo que Samantha chilló y dejó caer los prismáticos. Aterrados, se dieron la vuelta y se quedaron mirando la cara sonriente de un tipo fornido con el que nadie querría vérselas a puñetazos.

—Cabronazo —maldijo Donovan sin coger el rifle.

Samantha ya estaba buscando con desesperación una ruta de huida.

El hombre permaneció agachado y se rió de los dos. Tendió una mano en dirección a Samantha y se presentó:

—Vic Canzarro, amigo de las montañas.

Ella, incapaz de recobrar el aliento, ni alargó la mano.

—¿Tenías que darnos semejante susto? —le reprendió Donovan.

—No, pero ha sido gracioso.

—¿Le conoces? —preguntó Samantha.

—Me temo que sí. Es un amigo, o un conocido, más bien. Vic, te presento a Samantha Kofer, trabaja de pasante en la asesoría de Mattie.

Por fin se estrecharon la mano.

—Encantado —dijo Vic—. ¿Qué te trae por las cuencas mineras?

—Es una larga historia —contestó Sam, y ahora que por fin le funcionaban el corazón y los pulmones, soltó el aire—. Una historia muy larga.

Vic dejó su mochila y se sentó en una roca. Estaba sudando por la caminata y necesitaba agua. Le ofreció un botellín a Samantha, pero ella lo rehusó.

—¿Facultad de Derecho de Columbia? —preguntó mirando la sudadera.

—Sí. Trabajaba en Nueva York hasta hace diez días, cuando el mundo se derrumbó y me despidieron... o me dieron un permiso, o algo por el estilo. ¿Eres abogado?

Tomó asiento en otra roca, donde Donovan hizo lo propio.

—Claro que no. Antes era inspector de seguridad de minas, pero me las arreglé para que me echaran. Es otra larga historia.

—Todos tenemos historias largas —comentó Donovan, que cogió un botellín de agua—. Vic es mi testigo pericial. Es el típico experto: si le pagas lo suficiente, le cuenta al jurado lo que tú quieras. La semana que viene pasará un largo día en el estrado y disfrutará de lo lindo soltando una lista interminable de infracciones de seguridad cometidas por Strayhorn Coal. Luego los abogados defensores se lo comerán vivo.

Vic rió al oírlo.

—Me hace mucha ilusión —aseguró—. Ir a juicio con Donovan siempre es emocionante, sobre todo cuando gana, cosa que no ocurre a menudo.

—Gano tantos casos como los que pierdo.

Vic llevaba camisa de franela, vaqueros desgastados y botas cubiertas de barro reseco, y tenía aspecto de excursionista veterano capaz de sacar una tienda de la mochila en un abrir y cerrar de ojos y pasar una semana en el bosque.

—¿Están perforando? —preguntó a Donovan.

—Acaban de empezar, tienen que hacer la voladura a las cuatro.

Vic miró su reloj de muñeca.

—¿Estamos preparados para el juicio?

—Desde luego. Esta tarde han doblado la oferta a doscientos mil. Les he hecho una contraoferta de novecientos cincuenta.

—Estás chiflado, ¿sabes? Coge el dinero y saca algo para la familia. —Miró a Samantha—. ¿Te ha puesto al corriente de los hechos?

—De la mayor parte —respondió—. Y he visto fotografías y mapas.

—No confíes nunca en un jurado de por aquí. Se lo digo a Donovan una y otra vez, pero no me hace caso.

—¿Estás filmando? —preguntó Donovan para cambiar de tema.

—Claro.

Charlaron unos minutos, sin dejar de mirar el reloj de vez en cuando. Vic sacó una cámara pequeña de la mochila y tomó posición entre dos rocas. Donovan dijo a Samantha:

—Como no hay inspectores vigilando, lo más seguro es que Strayhorn incumpla unas cuantas normas cuando empiece la voladura. Lo grabaremos en vídeo, y quizá se lo enseñemos al jurado la semana que viene. No es que nos haga falta, porque tenemos cagadas más que suficientes de la compañía. Sacarán a sus ingenieros a declarar y mentirán acerca de cómo se atienen a la normativa legal. Nosotros demostraremos lo contrario.

Samantha y él se colocaron al lado de Vic, que estaba filmando, absorto en la tarea.

—Llenarán todos y cada uno de los orificios con una mezcla conocida como NAFO, acrónimo de la combinación de nitrato amónico y fuel oil. Es muy peligroso transportarlo, así que lo fabrican allí mismo. Eso están haciendo ahora. Ese camión vierte diésel en los orificios de voladura mientras la cuadrilla de la izquierda prepara las cápsulas fulminantes y los detonadores. ¿Cuántos agujeros hay, Vic?

—Yo cuento sesenta.

—Así que están cometiendo una clara infracción, lo que es típico.

Samantha vio por los prismáticos a unos hombres provistos de palas empezar a rellenar los orificios para la voladura. De la parte superior de cada uno salía un cable, y dos operarios estaban atareados atándolos todos entre sí. Dejaban caer sacos de nitrato amónico en los agujeros, que luego cubrían con litros y litros de diésel. El trabajo era fatigoso; dieron las cuatro pasadas. Al fin, cuando el camión de voladura dio marcha atrás, Donovan anunció:

—Ahora no tardarán mucho.

La cuadrícula se despejó al retirarse los obreros y los camiones. Sonó una sirena y esa zona de la explotación quedó en silencio.

Las explosiones fueron un retumbar lejano de polvo y humo lanzados al aire, cada estallido apenas una fracción de segundo después del anterior. Las columnas se alzaron en perfecta formación, igual que fuentes en un espectáculo acuático de Las Vegas, y la tierra empezó a desgajarse. Una amplia franja de roca antigua se desprendió en violentas avalanchas mientras temblaba la tierra. El polvo ascendió rápidamente en la zona de la voladura y formó una densa nube justo encima que, al no haber viento, quedó suspendida sobre los escombros sin un lugar adonde ir. Como un comentarista deportivo que fuera narrando las jugadas, Donovan dijo:

—Provocan explosiones tres veces al día. Solo tienen permitido hacerlo dos. Multiplícalo por docenas de minas a cielo abierto en activo y verás que están usando cerca de medio millón de kilos de explosivos todos los días aquí en la región minera.

—Tenemos un problema —dijo Vic sin alterarse—. Nos han visto.

—¿Dónde? —preguntó Donovan, que le cogió los prismáticos a Samantha.

—Ahí arriba, al lado del tráiler.

Donovan volvió a enfocar. En una plataforma al lado, por lo visto dos hombres con casco los observaban a su vez tranquilamente. Donovan saludó con la mano; uno de ellos le devolvió el saludo. Donovan lo mandó a tomar por saco enseñándole el dedo corazón; el hombre le contestó con el mismo gesto.

—¿Cuánto hace que están ahí? —preguntó.

—No lo sé —contestó Vic—. Pero más vale que nos vayamos.

Cogieron las mochilas y el rifle, y emprendieron un descenso apresurado ladera abajo. Samantha resbaló y estuvo a punto de caerse. Vic la cogió y le sujetó la mano con firmeza. Siguieron a Donovan, sorteando árboles, esquivando rocas y arrastrándose por la maleza donde no se distinguía ningún sendero. Unos minutos después se detuvieron en un estrecho claro. Vic señaló y dijo:

—Yo he venido por aquí. Llamadme cuando lleguéis a vuestro jeep.

Desapareció en el bosque y ellos siguieron descendiendo. La ruta no era tan escarpada y se las apañaron para ir a trote corto con cautela unos cientos de metros.

—¿Estamos a salvo? —preguntó Samantha por fin.

—Estamos bien —respondió él sin inmutarse—. No conocen los senderos como yo. Y, si nos atrapan, no nos pueden matar.

Sam no halló mucho consuelo en sus palabras. Fueron acelerando a medida que el camino se hacía más llano. Alcanzaron a ver el jeep unos cincuenta metros más adelante, y Donovan se detuvo un momento en busca de otros vehículos.

—No nos han pillado —dijo.

Mientras se alejaban en el jeep le envió un mensaje de texto a Vic. Todo estaba despejado. Fueron bamboleándose montaña abajo, esquivando hoyos y quebradas lo bastante anchas para tragarse un vehículo como el suyo. Transcurridos unos minutos señaló:

—Ya no estamos en propiedad de Strayhorn. —Salió a una carretera asfaltada justo cuando una camioneta igual de grande cubierta de polvo tomaba una curva a toda velocidad—. Son ellos —advirtió.

La camioneta se situó en mitad de la vía para cortarles el paso, pero Donovan apretó el acelerador y la sorteó por el arcén. Al menos tres tipos con casco y de aspecto malcarado iban en la camioneta, ceñudos y buscando bronca. Se detuvieron de repente y empezaron a dar media vuelta para perseguirlos, pero el jeep ya los había dejado atrás.

A toda velocidad por las carreteras secundarias del condado de Hopper, Donovan no quitaba ojo al retrovisor y guardaba silencio.

—¿Crees que tienen tu matrícula? —preguntó ella.

—Bueno, saben que soy yo. Se presentarán ante el juez el lunes por la mañana y llorarán como nenes. Yo lo negaré y les diré que dejen de lloriquear. Vamos a seleccionar el jurado.

Pasaron por delante del palacio de justicia de Colton en Center Street. Donovan lo señaló con un gesto de la cabeza y dijo:

—Ahí está. La zona cero. El palacio de justicia más feo de todo Virginia.

—Estuve el miércoles, con Mattie.

—¿Te gustó la sala?

—Es un poco rara, pero no soy experta en juzgados. Siempre he procurado evitarlos.

—A mí me encantan. Es el único sitio donde el hombre de a pie puede medirse en situación de igualdad con una corporación grande y corrupta. Una persona sin nada, ni dinero ni poder, nada más que una serie de hechos, puede interponer una demanda y obligar a una compañía multimillonaria a que se presente para entablar una pelea limpia.

—No siempre es limpia, ¿verdad?

—Claro que sí. Si hacen trampas, yo también las hago. Si juegan sucio, yo juego más sucio aún. La justicia es una maravilla.

—Pareces mi padre. Es espantoso.

—Y tú pareces mi mujer. No soporta mi trabajo.

—Vamos a hablar de otra cosa.

—Vale, ¿tienes planes para mañana?

—Un sábado en Brady. El centro de asesoría está cerrado, así que, ¿qué otras opciones tengo?

—¿Te apetece correr otra aventura?

—¿Hay armas de por medio?

—No, te prometo que no iré armado.

—¿Entraremos ilegalmente en una propiedad ajena? ¿Hay posibilidad de que nos detengan?

—No, lo prometo.

—Parece bastante aburrido. Me apunto.

13

Blythe llamó temprano el sábado por la mañana con la increíble noticia de que tenía el día libre, cosa insólita en su mundo. Su situación laboral se había estabilizado; por lo visto, el bufete había interrumpido el baño de sangre. No le habían dado la patada a nadie en los últimos cinco días y por fin empezaba a llegar un goteo de promesas desde los puestos más altos. Un precioso día de otoño en Nueva York sin otra cosa que hacer que ir de compras, buscar un sitio donde almorzar y disfrutar de ser joven y estar sin compromiso. Echaba de menos a su compañera de piso, y en ese momento Samantha se sentía tremendamente melancólica. Solo llevaba fuera dos semanas, pero teniendo en cuenta la distancia le parecía un año. Hablaron media ahora antes de que las dos tuvieran que ponerse las pilas para empezar el día.

Samantha se duchó y se vistió deprisa para escabullirse por el sendero de acceso antes de que Kim y Adam salieran de casa dando brincos con una lista de cosas que hacer. De momento, parecía que Annette y sus hijos dejaban que su invitada fuera y viniera a su antojo. Sam vivía con la mayor discreción posible, y aún no los había visto escudriñando por las ventanas o detrás de las cortinas. Pero también era consciente de que la mayor parte de Brady sentía curiosidad por la forastera de Nueva York.

Por ese motivo, y porque su situación conyugal era inestable, Donovan había sugerido quedar en el aeropuerto del condado, dieciséis kilómetros al este del pueblo. Se reunirían allí y emprenderían su siguiente aventura, cuyos detalles se había reservado. A Samantha le sorprendió que hubiera un aeropuerto en un radio de ciento cincuenta kilómetros de Brady. El viernes a última hora lo buscó en internet y no encontró nada. ¿Cómo era posible que un aeropuerto no tuviera página web?

No solo no tenía página web sino que carecía de aviones, o al menos no alcanzó a ver ninguno cuando la carretera de grava desembocó en el aeropuerto del condado de Noland. El jeep de Donovan estaba aparcado junto a un pequeño edificio de metal y era el único vehículo a la vista. Entró por la única puerta que vio y cruzó lo que parecía ser el vestíbulo, con sillas plegables y mesas de metal sobre las que había revistas de aviación. Las paredes estaban decoradas con fotografías descoloridas de aviones e imágenes aéreas. La otra puerta daba a la rampa, y allí estaba Donovan enredando en un avión muy pequeño. Samantha salió.

—¿Qué es eso? —le preguntó.

—Buenos días —la saludó él con una amplia sonrisa—. ¿Has dormido bien?

—Ocho horas. ¿Eres piloto?

—Sí, y esta esa una Cessna 172, más conocida como Skyhawk. Ejerzo de abogado en cinco estados y esta pibita me ayuda a desplazarme. Además, es una herramienta muy útil cuando se trata de espiar a las compañías mineras.

—Claro. ¿Y vamos a espiar a alguien?

—Algo así. —Plegó suavemente y cerró la cubierta que protegía el motor—. La revisión previa al despegue ha terminado y está lista para volar. Tu puerta está al otro lado.

Samantha no se movió.

—No estoy muy segura. No he volado nunca en nada tan pequeño.

—Es el avión más seguro que se ha construido. Tengo tres mil horas de vuelo y soy sumamente diestro, sobre todo en un día perfecto como hoy. No hay ni una sola nube en el cielo, la temperatura es ideal y asoman en los árboles los colores del otoño. Hoy es un día de ensueño para un piloto.

—No sé yo.

—Venga, ¿dónde está tu espíritu aventurero?

—Pero ¡si solo tiene un motor!

—No necesita más. Y, si falla, planeará sin problemas hasta que demos con un prado bonito en alguna parte.

—¿En estas montañas?

—Vamos, Samantha.

Ella rodeó a paso lento la cola del aparato y fue a la puerta del lado derecho, bajo el ala. Donovan la ayudó a acomodarse en el asiento y le ciñó el cinturón de seguridad y las correas de sujeción de los hombros. Cerró la portezuela, la aseguró y rodeó la avioneta hasta el costado izquierdo. Samantha miró el asiento trasero abarrotado a su espalda y el salpicadero de instrumentos e indicadores delante de sí.

—¿Eres claustrofóbica? —le preguntó él mientras se ponía el cinturón de seguridad y las correas de sujeción; sus hombros prácticamente se rozaban.

—Ahora sí.

—Te va a encantar. Antes de que termine el día lo estarás pilotando tú. —Le pasó unos auriculares y dijo—: Póntelos. Aquí hay bastante ruido y hablaremos con esto. —Se colocaron los auriculares—. Di algo —le indicó.

—Algo.

Le mostró el pulgar en alto: los auriculares funcionaban. Cogió una lista de verificación y la revisó de arriba abajo, tocando minuciosamente todos los instrumentos e indicadores a medida que lo hacía. Movió la palanca adelante y atrás. Una palanca igual en el lado de Samantha se desplazó al mismo tiempo.

—Es mejor que no toques esto —le advirtió.

Ella se apresuró a negar con la cabeza; no tenía intención de tocar nada.

—Preparados —dijo, y giró la llave.

El motor cobró vida al tiempo que lo hacía la hélice. La avioneta se estremeció cuando desplazó la palanca del control de potencia. Anunció sus intenciones por la radio y empezaron a avanzar por la pista, que parecía corta y estrecha, o al menos se lo parecía a ella.

—¿Hay alguien escuchando? —preguntó Samantha.

—Lo dudo. Esta mañana está todo muy tranquilo.

—¿Tienes el único avión en todo el condado de Noland?

Él señaló unos pequeños hangares más adelante, junto a la pista.

—Hay algunos más ahí. No muchos. —Al final de la pista aceleró el motor otra vez y comprobó de nuevo controles e instrumentos—. Sujétate. —Empujó la palanca hacia delante, soltó suavemente los frenos y se pusieron en marcha. A medida que iban cobrando velocidad, Donovan contaba con voz reposada—: Ochenta millas por hora, noventa, cien... —Luego tiró de la palanca hacia atrás y abandonaron el asfalto. Por un momento Samantha se sintió ingrávida, y el estómago le dio un vuelco—. ¿Estás bien? —le preguntó sin mirarla.

—Sí —respondió con las mandíbulas apretadas.

Conforme ascendían empezó a virar hacia la izquierda y dio un giro de ciento ochenta grados. Volaban bajo, no muy por encima de las copas de los árboles, y tomó como referencia la carretera general.

—¿Ves esa camioneta verde aparcada ahí abajo delante de ese comercio? —le preguntó. Samantha asintió—. Es el gilipollas que me ha seguido esta mañana. Agárrate.

Movió la palanca y los alerones se desplazaron arriba y abajo, un saludo al gilipollas de la camioneta verde. Cuando lo perdieron de vista empezó a ascender de nuevo.

—¿Por qué iban a seguirte un sábado por la mañana? —preguntó ella, con los nudillos blancos de tanto como se apretaba las rodillas.

—Eso que te lo cuenten ellos. Igual por lo que ocurrió ayer. Igual porque el lunes tenemos que vernos en los tribunales para un gran juicio. Quién sabe. Me siguen todo el rato.

De pronto Samantha se sintió más segura en el aire. Para cuando llegaron a Brady estaba relajada y contemplaba el paisaje que se hallaba no mucho más abajo. Donovan sobrevoló el pueblo a quinientos pies y le indicó a vista de pájaro dónde vivía y trabajaba. Salvo por un paseo en globo sobre las Catskills, Sam no había visto nunca la tierra a tan poca altitud, y era fascinante, apasionante incluso. Ascendió a los mil pies y tomó una trayectoria horizontal por encima de las colinas. La radio guardaba silencio, igual que la del falso coche patrulla de Romey, y ella preguntó:

—¿Qué pasa con los radares, los controladores aéreos y demás? ¿Es que no hay nadie por ahí?

—Probablemente no. Estamos volando según reglas de vuelo visual, así que no tenemos que ponernos en contacto con controladores aéreos. En un viaje de negocios emitiría un plan de vuelo y me conectaría al sistema de tráfico aéreo, pero hoy no. Esto es un vuelo de placer. —Señaló una pantalla y explicó—: Eso es el radar. Si nos acercamos a otro aparato, se verá ahí. Tranquila, no me he estrellado nunca.

—¿Algún susto?

—Ninguno. Me lo tomo muy en serio, como casi todos los pilotos.

—Me alegro. ¿Adónde vamos?

—No lo sé. ¿Adónde quieres ir?

—¿Pilotas tú, y no sabes adónde vamos?

Donovan sonrió, viró hacia la izquierda y señaló un instrumento.

—Eso es el altímetro; indica la altitud, cosa muy importante cuando estás en las montañas. —Fueron subiendo poco a poco hasta los mil quinientos pies, donde se estabilizaron. Él señaló fuera y dijo—: Eso es Cat Mountain... o lo que queda de ella. Una mina de las grandes.

Más adelante, hacia la derecha, estaba la explotación a cielo abierto, que tenía el mismo aspecto que las demás: un paisaje árido de roca y tierra en mitad de las hermosas montañas, con material de relleno desplazado hacia el fondo de los valles mucho más abajo. Sam pensó en Francine Crump, la cliente que había solicitado un testamento gratuito, y en las tierras que quería preservar. Estaban ahí abajo en alguna parte, en las inmediaciones de Cat Mountain. Había pequeñas viviendas a orillas de los riachuelos, algún asentamiento disperso. La Skyhawk se ladeó considerablemente hacia la derecha, y mientras ejecutaba un perfecto giro de trescientos sesenta grados Samantha observó a sus pies los camiones, las excavadoras y el resto de la maquinaria. Un camión para voladuras, bulldozers, una excavadora de arrastre, camiones para la extracción y el transporte de carbón, excavadoras de oruga, cargadoras. Sus conocimientos iban ampliándose. Se fijó en un supervisor que se encontraba delante de una oficina y se esforzaba por ver la avioneta.

—Así que trabajan en sábado, ¿eh? —comentó ella.

Donovan asintió y dijo:

—Siete días a la semana, a veces. Todos los sindicatos han desaparecido.

Ascendieron a tres mil pies y se estabilizaron.

—Ahora estamos sobre Kentucky, en dirección noroeste —indicó Donovan. De no ser por los auriculares, sus palabras se habrían visto acalladas por el estruendo del motor—. Fíjate. Hay tantas que se pierde la cuenta.

Las minas a cielo abierto moteaban las montañas cual feas cicatrices, docenas de explotaciones hasta donde alcanzaba la vista. Sobrevolaron varias de ellas. Entre unas y otras, Samantha se fijó en enormes áreas cubiertas con parches de hierba y unos cuantos árboles diminutos como motas.

—¿Qué es eso? —preguntó ella señalando hacia delante—. La zona llana y rala.

—Una víctima, una antigua mina a cielo abierto recuperada. Esa en concreto era Persimmon Mountain, de setecientos cincuenta metros de altura. Se cargaron la cima, extrajeron el carbón y luego emprendieron la recuperación. La ley exige que tenga «aproximadamente el contorno original», esa es la expresión clave, pero ¿cómo se reemplaza una montaña una vez que ha desaparecido?

—He leído al respecto. Los terrenos tienen que quedar igual o mejor que antes de la explotación.

—Vaya chorrada. Las empresas mineras dicen que la tierra recuperada es estupenda para urbanizar: centros comerciales, apartamentos y demás. Construyeron una cárcel encima de una antigua mina en Virginia. Y un campo de golf sobre otra. El problema es que aquí nadie juega al golf. Eso de la recuperación es una chorrada.

Sobrevolaron otra mina a cielo abierto, y luego otra. Un rato después, todas parecían iguales.

—¿Cuántas hay en activo hoy en día? —preguntó Samantha.

—Docenas. Hemos perdidos unas seiscientas montañas en los últimos treinta años por culpa de la minería a cielo abierto, y al paso que vamos no nos quedarán muchas. La demanda de carbón es cada vez mayor, el precio sube, así que las compañías se muestran cada vez más agresivas a la hora de obtener permisos para poner en marcha explotaciones a cielo abierto. —Viró hacia la derecha y dijo—: Ahora vamos hacia el norte, rumbo a Virginia Occidental.

—¿Y tienes licencia para ejercer allí? —indagó.

—Sí, y también en Virginia y Kentucky.

—Has mencionado cinco estados antes de despegar.

—A veces voy a Tennessee y a Carolina del Norte, pero no muy a menudo. Estamos pleiteando por causa de un cementerio de ceniza de carbón en Carolina del Norte, con muchos abogados implicados. Es un caso gordo.

Le encantaban los casos gordos. Las montañas perdidas en Virginia Occidental tenían el mismo aspecto que las de Kentucky. La Cessna zigzagueó a derecha e izquierda, ladeándose para permitirle echar otro vistazo a la devastación, y luego se estabilizó para ir a ver otra.

—Esa es la mina de Bull Forge, ahí delante —indicó Donovan—. Ayer la viste desde el suelo.

—Ah, sí. Los ecoterroristas. Esos tipos están cabreando de veras a las compañías mineras.

—Creo que es lo que quieren.

—Es una pena que no hayas traído el rifle. Podríamos reventar unos cuantos neumáticos desde aquí arriba.

—Ya me lo había planteado.

Después de una hora en el aire Donovan emprendió un lento descenso. Para entonces Samantha estaba familiarizada con el altímetro, el anemómetro y la brújula. A dos mil pies de altitud, preguntó:

—¿Tenemos un punto de destino?

—Sí, pero antes quiero enseñarte otra cosa. Hacia tu lado hay una zona conocida como Hammer Valley. —Esperó un momento a que dejaran atrás unas estribaciones; apareció un valle largo y escarpado—. Vamos a empezar aquí donde termina, cerca del pueblecito de Rockville, con una población de trescientos habitantes.

Dos campanarios de iglesia asomaron entre los árboles y luego empezó a verse el municipio, un pintoresco pueblecito que envolvía un riachuelo y estaba rodeado de montañas. Pasaron por encima de Rockville y siguieron el cauce del río. Había docenas de viviendas, sobre todo caravanas, dispersas por estrechas carreteras rurales.

—Esto es lo que se conoce como un núcleo cancerígeno. Hammer Valley tiene el índice de casos de cáncer más elevado de Estados Unidos, casi veinte veces por encima de la media nacional. Cánceres graves, de hígado, riñón, estómago, útero... Y leucemia. —Tiró suavemente hacia atrás de la palanca y la avioneta ascendió al aparecer ante ellos una gran elevación. La sortearon por doscientos pies y de pronto se encontraron encima de una explotación minera recuperada—. Y ahí está el motivo —continuó Donovan—. La mina a cielo abierto de Peck Mountain. —La montaña había desaparecido y en su lugar había pequeñas colinas allanadas por bulldozers y cubiertas de hierba agostada. Detrás de un dique de tierra se veía una masa grande y ominosa de líquido negro—. Eso es el embalse de fango líquido. Una compañía llamada Starke Energy vino hace unos treinta años y extrajo todo el carbón en lo que fue una de las primeras grandes explotaciones de los Apalaches. Lo lavaron aquí mismo y dejaron los residuos en un pequeño lago que antes era inmaculado. Luego construyeron esa presa e hicieron el embalse mucho más grande.

Estaban rodeando el lago de lodo líquido a mil pies de altitud.

—Starke vendió por fin a Krull Mining, otra compañía bestial y anónima que en realidad es propiedad de un oligarca ruso, un matón que posee un montón de minas por todo el mundo.

—¿Un ruso?

—Pues sí. Tenemos rusos, ucranianos, chinos, hindúes y canadienses, así como el elenco habitual de vaqueros de Wall Street y chaqueteros locales. Hay muchos propietarios ausentes aquí en las regiones mineras, y ya puedes imaginar lo mucho que les importan esta tierra y sus habitantes.

Donovan ladeó de nuevo el aparato, y Samantha contempló directamente el lodo líquido, que, a mil pies de altitud, parecía tener la consistencia del petróleo crudo.

—Qué mala pinta tiene —comentó—. ¿Otro pleito?

—El mayor de todos los tiempos.

Aterrizaron en una pista más pequeña incluso que la del condado de Noland, donde no había el menor indicio de ningún pueblo en las proximidades. Mientras se dirigían hacia la rampa, Samantha vio a Vic Canzarro apoyado en una verja, esperándolos. Se detuvieron cerca de la terminal; no había ningún otro avión a la vista. Donovan apagó el motor, revisó la lista de verificación posterior al vuelo y se bajaron de la Skyhawk.

Como era de esperar, Vic conducía un todoterreno imponente con tracción a las cuatro ruedas, apropiado para encontronazos fuera de la carretera con vigilantes de seguridad. Samantha se acomodó en el asiento de atrás, donde había una nevera portátil, unas mochilas y, naturalmente, un par de rifles.

Vic era fumador, no de los que empalman un cigarrillo con el siguiente, pero aun así entusiasta. Bajó unos cuatro dedos la ventanilla del lado del conductor, justo lo suficiente para que la mitad del humo saliera mientras la otra mitad se arremolinaba en el interior de la cabina. Después del segundo cigarrillo, Samantha se estaba asfixiando y bajó la ventanilla detrás de Donovan, quien le preguntó qué hacía. Ella contestó con franqueza, lo que provocó una tensa conversación entre Donovan y Vic sobre sus costumbres. Juró que estaba intentando dejarlo, de hecho lo había dejado en numerosas ocasiones, y reconoció sin ambages que le preocupaba la probabilidad de sufrir una muerte horrible a causa de un cáncer de pulmón. Donovan siguió machacándolo, dejando a Samantha con la clara impresión de que los dos ya llevaban tiempo discutiendo por el mismo motivo. No resolvieron nada y Vic encendió otro pitillo.

Las colinas y los senderos los llevaron hacia las profundidades de Hammer Valley, y finalmente hasta la casa medio desmoronada de un tal Jesse McKeever.

—¿Quién es el señor McKeever, y por qué vamos a verlo? —preguntó Sam desde el asiento trasero cuando enfilaron el sendero de acceso.

—Un posible cliente —contestó Donovan—. Ha perdido a su mujer, un hijo, una hija, un hermano y dos primos a causa del cáncer. Riñón, hígado, pulmón, cerebro, prácticamente el cuerpo entero.

La camioneta se detuvo y aguardaron un momento por el perro. Un pitbull furioso salió lanzado del porche y se les abalanzó, dispuesto a zamparse los neumáticos. Vic tocó la bocina y por fin apareció Jesse, que llamó al perro, le pegó con el bastón, lo maldijo y le ordenó que se fuera al jardín trasero. El perro apaleado obedeció y se marchó.

Tomaron asiento en cajas y viejas sillas de patio bajo un árbol en el jardín delantero. McKeever era un tipo curtido que aparentaba mucho más de sesenta años, con pocos dientes y algunas arrugas que ya eran permanentes debido a la vida dura y a una mueca desdeñosa que nunca le abandonaba el rostro. Vic había analizado el agua de su pozo, y el resultado, si bien predecible, era desalentador. El agua estaba contaminada por compuestos orgánicos volátiles, venenos como cloruro de vinilo, tricloroetileno, mercurio, plomo y una docena de sustancias más. Con una enorme paciencia, Vic le explicó lo que significaban esas palabras tan largas. Jesse captó el meollo del asunto. No solo no era seguro beberla; no había que usarla para nada, y punto. Ni para cocinar, ni para bañarse, lavarse los dientes, o lavar la ropa y la vajilla. Nada. Jesse explicó que habían empezado a traer agua potable unos quince años antes, pero habían seguido usando agua del pozo para bañarse y limpiar la casa. Su hijo fue el primero en morir, de cáncer del aparato digestivo.

Donovan puso en marcha una grabadora y la dejó en una caja de plástico para botellas de leche. Como de pasada, y haciendo gala de gran empatía, dio pie a que Jesse dedicara una hora entera a ponerlo en antecedentes sobre su familia y los cánceres que habían hecho estragos en ella. Vic escuchaba, fumaba y de vez en cuando planteaba alguna pregunta. Los relatos eran desgarradores, pero Jesse los abordó sin excesiva emoción. Había padecido muchas desgracias, y lo habían templado.

—Quiero que entre a formar parte de nuestra demanda, señor McKeever —le propuso Donovan después de apagar la grabadora—. Tenemos previsto presentar una querella contra Krull Mining ante el Tribunal Federal. Estamos convencidos de poder demostrar que vertieron una gran cantidad de residuos en el lago de allá arriba y que saben, desde hace años, que se estaban filtrando en las aguas subterráneas de aquí.

Jesse apoyó la barbilla en el bastón como si dormitara.

—Ningún pleito me los va a devolver. Se fueron para siempre.

—Es verdad, pero no tendrían que haber muerto. Ese embalse de fango los mató y sus propietarios deberían pagar por ello.

—¿Cuánto?

—No puedo prometerle un solo centavo, pero demandaré a Krull por millones de dólares. Estará muy acompañado, señor McKeever. Ahora mismo cuento con otras treinta familias aquí en Hammer Valley que han firmado y están listas para proceder. Todos han perdido a alguien por culpa del cáncer, todos en los últimos diez años.

Jesse escupió hacia un lado, se limpió la boca con una manga y dijo:

—Ya he oído hablar del asunto. Se habla mucho de eso de punta a punta del valle. Unos quieren demandar; otros siguen teniéndole miedo a la compañía minera, aunque ya no pinta nada aquí. La verdad es que no sé qué hacer. No le puedo decir más que eso. No sé qué decisión tomar.

—De acuerdo, piénselo. Pero prométame una cosa: cuando esté listo para pelear, llámeme a mí, no a ningún otro abogado. Llevo tres años trabajando en este caso, y aún no hemos interpuesto la demanda. Lo necesito de mi parte, señor McKeever.

Accedió a pensárselo, y Donovan prometió regresar en un par de días. Dejaron a Jesse a la sombra, con el perro otra vez a su lado, y se marcharon. No dijeron nada hasta que Samantha preguntó:

—Vale, ¿cómo se puede demostrar que la empresa sabía que su embalse de residuos estaba contaminando las aguas del señor McKeever?

Los dos hombres del asiento delantero cruzaron una mirada y por unos segundos no hubo respuesta. Vic sacó un cigarrillo del paquete y Donovan por fin dijo:

—La compañía tiene documentos internos que demuestran con claridad que estaban al tanto de la contaminación y no hicieron nada; de hecho, lo han ocultado todo durante los últimos diez años.

Sam abrió la ventanilla de nuevo y respiró hondo, antes de preguntar:

—¿Cómo obtuvisteis los documentos si no habéis interpuesto la demanda?

—No he dicho que tengamos los documentos —matizó Donovan, un poco a la defensiva.

Vic añadió:

—Se han llevado a cabo investigaciones por parte de la Agencia de Protección Medioambiental y otros organismos de regulación. Hay cantidad de papeleo.

—¿Encontró la Agencia de Protección Medioambiental esos documentos incriminatorios? —indagó Samantha.

Ambos hombres parecieron titubear.

—No todos —respondió Vic.

Hubo una pausa en la conversación y ella prefirió no insistir. Tomaron un camino de grava y siguieron adelante bamboleándose durante alrededor de kilómetro y medio.

—¿Cuándo interpondréis la demanda? —preguntó.

—Pronto —aseguró Donovan.

—Bueno, si voy a trabajar en tu bufete tengo que estar al tanto de esas cosas, ¿no?

Donovan no contestó. Accedieron al patio delantero de una vieja caravana y aparcaron detrás de un coche sucio sin tapacubos y con el parachoques colgando de un alambre.

—¿Y quién es ahora? —preguntó Samantha.

—Dolly Swaney —respondió Donovan—. Su marido murió de cáncer hepático hace un par de años, a los cuarenta y uno.

—¿Es cliente tuya?

—Todavía no —reconoció Donovan al tiempo que abría la portezuela.

Dolly Swaney apareció en el porche delantero, un añadido desvencijado con los peldaños rotos. Era una mujer enorme y llevaba una bata grande y manchada que le llegaba casi hasta los pies descalzos.

—Creo que voy a esperar en la camioneta —dijo Samantha.

Almorzaron temprano en el único restaurante del centro de Rockville, una cafetería calurosa y mal ventilada con un intenso olor a grasa en el ambiente. La camarera dejó tres vasos de agua con hielo en la mesa; los tres quedaron intactos. En cambio, pidieron refrescos light con los sándwiches. Al ver que no había nadie sentado cerca, Samantha decidió continuar con las preguntas.

—Bueno, si ya tenéis treinta clientes y lleváis tres años

trabajando en el caso, ¿cómo es que no habéis interpuesto la demanda a estas alturas?

Los dos hombres miraron alrededor como si alguien pudiera estar escuchando. Tras comprobar que no era así, Donovan contestó en voz queda:

—Se trata de un caso enorme, Samantha. Docenas de muertes, un acusado con los bolsillos inmensamente profundos y una responsabilidad que, a mi modo de ver, puede demostrarse sin lugar a dudas en un juicio. Ya he gastado cien mil pavos en él, y hará falta mucho más dinero para que llegue ante los tribunales. Hace falta tiempo: tiempo para que los clientes firmen, tiempo para llevar a cabo la investigación y tiempo para reunir un equipo jurídico que pueda plantar cara al ejército de abogados y expertos que Krull Mining utilizará en su defensa.

—Además comporta un gran riesgo —añadió Vic—. Hay mucha gente peligrosa en las cuencas mineras, y Krull Mining son de los peores. No solo son implacables a la hora de explotar minas a cielo abierto, sino que también son litigantes feroces. Es una demanda atractiva, pero la perspectiva de tener que vérselas con Krull Mining ha ahuyentado a muchos abogados, tipos que suelen apuntarse a los casos medioambientales importantes.

—Por eso necesitamos ayuda —dijo Donovan—. Si estás aburrida y buscas emociones, vamos a poner manos a la obra. Tengo una tonelada de documentos que hay que revisar.

Ella sofocó la risa y dijo:

—Estupendo, más documentos por revisar. Pasé el primer año en Scully & Pershing enterrada en un sótano sin dedicarme a otra cosa que a la revisión de documentos. En los Grandes Bufetes es la maldición de todos los asociados novatos.

—Esto será distinto, te lo aseguro.

—¿Se trata de los documentos incriminatorios, del material bueno?

Los dos hombres volvieron a mirar alrededor. Llegó la camarera con los refrescos light y los dejó sobre la mesa. No tenía pinta de que le importara gran cosa aquella demanda. Samantha se inclinó hacia ellos y les espetó sin miramientos:

—Ya tenéis esos documentos, ¿verdad?

—Digamos que tenemos acceso a ellos —respondió Donovan—. Se extraviaron, Krull Mining sabe que se extraviaron, pero ignora quién los tiene. Después de que interponga la demanda, la compañía averiguará que tengo acceso a ellos. Es lo único que puedo decir.

Mientras él hablaba Vic la observaba fijamente, atento a su reacción. Su mirada daba a entender: «¿Es de confianza?». Su aire era asimismo escéptico. Quería hablar de otra cosa.

—¿Qué hará Krull Mining cuando sepa que tenéis acceso? —preguntó Sam.

—Se subirán por las paredes, pero ¡qué coño!, estaremos ante un tribunal federal y con un poco de suerte nos tocará un buen juez, uno que sepa meterles presión.

Llegaron sus platos, sándwiches raquíticos al lado de montones de patatas fritas, y empezaron a comer. Vic le preguntó por Nueva York y la vida que llevaba allí. Les intrigaba su trabajo en un bufete con un millar de abogados en un mismo edificio, y que estuviera especializada en la construcción de rascacielos. Samantha sintió la tentación de darle un aire ligeramente glamuroso, pero no era capaz de engañarlos hasta tal punto. Mientras dejaba de lado el sándwich y jugueteaba con las patatas fritas no pudo por menos de preguntarse dónde estarían comiendo Blythe y sus amigas; sin duda en algún restaurante chic en el Village, con servilletas de tela, carta de vinos y cocina de diseño. Otro mundo.

14

La Skyhawk ascendió a cinco mil pies, se estabilizó y, en aquel momento, Donovan preguntó:

—¿Estás lista?

Para entonces Samantha ya estaba disfrutando de volar a baja altitud y contemplar los paisajes, pero no tenía el menor deseo de tomar los mandos.

—Coge la palanca con suavidad —le indicó Donovan, y ella lo hizo—. Yo también la tengo, así que no te preocupes —le dijo con calma—. La palanca controla la inclinación del morro, arriba y abajo, y también hace girar la avioneta. Todo con movimientos pequeños y lentos. Gira ligeramente hacia la derecha.. —Samantha obedeció, y el aparato empezó a ladearse poco a poco hacia su costado. Desplazó la palanca de nuevo hacia la izquierda y se estabilizaron. La empujó hacia delante, bajó el morro y comenzaron a perder altitud. Miró de reojo el altímetro—. Estabilízala a cuatro mil quinientos pies —le indicó él—. Mantén las alas niveladas. —Desde los cuatro mil quinientos pies, ascendieron de nuevo a cinco mil, y Donovan dejó la mano en el regazo—. ¿Qué tal?

—Alucinante —exclamó ella—. No puedo creer que lo esté haciendo. Qué fácil es.

La Skyhawk respondía al más leve movimiento de la palanca. Una vez que comprendió que no iba a estrellarse, Sam consiguió calmarse un poco y disfrutar de la emoción de su primer vuelo.

—Es una avioneta estupenda, sencilla y segura, y la estás pilotando tú. Podrías empezar a volar sola dentro de un mes.

—Más vale que no nos precipitemos.

Siguieron una trayectoria horizontal y estable durante unos minutos sin hablar. Samantha no quitaba ojo a los instrumentos, atisbando solo de pasada las montañas más abajo.

—Bueno, capitana, ¿adónde vamos? —preguntó Donovan.

—No tengo ni idea. No sé con seguridad dónde estamos y no sé con seguridad adónde vamos.

—¿Qué te gustaría ver?

Se lo pensó un momento.

—Mattie me habló de las tierras de tu familia y lo que ocurrió allí. Me gustaría ver Gray Mountain.

Él vaciló un instante y dijo:

—Entonces mira el indicador de rumbos y gira a la izquierda ciento noventa grados. Hazlo lentamente y manteniendo la altitud.

Samantha ejecutó el giro a la perfección y mantuvo la Skyhawk a cinco mil pies. Transcurridos unos minutos, preguntó:

—Vale, ¿qué ocurriría ahora mismo si fallara el motor?

Donovan se encogió de hombros como si nunca se le hubiera pasado por la cabeza.

—Primero intentaría volver a ponerlo en marcha. Si no diera resultado, empezaría a buscar una superficie llana, un prado u oleoducto, tal vez incluso una autopista. A cinco mil pies, una Skyhawk puede planear durante más de diez kilómetros, así que hay tiempo de sobra. Cuando encontrase el lugar adecuado daría vueltas alrededor, calcularía el viento durante el descenso y llevaría a cabo un perfecto aterrizaje de emergencia.

—No veo ninguna zona despejada ahí abajo.

—Entonces escoges una montaña y cruzas los dedos.

—Si lo sé, no pregunto.

—Tranquila. Estos aparatos tienen muy pocos accidentes mortales, y siempre están causados por un error del piloto.

Bostezó y guardó silencio un rato.

A Samantha le resultó imposible relajarse por completo, pero se sentía más segura a cada momento. Tras una larga pausa en la conversación miró a su copiloto, que al parecer dormitaba. ¿Le estaba gastando una broma o de verdad se había dormido? Su primer impulso fue soltar un grito por el micro y darle un susto; en cambio, miró los instrumentos, se aseguró de que la avioneta volaba en línea recta y las alas estaban perfectamente niveladas, y se negó a dejarse dominar por el miedo. Se dio cuenta de que tenía la palanca aferrada y la soltó un segundo. El indicador de combustible señalaba medio depósito. Si Donovan quería dormir, que durmiera. Le dejaría sestear unos minutos y luego sería presa del pánico. Soltó de nuevo la palanca y comprobó que la avioneta volaba por sí sola, dándole un toque de vez en cuando para efectuar correcciones. Miró el reloj. Cinco minutos, diez, quince. Las montañas pasaban lentamente a sus pies. No había nada en el radar que indicase tráfico aéreo. Mantuvo la serenidad, pero cada vez sentía mayor necesidad de ponerse a gritar.

Donovan despertó con un carraspeo y se apresuró a escudriñar los instrumentos.

—Bien hecho, Samantha.

—¿Qué tal el sueñecito?

—Genial. A veces me entra sueño aquí arriba. El zumbido del motor resulta monótono y me cuesta mantenerme despierto. En trayectos largos, conecto el piloto automático y duermo unos minutos.

No estaba segura de cómo contestar, así que lo dejó correr.

—¿Sabes dónde estamos? —le preguntó.

Donovan miró hacia delante y contestó sin vacilar:

—Claro, nos acercamos al condado de Noland. A las once

en punto está Cat Mountain. Pasarás volando justo a su izquierda, y a partir ahí me encargaré yo. Desciende a cuatro mil pies.

Sobrevolaron las afueras de Brady a tres mil pies y Donovan tomó los controles.

—¿Te gustaría volver a pilotar? —le preguntó.

—Tal vez, no lo sé. ¿Cuánto se tarda en aprenderlo todo?

—Unas treinta horas de instrucción en tierra, o de hincar los codos por tu cuenta, y otras treinta en el aire. El problema es que por aquí no hay ningún instructor. Yo tenía uno, pero murió. En un accidente de aviación.

—Me parece que voy a ceñirme a los coches. Crecí rodeada de accidentes aéreos, así que siempre la he mirado con recelo. Ya te encargarás tú de pilotar.

—Cuando quieras —accedió él, sonriente.

Mantuvo el morro inclinado hasta que llegaron a los mil pies. Pasaron cerca de una mina a cielo abierto donde estaban llevando a cabo voladuras; había una densa nube de humo negro suspendida sobre el terreno. En el horizonte descollaban entre los árboles campanarios de iglesia.

—¿Has estado en Knox? —preguntó él.

—No, aún no.

—Es la capital del condado de Curry, donde nací. Knox es un pueblo bonito, igual de grande y sofisticado que Brady, conque no te has perdido mucho. —Sobrevolaron la población, pero no había gran cosa que ver, al menos a mil pies de altitud. Empezaron a ascender de nuevo, sorteando los picos más elevados hasta que se adentraron en las montañas. Coronaron una y Donovan dijo—: Ahí está, lo que queda de Gray Mountain. La compañía la abandonó hace veinte años, pero para entonces ya se habían llevado la mayor parte del carbón. Los pleitos lo paralizaron todo durante años. Evidentemente las tierras no se recuperaron. Es, con toda probabilidad, el sitio más feo de todos los Apalaches.

Era un paisaje desolador, con tajos abiertos donde estaban extrayendo el carbón cuando las cuadrillas interrumpieron el trabajo de repente, y montones de material de relleno abandonado allí para toda la eternidad, y por todas partes árboles raquíticos que intentaban a duras penas sobrevivir. La mayor parte de la mina era roca y tierra, pero habían brotado zonas de hierba marrón. El relleno de valle desprendido de la explotación estaba parcialmente cubierto de enredaderas y maleza. Cuando empezaba a rodearlo, Donovan dijo:

—Lo único peor que una mina a cielo abierto recuperada es una mina abandonada. Eso es lo que pasó aquí. Sigue poniéndome enfermo.

—¿De quién es ahora?

—De mi padre, aún es de la familia, pero no vale mucho. La tierra está destrozada. Los arroyos desaparecieron bajo el relleno de valle, murieron todos los peces. El agua es veneno. La fauna se fue a lugares más seguros. ¿Te contó Mattie lo que le ocurrió a mi madre?

—Sí, pero no me dio detalles.

Descendió y ladeó el aparato considerablemente hacia la derecha para que Samantha pudiera ver bien.

—¿Ves esa cruz blanca ahí abajo, con piedras alrededor?

—Sí, la veo.

—Es donde murió. Nuestra vivienda estaba ahí, una antigua casa familiar construida por mi abuelo, que era minero de profundidad. Después de que la inundación destruyera nuestro hogar mi madre buscó un buen lugar allí, cerca de las piedras, y es ahí donde ocurrió. Mi hermano Jeff y yo encontramos unos viejos maderos de la casa y pusimos esa cruz.

—¿Quién la encontró?

Donovan respiró hondo y dijo:

—Entonces ¿Mattie no te lo contó todo?

—Supongo que no.

—La encontré yo.

No dijeron nada durante unos minutos mientras Donovan surcaba el valle sobre la ladera este de Gray Mountain. Donovan volvió a ladear la Cessna y dijo:

—Justo al otro lado de esta cresta está la única parte de la propiedad que no fue destruida. El agua corre en otra dirección y el valle quedó a salvo de la mina a cielo abierto. ¿Ves el riachuelo de allá abajo?

Ladeó aún más el aparato para que Sam pudiera divisarlo.

—Sí, lo veo.

—Yellow Creek. Tengo una cabañita en ese río, un escondrijo que conoce poca gente. Algún día te lo enseñaré.

«No estoy tan segura —pensó Samantha—. Ahora ya hemos intimado bastante, y hasta que no haya algún cambio en tu estado civil, no tengo previsto que intimemos más.» Pero asintió y dijo:

—Me gustaría verla.

—Ahí está la chimenea —señaló Donovan—. Apenas se distingue, ni desde aquí ni desde el suelo. No hay agua corriente ni electricidad, y se duerme en hamacas. La construí yo mismo, con ayuda de mi hermano Jeff.

—¿Dónde está tu padre?

—Lo último que supe es que estaba en Montana, pero hace muchos años que no hablo con él. ¿Has visto suficiente?

—Me parece que sí.

En el aeropuerto del condado de Noland, Donovan se desplazó hasta la terminal, pero no desconectó el motor. En cambio, dijo:

—Bien, quiero que te bajes con cuidado y vayas detrás de la avioneta. La hélice sigue girando.

—¿No te bajas? —preguntó Sam a la vez que se retiraba el arnés de los hombros.

—No, voy a ir a Roanoke a ver a mi mujer y a mi hija. Mañana estaré de regreso, y en la oficina.

Samantha se apeó por debajo del ala, notó la ráfaga de aire de la hélice, rodeó el aparato por detrás de la cola y esperó delante de la puerta. Se despidió con la mano de Donovan, que le mostró los pulgares en alto y enfiló la pista. Le vio despegar y condujo de regreso a Brady.

La cena del sábado fue una cazuela del legendario chile texano de Chester. No había estado nunca en Texas, hasta donde alcanzaba a recordar, pero hacía un par de años había encontrado una receta estupenda en una página web. La parte legendaria era más o menos producto de su propia imaginación, pero su entusiasmo por la cocina y por los invitados era contagioso. Mattie horneó pan de maíz y Annette llevó una tarta de chocolate de postre. Samantha no sabía cocinar y ahora vivía en un apartamento minúsculo que solo disponía de un hornillo y una tostadora, así que se libró. Mientras Chester removía la cazuela, echaba especias y charlaba sin cesar, Kim y Adam prepararon una pizza en la cocina de tía Mattie. El sábado siempre cenaban pizza, y Samantha estaba encantada de ir a casa de los Wyatt en vez de verse atrapada otra vez con Annette y los niños. Para ellos ya no era una compañera de piso/canguro, sino que en una semana había ascendido al estatus sagrado de hermana mayor. La adoraban y ella los adoraba, pero las paredes se le caían encima. Annette parecía no tener problema con que los niños la abrumasen.

Comieron en el jardín de atrás, en una mesa de picnic bajo un arce resplandeciente con hojas de color amarillo intenso. El suelo también estaba cubierto de hojas, un hermoso manto que no tardaría en desaparecer. Encendieron unas velas cuando el sol se ocultó tras las montañas. Claudelle, la ayudante que tenían en el centro, se reunió con ellos más tarde.

Mattie se ceñía a la norma de no hablar de negocios durante la cena: nada de la asesoría, su trabajo, sus clientes y, sobre todo, nada ni de lejos relacionado con el carbón. Así que charlaron de política: Obama contra McCain, Biden contra Palin. La política llevó naturalmente a discusiones sobre el desastre económico que se estaba propagando por el mundo entero. Todas las noticias eran malas, y aunque los expertos no se ponían de acuerdo en si sería una crisis menor o una grave recesión, aún parecía quedar muy lejos, como otro genocidio en África. Era horrible, pero en realidad no afectaba a Brady, aún. Sentían curiosidad por los amigos de Samantha en Nueva York.

Por tercera o cuarta vez a lo largo de esa tarde y esa noche Samantha percibió una frialdad distante en las palabras y la actitud de Annette hacia ella. Parecía normal cuando hablaba con cualquier otra persona, pero levemente brusca cuando se dirigía a Samantha. Al principio no le dio mayor importancia. No obstante, para cuando acabó la cena estaba segura de que algo reconcomía a Annette. Era desconcertante, porque no había ocurrido nada entre ellas.

Al final sospechó que tenía algo que ver con Donovan.

15

Samantha se despertó con el agradable sonido de unas campanas de iglesia a lo lejos. Parecía haber varias melodías en el aire, unas más cercanas, más audibles, y otras más lejanas, pero todas afanadas en despertar a los vecinos del pueblo para recordarles sin demasiados miramientos que había llegado el sabbat y las puertas estaban abiertas. Pasaban dos minutos de las nueve, según su reloj digital, y una vez más se maravilló de su capacidad para dormir. Se planteó darse media vuelta y seguir durmiendo, pero con diez horas ya tenía suficiente. El café estaba preparado, el aroma llegaba desde la otra habitación. Se sirvió una taza en el sofá y pensó en el día que tenía por delante. Con poco que hacer, su primer objetivo era eludir a Annette y a los niños.

Llamó a su madre por teléfono y charló durante media hora de todo un poco. Karen, como era habitual en ella, estaba absorta en la crisis más reciente en Justicia y parloteó al respecto. Su jefe estaba celebrando urgentes reuniones preliminares a fin de organizar planes para investigar a grandes bancos y proveedores de créditos de alto riesgo, y a toda suerte de maleantes de Wall Street; daría comienzo tan pronto como se asentara el polvo y se dilucidara exactamente quién era responsable del desastre. Esa clase de charla aburría a Samantha, pero le siguió la corriente, tomando sorbos de café en pijama y escuchando las campanas de las iglesias, que no dejaban de sonar. Karen mencionó que igual iba en coche a Brady en un futuro próximo para echar un vistazo de verdad por primera vez a la vida en las montañas, pero Samantha sabía que lo decía solo por decir. Su madre rara vez salía de Washington; su trabajo era demasiado importante. Al final le preguntó por el empleo de pasante y el centro de asesoría jurídica. «¿Cuánto piensas quedarte?», indagó. Samantha dijo que no tenía planeado marcharse pronto.

Cuando las campanas dejaron de sonar se puso unos vaqueros y salió del apartamento. El coche de Annette seguía aparcado delante de la casa, indicio de que ella y los niños se habían saltado la misa. En un quiosco cercano al bufete de Donovan en Main Street compró un ejemplar del *Roanoke Times* y lo leyó en un café vacío mientras desayunaba un gofre con beicon. Después callejeó un rato por Brady; no le llevó mucho rato verlo todo. Pasó por delante de una docena de iglesias, todas abarrotadas a juzgar por los aparcamientos atestados, y procuró recordar la última vez que pisó el interior de alguna. Su padre era católico no practicante, su madre una protestante indiferente y Samantha no había sido educada en ninguna fe.

Se encontró las escuelas, todas tan antiguas como los juzgados, todas con aparatos oxidados de aire acondicionado sobre las ventanas. Dirigió un saludo a un porche lleno de gente viejísima que pasaba el rato en el asilo meciéndose, a todas luces demasiado ancianos incluso para asistir a misa. Pasó por delante del diminuto hospital y se hizo la firme promesa de no enfermar nunca en Brady. Paseó por Main Street y se preguntó cómo demonios seguían abiertos los pequeños comercios. Una vez terminado el recorrido, se montó en el coche y se fue.

En el mapa, la autopista 119 cruzaba sinuosa la región minera del extremo este de Kentucky y se adentraba en Virginia

Occidental. La víspera había visto los Apalaches desde el aire; ahora lo intentaría desde el suelo. Con Charleston como punto impreciso de destino, se puso en marcha sin otra cosa que un mapa de carreteras y un botellín de agua. Poco después estaba en Kentucky, aunque la frontera estatal no suponía mucha diferencia. Los Apalaches eran los Apalaches, al margen de los límites que alguien hubiera marcado hacía una eternidad. Una tierra de belleza arrebatadora, de laderas empinadas y montañas ondulantes cubiertas de tupidos bosques de hoja caduca, de arroyos y rápidos fragorosos que atravesaban profundos valles de una pobreza deprimente, de pulcros pueblecitos con edificios de ladrillo rojo y casas encaladas de blanco, de una iglesia tras otra. La mayoría de ellas parecían de doctrina baptista, aunque los distintos nombres eran confusos a más no poder. Baptista sureña, baptista general, baptista primitiva, baptista de Missouri. A pesar de ello, se veían rebosantes de actividad. Se detuvo en Pikeville, Kentucky, con una población de siete mil habitantes; buscó el centro y se permitió tomarse un café entre los vecinos en un local de ambiente cargado. Fue objeto de más de una mirada, pero todo el mundo era amigable. Prestó atención a la charla, sin estar segura a veces de que hablaran el mismo idioma, e incluso rió con disimulo las bromas. Cerca de la frontera estatal con Virginia Occidental no pudo resistir la tentación de detenerse en un comercio rural en el que se anunciaba: «Cecina famosa en el mundo entero, casera». Compró un paquete, dio un mordisco, tiró el resto a una papelera y estuvo bebiendo agua durante más de veinte kilómetros para librarse del regusto.

Estaba decidida a no pensar en el carbón, harta ya del asunto. Pero se veía por todas partes: en los camiones de transporte que se adueñaban de las carreteras, en los anuncios descoloridos que apelaban al poder de los sindicatos, en las minas a cielo abierto o las cimas de montaña en proceso de remoción que se encontraba de vez en cuando, en la batalla de pegatinas en los parachoques con «¿Te gusta la electricidad? Pues te encanta el carbón» a un lado y «Protege las montañas» en el otro, y en los diminutos museos en honor al patrimonio minero. Se detuvo en el poste indicador de un lugar histórico y leyó el relato del Desastre de Bark Valley, una explosión en una mina subterránea que acabó con la vida de treinta hombres en 1961. Los Amigos del Carbón habían puesto en marcha una agresiva campaña, y pasó por delante de muchos carteles con la leyenda «El carbón equivale a puestos de trabajo». El carbón era el tejido mismo de la vida en esa zona, pero la minería a cielo abierto había dividido a la gente. Según lo que había visto en internet, quienes estaban en contra argüían que eliminaba puestos de trabajo y tenían estadísticas que lo confirmaban. Ahora eran ochenta mil mineros, casi todos no sindicados y la mitad empleados en minas a cielo abierto. Décadas atrás, mucho antes de que empezaran a volar por los aires cimas de montaña, había casi un millón de mineros.

Al final llegó a Charleston, la capital. Aún no se sentía cómoda entre el tráfico y se encontró más del que esperaba. No tenía idea de adónde iba y de pronto le dio miedo perderse. Eran casi las dos de la tarde, se había pasado la hora de comer y tenía que dar media vuelta. El primer tramo de su viaje terminó cuando entró al azar en un pequeño centro comercial rodeado de restaurantes de comida rápida. Se moría de ganas de zamparse una hamburguesa con patatas fritas.

Todas las luces seguían encendidas en el bufete de Donovan mucho después de la puesta de sol. Samantha pasó por delante en torno a las ocho e hizo ademán de llamar, pero decidió no molestarle. A las nueve estaba otra vez sentada a su escritorio, sobre todo porque quería eludir su apartamento, aunque en realidad no estaba trabajando. Le llamó al móvil y Donovan contestó.

—¿Estás ocupado? —le preguntó.

—Claro que estoy ocupado. Mañana empieza un juicio. ¿Qué haces tú?

—Estoy en la oficina, pasando el rato, aburrida.

—Ven. Quiero presentarte a una persona.

Estaban en su sala de operaciones, arriba, con las mesas cubiertas de libros abiertos, expedientes y blocs de notas. Donovan le presentó a un tal Lenny Charlton, un asesor para la formación de jurados de Knoxville. Lo describió como un analista carísimo pero a menudo efectivo, y de Samantha dijo sencillamente que era una abogada/amiga que estaba de su parte. Sam se preguntó si Donovan insultaba a todos los expertos que contrataba.

—¿Te suena Marshall Kofer, de Washington D. C.? —preguntó a Lenny—. ¿En otros tiempos gran abogado en casos de aviación?

—Claro —dijo Lenny.

—Es su padre. Pero no se nota en su ADN. Ella detesta los juicios.

—Qué inteligente.

Estaban terminando una larga sesión en la que habían revisado la lista de los sesenta posibles miembros del jurado. Lenny explicó, por el bien de Samantha, que su empresa cobraba unos honorarios ridículos por investigar los antecedentes de todas y cada una de las personas del listado, y que la tarea no era nada fácil teniendo en cuenta la estrecha e incestuosa naturaleza de las comunidades en la región minera.

—Excusas, excusas —masculló Donovan casi entre dientes.

Lenny continuó explicándole que escoger jurados en la región minera era arriesgado porque todos tenían un amigo o un pariente que trabajaba bien para una compañía que extraía carbón, bien para una empresa que prestaba servicios a esa industria.

Samantha escuchó fascinada mientras discutían los últimos nombres de la lista. El hermano de una mujer trabajaba en una mina a cielo abierto. El padre de otra mujer había sido minero de profundidad. Un hombre perdió a su hijo adulto en un accidente de la construcción, pero no estaba relacionado con el carbón. Y así sucesivamente. Parecía haber algo turbio en esa dinámica de espionaje, de permitir a los litigantes que fisgonearan en la vida íntima de personas confiadas. Le preguntaría al respecto a Donovan más adelante si se presentaba la ocasión. Parecía cansado y un tanto malhumorado.

Lenny se fue unos minutos antes de las diez. Cuando se quedaron a solas Samantha le preguntó:

—¿Por qué no cuentas con un codefensor en este juicio?

—Suelo tenerlo, pero no en esta ocasión. Prefiero hacerlo yo mismo. Strayhorn y su aseguradora tendrán una docena de tipos de traje oscuro revoloteando alrededor de su mesa. Me gusta el contraste, solo Lisa Tate y yo.

—David y Goliat, ¿eh?

—Algo por el estilo.

—¿Hasta qué hora vas a trabajar?

—No lo sé. Esta noche no dormiré mucho, ni esta semana, de hecho. Son gajes del oficio.

—Mira, ya sé que es tarde y que tienes otras preocupaciones, pero he de preguntarte una cosa. Me has ofrecido un trabajo a media jornada como ayudante de investigación, un puesto remunerado, por lo que sería empleada de tu bufete, ¿no?

—Eso es. ¿Adónde quieres llegar?

—Espera. No sé si quiero trabajar para ti.

Él se encogió de hombros. «Tú misma.»

—No te lo voy a suplicar.

—La pregunta es la siguiente: ¿tienes en tu posesión documentos, «documentos de los perjudiciales», como decís tú y Vic, propiedad de Krull Mining, relativos a la contaminación de las aguas subterráneas de Hammer Valley, documentos que no deberías tener?

Asomó a los ojos oscuros y cansados de Donovan un destello de ira, pero se mordió la lengua, vaciló y luego sonrió.

—Es una pregunta directa, señor abogado —dijo Sam.

—Ya lo veo. Así pues, si contesto que sí supongo que rehusarás el trabajo y quedaremos como amigos, ¿no?

—Responde la pregunta primero.

—Y si contesto que no quizá te plantees trabajar para mí, ¿verdad?

—Sigo esperando, abogado.

—Me acojo a la Quinta Enmienda.

—Muy bien. Gracias por la propuesta, pero voy a decir que no.

—Como quieras. Tengo mucho trabajo que hacer.

La enfermedad del pulmón negro es el nombre legal que recibe una enfermedad pulmonar de carácter laboral y evitable. Se conoce también con el término más formal de neumoconiosis del minero del carbón (NMC), y está causada por la exposición prolongada al polvo de carbón. Una vez que este se inhala y se introduce en el cuerpo, no es posible retirarlo ni eliminarlo. Se acumula progresivamente en los pulmones y puede provocar inflamación, fibrosis o incluso necrosis. Hay dos variedades de la enfermedad: «NMC simple» y «NMC complicada» (o fibrosis masiva progresiva, FMP).

El pulmón negro es una dolencia habitual entre los mineros del carbón, tanto en minas subterráneas como en minas de superficie. Se calcula que el diez por ciento de los mineros con veinticinco años de experiencia la contraen. Es debilitante y acostumbra a ser mortífera. Aproximadamente mil quinientos mineros mueren todos los años de la enfermedad del pulmón negro y, debido a la naturaleza insidiosa de la dolencia, su muerte es casi siempre lenta y agónica. No hay cura ni tratamiento médico efectivo.

Los síntomas son problemas respiratorios y tos constante que a menudo produce una mucosidad negra. A medida que se agrava su estado, el minero se enfrenta al dilema de pedir o no un subsidio de desempleo. El diagnóstico es bastante sencillo: (1) historial de exposición al polvo de carbón; (2) una radiografía del pecho; y (3) la exclusión de otras causas.

En 1969 el Congreso aprobó la Ley Federal de Seguridad y Salud para la Minería del Carbón, que establecía un sistema de compensación para las víctimas del pulmón negro. La ley también dictaba normas para reducir el polvo de carbón. Dos años después el Congreso creó el Fondo Fiduciario de Incapacidad para Afectados de Neumoconiosis y lo financió con un impuesto federal sobre la producción de carbón. Según esta ley, la industria del carbón accedía a la creación de un sistema diseñado para facilitar la identificación de la enfermedad y garantizar la compensación. Si un minero había trabajado diez años y tenía pruebas médicas —o bien una radiografía o bien pruebas forenses que confirmaran la gravedad del pulmón negro—, en teoría se le concedía dicho subsidio. Asimismo, un minero con neumoconiosis que siguiera en activo debía ser transferido a un puesto en el que estuviera menos expuesto al polvo sin perder sueldo, beneficios ni antigüedad. A partir del 1 de julio de 2008 un minero con pulmón negro recibe novecientos dólares al mes de ese fondo.

La intención de la nueva ley federal era reducir drásticamente la exposición al polvo de carbón. Se adoptaron rígidas normas enseguida y se ofreció a los mineros la posibilidad de hacerse radiografías de pecho gratuitas cada cinco años. Los rayos X demostraron que cuatro de cada diez mineros examinados padecían la enfermedad del pulmón negro en alguna medida. Pero en los años posteriores a la puesta en práctica de la ley los nuevos casos de neumoconiosis disminuyeron en un noventa por ciento. Doctores y expertos predijeron que la enfermedad quedaría erradicada. Sin embargo, para 1995 las investigaciones del gobierno empezaron a indicar un incremento del índice de la misma; luego un incremento aún mayor. Igual de preocupante fue la observación de que la enfermedad parecía avanzar con más rapidez y se apreciaba en los pulmones de mineros más jóvenes. Los expertos tienen dos teorías al respecto: (1) los mineros trabajan turnos más largos y por tanto se ven expuestos a más polvo; y (2) las compañías que explotan minas de carbón exponen a los mineros a concentraciones de polvo de carbón superiores a las legalmente permitidas.

El pulmón negro es ahora una epidemia en las regiones mineras, y la única razón posible es la exposición prolongada a más polvo de lo que permite la ley. Durante décadas las compañías mineras se han opuesto a los intentos de endurecer la regulación, y han tenido éxito.

La ley no permite a un minero pagarse un abogado; por tanto, el típico minero que presenta una demanda tiene que intentar orientarse por sí mismo en el sistema federal del pulmón negro. La industria del carbón se opone con dureza a las demandas, al margen de las pruebas que aporte el minero. Las compañías hacen frente a las demandas con abogados experimentados que manipulan hábilmente el sistema. Para que un minero alcance sus aspiraciones, el proceso suele prolongarse unos cinco años.

En el caso de Thomas Wilcox el calvario duró doce años. Nació cerca de Brady, Virginia, en 1925; luchó en la guerra, lo hirieron en dos ocasiones, lo condecoraron y, a su regreso a casa se casó y entró a trabajar en la mina. Era un minero digno, fiel miembro del sindicato, demócrata leal, y buen padre y marido. En 1974 se le diagnosticó la enfermedad del pulmón negro e interpuso una demanda. Llevaba varios años enfermo y estaba demasiado débil para trabajar. La radiografía del pecho indicó con claridad un caso de NMC complicada. Había trabajado bajo tierra durante veintiocho años y nunca fue fumador. Su demanda fue en un principio aprobada, pero la compañía minera la apeló. En 1976, a los cincuenta y un años, Thomas no tuvo otra opción que jubilarse. Su salud continuó deteriorándose y poco después necesitaba oxígeno veinticuatro horas al día. Sin ingresos, su familia pasaba graves apuros para mantenerse y costear los gastos médicos. Su esposa y él se vieron obligados a vender la casa familiar e irse a vivir con una hija mayor. Su demanda por la enfermedad del pulmón negro quedó encallada en las profundidades del sistema federal por culpa de astutos abogados que trabajaban para la compañía minera. Por aquel entonces se le debían unos trescientos dólares al mes, además de la asistencia médica.

Hacia el final Thomas era un esqueleto arrugado, atrapado en una silla de ruedas, que respiraba con dificultad mientras transcurrían sus últimos días y su familia rezaba para que su vida terminara y con ella su sufrimiento. No podía hablar, y su mujer y sus hijas lo alimentaban con comida infantil. Gracias a la generosidad de amigos y vecinos, y a los incansables esfuerzos de su familia, el suministro de oxígeno no llegó a agotarse. Pesaba apenas cincuenta kilos cuando murió en 1986, a la edad de sesenta y un años. La autopsia proporcionó pruebas irrefutables de la enfermedad del pulmón negro.

Cuatro meses más tarde la compañía minera retiró su apelación. Doce años después de presentar la querella su viuda recibió una cantidad global por prestaciones acumuladas a modo de acuerdo.

Nota: Thomas Wilcox era mi padre. Era un digno héroe de guerra, aunque nunca hablaba de sus batallas. Era hijo de las montañas y adoraba su belleza, su historia y su modo de vida. Nos enseñó a todos a pescar en ríos limpios, a acampar en cuevas e incluso a cazar ciervos para comer. Era un hombre inquieto que dormía poco y prefería leer hasta altas horas de la noche. Lo vi aminorar el ritmo poco a poco a medida que la enfermedad se adueñaba de su cuerpo. Todo minero teme al pulmón negro, pero nunca piensa que le tocará a él. Cuando la realidad se afianzó, Thomas perdió la energía y se volvió melancólico. Las tareas más sencillas en la granja se le hacían difíciles. Cuando se vio obligado a dejar la mina entró en un prolongado período de profunda depresión. Conforme su cuerpo se volvía más débil y pequeño, hablar empezó a resultarle demasiado agotador. Necesitaba toda su energía solo para respirar. En sus últimos días nos turnábamos para quedarnos con él y leerle sus libros preferidos. A menudo tenía lágrimas en los ojos.

Mattie Wyatt,
1 de julio de 2008

Estaba en la última sección de la gruesa carpeta de material de seminarios, y a todas luces se había añadido a posteriori. Samantha no se había fijado antes en ese escrito. Guardó la carpeta, cogió las zapatillas de deporte y salió a dar una larga caminata por Brady. Eran más de las once de la noche del domingo y no vio a nadie en la calle.

16

Mattie tenía un juicio en el condado de Curry; Annette llegaba con retraso; Barb, que trabajaba a media jornada, aún no
había aparecido, y Claudelle, que también trabajaba a tiempo
parcial, no llegaba hasta mediodía los lunes, así que Samantha
estaba sola por completo cuando Pamela Booker entró estre-
pitosamente con dos niños sucios detrás. Estaba llorando para
cuando le dijo su nombre y empezó a suplicar ayuda. Samantha los llevó a la sala de reuniones y pasó los primeros cinco
minutos intentando asegurar a Pamela que todo se solucio-
naría, aunque no tenía la menor idea de qué había en juego.
Los niños estaban mudos, con los ojos abiertos de par en par
y el aspecto pasmado de quien ha sufrido un trauma. Y tenían
hambre, dijo Pamela cuando se tranquilizó.

—¿Tienes algo de comer?

Samantha fue a toda prisa a la cocina, encontró unas galletas rancias, un paquete de galletitas saladas, una bolsa de patatas fritas y dos refrescos light de las reservas de Barb, y lo
dejó todo encima de la mesa delante de los niños, que cogieron las galletas y tomaron un buen bocado. Entre más lágrimas, Pamela le dio las gracias y empezó a hablar. El relato era
tan apresurado que Samantha no tuvo tiempo de tomar notas.
Vio a los niños devorar la comida mientras su madre contaba
su historia.

Vivían en un coche. Eran de un pueblecito justo al otro lado del límite del condado de Hopper y, desde que habían perdido su casa un mes antes, Pamela había estado buscando un abogado que los ayudara. Nadie quería hacerlo, pero al final uno mencionó el Centro de Asesoría Jurídica Mountain en Brady. Y aquí estaban. Ella trabajaba en una fábrica de lámparas para una cadena hotelera. No era un empleo estupendo, pero le servía para pagar el alquiler y comprar comida. No tenía marido ni nada que se le pareciese. Hacía cuatro meses una compañía de la que no había oído hablar nunca empezó a embargarle una tercera parte del sueldo, y no pudo hacer nada. Se quejó a su jefe, pero él se limitó a enseñarle una orden judicial. Luego amenazó con despedirla, dijo que detestaba las órdenes de embargo porque eran un quebradero de cabeza. Cuando discutió con él este cumplió su amenaza, y ahora estaba en paro. Fue a ver al juez y se lo explicó todo, le contó que no podía pagar el alquiler y comprar comida al mismo tiempo, pero el magistrado no se mostró clemente. Dijo que la ley era la ley. El problema estribaba en una antigua sentencia a causa de una tarjeta de crédito de la que llevaba diez años sin acordarse. Evidentemente, la compañía crediticia había traspasado la sentencia a una empresa de cobro de morosos que se cebaba con los más desfavorecidos y, sin conocimiento de Pamela, se emitió una orden de embargo. Al no poder pagar el alquiler de su caravana, el casero, un gilipollas de mucho cuidado, llamó al sheriff e hizo que la desahuciaran. Una prima suya los acogió durante unos días, pero aquello resultó un desastre y se fueron a casa de una amiga. Eso tampoco resultó, y las dos últimas semanas los niños y ella habían estado viviendo en su coche, que ahora iba mal de todo: aceite, aire, gasolina y líquido de frenos; el salpicadero se iluminaba como un árbol de Navidad. El día anterior había robado unas chocolatinas para dárselas a los niños. Ella llevaba dos sin probar bocado.

Samantha lo asimiló todo y se las apañó para disimular la conmoción. ¿Cómo, exactamente, se vivía en un coche? Empezó a tomar notas sin la menor idea de qué hacer desde el punto de vista jurídico.

Pamela sacó unos documentos de su bolso de diseño de imitación y deslizó el montón de papeles por encima de la mesa. Sam echó un vistazo a una orden judicial mientras su nueva cliente le explicaba que solo le quedaban dos dólares, y no sabía si gastarlos en gasolina o comida. Por fin cogió una galleta y la sostuvo con manos temblorosas. Samantha entendió dos cosas. La primera, que ella era la última línea de defensa para esa pequeña familia. La segunda, que no iban a marcharse enseguida. No tenían adónde ir.

Cuando por fin llegó Barb, Samantha le dio veinte dólares y le pidió que fuera a comprar tantos panecillos con salchicha como pudiera.

—Tenemos algo de dinero en la oficina —le informó Barb.

—Nos hará falta —respondió Samantha.

Phoebe Fanning seguía ocultándose de su marido en un motel, por gentileza del centro, y Samantha estaba al tanto de que Mattie guardaba unos cuantos pavos de reserva para emergencias similares. Después de que Barb se fuera Samantha echó un vistazo al aparcamiento por una ventana trasera. El coche de Pamela, aunque hubiera estado lleno de gasolina y todos los demás fluidos necesarios, no tenía aspecto de poder circular de regreso hasta el condado de Hopper. Era un utilitario de importación con un millón de kilómetros encima, y ahora estaba haciendo las veces de casa.

Tanto las galletas dulces como las saladas habían desaparecido cuando volvió a la sala de reuniones. Explicó a Pamela que había enviado a Barb a comprar comida y eso hizo llorar a la mujer. El niño, Trevor, de siete años, dijo:

—Gracias, señorita Kofer.

La niña, Mandy, de once, preguntó:

—¿Puedo ir al baño, por favor?

—Claro —respondió Samantha.

Le indicó el camino por el pasillo y se sentó a la mesa para tomar más notas. Empezaron por el principio y revisaron con detenimiento la historia. La sentencia por la tarjeta de crédito databa de julio de 1999 y ascendía a 3.398 dólares, lo que incluía toda suerte de costas judiciales, honorarios poco claros e incluso intereses de regalo. Pamela explicó que se había ordenado a su ex marido que satisficiera esa deuda en la sentencia de divorcio, una copia de la cual figuraba entre los documentos. Habían transcurrido nueve años sin una palabra, al menos que a ella le constara. Se había mudado varias veces y quizá no le había llegado el correo. ¿Quién podía saberlo? En cualquier caso, la agencia de cobro de deudas la había localizado y había provocado todo aquel barullo.

Samantha reparó en que Trevor había nacido después del divorcio, pero no le pareció que mereciera la pena mencionarlo. Había varias órdenes judiciales que condenaban a su ex marido por no pagar la pensión alimenticia a Mandy.

—¿Dónde está? —preguntó Samantha.

—No tengo ni idea —respondió Pamela—. No sé nada de él desde hace años.

Barb regresó con una bolsa enorme de panecillos con salchicha y dispuso el festín sobre la mesa. Le revolvió el pelo a Trevor y le dijo a Mandy cuánto se alegraba de que hubieran ido a verlas. Los tres Booker se lo agradecieron con amabilidad y luego se pusieron a comer como náufragos recién rescatados. Samantha cerró la puerta y fue a hablar con Barb al área de recepción.

—¿De qué va el asunto? —preguntó Barb, y Samantha le explicó lo esencial.

Barb, que creía haberlo visto todo ya, se quedó perpleja, pero no se mostró intimidada.

—Yo empezaría por el jefe. Le montaría la de Dios es Cristo, le demandaría por daños triplicados y luego iría a por la agencia de cobro de deudas.

El teléfono estaba sonando y fue a contestar, lo que dejó a Samantha, la licenciada en Derecho, sola y sumida en su confusión.

¿La de Dios es Cristo? ¿Daños triplicados? ¿Por qué, exactamente? Y el consejo se lo proporcionaba alguien que no era abogado. Samantha se planteó dar largas a Pamela hasta que volvieran Mattie o Annette, pero ya llevaba allí una semana y el período de orientación había terminado. Fue a su despacho, cerró la puerta y marcó con nerviosismo el número de la fábrica de lámparas. Un tal señor Simmons quedó gratamente sorprendido al averiguar que Pamela Booker tenía una abogada. Dijo que era una buena trabajadora, que no le hizo gracia prescindir de ella y todo eso, pero que las órdenes de embargo eran un fastidio. Convertían la contabilidad en una pesadilla. Ya la había sustituido en su puesto y se había asegurado de que la nueva empleada no tuviera problemas jurídicos.

«Bueno, es usted quien podría tener problemas jurídicos», le explicó Samantha con serenidad. Faroleando, y sin estar segura de lo que decía la ley, le hizo saber que una empresa no podía despedir a un empleado sencillamente porque su sueldo estuviera siendo embargado. Eso irritó al señor Simmons, que masculló algo acerca de su representante legal. «Estupendo —dijo Samantha—, deme su número y trataré el asunto con ella.» No era una mujer, respondió él, y además el tipo cobraba doscientos pavos la hora. Necesitaba algo de tiempo para pensárselo. Samantha prometió llamar de nuevo esa tarde, y al final quedaron en que lo más conveniente sería hacerlo a las tres.

Cuando volvió a la sala de reuniones, Barb había buscado una caja de pinturas y unos cuadernos para colorear y estaba ocupada organizando la diversión de Trevor y Mandy. Pamela seguía con medio panecillo con salchicha en la mano y la mirada fija en el suelo, como en trance. Finalmente llegó Annette, y Samantha le salió al encuentro en el pasillo y, entre susurros, le contó los detalles. Annette seguía un tanto distante y molesta por algo, pero el trabajo era el trabajo.

—La sentencia venció hace años. —Fue su primera reacción—. Comprueba lo que dice la legislación al respecto. Apuesto a que la compañía de tarjetas de crédito traspasó la sentencia a la empresa de cobro de deudas por una miseria, y ahora esta intenta ejecutar una orden judicial que ha prescrito.

—¿Te has encontrado con casos así alguna vez?

—Con uno parecido, hace mucho tiempo. No recuerdo el nombre... Investiga y ponte en contacto con la agencia de cobro. Por lo general son gente chunga y no se asustan con facilidad.

—¿Podemos demandarlos?

—Desde luego les podemos amenazar. No están acostumbrados a que gente como la señora Booker aparezca de pronto con un abogado. Llama a su jefe y dale un buen susto también.

—Eso ya lo he hecho.

Annette llegó al extremo de sonreír.

—¿Qué ha dicho?

—Le he explicado que no puede despedir a una empleada sencillamente por una orden de embargo de su sueldo. No tengo ni idea de si es así, pero he hecho que sonara real. Se ha quedado preocupado y hemos acordado hablar de nuevo esta tarde.

—No es así, pero es un buen farol, lo que suele ser más efectivo que lo que diga la legislación. Nos querellaremos con la compañía de cobro de deudas, si de verdad están recortando sus cheques con una sentencia prescrita.

—Gracias —contestó Samantha, y respiró hondo—. Pero tenemos asuntos más urgentes. Están ahí mismo y no tienen adónde ir.

—Creo que deberías dedicar las próximas horas a ocuparte de lo esencial: comida, lavandería, un lugar donde dormir.

Es evidente que los niños no están asistiendo a clase; de eso ya te preocuparás mañana. Tenemos un fondo reservado para cubrir ciertos gastos.

—¿Has dicho lavandería?

—Pues sí. ¿Pensabas que trabajar en un centro de asesoría jurídica iba a ser todo glamour?

La segunda crisis de esa mañana estalló unos minutos después cuando Phoebe Fanning llegó sin avisar con su marido, Randy, e informó a Annette de que retiraba la demanda de divorcio. Se habían reconciliado, por así decirlo, y ella y los niños estaban otra vez en casa, donde las cosas se habían tranquilizado. Annette se puso furiosa y llamó a Samantha a su despacho para que fuera testigo de la reunión.

Randy Fanning llevaba fuera de la cárcel tres días y se le veía solo ligeramente más presentable sin el mono naranja del condado. Estaba sentado con una mueca desdeñosa y tenía una mano sobre el brazo de Phoebe mientras ella intentaba explicar su cambio de planes como mejor podía. Lo amaba, así de claro, no podía vivir sin él, y sus tres hijos eran mucho más felices con sus padres juntos. Estaba harta de ocultarse en un motel y los niños estaban cansados de esconderse con parientes, así que todos habían hecho las paces.

Annette le recordó a Phoebe que había sido maltratada por su marido, quien las miraba con ferocidad desde el otro lado de la mesa como si fuera a estallar en cualquier instante. Mientras que Annette parecía impávida, Samantha intentaba pasar desapercibida en un rincón. Había sido una pelea, explicó Phoebe, no exactamente justa, pero una pelea al fin y al cabo. Se pasaron de la raya discutiendo y la situación se descontroló; no volvería a ocurrir. Randy, que había preferido guardar silencio, intervino y confirmó que sí, que habían prometido dejar de pelearse.

Annette le escuchó sin creerse una palabra. Le recordó que estaba violando los términos de la orden de alejamiento temporal solo con estar allí sentado. Si el juez se enteraba, volvería a la cárcel. Él respondió que Hump, su abogado, le había prometido que conseguiría sin problemas que anularan la orden.

Todavía se apreciaban restos de color azul oscuro en un lado de la cara de Phoebe de la última pelea. El divorcio era una cosa; los cargos penales, otra. Annette abordó la parte más seria cuando preguntó si habían hablado con el fiscal de desestimar los cargos por agresión dolosa. Aún no, pero tenían previsto hacerlo en cuanto la demanda de divorcio fuera revocada. Annette explicó que no sería automático. La policía tenía una declaración de la víctima; había fotografías, otros testigos. Resultaba un tanto confuso, y ni siquiera Samantha lo tenía muy claro. Si la víctima y el testigo principal se echaban atrás, ¿cómo se seguía adelante con el caso?

Las dos abogadas se plantearon lo mismo: ¿le había pegado de nuevo para coaccionarla y que se desdijera de todo?

Annette estaba irritada y les planteó una pregunta peliaguda tras otra, pero ninguno de los dos reculó. Estaban decididos a olvidar sus problemas y continuar adelante con una vida más feliz. Cuando llegó la hora de poner fin a la reunión Annette echó un vistazo al expediente y calculó que había dedicado veinte horas al divorcio. Sin coste alguno, claro.

La próxima vez, ya podían buscarse otro abogado.

Después de que se fueran Annette los describió como una pareja de adictos a la meta que a todas luces eran inestables y probablemente se necesitaban.

—Esperemos que no la mate —añadió.

A medida que transcurría la mañana quedó claro que la familia Booker no tenía intención de marcharse. Tampoco les pidieron que se fueran; más bien al contrario. El personal los trataba con cariño e iba a verlos cada pocos minutos. En un momento dado, Barb susurró a Samantha:

—En alguna ocasión hemos tenido clientes durmiendo aquí un par de noches. No es lo ideal, pero a veces no hay otra opción.

Provista de un puñado de monedas de veinticinco centavos Pamela se fue en busca de la lavandería. Mandy y Trevor se quedaron en la sala de reuniones, coloreando con pinturas y leyendo, riéndose con disimulo de algo entre ellos. Samantha trabajaba al otro lado de la mesa, rebuscando en códigos de leyes y casos.

A las once en punto la señora Francine Crump llegó para lo que estaba previsto que fuera una breve firma testamentaria. Samantha había preparado el documento. Mattie lo había revisado. La pequeña ceremonia tendría que haber durado menos de diez minutos y Francine debería haberse ido con un testamento como era debido sin pagar nada. En cambio, su visita se convirtió en la tercera crisis de la mañana.

De acuerdo con sus instrucciones, Samantha había redactado un testamento en el que Francine dejaba sus ochenta acres a sus vecinos, Hank y Jolene Mott. Los cinco hijos adultos de Francine no recibirían nada, lo que provocaría inevitablemente problemas más adelante. Daba igual, había dicho Mattie. «Son sus tierras, sin impedimentos ni gravámenes, y puede hacer con ellas lo que desee. Ya nos ocuparemos de los problemas más adelante. Y no estamos obligadas a informar a los cinco hijos de que están siendo excluidos. Se enterarán después del funeral.»

¿Ah, sí? Cuando Sam cerró la puerta del despacho y sacó el expediente, Francine se echó a llorar. Enjugándose las lágrimas con un pañuelo de papel, le soltó su historia. «Ya van tres seguidas, todas lacrimógenas», pensó Samantha.

En el transcurso del fin de semana Hank y Jolene Mott le habían revelado por fin un secreto horrible: habían decidido vender sus cien acres a una compañía minera y mudarse a Florida, donde vivían sus nietos. No querían vender, claro, pero se estaban haciendo mayores —qué demonios, ya eran mayores, y ser mayores no era excusa para vender y salir corriendo, muchos viejos se aferraban a sus tierras por esos pagos—, pero en cualquier caso, necesitaban el dinero para la jubilación y las facturas médicas. Francine estaba furiosa con sus vecinos de tantos años y aún seguía sin creérselo. No solo había perdido a sus amigos, sino que también había perdido a las dos personas en las que confiaba para proteger sus propias tierras. Y lo peor aún estaba por llegar: ¡estaban planeando explotar una mina a cielo abierto en la propiedad de al lado! Todos los habitantes de Jacob's Holler estaban hechos una furia, pero ese era el efecto que tenían las compañías mineras: Volvían a un vecino contra otro, a un hermano contra su hermana.

Se rumoreaba que los Mott iban a marcharse lo antes posible. Huían como gallinas, según Francine. Pues al cuerno con ellos.

Samantha se mostró paciente; de hecho, había tenido paciencia toda la mañana mientras las reservas de pañuelos de papel se iban agotando; no obstante, poco a poco fue dándose cuenta de que su primer testamento iba camino de acabar en la papelera. Se las arregló para llevar a Francine hasta la pregunta evidente: si no dejaba sus tierras a los Mott, ¿quién se las iba a quedar? Francine no sabía qué hacer. Por eso estaba hablando con una abogada.

El almuerzo que se llevaban de casa en una bolsa de papel marrón para comerlo en la sala de reuniones principal se modificó un poco para incluir a Mandy y Trevor Booker. Aunque los dos niños habían estado toda la mañana picando, seguían teniendo apetito suficiente para compartir los sándwiches del personal. Su madre estaba haciendo la colada y no tenían adónde ir. La conversación era intrascendente, cotilleos de iglesia y el tiempo, temas adecuados para oídos inmaduros, muy alejados de los atrevidos tópicos que Samantha había escuchado la semana anterior. Fue bastante aburrido y el almuerzo terminó en veinte minutos.

Samantha necesitaba consejo y no quiso molestarse en pedírselo a Annette. Le preguntó a Mattie si tenía un momento y cerró la puerta de su despacho. Le entregó unos documentos y dijo con orgullo:

—Es mi primer pleito.

Mattie sonrió y se lo tomó con cautela.

—Vaya, vaya, enhorabuena. Ya era hora. Siéntate y léemelo.

La demanda era contra Top Market Solutions, una turbia empresa de Norfolk, Virginia, con sucursales en varios estados del sur. Tras numerosas llamadas no había obtenido mucha información sobre la compañía, pero Samantha tenía todo lo que necesitaba para el primer impacto. Cuanto más investigaba, más clara estaba la situación. Annette tenía razón: la sentencia expiró siete años después de dictarse, y no se había renovado. La compañía de tarjetas de crédito vendió la sentencia invalidada a Top Market con un descuento considerable. Top Market a su vez tomó la sentencia, la renovó en el condado de Hopper y empezó a servirse del sistema judicial para recaudar el dinero. Una de las herramientas disponibles era el embargo del sueldo.

—Qué bonito —comentó Mattie cuando hubo terminado—. ¿Y estás segura de todo eso?

—Sí, en realidad no es tan complicado.

—Siempre se puede corregir sobre la marcha. Me gusta. ¿Ya te sientes como una abogada de verdad?

—Sí. Nunca me lo había planteado. Redacto una demanda, alegando lo que me venga en gana, la presento, notifico al demandado, que no tiene otra opción que responder ante los tribunales, y o bien alcanzamos un acuerdo o bien vamos a juicio.

—Bienvenida a América. Ya te acostumbrarás.

—Estoy pensando en interponerla esta misma tarde. Ya sabes que están sin techo. Cuanto antes, mejor.

—Abre fuego —dijo Mattie devolviéndole el pleito—. Yo también enviaría una copia por correo electrónico al demandado y lo pondría al tanto.

—Gracias. Lo puliré e iré a los juzgados.

A las tres de la tarde el señor Simmons de la fábrica de lámparas se mostró mucho menos agradable que durante su primera charla. Dijo que se había puesto en contacto con su abogado, quien le había asegurado que el despido de un empleado por una orden de embargo no era ilegal en el estado de Virginia, en contra de lo que había dicho la señorita Kofer esa mañana.

—¿Es que no conoce la ley? —le preguntó.

—A fondo —respondió, ansiosa por poner fin a la conversación—. Supongo que nos veremos en los tribunales.

Con una demanda preparada, no podía evitar sentirse un poco atrevida.

—Me han demandado abogados mejores que usted —dijo el señor Simmons, y colgó.

Por fin se marcharon los Booker. Siguieron a Samantha hasta un motel en la zona este de la ciudad, uno de los dos que había en Brady. La plantilla en pleno había sopesado cuál resultaba menos insultante, y el Starlight ganó por un estrecho margen. Era como un viaje de regreso a la década de los cincuenta, con habitaciones diminutas y puertas que se abrían al aparcamiento. Samantha había hablado dos veces con el propietario, había acordado alquilar dos habitaciones contiguas que estuvieran limpias y tuvieran televisión, y había negociado un precio reducido de veinticinco dólares por noche y habitación. Mattie lo describía como un picadero, pero no había indicios de comportamientos inmorales, al menos a las tres y media de un lunes por la tarde. Las otras dieciocho habitaciones parecían desocupadas. La ropa limpia de Pamela iba pulcramente doblada en bolsas de la compra. Cuando descargaron el maletero Samantha se dio cuenta de que la pequeña familia estaba subiendo un peldaño muy importante. Mandy y Trevor estaban encantados de alojarse en un motel, incluso tenían una habitación propia. Pamela se movía con buen ánimo y lucía una sonrisa de oreja a oreja. Abrazó a Samantha con vehemencia y le dio las gracias por enésima vez. Cuando se marchó, los tres se quedaron junto al coche, despidiéndose con la mano.

Después de una hora de serpentear por las montañas y esquivar unos cuantos camiones de carbón Samantha llegó a Center Street, en Colton, a las cinco menos cuarto. Interpuso la demanda de Booker contra Top Market Solutions, pagó la tarifa con un cheque a nombre del centro de asesoría jurídica y cumplimentó el papeleo para que se llevasen a cabo las diligencias de emplazamiento del acusado; cuando todo quedó arreglado salió de la secretaría orgullosa de que su primer pleito fuera ya oficial.

Fue a toda prisa a los juzgados, con la esperanza de que el juicio no hubiera terminado esa jornada. Nada más lejos; la sala estaba medio llena y con el ambiente cargado, el manto de tensión bien patente mientras hombres ceñudos de traje oscuro miraban de hito en hito a las siete personas en la tribuna del jurado. La selección de sus miembros estaban llegando a su fin; Donovan había esperado quitársela de encima el primer día.

Estaba sentado junto a Lisa Tate, la madre de los dos niños, solos en la mesa del demandante, que estaba al lado de la tribuna. Al otro lado de la sala, en la mesa de la defensa, se arremolinaba un pequeño ejército de tipos con trajes negros, todos con el gesto torcido como si los hubieran pillado desprevenidos ya en la fase inicial del juicio.

El juez estaba hablando con su nuevo jurado, dando instrucciones sobre lo que se podía o no hacer durante el proceso. Llegó casi a regañarles para que prometieran informar de inmediato acerca de cualquiera contacto con personas que quisieran hablarles del juicio. Samantha miró a los miembros del jurado e intentó identificar cuáles habría elegido Donovan y cuáles habría considerado favorables a las compañías mineras. Le resultó imposible. Todos blancos, cuatro mujeres, tres hombres, el más joven de unos veinticinco y el mayor de setenta por lo menos. ¿Cómo podía predecir nadie la dinámica de grupo de un jurado a la hora de sopesar las pruebas?

Quizá Lenny Charlton, el asesor. Samantha lo vio tres filas más adelante, observando a los miembros del jurado mientras estos escuchaban las instrucciones del juez. Otros también estaban atentos, sin duda asesores contratados por Strayhorn Coal y su aseguradora. Todos tenían los ojos puestos en los miembros del jurado. Había mucha pasta en juego, y su cometido consistía en adjudicarla, o no.

Samantha sonrió al apreciar el contraste. Donovan había llevado a rastras hasta allí, una tensa sala de tribunal, a una acaudalada corporación para que respondiera por sus malas praxis. Reclamaría millones de dólares por daños. En las próximas semanas interpondría una demanda multimillonaria contra Krull Mining, un caso que devoraría varios años y una pequeña fortuna en gastos. Ella, por su parte, tenía ahora en su maletín su primer pleito, uno en el que aspiraba a obtener cinco mil dólares en concepto de daños de una turbia empresa que probablemente estaba a un paso de la bancarrota.

Donovan se levantó para dirigirse al tribunal. Lucía sus mejores galas de abogado, un elegante traje azul marino que le sentaba de maravilla a su figura esbelta. Llevaba el pelo largo ligeramente recortado para la ocasión. Iba recién afeitado, para variar. Se desplazaba por la sala como si fuera de su propiedad. Los miembros del jurado siguieron todos y cada uno de sus movimientos, y asimilaron todas y cada una de sus palabras mientras anunciaba que la demandante estaba satisfecha con el jurado y no tenía ninguna otra recusación que hacer.

A las seis menos cuarto el juez levantó la sesión. Samantha se apresuró a salir y se adelantó al tráfico. Condujo cuatro manzanas hasta la escuela primaria a la que asistían Mandy y Trevor. Había hablado con la directora dos veces a lo largo del día. Sus maestros les habían preparado deberes. La directora había oído que la familia vivía en un coche y estaba muy preocupada. Samantha le aseguró que estaban mejor acomodados y su futuro era más halagüeño. Esperaba que regresasen a la escuela en breve. Mientras tanto, se aseguraría de que se mantuvieran al día en los estudios e hicieran los deberes.

Cuando se iba, Samantha reconoció que se sentía más como una asistente social que una abogada, y eso no tenía nada de malo. En Scully & Pershing, su trabajo era más apto para contables o analistas financieros, o en ocasiones para secretarios o simples chupatintas que cobraran un salario mínimo. Procuró tener presente que era una abogada de verdad, aunque a menudo le asaltaran las dudas.

Al salir de Colton se le arrimó una camioneta blanca aunque luego se fue quedando rezagada. La estuvo siguiendo todo el trayecto hasta Brady, manteniendo la misma distancia, no demasiado cerca pero sin perderla nunca de vista.

17

Las pizzerías de las grandes ciudades sacan provecho de los nativos de Italia o sus descendientes, gente que entiende que la auténtica pizza proviene de Nápoles, donde las bases son finas y los ingredientes sencillos. La preferida de Samantha era Lazio's, un sitio minúsculo en Tribeca donde los cocineros gritaban en italiano mientras cocinaban las masas en hornos de ladrillo. Como la mayoría de las cosas en su vida de un tiempo a esta parte, Lazio's quedaba muy lejos. Igual que la pizza. El único sitio en Brady en el que podía comerla era un establecimiento de bocadillos en un centro comercial de carretera de tres al cuarto. Pizza Hut, junto con la mayor parte de las cadenas nacionales, no había calado hondo en los pueblos de los Apalaches.

La pizza tenía más de dos dedos de grosor. Vio al dependiente cortarla y meterla en la caja. Ocho pavos por una de pepperoni y queso, que parecía pesar más de dos kilos. La llevó en su coche al motel donde los Booker estaban viendo la tele y esperando. Se habían bañado y tenían mucho mejor aspecto con ropa limpia, y además estaban bochornosamente agradecidos por los cambios. Samantha les llevó asimismo la mala noticia de que tenía los deberes de los niños para la semana siguiente, lo que no enfrió su ánimo en absoluto.

Cenaron en la habitación de Pamela, pizza y refrescos, con

La rueda de la fortuna como telón de fondo con el volumen bajo. Los niños hablaban de la escuela, sus maestros y los amigos que echaban en falta en Colton. La transformación respecto de esa misma mañana era asombrosa. Asustados y hambrientos, les había costado pronunciar palabra. Ahora no callaban.

En cuanto terminaron la pizza Pamela se puso seria y los obligó a hincar los codos. Temía que estuvieran quedándose atrás. Después de alguna tímida objeción fueron a su habitación y pusieron manos a la obra. En voz baja Samantha y Pamela hablaron de la demanda y lo que podía suponer. Con un poco de suerte, la empresa reconocería su error y propondría un acuerdo. En caso contrario, Samantha tendría que llevarlos a juicio lo antes posible. Se las arregló para transmitir la confianza de una litigante curtida y no dejó entrever que era su primer pleito. También tenía previsto reunirse con el señor Simmons, de la fábrica de lámparas, y explicarle los errores que habían desembocado en el embargo del sueldo de su representada. Pamela no era una haragana; más bien, estaba siendo maltratada por gente que abusaba del sistema judicial.

Cuando ya se iba del motel Starlight Samantha cayó en la cuenta de que había pasado la mayor parte de las últimas doce horas representando agresivamente a Pamela Booker y sus hijos. De no haber entrado en el centro de asesoría a primera hora de esa mañana, habrían estado escondidos en alguna parte en el asiento trasero de su coche, hambrientos, helados, desesperados, asustados y vulnerables.

El móvil de Sam emitió un zumbido cuando se estaba poniendo los vaqueros. Era Annette, a unos treinta metros al otro lado del jardín.

—Los niños están en sus cuartos. ¿Tienes tiempo para tomar un té? —le preguntó.

Las dos tenían que hablar, sacarlo todo a la luz y llegar al fondo de lo que estaba fastidiando a Annette. Kim y Adam se las apañaron para dejar de hacer los deberes el tiempo suficiente para saludar a Samantha. Hubieran preferido que fuera a cenar todas las noches, y luego se quedara a ver la tele y echar una partida a algún videojuego. Samantha, en cambio, necesitaba espacio. Annette, desde luego, se lo estaba dando.

Cuando los niños regresaron a sus habitaciones y Annette sirvió el té se sentaron en la penumbra y charlaron sobre su lunes. Según Annette, había muchos sintecho en las montañas. No se les veía mendigando por la calle, como ocurría en las ciudades, porque generalmente conocían a alguien dispuesto a cederles una habitación o un garaje durante una semana. Casi todo el mundo tenía parientes que no vivían lejos. No había refugios para personas sin hogar, ni ONG dedicadas a los sintecho. Había tenido una cliente una vez, una madre cuyo hijo adolescente padecía una enfermedad mental y era violento, que se vio obligada a echarlo de casa. Se había instalado en una tienda de campaña en el bosque, y sobrevivía a base de pequeños hurtos y alguna cosa que le daban de vez en cuando. Casi se helaba en invierno y estuvo a punto de ahogarse en una inundación. Les llevó cuatro años conseguir que lo ingresaran en un centro. Huyó de allí y nunca se le había vuelto a ver. La madre seguía culpándose. Qué triste.

Hablaron de los Booker, Phoebe Fanning y la pobre señora Crump, que no sabía a quién dejar sus tierras, lo que hizo pensar a Annette en un cliente que una vez necesitó un testamento gratuito. Tenía dinero en abundancia, porque no gastaba nunca nada —«Era más avaro que un perro con un hueso»—, y le entregó un testamento previo, redactado por un abogado de los que tenían el bufete calle abajo. El viejo no tenía prácticamente familia, no apreciaba a sus parientes lejanos y no estaba seguro de a quién dejarle su dinero. Así que el abogado anterior introdujo unos párrafos de verborrea indescifrable que, en efecto, lo convertían en el único beneficiario del anciano. Unos meses después, el hombre empezó a sospechar y se presentó en el despacho de Annette, quien le redactó un testamento mucho más sencillo en el que se lo dejaba todo a una iglesia. A su muerte, el primer abogado lloró en el velatorio, el entierro y el funeral, y luego se puso como una furia cuando se enteró de que había un nuevo testamento. Annette le amenazó con denunciarlo al Colegio de Abogados del estado y el tipo se tranquilizó.

Kim y Adam volvieron a aparecer, ahora en pijama, para dar las buenas noches. Annette se fue a arroparlos. Una vez que dejó cerradas sus puertas sirvió más té y se sentó en un extremo del sofá. Tomó un sorbo y fue al grano:

—Sé que pasas tiempo con Donovan —dijo, como si fuera una infracción de algo.

Samantha no podía negarlo, ¿por qué lo iba a hacer? Y además, ¿le debía a alguien una explicación?

—Salimos a volar en avioneta el sábado pasado, y el día anterior fuimos de excursión a Dublin Mountain. ¿Por qué?

—Tienes que andarte con cuidado, Samantha. Donovan es un tipo complicado, y además está casado, ¿sabes?

—No me he acostado nunca con un hombre casado. ¿Y tú?

Annette esquivó la pregunta añadiendo:

—No estoy segura de que el matrimonio suponga gran cosa para Donovan. Le gustan las mujeres, desde siempre, y ahora que vive solo, no sé si está a salvo ninguna. Tiene cierta reputación.

—Háblame de su esposa.

Annette respiró hondo y tomó otro sorbo de té.

—Judy es una mujer preciosa, pero no hacían buena pareja. Ella es de Roanoke, una chica más bien de ciudad, y desde luego las montañas le caían muy lejos. Se conocieron en la universidad y lucharon de veras por labrarse un futuro juntos. Dicen que una mujer se casa con un hombre convencida de que puede cambiarlo, y no puede. Un hombre se casa con una mujer convencido de que no cambiará, y cambia. Cambiamos. Judy no pudo cambiar a Donovan; cuanto más lo intentaba, más se resistía él. Y lo intentó con todas sus fuerzas. Cuando vino a Brady se esforzó por encajar. Plantó un jardín y trabajaba como voluntaria aquí y allá. Entró a formar parte en una iglesia y cantaba en el coro. Donovan se obsesionó más aún con el trabajo y eso tuvo repercusiones. Judy intentó que aflojara un poco, que dejara correr algunos casos contra compañías mineras, pero sencillamente no podía hacerlo. Creo que la última gota fue su hija. Judy no quería que se educara en las escuelas de aquí. Una pena, porque a mis hijos les va muy bien.

—¿Se ha acabado el matrimonio?

—¡Quién sabe! Llevan separados un par de años. Donovan está loco por su hija y la ve siempre que puede. Dicen que están intentando encontrar una solución, pero yo no la veo. Él no va a irse de las montañas. Ella no piensa abandonar la ciudad. Tengo una hermana que vive en Atlanta, sin hijos. Su marido vive en Chicago y tiene un buen empleo. Él cree que el sur es un sitio atrasado donde solo viven paletos. Ella piensa que Chicago es frío y desagradable. Ninguno de los dos da el brazo a torcer, pero aseguran ser felices con su vida y no tienen previsto separarse. Supongo que hay a quien le da resultado. Aunque me parece raro.

—¿Judy no sabe que Donovan sale con otras?

—No sé lo que sabe ella. Pero no me sorprendería que tuvieran un acuerdo, alguna clase de relación abierta.

Annette desvió la mirada mientras lo decía, como si supiera más de lo que daba a entender. Lo que debería haber resultado obvio pasó a serlo de repente, al menos para Samantha, quien preguntó:

—¿Te lo ha contado él?

Parecía forzado que Annette estuviera meramente especulando sobre un asunto tan íntimo. Una pausa.

—No, claro que no —respondió, aunque sin mucho convencimiento.

¿Estaría utilizando Donovan una de las excusas típicas de los hombres casados: «Vámonos a la cama, preciosa, porque mi mujer también lo está haciendo»? Quizá Annette no estaba tan necesitada de compañía como fingía. Otra pieza del puzle encajó en su lugar. ¿Y si estaba teniendo una aventura con Donovan, ya fuera por lujuria o romanticismo... o por ambas cosas? Ahora la chica recién llegada al pueblo había captado su atención. La tensión entre ellas no era más que celos a la antigua usanza, cosa que Annette sería incapaz de reconocer, si bien tampoco lograba disimular.

Samantha comentó:

—Mattie y Chester hablaron de Donovan. Por lo visto creen que Judy se asustó cuando empezaron a acosarlo, hicieron alusión a llamadas anónimas, amenazas, coches desconocidos.

—Es verdad, y Donovan no es la persona más popular en el pueblo. Su trabajo molesta a mucha gente. Judy sintió esa punzada en más de una ocasión. Y a medida que se hace mayor, Donovan se vuelve más temerario incluso. Pelea sucio, y así gana muchos casos. Ha amasado bastante dinero y, como es típico entre los abogados litigantes, su ego se ha inflado a la par que su cuenta bancaria.

—Parece que hay razones de sobra para la separación.

—Eso me temo —dijo Annette en tono melancólico, pero sin la menor emoción.

Tomaron unos sorbos de té y pensaron sin decir nada durante un momento. Samantha decidió ir a por todas, llegar al fondo del asunto. Annette siempre se mostraba abierta a la hora de hablar de sexo, conque, ¿por qué no intentarlo?

—¿Te ha tirado los tejos alguna vez?

—No. Tengo cuarenta y cinco años y dos hijos. Me considera muy mayor. A Donovan le gustan más jóvenes.

Lo vendió de una manera bastante pasable.

—¿Alguien en concreto?

—La verdad es que no. ¿Has conocido a su hermano, Jeff?

—No, lo ha mencionado varias veces. Es más joven, ¿no?

—Siete años menor. Después de que su madre se suicidara los chicos vivieron en distintos hogares hasta que Mattie tomó cartas en el asunto y se ocupó de Donovan mientras Jeff iba a vivir con otro pariente. Están muy unidos. Jeff lo ha tenido más crudo: dejó la universidad y ha ido dando tumbos por ahí. Donovan siempre ha mirado por él, y tiene contratado a Jeff como investigador, mensajero, guardaespaldas, recadero; todo lo que se te ocurra, Jeff lo hace. Además, es por lo menos tan mono como Donovan y no tiene pareja.

—Lo cierto es que no estoy en el mercado, si te refieres a eso.

—Nosotras siempre estamos en el mercado, Samantha. No te engañes. Quizá no para una relación permanente, pero todas vamos buscando el amor, aunque sea un romance.

—Dudo que mi vida resultara menos complicada si vuelvo a Nueva York acompañada de un muchacho de las montañas. Hablando de no hacer buena pareja...

Annette rió al oírlo. La tensión parecía estar disipándose, y ahora que Samantha lo entendía, podía afrontarlo. Ya había decidido que Donovan se había acercado lo suficiente. Era encantador, divertido, sin lugar a dudas sexy, pero también una fuente de complicaciones. A excepción del día en que se conocieron, Samantha siempre había tenido la sensación de que estaban a uno o dos pasos de acabar desnudos. De haber aceptado su oferta de trabajo, habría sido difícil, si no imposible, evitar un rollo, aunque solo fuera por aburrimiento.

Se dieron las buenas noches y Samantha regresó a su apartamento. Cuando subía la escalera oscura de encima del garaje le vino a la cabeza una pregunta: «¿Cuántas veces habrá acostado Annette a sus hijos y luego habrá venido aquí a hurtadillas a darse un revolcón con Donovan?».

Algo le dijo que muchas, pero que muchas veces.

18

Samantha encontró la fábrica de lámparas en un polígono industrial sumamente descuidado a las afueras de Brushy, en el condado de Hopper. La mayoría de los edificios metálicos estaban abandonados. Los que seguían en funcionamiento tenían unos cuantos coches y camionetas en los aparcamientos. Era un triste barómetro de una economía en declive desde hacía tiempo, y estaba muy lejos de la bonita imagen que preveía la Cámara de Comercio.

En un primer momento, por teléfono, el señor Simmons dijo que no tenía tiempo para reunirse con ella, pero Samantha insistió y lo engatusó para que le concediese media hora. El área de recepción apestaba a humo de tabaco, y hacía semanas que no se barría el suelo de linóleo. Un empleado malhumorado llevó a Samantha a una sala pasillo adelante. A través de los finos tabiques se oían voces. La maquinaria bramaba en alguna parte hacia el fondo. Toda la empresa tenía el aire de un negocio que intentaba eludir animosamente la suerte que habían corrido sus vecinos del polígono industrial, fabricando a destajo lámparas baratas para moteles baratos y pagando los sueldos más bajos posibles sin pensar ni remotamente en beneficios adicionales. Pamela Booker dijo que los incentivos incluían una semana de vacaciones no remuneradas y tres días de baja por enfermedad, también sin remunerar. Lo del seguro médico era ya impensable.

Samantha se tranquilizó pensando en todas las reuniones que había tenido que aguantar hasta la fecha, encuentros con algunos de los capullos más increíbles sobre la faz de la tierra, hombres ricos de veras que se zampaban Manhattan y pisoteaban a cualquiera que se cruzara en su camino. Había visto a esos tipos devorar y aniquilar a los socios de su bufete, incluido a Andy Grubman, a quien en el fondo echaba en falta de vez en cuando. Los había oído gritar, amenazar y maldecir, y en varias ocasiones sus diatribas habían ido dirigidas a ella. Pero había sobrevivido. Por muy gilipollas que fuera el señor Simmons, tenía que ser un gatito en comparación con aquellos monstruos.

Simmons se mostró sorprendentemente cordial. Le dio la bienvenida, le indicó que tomara asiento en su despacho barato y cerró la puerta.

—Gracias por recibirme —comenzó Samantha—. Seré breve.

—¿Quiere un café? —preguntó él con amabilidad.

Sam pensó en el polvo y las nubes de humo de tabaco, y casi alcanzó a visualizar las manchas marrones pegadas a la cara interior de la cafetera común.

—No, gracias.

Simmons le miró las piernas de reojo a la vez que se sentaba tras su mesa y se relajaba como si dispusiera de todo el día. Samantha lo etiquetó para sus adentros como un ligón. Empezó por recapitular las últimas aventuras de la familia Booker. El tipo se mostró conmovido, no sabía que estuvieran sin hogar. Le entregó una copia revisada y encuadernada de los documentos que le afectaban y le explicó paso a paso todo el lío judicial. La última prueba era una copia de la demanda que había interpuesto la víspera, y le aseguró que Top Market Solutions no tenía manera de librarse.

—Los tengo cogidos por las pelotas —dijo, siendo ordi-

naria adrede para juzgar la reacción de Simmons, que fue sonreír de nuevo.

En resumen, la antigua sentencia por la tarjeta de crédito había prescrito y Top Market lo sabía. El embargo del sueldo no
debería haberse ordenado y tendrían que haber dejado en paz
el cheque de Pamela Booker, quien debería tener un puesto
de trabajo todavía.

—¿Y quiere que le devuelva ese puesto de trabajo? —preguntó Simmons, cosa que era evidente.

—Sí, señor. Si tiene su empleo, puede sobrevivir. Sus hijos
han de asistir a la escuela. Podemos ayudarle a buscar un sitio
donde vivir. Llevaré a Top Market a juicio, les haré apoqui-
nar lo que le sisaron y obtendrá un buen cheque. Pero todo
eso requiere tiempo. Lo que necesita ahora mismo es su antiguo puesto de trabajo. Y usted sabe que es lo más justo.

Simmons dejó de sonreír y miró el reloj de muñeca.

—Lo que voy a hacer es lo siguiente: usted conseguirá que
se revoque la puñetera orden de embargo para que no tenga
que preocuparme por eso y yo volveré a ponerla en nómina.
¿Cuánto tardará?

Samantha no tenía la menor idea, pero instintivamente
dijo:

—Quizá una semana.

—¿Tenemos un trato?

—Trato hecho.

—¿Puedo preguntarle algo?

—Lo que quiera.

—¿Cuánto cobra por hora? Bueno, es que tengo a un tipo
en Grundy, no es muy espabilado, la verdad, y tarda en devolver las llamadas, tarda en hacerlo todo, y me cobra doscientos
pavos la hora. Es posible que no sea mucho en primera división, pero ya ve dónde estamos. Le daría más trabajo, pero,
coño, no se lo merece. He estado indagando por ahí; sin embargo, no hay muchos abogados razonables en esta zona. Su-

pongo que usted tiene que ser razonable si Pamela Booker puede contratarla. Bien, ¿cuál es su tarifa?

—Nada. Cero.

Se quedó mirándola, boquiabierto.

—Trabajo en un centro de asesoría jurídica —explicó Sam.

—¿Qué es eso de la asesoría jurídica?

—Servicios jurídicos gratuitos para gente con bajos ingresos.

El concepto le resultaba ajeno. Sonrió y preguntó:

—¿Aceptan fábricas de lámparas?

—Lo siento. Solo gente pobre.

—Estamos perdiendo dinero. Se lo juro. Le enseñaré la contabilidad.

—Gracias, señor Simmons.

Cuando regresaba a toda velocidad a Brady con la buena noticia pensó en las distintas maneras posibles de anular la orden de embargo. Y cuanto más pensaba, más se daba cuenta de lo poco que sabía acerca de la esencia de ejercer la abogacía más elemental.

En Nueva York rara vez salía de la oficina a media tarde y se iba directa a casa. Había demasiados bares, demasiados profesionales jóvenes y sin compromiso rondando por ahí; tenía que dedicarse a hacer contactos, socializar, ligar y, bueno, beber. Todas las semanas alguien descubría un nuevo bar o un nuevo club al que había que ir antes de que se pusiera de moda y la muchedumbre lo fastidiara.

Las horas después del trabajo eran distintas en Brady. Aún no había visto un bar por dentro; desde la calle parecían como inacabados, los dos que había. Aún no había conocido a otro profesional joven y soltero. Así pues, sus opciones se reducían a (1) quedarse en la oficina para no tener que (2) ir a su apartamento y quedarse mirando las paredes. Mattie también prefería retrasar su salida del centro de asesoría, y todas las tardes, a eso de las cinco y media, ya estaba merodeando, descalza, en busca de Samantha. Su ritual aún estaba evolucionando, pero por el momento incluía tomarse un refresco light en la sala de reuniones y cotillear mientras miraban la calle. Samantha tenía ganas de curiosear acerca del posible romance entre Annette y Donovan, pero no lo hizo. Quizá más adelante, quizá algún día cuando tuviera más indicios, o probablemente nunca. Seguía siendo demasiado nueva en el pueblo para implicarse en asuntos tan delicados. Además, sabía que Mattie era una vehemente protectora de su sobrino.

Acababan de acomodarse en su respectiva silla y estaban listas para ponerse al día durante media hora al menos cuando tintineó la campanilla de la puerta principal. Mattie frunció el ceño y dijo:

—Supongo que he olvidado cerrar.

—Voy a ver —se ofreció Samantha mientras Mattie buscaba sus zapatos.

Eran los Ryzer, Buddy y Mavis, de lo más profundo del bosque, dedujo Samantha tras la rápida presentación y el vistazo que les echó. Su documentación llenaba dos bolsas de la compra de lona que llevaban, con manchas a juego.

—Nos hace falta un abogado —dijo Mavis.

—Nadie quiere aceptar mi caso —añadió Buddy.

—¿De qué se trata? —preguntó Samantha.

—Pulmón negro —respondió él.

En la sala de reuniones Samantha dejó de lado las bolsas de la compra mientras tomaba nota de lo esencial. Buddy tenía cuarenta y un años, y durante los últimos veinte había trabajado como minero de superficie (no minero a cielo abierto) para Lonerock Coal, el tercer productor más importante de Estados Unidos. En ese momento ganaba veintidós dólares la hora manejando una excavadora en la mina de Murray Gap en el condado de Mingo, Virginia Occidental. Su respiración era trabajosa mientras hablaba, y a veces Mavis tomaba la palabra. Tres hijos, todos adolescentes, «todavía estudiando». Una casa y una hipoteca. Él padecía de pulmón negro provocado por el polvo de carbón que inhalaba durante sus turnos de doce horas.

Mattie encontró por fin los zapatos y entró en la sala. Se presentó a los Ryzer, echó un buen vistazo a las bolsas de la compra, se sentó al lado de Samantha y empezó a tomar sus propias notas. En un momento dado, dijo:

—Cada vez estamos viendo más mineros de superficie con pulmón negro, no sé con seguridad por qué, pero parece que estáis trabajando turnos más largos y, por lo tanto, inhaláis más polvo.

—Hace tiempo que lo tiene —dijo Mavis—. Lo que pasa es que cada mes está peor.

—Pero tengo que seguir trabajando —señaló Buddy.

Unos doce años antes, en torno a 1996, no lo sabían con seguridad, empezó a notar que le faltaba el aliento y tenía una tos persistente. No había fumado nunca y siempre había estado sano y se había mantenido activo. Un domingo, estaba jugando a béisbol con los niños cuando empezó a costarle tanto respirar que pensó que le estaba dando un infarto. Fue la primera vez que le comentó algo a Mavis. Las molestias continuaron y, durante un acceso de tos, se fijó en que había una mucosidad negra en los pañuelos de papel que estaba usando. No quiso solicitar un subsidio por enfermedad porque temía represalias por parte de Lonerock, así que siguió trabajando sin decir nada. Al final, en 1999 presentó una demanda acogiéndose a la legislación federal sobre la enfermedad del pulmón negro. Lo examinó un médico certificado por el Departamento de Trabajo. Su dolencia era la variedad más grave de la enfermedad del pulmón negro, más formalmente conocida como «neumoconiosis de minero del carbón complicada». El gobierno ordenó a Lonerock que le abonara un subsidio mensual de 939 dólares. Buddy Ryzer continuó trabajando y su estado siguió deteriorándose.

Como siempre, Lonerock Coal apeló la orden y se negó a empezar a pagarle.

Mattie, que llevaba cincuenta años lidiando con el pulmón negro, garabateaba y meneaba la cabeza. Habría sido capaz de escribir esa historia con los ojos cerrados.

—¿Apelaron? —preguntó Samantha.

El caso parecía evidente.

—Siempre apelan —señaló Mattie—. Y más o menos por aquel entonces conocisteis a esos chicos tan majos de Casper Slate, ¿verdad?

Los dos inclinaron la cabeza con solo oír el nombre. Mattie miró a Samantha y explicó:

—Casper Slate son una pandilla de matones que visten trajes caros y se esconden tras la fachada de un bufete de abogados con sede en Lexington y sucursales por todos los Apalaches. Allí donde veas una compañía minera te encontrarás a los de Casper Slate haciendo su trabajo sucio. Defienden a compañías que vierten sustancias químicas en los ríos, contaminan los océanos, ocultan residuos tóxicos, infringen la normativa de protección medioambiental, discriminan a sus empleados, consiguen de manera fraudulenta licitaciones gubernamentales; imagina cualquier comportamiento rastrero o ilegal, y seguro que aparece Casper Slate para defenderlo. Su especialidad, no obstante, es el derecho en materia de minería. La firma se fundó en esta región hace cien años, y prácticamente todos los operadores importantes la tienen a su servicio. Sus métodos son implacables y carecen de ética. Se les conoce como Castrate, lo que les viene al pelo.

Buddy no pudo evitar mascullar: «Qué hijos de puta». No tenía abogado; además, Mavis y él estaban obligados a vérselas con la horda de Casper Slate, abogados que dominaban los procedimientos y sabían exactamente cómo manipular el sistema federal que se ocupaba de la enfermedad del pulmón negro. Buddy fue examinado por sus médicos —los mismos facultativos cuyas investigaciones financiaba la industria del carbón— y en los informes que presentaron no hicieron constar indicio alguno de neumoconiosis. Achacaron sus problemas de salud a una mancha benigna en el pulmón izquierdo. Dos años después de solicitar el subsidio por enfermedad la sentencia fue revocada por el juez de un tribunal administrativo que se basó en los montones de informes aportados por los doctores de Lonerock.

Mattie explicó:

—Sus abogados se aprovechan de los puntos débiles del sistema, y sus médicos buscan el mejor modo de achacar la dolencia a cualquier cosa menos el pulmón negro. No es de extrañar que solo el cinco por ciento de los mineros que sufren de neumoconiosis obtengan un subsidio por enfermedad. Se rechazan muchísimas demandas legítimas, y muchos mineros están tan desalentados que prefieren no seguir adelante.

Eran más de las seis y la reunión podía durar horas. Mattie tomó las riendas diciendo:

—Bueno, leeremos los documentos y revisaremos el caso. Dadnos un par de días y os llamaremos. No nos llaméis, por favor. No nos olvidaremos de vosotros, pero nos llevará un tiempo leernos todo esto. ¿Trato hecho?

Buddy y Mavis sonrieron y les dieron las gracias con amabilidad.

—Lo hemos intentado con abogados de todas partes —dijo ella—, pero nadie nos quiere ayudar.

—Nos alegramos mucho de que nos hayáis abierto la puerta —añadió Buddy.

Mattie los acompañó a la salida; Buddy boqueaba para tomar aire y se tambaleaba como si tuviera noventa años. Cuando se hubieron marchado volvió a la sala de reuniones y se sentó frente a Samantha. Transcurridos unos segundos, preguntó:

—¿Qué piensas?

—Muchas cosas. Tiene cuarenta y un años, y aparenta sesenta. Cuesta creer que siga trabajando.

—No tardarán en despedirlo, dirán que constituye un peligro, lo que seguramente sea cierto. Lonerock Coal reventó sus sindicatos hace veinte años, así que no cuentan con ninguna protección. Se quedará sin trabajo y sin suerte. Y sufrirá una muerte horrible. Vi a mi padre marchitarse y consumirse, resollando hasta el final.

—Y por eso te dedicas a esto.

—Sí. Donovan estudió Derecho por una razón: para enfrentarse a las compañías mineras en un escenario más grande. Yo estudié Derecho por una razón: para ayudar a los mineros y sus familias. No estamos ganando nuestras pequeñas guerras, Samantha; el enemigo es demasiado grande y poderoso. Lo más que podemos esperar es ir haciendo mella, caso a caso, procurando cambiar las vidas de nuestros clientes.

—¿Aceptarás este?

Mattie tomó un sorbo de refresco con la pajita, se encogió de hombros y dijo:

—¿Cómo voy a negarme?

—Exacto.

—No es tan sencillo, Samantha. No podemos aceptar todos los casos de pulmón negro. Hay demasiados. Los abogados privados ni se acercan a ellos porque no cobran hasta que todo termina, suponiendo que ganen. Y el final nunca está a la vista. No es insólito que un caso de pulmón negro se prolongue diez, quince, incluso veinte años. No se les puede echar en cara a los abogados con bufete propio que los rehúsen, de manera que nos remiten a mucha gente. La mitad de mi trabajo tiene que ver con el pulmón negro, y si no dijera que no de vez en cuando, no podría representar a los demás clientes que tengo. —Otro sorbo mientras Sam la observaba con atención—. ¿Tienes algún interés?

—No lo sé. Me gustaría echar una mano, pero no sé por dónde empezar.

—Igual que con los demás casos, ¿no?

Sonrieron y disfrutaron del momento. Mattie dijo:

—Hay un problema. Estos casos llevan tiempo, años y años, porque las compañías mineras pelean duro y cuentan con todos los recursos. El tiempo está de su parte. El minero acabará por morir, y además prematuramente porque lo suyo no tiene cura. Una vez que se introduce el carbón en el cuerpo, no hay manera de eliminarlo o destruirlo. Contraída la enfermedad del pulmón negro, no hace más que empeorar. Las compañías mineras pagan a los actuarios y se la juegan, así que los casos resultan interminables. Hacen que todo sea tan difícil y aparatoso que desalienta no solo al minero enfermo, sino también a sus amigos. Por eso pelean tan duro. Otro motivo es el de asustar a los abogados. Tú te irás dentro de unos meses, volverás a Nueva York, y cuando te vayas dejarás tus expedientes, trabajo que recaerá sobre nosotras. Piénsalo, Samantha. Eres una persona compasiva y una abogada muy prometedora, pero solo estás de paso. Eres una chica de ciudad, y eso es genial. Pero piensa en lo que quedará por hacer el día que dejes tu despacho aquí.

—No te falta razón.

—Me voy a casa. Estoy cansada y me parece que Chester ha dicho que hoy cenamos sobras. Nos vemos mañana.

—Buenas noches, Mattie.

Largo rato después de que se hubiera ido, Samantha seguía sentada en la sala de reuniones tenuemente iluminada, pensando en los Ryzer. De vez en cuando miraba las bolsas de la compra llenas a rebosar con la triste historia de su lucha por conseguir lo que se les adeudaba. Y allí estaba ella, una abogada titulada y perfectamente capaz con cerebro y recursos para prestar ayuda de verdad, para acudir al rescate de alguien que necesitaba representación.

¿Qué temía? ¿Por qué se sentía tan asustadiza?

El Brady Grill cerraba a las ocho. Tenía hambre y salió a dar una vuelta. Pasó por delante del bufete de Donovan y vio que estaban encendidas todas las luces. Se preguntó qué tal iría el juicio de Tate, pero sabía que estaría muy ocupado para hablar con ella. En el café compró un sándwich, se lo llevó de regreso a la sala de reuniones y vació con cuidado las bolsas de la compra de los Ryzer.

Hacía varias semanas que no trabajaba toda la noche.

19

Samantha se saltó la oficina el miércoles por la mañana y salió del pueblo cuando los autobuses escolares estaban haciendo sus rondas, lo que no fue una buena idea. El tráfico en la sinuosa carretera avanzaba con lentitud, deteniéndose y aguardando mientras críos de diez años distraídos y muertos de sueño, encorvados bajo el peso de mochilas enormes, se tomaban su tiempo para subir al transporte. Tras cruzar la montaña y entrar en Kentucky los autobuses desaparecieron y empezaron a congestionar las carreteras los camiones de carbón. Después de una hora y media se acercó a la pequeña población de Madison, Virginia Occidental, y se detuvo, tal como le habían indicado, en un comercio rural bajo un cartel descolorido de la cadena de gasolineras Conoco. Buddy Ryzer estaba sentado a una mesa del fondo, tomando café y leyendo el periódico. Se mostró entusiasmado de ver a Samantha y se la presentó a un amigo como «mi nueva abogada». Ella lo aceptó sin hacer ningún comentario y sacó un expediente con autorizaciones que le permitieran acceder a todos sus informes médicos.

En 1997, antes de interponer su demanda contra Lonerock Coal, Buddy se sometió a un examen físico rutinario. Una radiografía reveló una pequeña masa en el pulmón derecho. Su médico estaba seguro de que era benigna, y estaba en lo cierto. En una operación de dos horas, extrajo la masa y envió a Buddy y Mavis a casa con la buena noticia. Puesto que la operación no tenía nada que ver con su posterior solicitud de un subsidio por la enfermedad del pulmón negro, no se volvió a mencionar. Mattie creía necesario reunir todos los informes médicos, de ahí el desplazamiento de Samantha a Madison. Su punto de destino era el hospital de Beckley, Virginia Occidental, una ciudad de veinte mil habitantes.

Buddy la siguió hasta su coche y, cuando por fin se quedaron a solas, Sam le informó con amabilidad de que seguían únicamente investigando. No se había tomado ninguna decisión sobre si aceptarlo o no como cliente. Revisarían el expediente y demás. Buddy dijo que lo entendía, claro, pero a todas luces ya estaba convencido de que el caso seguiría adelante. Decirle que no resultaría doloroso.

Samantha se dirigió a Beckley, lo que suponía una hora de trayecto a través del corazón de la región minera, la zona cero de la remoción de cimas de montaña. Había tanto polvo en el aire que se preguntó si una conductora de paso por allí corría peligro de contraer pulmón negro. Sin demasiados problemas, encontró el hospital de Beckley y fue abriéndose paso por sus diversos estamentos hasta dar con la secretaria adecuada en Archivos. Cumplimentó los formularios, entregó las autorizaciones firmadas por el señor Ryzer y esperó. Transcurrió una hora en que envió correos a todo aquel que se le ocurrió. Estaba en una sala estrecha, sin ventanas ni ventilación. Pasó otra media hora. Se abrió una puerta y la secretaria empujó un carrito con una caja pequeña, lo que le supuso un alivio. Quizá no le llevaría una eternidad revisar los registros.

La secretaria indicó:

—Aaron F. Ryzer, ingresado el 15 de agosto de 1997.

—Eso es. Gracias.

La secretaria se marchó sin decir una sola palabra más. Samantha sacó el primer expediente, y poco después estaba absorta en un ingreso hospitalario y una operación quirúrgica increíblemente rutinarios. Por lo visto, el patólogo que escribió los informes no estaba al tanto de que el paciente era minero, ni buscó indicios de pulmón negro. En sus fases iniciales, la enfermedad no se aprecia fácilmente, y a la sazón, en agosto de 1997, Buddy mostraba síntomas, pero no había presentado la demanda. El trabajo del médico había sido sencillo: extirpar la masa, asegurarse de que fuera benigna, suturarlo y mandarlo a casa. No había nada reseñable en la operación quirúrgica ni en la estancia de Buddy en el hospital.

Dos años más tarde, después de que Buddy hubiera interpuesto la demanda por pulmón negro, los abogados de Casper Slate entraron en juego al empezar a examinar con lupa su historial médico. Samantha leyó sus primeras cartas al patólogo de Beckley. Se habían topado con la operación quirúrgica de 1997, donde hallaron una serie de imágenes del tejido pulmonar. Pidieron al médico que las enviara a dos de los expertos preferidos del bufete, un tal doctor Foy, de Baltimore, y un tal doctor Aberdeen, de Chicago. Por alguna razón, el doctor Foy envió al patólogo de Beckley una copia del hallazgo de que el tejido revelaba neumoconiosis, o enfermedad del pulmón negro complicada. Puesto que el patólogo ya no estaba implicado en el tratamiento de Buddy, no hizo nada con esa información. Y puesto que Buddy no tenía por entonces abogado, nadie que trabajara en su nombre había revisado los informes que Samantha tenía ahora entre las manos.

Sam respiró hondo. Se sentó con el informe y lo repasó lentamente de nuevo. En ese momento parecía que los abogados de Casper Slate, a principios de 2000, averiguaron por medio de al menos uno de sus expertos que Buddy padecía la enfermedad del pulmón negro desde 1997, y aun así se opusieron a su demanda y al final se salieron con la suya.

No recibió subsidio alguno, sino que regresó a las minas

mientras los abogados de Casper Slate ocultaban pruebas cruciales.

Avisó a la secretaria, quien accedió a regañadientes a hacer unas cuantas fotocopias a medio dólar la página. Después de tres horas en las entrañas del hospital Samantha vio la luz del sol y consiguió alejarse de allí. Condujo por la ciudad durante quince minutos antes de ver el edificio federal donde, hacía siete años, Buddy Ryzer había presentado su caso ante el juez de un tribunal administrativo. Su única defensora había sido Mavis. En la otra punta de la sala se habían enfrentado con todo un ejército de carísimos abogados de Castrate que bregaban a diario en el turbio mundo del sistema federal del pulmón negro.

Cuando Samantha entró en el vestíbulo vacío del edificio prácticamente fue cacheada de arriba abajo por un par de aburridos vigilantes de alguna variedad sin denominación. Un directorio junto a los ascensores la condujo hasta una sala de archivos en la segunda planta. Un secretario, a todas luces con sueldo y protección federales, le preguntó por fin qué deseaba. Buscaba un expediente relativo a la enfermedad del pulmón negro, dijo con la mayor amabilidad posible. Como era de esperar, su documentación no estaba en regla. El secretario frunció el entrecejo y se comportó como si se hubiera cometido un delito. Sacó unos formularios en blanco y recitó una serie de instrucciones sobre cómo acceder debidamente al expediente; requería dos firmas del solicitante. Samantha salió de allí sin nada más que frustración.

A las nueve de la mañana siguiente volvió a reunirse con Buddy en la gasolinera Conoco de Madison. Estaba entusiasmado de ver a su abogada por tercer día consecutivo, y se la presentó a Weasel, el propietario del establecimiento. «Viene de Nueva York, nada menos», se jactó Buddy, como si su caso fuera tan importante que era necesario traer de fuera talento judicial. Cuando el papeleo estuvo cumplimentado y hubo quedado perfecto, se despidió y condujo de regreso a los juzgados de Beckley. Era obvio que los guerreros armados que tan valientemente protegían el vestíbulo el miércoles se habían ido de pesca el jueves. No había nadie que la sobara y la magreara. El detector de metales estaba desconectado. Si había avispados terroristas vigilando Beckley solo tenían que esperar al jueves para burlar la Seguridad Nacional y hacer saltar el edificio por los aires.

El mismo secretario examinó los formularios y buscó en vano algún motivo para rechazarlos, pero no encontró ninguna falta que señalar. Samantha lo siguió a una sala inmensa revestida de archivos metálicos con miles de casos antiguos. Pulsó unos botones sobre una pantalla; la maquinaria emitió un zumbido al moverse las estanterías. «Puede usar una de esas mesas», dijo, a la vez que las señalaba como si fueran de su propiedad. Samantha le dio las gracias, vació el maletín, dispuso sus bártulos y se quitó los zapatos.

Mattie también estaba descalza el jueves a media tarde cuando Samantha volvió a la oficina. Todas las demás se habían ido y la puerta principal estaba cerrada. Fueron a la sala de reuniones para contemplar el tráfico de Main Street mientras hablaban. A lo largo de sus treinta años de carrera como abogada, y sobre todo en los últimos veintiséis en el centro de asesoría, Mattie se las había visto una y otra vez con los chicos (siempre hombres, nunca mujeres) de Casper Slate. Su manera agresiva de ejercer se adentraba a veces en el ámbito de la conducta poco ética, quizá incluso del comportamiento delictivo. En torno a una década antes había adoptado la medida extrema de interponer una querella contra ellos por mala praxis ante el Colegio de Abogados de Virginia. Dos letrados de Castrate fueron amonestados, aunque no tuvo mayor repercusión, y a fin de cuentas no mereció la pena. Como represalia, la firma se cebaba con ella siempre que tenía ocasión y la acuchillaban por la espalda con más crueldad cuando defendía uno de sus casos relacionados con la enfermedad del pulmón negro. Sus clientes sufrían, y ella lamentaba haberse enfrentado abiertamente al bufete. Conocía muy bien a los doctores Foy y Aberdeen, dos investigadores famosos y sumamente capacitados que se habían vendido a las empresas mineras hacía años. Los hospitales donde trabajaban recibían millones de dólares en ayudas para investigación de la industria del carbón.

A pesar del pésimo concepto que Mattie tenía de ese bufete, el descubrimiento de Samantha la sorprendió. Leyó la copia del informe del doctor Foy al patólogo de Beckley. Curiosamente, ni Foy ni Aberdeen fueron mencionados en la vista de Ryzer. El informe médico de Foy no se presentó; en cambio, los abogados de Casper Slate se sirvieron de otra pandilla de médicos, ninguno de los cuales mencionó las conclusiones del doctor Foy. ¿Les habían puesto al tanto de las mismas?

—Es sumamente improbable —predijo Mattie—. Esos abogados son conocidos por ocultar pruebas que no favorecen a la compañía minera. Cabe suponer que los dos médicos vieron el tejido pulmonar y llegaron a la misma conclusión: que Buddy tenía la enfermedad del pulmón negro complicada. Conque los abogados la enterraron y buscaron más expertos.

—¿Cómo se pueden ocultar pruebas sin más? —dijo Samantha, planteando una pregunta que llevaba muchas horas repitiéndose.

—A esos tipos les resulta fácil. Ten en cuenta que esto ocurre ante el juez de un tribunal administrativo, no ante un auténtico juez federal. Es una vista, no un juicio. En un juicio de verdad hay normas estrictas en lo que respecta a la proposición y la plena revelación de pruebas; no ocurre lo mismo en una vista por un caso de pulmón negro. La normativa es mucho más laxa, y esos tipos han pasado décadas retocándola y manipulándola. En la mitad de los casos, el minero, como le ocurrió a Buddy, no tiene abogado, así que en realidad no es una pelea justa.

—Eso ya lo veo, pero dime cómo es posible que los abogados de Lonerock Coal supieran con certeza que Buddy había contraído ya la enfermedad en 1997 y luego lo ocultaran buscándose otros médicos que testificasen, bajo juramento, que no padecía de pulmón negro.

—Pues porque son unos canallas.

—¿Y no podemos hacer nada al respecto? A mí me suena a conspiración y fraude. ¿Por qué no se les puede demandar? Si se lo hicieron a Buddy Ryzer, seguro que se lo han hecho a un millar de mineros más.

—Creía que no te iban los litigios.

—Estoy cambiando de parecer. Esto no está bien, Mattie.

Mattie sonrió, encantada de ver su indignación. «Todos hemos pasado por ahí», pensó.

—Enfrentarse a una firma tan poderosa como Casper Slate supondría un esfuerzo enorme.

—Sí, soy consciente de ello, y apenas sé nada de pleitos, pero un fraude es un fraude, y en este caso sería fácil demostrarlo. ¿No despejaría el camino hacia la obtención de una sentencia favorable por daños punitivos demostrar el fraude?

—Es posible, pero ningún bufete de por aquí querrá demandar a Casper Slate directamente. Costaría una fortuna, llevaría años, y si obtuvieras una sentencia importante no la podrías mantener. Recuerda, Samantha, que allá en Virginia Occidental eligen a los miembros de su Tribunal Supremo, y ya sabes quiénes son los que más aportan a las campañas.

—Se les puede demandar ante un tribunal federal.

Mattie lo sopesó un momento y al final dijo:

—No sé. No soy experta en esa clase de litigios. Tendrás que preguntárselo a Donovan.

Llamaron a la puerta, pero ninguna de las dos se movió. Eran más de las seis, casi había oscurecido y sencillamente no estaban para más visitas inesperadas. Volvieron a llamar y luego se fueron. Samantha preguntó:

—Entonces ¿cómo procedemos con la demanda de subsidio por enfermedad del señor Ryzer?

—¿Vas a aceptar su caso?

—Sí, no puedo rechazarlo sabiendo lo que sé ahora. Si me ayudas, interpondré una querella e iré a por todas.

—De acuerdo, los primeros pasos son sencillos. Presenta la demanda y espera a que lo citen para una revisión médica. Cuando recibas los resultados, y suponiendo que sean los que esperamos, aguardarás unos seis meses a que el director de distrito conceda el subsidio, que ahora asciende a unos mil doscientos dólares al mes. Lonerock apelará y entonces empezará la guerra de verdad. Es lo habitual. Sea como sea, en este caso solicitaremos al tribunal que lo reconsidere a la luz de las nuevas pruebas y pediremos una compensación que se remonte a cuando presentó la primera demanda. Probablemente también la obtendremos, y sin duda Lonerock volverá a apelar.

—¿Podemos amenazar a la compañía y a sus abogados con desenmascararlos?

Mattie sonrió, como si le hiciera gracia su respuesta.

—A algunos podemos amenazarlos, Samantha, porque somos abogadas y nuestros clientes llevan razón. A otros tenemos que dejarlos en paz. Nuestro objetivo es obtener tanto dinero como nos sea posible para Buddy Ryzer, no lanzarnos a una cruzada contra los abogados corruptos.

—Me parece que es un caso perfecto para Donovan.

—Entonces habla con él. Por cierto, quiere que vayamos a tomar una copa. Ya se han presentado todos los testimonios y el jurado debería tener el veredicto para mañana a mediodía. Según él, todo ha ido como esperaba y está muy confiado.

—Para variar...

Estaban tomando whisky en torno a una caótica mesa en la planta de arriba, en la sala de operaciones, sin chaqueta, con la corbata desanudada y aspecto de guerreros cansados pero aun así ufanos. Donovan presentó a Samantha a su hermano menor, Jeff, mientras Vic Canzarro cogía dos vasos de cristal más de un estante. Hasta donde alcanzaba a recordar, Sam nunca había probado un licor marrón a palo seco. Tal vez hubiera tomado algo parecido, abundantemente rebajado en un combinado en alguna fiesta universitaria, pero apenas se había dado cuenta. Prefería el vino, la cerveza y los martinis, pero siempre había rehuido el alcohol de color pardo. En ese momento, sin embargo, no había más opciones. Los muchachos estaban disfrutando de su George Dickel solo, sin hielo.

Le quemó los labios, le escaldó la lengua y prendió llamas en su esófago, pero cuando Donovan le preguntó: «¿Qué tal está?», se las apañó para sonreír y contestó: «Muy bueno». Chascó la lengua como si nunca hubiera probado nada tan delicioso mientras hacía propósito de tirarlo por el retrete en cuanto encontrase un cuarto de baño.

Annette tenía razón. Jeff era por lo menos tan mono como su hermano mayor; tenía los mismos ojos oscuros y el mismo pelo largo y rebelde, si bien Donovan se había adecentado un poco para el jurado. Jeff llevaba chaqueta y corbata, aunque también vaqueros y botas. No era abogado; de hecho, según Annette, había dejado la universidad, pero, a decir de Mattie, colaboraba estrechamente con Donovan y hacía buena parte de su trabajo sucio.

Vic había pasado cuatro horas prestando testimonio la víspera, y aún le hacían gracia sus discusiones con los abogados de Strayhorn Coal. Una historia llevó a otra. Mattie preguntó a Jeff:

—¿Qué opinión te merece el jurado?

—Están todos bien adoctrinados —aseguró sin titubear—. Quizá con una sola excepción, pero estamos en buena forma.

Donovan dijo:

—Han ofrecido medio millón de pavos para llegar a un acuerdo esta tarde, después del último testigo. Hemos conseguido que emprendan la retirada.

—Acepta el dinero, idiota —le increpó Vic.

—Mattie, ¿qué harías tú? —preguntó Donovan.

—Bueno, medio millón no es mucho por dos niños muertos, pero sí lo es para el condado de Hopper. Nadie de ese jurado ha visto nunca una suma semejante, y les costará trabajo otorgársela a uno de los suyos.

—¿La acepto o me la juego? —preguntó Donovan.

—Acéptala.

—¿Jeff?

—Coge el dinero.

—¿Samantha?

Sam estaba respirando por la boca para intentar sofocar las llamas. Se pasó la lengua por los labios y dijo:

—Pues... hace dos semanas no sabía ni deletrear «litigio», ¿y ahora quieres que te aconseje si llegar a un acuerdo o no en un juicio?

—Sí, tienes que votar, o pierdes el derecho a beber.

—Pues que así sea. No soy más que una humilde abogada de oficio, de modo que cogería el dinero y echaría a correr.

Donovan tomó un sorbito, sonrió y dijo:

—Cuatro contra uno. Me encanta.

Solo contaba un voto, y estaba claro que no aceptaría un acuerdo.

—¿Y el alegato final? —se interesó Mattie—. ¿Podemos oírlo?

—Claro —respondió su sobrino al tiempo que se ponía en pie de un brinco, se ajustaba la corbata y dejaba el vaso en un estante.

Empezó a caminar de aquí para allá en paralelo al borde de la larga mesa, mirando a su público como un veterano actor teatral.

—Le gusta ensayar con nosotros cuando tenemos tiempo —advirtió Mattie a Samantha en un susurro.

Donovan se detuvo, miró directamente a Samantha y empezó:

—Señoras y caballeros del jurado, un montón de dinero no nos devolverá a Eddie y Brandon Tate. A estas alturas llevan muertos diecinueve meses, aplastados por los hombres que trabajan para Strayhorn Coal. Pero el dinero es el único modo que tenemos de medir los daños en un caso como este. Dinero sin más, eso es lo que dice la ley. Ahora está en sus manos decidir cuánto. Así que vamos a empezar por Brandon, el menor de los dos, un niño frágil de solo ocho años que nació dos meses antes de lo previsto. Era capaz de leer para cuando cumplió los cuatro y le encantaba su ordenador, que, por cierto, estaba debajo de su cama cuando cayó la roca de seis toneladas. El ordenador también se halló mutilado y sin vida, igual que Brandon.

Era convincente sin resultar pomposo; franco, sin un solo ápice de nada que no fuera sinceridad. No tenía notas ni las necesitaba. Samantha se sintió cautivada de inmediato, y le habría concedido cualquier cantidad de dinero que pidiese. Caminaba de aquí para allá, plenamente ubicado en el escenario y con el guión bien aprendido. En un momento dado, no obstante, Mattie los sorprendió al exclamar:

—¡Protesto, no puedes decir eso!

Donovan se echó a reír.

—Lo siento, su señoría. Pediré a los miembros del jurado que hagan caso omiso de lo que acabo de exponer, lo que naturalmente es imposible, razón por la que lo he dicho ya de entrada.

—Protesto —repitió Mattie.

No había derroche de palabras, ni hipérboles, ni floridas citas de la Biblia o de Shakespeare, ni falsas emociones, nada salvo una argumentación minuciosamente matizada a favor de su cliente y en contra de una compañía horrenda, todo ello pronunciado sin esfuerzo y con espontaneidad. Sugirió la cifra de un millón por niño, y un millón por daños punitivos. Tres millones en total, una suma importante para él y, desde luego, para los miembros del jurado, pero una miseria para Strayhorn Coal. El año anterior los ingresos netos de la compañía habían sido de catorce millones a la semana.

Una vez que acabó ya tenía en el bolsillo a ese jurado en concreto. Convencer al auténtico no sería tan sencillo. Mientras Vic servía más whisky, Donovan lo retó a desbrozar su alegato final. Dijo que pasaría la noche en vela revisándolo. Aseguró que el whisky desataba su imaginación creativa, y a veces sus mejores recapitulaciones finales eran el resultado de varias horas de reflexión acompañada de sorbos de alcohol. Mattie arguyó que tres millones era demasiado dinero. Quizá diera resultado en ciudades más grandes, pero no en el condado de Hopper, ni en el de Noland, si a eso iban. Le recordó que en ninguno de los dos condados se había visto nunca una sentencia millonaria, y él le replicó que para todo había una primera vez. Y nadie era capaz de encadenar mejor una serie de hechos, hechos que acababa de exponer con claridad y destreza ante el jurado.

Toma y daca, toma y daca. Samantha se excusó para ir al servicio. Tiró el whisky por el retrete y confió en no tener que verse nunca en la situación de beberlo. Dio las buenas noches, deseó a Donovan toda la suerte del mundo y condujo hasta el motel Starlight, donde la familia Booker disfrutaba de su prolongada estancia. Llevaba galletas para los niños y un par de novelas románticas para Pamela. Mientras Mandy y Trevor hacían los deberes las mujeres salieron a sentarse en el capó del Ford de Samantha y hablar de asuntos serios. Pamela estaba entusiasmada porque una amiga había encontrado un apartamentito en Colton por solo cuatrocientos dólares al mes. Los niños se estaban retrasando en los estudios, y después de tres noches en un motel ya tenía ganas de pasar a otra cosa. Decidieron que saldrían a primera hora del día siguiente, llevarían a los niños al colegio y echarían un vistazo al apartamento. Samantha se encargaría de conducir.

20

Después de dos semanas en Brady, o más concretamente tres semanas lejos de Scully & Pershing, Samantha había exorcizado por completo la carencia de sueño y había recuperado sus antiguas costumbres. A las cinco de la mañana del viernes estaba tomando café en la cama y redactando con mano firme un informe de tres páginas sobre los pulmones negros de Buddy Ryzer y el comportamiento fraudulento de Casper Slate, que lo había privado del subsidio por enfermedad. A las seis se lo envió por correo electrónico a Mattie, a Donovan y a su padre. Tenía ganas de oír la reacción de Marshall Kofer.

Otro pleito importante era lo último que Donovan tenía en la cabeza, y Samantha no deseaba importunarlo en un día tan señalado. Sencillamente esperaba que a lo largo del fin de semana sacara tiempo para leer acerca del señor Ryzer y darle su opinión. Diez minutos después recibió su parecer. Su correo decía: «Llevo doce años batallando a brazo partido con esa gentuza y los detesto a más no poder. Mi juicio de ensueño es un importante duelo ante un tribunal contra Castrate, el desenmascaramiento a lo grande de todas sus faltas. ¡Este caso me encanta! Hablamos luego. Ahora tengo que presentar batalla en Colton. ¡Va a ser divertido!».

«De acuerdo. Mucha suerte», contestó ella.

A las siete fue al motel Starlight y recogió a los Booker.

Mandy y Trevor estaban vestidos con su ropa más elegante y se morían de ganas de volver al colegio. Mientras Samantha conducía se comieron unos dónuts y charlaron sin parar. Una vez más, la línea que separaba el ejercicio de la abogacía y el trabajo social se estaba difuminando, y le traía sin cuidado. Según Mattie, además de ofrecer asesoría jurídica, el trabajo solía incluir orientación matrimonial, transporte en coche, cocina, búsqueda de empleo, clases particulares, asesoría financiera, búsqueda de alojamiento y hacer de canguro. Como acostumbraba decir: «No trabajamos por horas, sino por clientes».

A la entrada del colegio en Colton, Sam se quedó en el coche mientras Pamela entraba con sus hijos. Quería saludar a los profesores y explicarles la situación. Sam había enviado correos diarios a la escuela, y tanto el personal docente como el director habían mostrado su apoyo.

Después de dejar a los niños en el lugar que les correspondía Samantha y Pamela pasaron las dos horas siguientes echando un vistazo a la oferta más bien limitada de alojamientos de alquiler en Colton y sus inmediaciones. El apartamento del que la amiga de Pamela había hablado maravillas estaba a unas manzanas del colegio y era uno de los cuatro disponibles en un edificio comercial venido a menos que había sido parcialmente renovado. Estaba bastante limpio, con algún que otro mueble, lo que ya iba bien porque Pamela no tenía mobiliario. El alquiler ascendía a cuatrocientos dólares al mes, un precio razonable teniendo en cuenta su estado. Al marcharse Pamela comentó, sin el menor entusiasmo: «Supongo que podríamos vivir ahí».

El fondo de emergencia de Mattie solo alcanzaba para abonar dos meses, aunque Samantha se abstuvo de decírselo. Le ofreció la certera impresión de que iban justas de dinero y Pamela tenía que encontrar trabajo tan pronto como fuera posible. No se había fijado fecha para una vista por la orden de embargo; de hecho, Samantha no había oído ni una palabra de la empresa demandada, Top Market Solutions. Había llamado a la fábrica de lámparas dos veces para asegurarse de que el señor Simmons estaba de un humor pasable y Pamela aún tenía posibilidades de recuperar el empleo en cuanto desapareciera la orden de embargo. Había escasas perspectivas de que encontrase otro trabajo en el condado de Hopper.

Samantha no había visto nunca el interior de una caravana, jamás se había planteado siquiera hacerlo, pero tres kilómetros al este del límite de la población, al final de un camino de grava, tuvo su primera experiencia. Era una caravana bonita, amueblada y limpia, y por solo quinientos cincuenta dólares al mes. Pamela confesó que se había criado en una caravana, como muchos amigos suyos, y le gustaba la intimidad que ofrecía. A Sam en un primer momento le pareció un espacio sumamente estrecho, pero después de verla con más detenimiento tuvo que confesar que había encontrado alojamientos mucho más angostos en Manhattan.

Había un dúplex en una colina sobre la ciudad, con buenas vistas y todo, pero los vecinos tenían pinta de ser insufribles. Había una casa vacía en una parte poco aconsejable del pueblo. La vieron desde la calle y ni siquiera se apearon del coche. A partir de ahí, la búsqueda fue perdiendo fuelle y decidieron tomarse un café en el centro, no muy lejos del palacio de justicia. Samantha venció la tentación de acercarse, sentarse en última fila y ver la actuación de Donovan ante el jurado. Un par de vecinos en un reservado cercano hablaban única y exclusivamente del juicio. Uno dijo que se había pasado por allí a las ocho y media, y la sala ya estaba de bote en bote. En su sonora opinión, era «el juicio más importante celebrado en Colton».

—¿De qué va? —preguntó Samantha en tono amable.

—¿No sabe nada del juicio Tate? —preguntó el hombre con incredulidad.

—Lo siento, no soy de por aquí.

—Vaya, vaya.

El tipo negó con la cabeza y se desentendió de ella con un gesto. Llegaron sus tortitas y perdió interés en dar audiencia. Sabía demasiado para exponerlo en tan breve espacio de tiempo.

Pamela tenía una amiga en Colton a la que debía ver. Samantha la dejó en el café y regresó a Brady. En cuanto entró en el despacho, Mattie apareció a su espalda y dijo:

—Acabo de recibir un mensaje de texto de Jeff. Donovan no ha aceptado un acuerdo y el caso está en manos del jurado. Vamos a comprar unos sándwiches. Nos los comeremos en el coche de camino allí.

—Vengo de Colton precisamente —dijo Samantha—. Además, no hay sitio.

—¿Cómo lo sabes?

—Tengo mis fuentes.

En su lugar, comieron los sándwiches en la sala de reuniones con Claudelle y esperaron con nerviosismo la llegada del siguiente mensaje. Al no recibirlo, volvieron a sus despachos, entreteniéndose, a la espera todavía.

La señora Francine Crump llegó a la una de la tarde, la hora acordada para la firma oficial de su testamento gratuito. Parecía extraño que una mujer que poseía tierras por valor de doscientos mil dólares ahorrara unos centavos de semejante manera, pero lo cierto era que no tenía más que la tierra (y el carbón que había debajo). Samantha había mantenido correspondencia con Mountain Trust, un grupo de conservación medioambiental con buena reputación especializado en obtener escrituras de tierras a fin de conservarlas. En el sencillo testamento de Francine, la anciana legaba sus ochenta acres a Mountain Trust y excluía a sus cinco hijos adultos. Mientras Samantha le leía el testamento y se lo explicaba todo minuciosamente, Francine se echó a llorar. Una cosa era enfadarse y «excluir a los chicos», y otra muy distinta ver sus palabras por escrito. A Samantha empezó a preocuparle la firma. Para que el testamento fuera válido, Francine tenía que estar «legalmente capacitada» y segura de lo que hacía. En cambio, al menos de momento, se la veía sensible e insegura. Con ochenta años y la salud mermada, no le quedaba mucho tiempo de vida. Sin duda sus hijos impugnarían el testamento. Puesto que no podrían alegar que Mountain Trust había tenido una influencia indebida sobre su madre, se verían obligados a arremeter contra el testamento sobre la base de que estaba mentalmente incapacitada en el momento de firmarlo. Samantha acabaría implicada en una desagradable trifulca familiar.

Llamó tanto a Annette como a Mattie a modo de refuerzo. Las dos veteranas habían visto casos similares y pasaron unos minutos con Francine, charlando de cosas sin importancia hasta que las lágrimas cesaron. Annette le preguntó por sus hijos y nietos, pero eso no la animó. Dijo que rara vez los veía. Se habían olvidado de ella. Los nietos crecían muy rápido y se lo estaba perdiendo todo. Mattie le explicó que, una vez que falleciera y que su familia se enterase de que había dejado las tierras a Mountain Trust, surgirían problemas. Probablemente contratarían a un abogado e impugnarían el testamento. ¿Era eso lo que quería?

Francine se mantuvo en sus trece. Estaba resentida con sus vecinos por vender su propiedad a una compañía minera, y decidida a proteger sus tierras. No confiaba en sus hijos; sabía que aceptarían la pasta en cuanto les fuera posible. Manteniendo a raya las emociones, firmó el testamento, y las tres abogadas fueron testigos de ello. También firmaron declaraciones juradas para atestiguar la estabilidad mental de su cliente. Después de que la anciana se fuera, Mattie vaticinó:

—Volveremos a verla.

A las dos de la tarde, y sin haber recibido noticia de los juzgados, Samantha le dijo a Mattie que tenía que volver a

Colton para recoger a los Booker. Mattie se puso en pie de un salto y se fueron a toda prisa.

Donovan estaba pasando el rato en un cenador detrás del horrendo palacio de justicia. Se lo encontraron sentado en un banco, charlando con Lisa Tate, la madre de los niños, y su demandante. Jeff andaba cerca, hablando por teléfono mientras fumaba un puro con aire nervioso.

Donovan presentó a Mattie y Samantha a Lisa, y la elogió por cómo había mantenido el tipo durante los cinco días de juicio. El jurado seguía deliberando, comentó al tiempo que señalaba una ventana de la segunda planta en el palacio de justicia.

—Esa es su sala —dijo—. Llevan unas tres horas deliberando.

—Lamento mucho lo de tus hijos, Lisa —la compadeció Mattie—. Qué tragedia tan absurda.

—Gracias —contestó con voz suave ella, que no tenía interés en continuar la conversación.

—¿Cómo ha ido el alegato final? —preguntó Samantha tras una pausa incómoda.

Donovan le ofreció una sonrisa victoriosa y manifestó:

—Probablemente entre los tres mejores de todos los tiempos. He conseguido que se les saltaran las lágrimas, ¿verdad, Lisa?

Ella asintió y añadió:

—Ha sido muy emotivo.

Jeff puso fin a la llamada y se unió a ellos.

—¿Por qué tardan tanto? —preguntó a Donovan.

—Tranquilo. Han almorzado de maravilla, por gentileza del condado. Ahora están revisando atentamente las pruebas. Dales otra hora.

—Y luego ¿qué? —preguntó Mattie.

—Un gran veredicto —contestó Donovan con otra sonrisa—. Un hito para el condado de Hopper.

—Strayhorn ha ofrecido novecientos mil dólares cuando se retiraba el jurado, y aquí Perry Mason los ha rechazado —dijo Jeff.

Donovan miró a su hermano con una sonrisa desdeñosa, como para dar a entender: «¿Tú qué sabes? Espera y verás».

A Samantha le sorprendió la temeridad de las decisiones de Donovan. Su cliente era una mujer pobre con escasa educación y pocas perspectivas de tener una vida mejor. Su marido estaba en la cárcel por traficar con droga. Ella y sus dos hijos vivían en una pequeña caravana en mitad de las montañas cuando acaeció la tragedia. Ahora estaba sola y lo único que tenía era un pleito entre manos. Podía largarse en ese mismo instante con medio millón de dólares en efectivo por lo menos, más de lo que nunca había soñado. Y, sin embargo, su abogado lo había rechazado y había tentado su suerte. Cegado por el sueño de encontrar una mina de oro, había despreciado la oportunidad de obtener una cifra decente. ¿Y si el jurado iba por mal camino y decía que no? ¿Y si la compañía se las arreglaba para ejercer presión discretamente en lugares que nunca trascenderían?

Samantha no alcanzaba a imaginar el terror de Lisa Tate saliendo del juzgado con las manos vacías, sin recibir nada a cambio de la muerte de sus dos pequeños. Donovan, por el contrario, tenía un aire despreocupado, casi engreído. Desde luego, parecía más tranquilo que todos los demás miembros del grupito. Su padre siempre había dicho que los abogados penalistas eran una especie extraña. Caminaban por una delgada línea entre importantes sentencias y fracasos catastróficos, y los grandes de veras no temían los riesgos.

Mattie y Samantha no podían quedarse. Los Booker estaban esperando. Se despidieron, y Donovan las invitó a pasarse más tarde por su despacho para la celebración.

Pamela Booker escogió la caravana. Había hablado con el propietario y había negociado bajar el alquiler a quinientos dólares mensuales durante seis meses. Mattie dijo que la asesoría podía abonar los tres primeros, pero después el alquiler correría de su cuenta. Cuando recogieron a los niños del colegio Pamela les habló de su nuevo hogar y fueron directamente a verlo.

Recibieron la llamada a las 17.20, y la noticia era estupenda. Donovan había obtenido su sentencia millonaria: tres millones, para ser exactos, la cifra que había solicitado al jurado. Un millón por cada niño, un millón por daños punitivos. Un veredicto inaudito para esa parte del mundo. Jeff dijo a Mattie que la sala seguía llena a rebosar cuando leyeron la sentencia, y el público aplaudió con entusiasmo antes de que el juez impusiera silencio.

Samantha estaba en la sala de reuniones con Mattie y Annette, y las tres se pusieron como locas al oír el veredicto. Entrechocaron las manos, sacudieron los puños y charlaron con excitación, igual que si su pequeño bufete hubiera alcanzado un gran logro. No era la primera sentencia millonaria de Donovan —ya había logrado una en Virginia Occidental y otra en Kentucky, las dos por colisiones de camiones que transportaban carbón—, pero esa era la más elevada. Estaban contentas, casi mareadas, y ninguna sabía a ciencia cierta si estaban más emocionadas de ganar o aliviadas de no perder. Daba igual.

«Conque así son los juicios», pensó Samantha. Quizá estaba empezando a entenderlo. Eso era la fiebre, el subidón, el narcótico que empujaba a los abogados procesalistas hasta el límite. Era la emoción que buscaba Donovan al rehusar el dinero de un acuerdo encima de la mesa. Era la sobredosis de testosterona que empujaba a hombres como su padre a ir por el mundo persiguiendo accidentes.

Mattie anunció que celebrarían una fiesta. Llamó a Chester y lo azuzó para que se pusiera las pilas. Hamburguesas a la parrilla en el jardín trasero, con champán para empezar y cerveza para acabar. Dos horas después la fiesta se hizo realidad cuando la tarde refrescaba de cara al anochecer. Donovan demostró ser un triunfador elegante, restó importancia a las felicitaciones y otorgó todo el mérito a su cliente. Lisa asistió, sola. Además de los anfitriones y Samantha, el grupo incluía a Annette con Kim y Adam, Barb y su marido Wilt, Claudelle y su esposo, Vic Canzarro y su novia, y Jeff.

En un brindis, Mattie dijo:

—Las victorias no son muy habituales en nuestro trabajo, así que saboreemos este momento de triunfo; el bien se ha impuesto al mal y todo eso, y vamos a pimplarnos las tres botellas de champán. ¡Salud!

Samantha estaba sentada en un patio con muebles de mimbre charlando con Kim cuando Jeff le preguntó si quería otro trago. Aceptó, y él le cogió la copa vacía. A su regreso miró el estrecho espacio libre a su lado, y ella le invitó a sentarse. Se estaba muy bien. Kim se aburrió y los dejó a solas. El aire era fresco, pero con el champán no se notaba.

21

Su segunda aventura en la Cessna Skyhawk no fue tan emocionante como la primera. Esperaron en el aeropuerto del condado de Noland una hora a que pasara un frente. Quizá deberían haber aguardado un poco más. Donovan, en un momento dado, masculló algo de posponer el viaje. Jeff, que también era piloto, se mostró de acuerdo, pero entonces vieron que despejaba a lo lejos y pensaron que podrían emprender el vuelo. Después de verlos estudiar una pantalla meteorológica en la terminal y preocuparse por las «turbulencias», Samantha deseó para sí que lo suspendieran. Pero no lo hicieron. Despegaron en dirección a las nubes y durante los diez primeros minutos sintió que iba a vomitar. Desde el asiento delantero Donovan advirtió: «Agárrate», mientras la avioneta se bamboleaba. ¿A qué iba a agarrarse exactamente? Estaba en el asiento de atrás, estrecho incluso para ella. Se había visto relegada a segunda clase y ya estaba haciendo la firme promesa de que nunca repetiría aquello. Perdigonadas de lluvia azotaban intensamente los cristales de la cabina.

A seis mil pies de altitud las nubes se aclararon bastante y el trayecto se tornó más suave. Delante, los dos pilotos se calmaron. Los tres a bordo llevaban auriculares, y Samantha, que ya respiraba con normalidad, estaba fascinada con la radio. La Skyhawk estaba siendo dirigida por el control de tráfico aéreo de Washington, y había al menos otros cuatro aparatos en la misma frecuencia. Todo el mundo estaba alborotado por causa del tiempo, y unos pilotos ponían a otros al corriente de lo que se habían encontrado. Sin embargo, su fascinación dejó paso al aburrimiento a medida que continuaban avanzando con el zumbido del motor de fondo, rebotando suavemente sobre las nubes. No alcanzaba a ver nada debajo, ni a los lados. Cuando llevaban una hora de vuelo estaba a punto de dormirse.

Dos horas y cuarto después de despegar de Brady aterrizaron en un pequeño aeropuerto en Manassas, Virginia. Alquilaron un coche, compraron comida mexicana sin bajarse del automóvil y llegaron a la nueva sede del Grupo Kofer en Alexandria a la una de la tarde. Marshall los recibió efusivamente y se disculpó de que no hubiera nadie por allí. Después de todo, era sábado.

Marshall estaba encantado de ver a su hija, en especial teniendo en cuenta las circunstancias. Estaba en compañía de un auténtico abogado procesalista y parecía sumamente interesada en ver un pleito prometedor contra unos canallas corporativos. Tras solo dos semanas en la región minera, iba por buen camino hacia una auténtica conversión. Él había intentado mostrarle la luz durante años en vano.

A todo ello siguió un rato de charla intrascendente, y luego Marshall dijo a Donovan:

—Enhorabuena por la sentencia que obtuviste allí abajo. Es un lugar difícil para lograrla.

Samantha no le había mencionado la sentencia del caso Tate a su padre. Le había enviado un par de correos para darle detalles sobre el encuentro, pero no decía nada del juicio.

—Gracias —repuso Donovan—. Se publicaron un par de líneas en la prensa de Roanoke. Supongo que lo vio.

—Pues no —dijo—. Supervisamos muchos juicios por medio de una red nacional. Tu historia salió a relucir anoche a última hora y leí el resumen. Una exposición magnífica.

Estaban sentados en torno a una mesa cuadrada con flores auténticas en el centro, al lado de un termo plateado lleno de café. Marshall se había vestido informalmente y llevaba un jersey de cachemira y unos pantalones amplios. Los Gray vestían vaqueros y viejas cazadoras deportivas. Samantha lucía vaqueros y jersey.

Donovan volvió a darle las gracias y contestó las preguntas de Marshall acerca del juicio. Jeff no decía nada, pero tampoco se perdía palabra. Samantha y él cruzaban la mirada de vez en cuando. Ella sirvió más café y al final comentó:

—Igual deberíamos ir adelantando un poco.

—Claro —dijo Marshall al tiempo que tomaba un sorbo de su taza—. ¿Hasta dónde estoy informado?

—No hay nada nuevo —respondió Samantha—. Acabo de empezar a indagar y seguro que averiguaremos mucho más después de que haya interpuesto la demanda para que concedan el subsidio por la enfermedad del pulmón negro.

—Casper Slate tiene una pésima reputación —señaló Marshall.

—Se la han ganado a pulso —intervino Donovan—. Llevo mucho tiempo enfrentándome a ellos.

—Ponme al tanto de tu pleito. Cuéntame tu teoría.

Donovan respiró hondo y miró de soslayo a Samantha.

—Un tribunal federal —dijo—, probablemente en Kentucky. Quizá en Virginia Occidental. Desde luego en Virginia no, porque hay restricciones a la hora de otorgar daños. Entablamos la demanda judicial con un querellante, Buddy Ryzer, y nos querellamos contra Casper Slate y Lonerock Coal. Alegamos fraude y conspiración, tal vez estafa, y pedimos la luna en concepto de daños punitivos.

Marshall asintió como si estuviera de acuerdo, como si hubiera hecho eso mismo un centenar de veces.

Donovan se interrumpió y preguntó:

—¿Qué piensa usted?

—Comparto tu opinión, hasta ahí. Parece prometedor, sobre todo si de veras hay fraude y no hay manera de explicarlo. Desde luego parece legítimo, y la apelación al jurado es fantástica. De hecho, creo que es brillante. Un bufete corrupto lleno de abogados que cobran un pastón ocultando pruebas médicas para evitar que un pobre minero enfermo perciba su mísero subsidio. ¡Vaya! Es el sueño de un abogado procesalista. Es un caso punitivo evidente con un tremendo potencial favorable. —Hizo una pausa, tomó un sorbo calculado y continuó—: Pero antes, claro, está el pequeño detalle del pleito en sí. Tú ejerces solo, Donovan, casi sin más personal y, digamos, con recursos limitados. Un juicio así se prolongará cinco años y costará como mínimo dos millones.

—Un millón —repuso Donovan.

—Ni tú ni yo. Un millón y medio. Supongo que sigue estando fuera de tu alcance.

—Sí, pero tengo amigos, señor Kofer.

—Llámame Marshall, ¿de acuerdo?

—Por supuesto, Marshall. Hay dos bufetes en Virginia Occidental y otros dos en Kentucky con los que colaboro. A menudo ponemos dinero y recursos en común, y repartimos el trabajo. Aun así, no estoy seguro de que podamos arriesgar tanto. Supongo que por eso estamos aquí.

Marshall se encogió de hombros y se echó a reír.

—A eso me dedico yo, a las guerras judiciales. Consulto con abogados y financiadores de litigios. Hago de casamentero entre los tipos que tienen la pasta y los que tienen los casos.

—¿Así que puedes obtener uno o dos millones para los gastos del juicio?

—Claro, eso no supone ningún problema, no en este negocio. La mayor parte de nuestro trabajo implica entre diez y cincuenta millones. Un par de millones es pan comido.

—¿Y cuánto nos cuesta a nosotros, los abogados?

—Eso depende de la financiación. Lo bueno de este caso es que costará unos dos millones y no treinta. Cuanto menos dediques a gastos, mayores serán los honorarios. Supongo que te llevarás el cincuenta por ciento de lo que se abone.

—Yo no he pedido nunca esa proporción.

—Bueno, bienvenido a primera división, Donovan. En todos los casos relevantes los abogados procesalistas se llevan el cincuenta por ciento hoy en día. ¿Y por qué no? Corréis todos los riesgos, hacéis todo el trabajo y aportáis todo el dinero. Una sentencia importante es dinero caído del cielo para un cliente como Buddy Ryzer. El pobre tipo intenta conseguir mil dólares al mes. Si le llueven varios millones, estará encantado, ¿no?

—Me lo pensaré. Nunca he aceptado más del cuarenta por ciento.

—Es posible que resulte difícil negociar la financiación si no estamos al cincuenta. Así son las cosas. O sea, que ya tenemos el dinero. ¿Qué hay de los recursos humanos? Casper Slate se te echará encima con un ejército de abogados, los mejores y los más brillantes, los más avezados y astutos, y si crees que ahora recurren a malas artes, espera a que estén en juego sus propios cuellos e intenten esconder los trapos sucios. Será una guerra, Donovan, una guerra como pocas.

—¿Has demandado alguna vez a un bufete?

—No. Estaba muy ocupado demandando a líneas aéreas. Bastante duras eran, te lo aseguro.

—¿Cuál fue tu sentencia más importante?

Samantha estuvo a punto de exclamar: «Venga ya». Lo último que les hacía falta era que Marshall Kofer empezara a contar sus batallitas. Sin el menor titubeo, les ofreció una sonrisa taimada y dijo:

—Trinqué a Braniff por cuarenta millones en San Juan, Puerto Rico, en 1982. Me llevó siete semanas.

Sam sintió deseos de preguntar: «Estupendo, papá, ¿y fue esa la minuta que intentaste ocultar en un paraíso fiscal hasta que mamá se olió el asunto?».

Marshall continuó:

—Yo era el abogado principal, pero había otros tres, y nos partimos los cuernos trabajando. A lo que voy, Donovan, es a que te hará falta ayuda potente. El fondo de financiación os someterá a escrutinio a ti y a tu equipo antes de comprometerse a aportar el dinero.

—No me preocupa el equipo, ni los preparativos ni el juicio —aseguró Donovan—. He estado toda mi carrera buscando un caso como este. Los abogados que traigo son todos procesalistas veteranos y saben el suelo que pisan. Estamos en nuestro terreno. Los miembros del jurado serán nuestros vecinos. El juez, con un poco de suerte, estará fuera del alcance de los demandados. Y si hay una apelación, el veredicto quedará en manos de jueces federales, no de jueces estatales elegidos por las compañías mineras.

—Eso ya lo veo —comentó Marshall.

—No has respondido la pregunta —terció Jeff casi con grosería—. ¿A cuánto renunciamos a cambio de la financiación?

Marshall le lanzó una mirada aviesa y luego, instintivamente, sonrió y dijo:

—Eso depende. Es negociable. Mi trabajo consiste en organizar el acuerdo, pero, puestos a suponer, yo diría que el fondo de financiación que tengo en mente pediría una cuarta parte de los honorarios de los abogados. Como sabéis, es imposible predecir qué hará un jurado; por lo tanto, es imposible calcular cuáles serían esos honorarios. Si el jurado os da, pongamos por caso, diez millones, y los gastos ascienden a dos, entonces estos últimos se descuentan del total y repartís a medias los ocho restantes con el cliente. Él se lleva cuatro millones y vosotros lo mismo. El fondo se queda con una cuarta parte de eso. Vosotros, el resto. No es un chollo para el fondo, pero tampoco un mal negocio. ¡Unas ganancias del cincuenta por ciento! Huelga decirlo, amigos míos, pero cuanto más elevada sea la sentencia, mejor. A título personal, creo que diez millones es poco. Imagino que el jurado se indignará con Casper Slate y Lonerock Coal e irá a la yugular.

Fue muy convincente, y Samantha tuvo que recordarse que antes se dedicaba a sacar sumas elevadísimas a jurados.

—¿Quiénes son esos tipos? —preguntó Donovan.

—Inversores, otros fondos, fondos de cobertura, gente con capital privado, lo que sea. Hay una cantidad sorprendente de asiáticos que han descubierto el juego. Nuestro sistema de derecho de responsabilidad civil los aterra y cautiva por igual. Creen que se están perdiendo algo. Cuento con varios abogados jubilados que hicieron fortuna en sus tiempos. Saben de pleitos y no les da miedo correr riesgos. Les ha ido muy bien en este negocio.

Donovan no las tenía todas consigo.

—Lo siento —dijo—. Todo esto me coge de nuevas. He oído hablar de fondos de litigación, pero nunca he recurrido a ellos.

—No es más que capitalismo a la antigua usanza —aseguró Marshall—, aunque desde nuestro punto de vista. Ahora el abogado de un demandante que tiene un gran caso pero no dispone de dinero puede enfrentarse a canallas corporativos allí donde quiera y presentar una batalla equilibrada.

—Entonces ¿revisan el caso y pronostican el resultado?

—A eso me dedico yo, en realidad. Consulto con ambas partes: el abogado procesalista y el fondo. Sobre la base de lo que Samantha me ha dicho, y de la revisión de los documentos adecuados, y en especial debido a tu reputación cada vez más afianzada en los juzgados, no tengo duda alguna en recomendar este caso a uno de mis fondos. Aprobará entre uno y dos millones de pavos en breve, y ya estáis en marcha.

Donovan miró a Jeff, quien a su vez miró a Marshall y preguntó:

—En sus buenos tiempos, señor Kofer, ¿habría aceptado este caso?

—Sin dudarlo un instante. Los Grandes Bufetes son pésimos demandados, sobre todo cuando se los pilla con las manos en la masa.

Donovan preguntó a Samantha:

—¿Crees que Buddy Ryzer estará a la altura?

—No tengo ni idea —respondió ella—. Lo único que quiere es su subsidio, tanto el actual como el que se le adeuda. No hemos hablado de un pleito así, ni siquiera está al tanto de todo lo que encontré en sus informes médicos. Tenía previsto reunirme con él la semana que viene.

—¿Qué te dice el instinto?

—¿Quieres saber mi reacción instintiva ante algo de lo que no tengo la menor idea?

—¿Sí o no?

—Sí. Es un luchador.

Fueron calle abajo hasta un bar deportivo con cinco pantallas en las que podía verse fútbol americano universitario. Donovan era un forofo de Virginia Tech, tan hincha como los demás, y quería ponerse al tanto de los resultados. Pidieron cervezas y se acomodaron en torno a una mesa. Después de que el camarero les sirviera cuatro jarras bien grandes, Marshall dijo a Donovan:

—Tu nombre salió a relucir anoche en la red. Estaba leyendo acerca de casos de contaminación en la región minera (lo siento, pero a eso dedico mis ratos libres), y me crucé con el embalse de lodo tóxico de Peck Mountain y la zona cancerígena de Hammer Valley. Según un artículo del periódico de

Charleston, llevas ya tiempo investigando el caso. ¿Estás preparando algo?

Donovan miró a los ojos a Samantha, que se apresuró a negar con la cabeza. «No, no le he dicho ni palabra.»

—Seguimos investigando —respondió él— y reuniendo clientes.

—Clientes de cara a un juicio, ¿verdad? No estoy husmeando, solo es curiosidad. A mí me parece que se trata de un caso con mayúsculas, y muy caro. Krull Mining es un monstruo.

—Conozco muy bien a Krull —respondió Donovan, precavido; ni por un instante se le habría pasado por la cabeza facilitar a Marshall Kofer alguna información que pudiera utilizar como moneda de cambio en otra negociación.

Cuando quedó claro que prefería no hablar del tema, Marshall dijo:

—Bueno, sé de dos fondos que se especializan en casos de desechos tóxicos. Es un área sumamente lucrativa, a mi modo de ver.

«¿Todo es lucrativo, papá?», sintió deseos de preguntar Samantha. Entonces pensó: «¡Pues sí que hacen buena pareja! Donovan Gray y su pandilla, que tienen en su poder, o pueden obtener, todo un arsenal de documentación ilícita que antes estaba en manos de Krull Mining, y el Grupo Kofer, una cuadrilla de abogados inhabilitados que sin duda volverían a manipular las leyes si se vieran en apuros». Eso solo en un rincón. En el otro rincón estaba Krull Mining, una compañía con los peores antecedentes en seguridad en toda la historia estadounidense de producción de carbón y un dueño con reputación de ser uno de los gángsteres más letales de la camarilla de Putin. Y en el centro del cuadrilátero, y esquivando los golpes, estaban las pobres almas en pena de Hammer Valley a las que habían engatusado para abandonar sus caravanas y habían camelado para que se apuntasen a esa emocionante aventura en las entrañas del derecho de responsabilidad civil norteamericano. Figurarían como querellantes y demandarían por mil millones de dólares. Si obtenían mil pavos los gastarían en cigarrillos y billetes de lotería. ¡Vaya! Samantha echó un trago de cerveza y una vez más hizo propósito de eludir los juicios a ese nivel. Veía fútbol en dos pantallas, pero no tenía la menor idea de quién jugaba.

Marshall estaba contando una historia sobre dos aviones —uno de Corea y otro de la India— que chocaron sobre el aeropuerto de Hanoi en 1992. Murieron todos y no había ningún norteamericano; aun así, él interpuso una demanda en Houston, donde los jurados sabían de sentencias importantes. Donovan estaba fascinado y Jeff parecía ligeramente interesado, lo que era público más que suficiente para Marshall. Samantha siguió mirando el partido.

Después de una cerveza —Donovan tenía que pilotar— regresaron al bufete y se despidieron. Sam se fijó en que había salido el sol y el cielo estaba despejado. Quizá el vuelo de regreso a casa fuera tranquilo y agradable, con estupenda visibilidad.

Dio un besito en la mejilla a su padre y prometió llamarle dentro de poco.

22

El veredicto del caso Tate provocó un revuelo en la zona y fue motivo de interminables cotilleos y especulaciones. Según un artículo en el periódico de Roanoke, Strayhorn Coal prometía hacer una apelación categórica. Sus abogados no tenían mucho que decir, pero otros no se mostraban tan comedidos. Un vicepresidente de la compañía tildó el veredicto de «escandaloso». El portavoz de un grupo de desarrollo económico manifestó su preocupación por que «un veredicto con una compensación tan sumamente elevada» perjudicase la reputación del estado como lugar favorable para los negocios. Uno de los miembros del jurado (anónimo) manifestó que se habían derramado muchas lágrimas en la sala de deliberaciones. Lisa Tate no estaba disponible para hacer declaraciones, pero su abogado sí.

Samantha vio y escuchó, y salió a tomar una copa con Donovan y Jeff. Refresco light para ella, whisky Dickel para ellos. Quizá Strayhorn fuera de farol cuando prometió apelar, pero Donovan comentó que, en realidad, la compañía quería llegar a un acuerdo. Con dos niños muertos por medio, la empresa era consciente de que le resultaría difícil ganar. Los daños punitivos se verían reducidos automáticamente de un millón a trescientos cincuenta mil dólares, así que en torno a una cuarta parte de la sentencia ya se había esfumado. La compañía ofrecía un millón y medio para cerrar el trato el martes después de que se emitiera el veredicto, y Lisa Tate quería aceptarlo. Donovan dejó caer que se estaba llevando el cuarenta por ciento, así que preveía sacarse un buen pico.

El miércoles él, Jeff y Samantha se reunieron con Buddy y Mavis Ryzer para hablar del posible pleito contra Lonerock Coal y Casper Slate. Los Ryzer se llevaron un disgusto al averiguar que el bufete sabía desde hacía años que Buddy padecía de pulmón negro, y aun así habían ocultado las pruebas.

Buddy dijo en tono furioso: «Demanda a esos cabrones por todo lo que tengan», y en ningún momento durante las dos horas que duró la reunión se retractó. La pareja se fue del despacho de Donovan enfadada y decidida a luchar hasta el final. Esa noche, otra vez de copas, Donovan dijo en confianza a Samantha y Jeff que había mencionado el juicio a dos de sus colegas más íntimos, dos abogados procesalistas de sendos bufetes de Virginia Occidental. Ninguno de ellos tenía el más mínimo interés en pasar los cinco años siguientes de bronca con Casper Slate, por atroz que fuera su comportamiento.

Una semana después Donovan voló a Charleston, Virginia Occidental, para interponer la demanda por contaminación de Hammer Valley. A la salida del palacio de justicia federal, frente a una pandilla de periodistas y con cuatro abogados más a su lado, expuso su caso contra Krull Mining. «Propiedad de un ciudadano ruso», naturalmente. Aseguró que la compañía llevaba quince años contaminando las aguas subterráneas, que sabía lo que estaba ocurriendo y lo ocultaba, y que Krull Mining estaba al tanto desde hacía al menos diez años de que sus desechos químicos eran la causa de uno de los índices de cáncer más elevados de Estados Unidos. Donovan dijo con aplomo: «Lo demostraremos todo, y tenemos documentos para respaldarlo». Era el abogado principal y su grupo representaba a más de cuarenta familias de Hammer Valley.

Como a la mayoría de los abogados procesalistas, a Donovan le encantaba ser el centro de atención. Samantha sospechaba que se había precipitado a interponer la demanda de Hammer Valley porque seguía en el candelero gracias al veredicto del caso Tate. Intentó mantenerse al margen y no prestar atención a los hermanos Gray durante unos días, pero eran tenaces. Jeff quería ir a cenar. Donovan necesitaba su consejo, según dijo, porque los dos representaban a Buddy Ryzer. Ella sabía que cada vez estaba más frustrado con sus amigos abogados puesto que ninguno mostraba el menor entusiasmo por enfrentarse a Casper Slate. Donovan comentó en más de una ocasión que, si era necesario, lo haría él solo. «Mayor será mi tajada de la minuta», explicó. Se había obsesionado con el caso y hablaba a diario con Marshall Kofer. Para sorpresa de todos ellos, Marshall logró reunir el dinero. Un fondo de litigios ofrecía aportar hasta dos millones de dólares por el treinta por ciento del dinero que se obtuviera.

Donovan estaba presionando de nuevo a Samantha para que trabajara en su bufete. El caso de Hammer Valley y el de Ryzer empezarían a ocupar todo su tiempo muy pronto, y necesitaba ayuda. Ella estaba convencida de que a Donovan le hacía falta toda una plantilla de asociados, no solo una ayudante a media jornada. Cuando llegó a un acuerdo verbal en el caso Tate por un millón setecientos mil dólares le ofreció un puesto a jornada completa con un sueldo generoso. Samantha volvió a rechazarlo. Le recordó que (a) seguía recelando de los juicios y que no buscaba un empleo; (b) solo estaba de paso, algo así como de préstamo hasta que la situación se calmara en Nueva York y pudiera dilucidar la siguiente etapa de su vida, una que no tendría nada que ver con Brady, Virginia; y (c) se había comprometido con el centro de asesoría jurídica y tenía clientes de verdad que la necesitaban. Lo que no le explicó era que le asustaban él y su forma de ejercer la abogacía al estilo vaquero. Estaba convencida de que Donovan, o alguien en su nombre, había robado documentos valiosos a Krull Mining, lo que acabaría inevitablemente por salir a la luz. No le daba miedo quebrantar leyes y normas, y no vacilaría en infringir órdenes judiciales. Estaba motivado por el odio y tenía un deseo ardiente de venganza, lo que, al menos en opinión de Sam, hacía que estuviera abocado a meterse en líos graves. Apenas era capaz de reconocer ante sí misma que se sentía vulnerable en su compañía. Podría surgir una aventura amorosa sin mucho esfuerzo, y sería un error terrible. Lo que le hacía falta era pasar menos tiempo con Donovan Gray, nada más.

No estaba segura de cómo relacionarse con Jeff. Era joven, sin pareja, sexy; por tanto, una rareza en esos pagos. También iba tras ella, y Samantha sabía que una cena, si es que se podía encontrar un sitio donde cenar bien por allí, llevaría a otra cosa. Después de tres semanas en Brady, la idea le resultaba atractiva.

El 12 de noviembre Donovan, sin otro codefensor por ninguna parte, entró a paso firme en el palacio de justicia federal de Lexington, Kentucky, sede de un bufete con ochocientos miembros oficialmente conocido como Casper, Slate & Hughes, y demandó a esos cabrones. También demandó a Lonerock Coal, una corporación de Nevada. Buddy y Mavis iban con él y, naturalmente, había puesto sobre aviso a la prensa. Charlaron con algunos periodistas. Uno le preguntó por qué se había interpuesto la demanda en Lexington, y Donovan explicó que quería desenmascarar a Casper Slate delante de sus vecinos. Tenía en el punto de mira el escenario del crimen, y todo eso. La prensa disfrutó de lo lindo con la noticia, y Donovan coleccionó recortes de periódicos.

Dos semanas antes había interpuesto la demanda de Hammer Valley contra Krull Mining en Charleston y había suscitado el interés de los medios de comunicación de toda la región.

Dos semanas antes de eso había ganado el caso Tate con una sentencia espectacular y había conseguido que su nombre apareciera en algunos periódicos.

El 24 de noviembre, tres días antes de Acción de Gracias, lo encontraron muerto.

23

La pesadilla comenzó a media mañana del lunes, mientras todas las abogadas trabajaban en silencio sentadas a sus mesas, sin ningún cliente a la vista. El silencio se hizo pedazos cuando Mattie lanzó un grito doloroso y desgarrador que Samantha tuvo la certeza de que no olvidaría jamás. Acudieron a su despacho. «¡Está muerto! —dijo en un aullido—. ¡Está muerto! ¡Donovan ha muerto!» Estaba en pie con una mano en la frente; con la otra sostenía el teléfono a la altura del pecho. Tenía la boca abierta, los ojos rebosantes de terror.

—¿Qué? —chilló Annette.

—Acaban de encontrarlo. Su avioneta se ha estrellado. Ha muerto.

Annette se desplomó en la silla y empezó a sollozar. Samantha se quedó mirando fijamente a Mattie a los ojos, ambas incapaces de hablar por un instante. Barb estaba en el umbral, con las dos manos sobre la boca. Sam se acercó por fin y le cogió el teléfono.

—¿Quién es? —preguntó.

—Jeff —respondió Mattie mientras se sentaba lentamente y se cubría la cara con las manos.

Samantha habló por el auricular, pero ya habían colgado. Le temblaban las rodillas y retrocedió de espaldas hasta una silla. Barb se desmoronó en otra. Pasó un momento, un momento cargado de miedo, conmoción e incertidumbre. ¿Podía tratarse de un error? No, no si el único hermano de Donovan había llamado a su querida tía para darle la peor noticia posible. No, no era un error, una broma ni una diablura, era la increíble verdad. El teléfono volvió a sonar y empezaron a parpadear las tres líneas entrantes conforme la noticia se iba propagando rápidamente por el pueblo.

Mattie tragó saliva con dificultad y se las arregló para decir:

—Jeff ha dicho que Donovan voló ayer a Charleston para reunirse con unos abogados. Jeff había ido a pasar fuera el fin de semana y Donovan estaba solo. El control de tráfico aéreo perdió contacto con él hacia las once de anoche. Alguien en tierra oyó un ruido, y esta mañana han encontrado su avioneta en un bosque unos kilómetros al sur de Pikeville, en Kentucky.

La voz trémula se le quebró por fin y agachó la cabeza.

—No lo puedo creer —mascullaba Annette—. No lo puedo creer.

Samantha había perdido el habla. Barb estaba hecha un despojo sollozante. Transcurrió un rato mientras lloraban e intentaban asimilar lo que estaba ocurriendo. Se tranquilizaron apenas al asentarse los primeros indicios de realidad. Poco después Samantha abandonó la sala y cerró con llave la puerta principal. Fue en silencio de despacho en despacho, cerrando ventanas y corriendo cortinas. La oscuridad engulló el centro de asesoría.

Permanecieron sentadas junto a Mattie mientras los teléfonos sonaban sin cesar a lo lejos y todos los relojes parecían haberse detenido. Chester, que tenía su propia llave, entró por la puerta de atrás y se sumó al duelo. Se sentó en el borde de la mesa con una mano sobre el hombro de su mujer y la palmeó suavemente mientras ella sollozaba y susurraba entre dientes.

En voz queda, Chester preguntó:

—¿Has hablado con Judy?

Mattie negó con la cabeza.

—No. Jeff ha dicho que él lo hará.

—Pobre Jeff. ¿Dónde está?

—Estaba en Pikeville, ocupándose de todo; a saber qué quería decir eso. No lo lleva muy bien.

Unos minutos después Chester dijo:

—Vamos a casa, Mattie. Tienes que acostarte, y hoy nadie va a trabajar por aquí.

Samantha cerró la puerta de su despacho y se dejó caer en la silla. Estaba tan conmocionada que no podía pensar en nada más, conque se quedó mirando por la ventana un buen rato e intentó ordenar sus ideas. La organización le falló, y se vio consumida por el súbito deseo de huir de Brady, del condado de Noland y de los Apalaches, y quizá no volver nunca. Era la semana de Acción de Gracias y tenía previsto irse de todos modos, pasar por Washington D. C. y estar con sus padres y tal vez algunos amigos. Mattie la había invitado a comer el día de la celebración, pero ya había rehusado.

Vaya día de Acción de Gracias. Ahora tenían un funeral por delante.

Su móvil vibró. Era Jeff.

A las cuatro y media de la tarde Jeff estaba sentado a una mesa de picnic en un remoto y pintoresco mirador cerca de Knox en el condado de Curry. Tenía la camioneta aparcada cerca y se encontraba solo, tal como era de esperar. No se volvió para ver si era ella, no se movió cuando Samantha caminó por la grava en su dirección. Estaba mirando a lo lejos, absorto en un mundo de ideas embarulladas.

Sam le dio un beso en la mejilla y dijo:

—Lo siento mucho.

—Yo también —contestó Jeff, que se las arregló para ofrecerle una sonrisa rápida y forzada que duró apenas un instante.

Le tomó la mano cuando Sam se sentó a su lado. Con las rodillas rozándose, contemplaron en silencio las antiquísimas colinas a sus pies. No hubo lágrimas y apenas dijeron nada al principio. Él era un tipo duro, demasiado hombre para mostrar nada, aparte de entereza. Sospechó que lloraría cuando estuviese a solas. Abandonado por su padre, huérfano de madre y ahora solo tras la muerte de la única persona a quien había querido de verdad. Samantha no alcanzaba a imaginar su angustia en ese horrible momento. Ella misma se sentía como si tuviese un agujero abierto en el estómago, y eso que conocía a Donovan desde hacía solo dos meses.

—Ya sabes que lo han matado —dijo Jeff, expresando por fin con palabras lo que llevaba todo el día rondándole la cabeza.

—¿Quiénes? —preguntó ella.

—¿Quiénes? Los malos, y los hay a montones. Son implacables y calculadores, y para ellos matar no es nada del otro mundo. Matan a mineros en explotaciones inseguras. Matan a montañeses con aguas contaminadas. Matan a niños que duermen a pierna suelta en su caravana. Matan a comunidades enteras cuando se desbordan sus embalses y el lodo tóxico inunda los valles. Mataron a mi madre. Hace años mataron a sindicalistas que hacían huelga para obtener mejores salarios. Dudo que mi hermano sea el primer abogado al que matan.

—¿Lo podéis demostrar?

—No lo sé, pero lo intentaremos. Esta mañana estaba en Pikeville, porque tenía que identificar el cadáver, y he pasado a ver al sheriff. Le he dicho que tenía sospechas de juego sucio y quería que la avioneta se tratase como el escenario de un crimen. Ya he dado parte a los federales. La Cessna no ardió, solo se estrelló. No creo que sufriera. ¿Imaginas lo que es tener que identificar el cadáver de tu hermano?

A Samantha se le hundieron los hombros con solo pensarlo. Meneó la cabeza.

Jeff dejó escapar un gruñido y comentó:

—Lo tenían en el depósito de cadáveres, como suele verse en la televisión. Abren la cámara, sacan la camilla, retiran lentamente la sábana blanca. He estado a punto de vomitar. Tenía el cráneo abierto.

—Ya es suficiente —dijo ella.

—Sí, es suficiente. Supongo que hay ciertas cosas en la vida para las que uno nunca está preparado, y después de hacerlas juras que esa ha sido la última vez. ¿Crees que la mayoría de la gente pasa por la vida sin tener que identificar nunca un cadáver?

—Vamos a hablar de otra cosa.

—Vale. Buena idea. ¿De qué quieres hablar?

—¿Cómo se puede demostrar que fue un acto delictivo?

—Contrataremos a expertos que examinen la avioneta desde el morro hasta la cola. La Junta Nacional de Seguridad del Transporte revisará las comunicaciones por radio para saber qué estaba pasando justo antes de que se estrellara. Encajaremos las piezas de este asunto y lo resolveremos. Una noche despejada, tiempo perfecto, un piloto experimentado con tres mil horas de vuelo, una de las avionetas más seguras de la historia... Sencillamente, no tiene sentido de otro modo. Supongo que al final Donovan cabreó a la gente equivocada.

Empezó a soplar un vientecillo del este que dispersó las hojas y refrescó el ambiente. Se acurrucaron como viejos amantes, cosa que no eran. Ni viejos, ni nuevos ni actuales. Habían cenado juntos un par de veces, nada más. Lo último que necesitaba Samantha era un romance complicado con fecha de caducidad clara. No estaba segura de lo que él quería. Pasaba mucho tiempo fuera de Brady y sospechaba que había una chica por ahí. No tenían absolutamente ningún futuro juntos. El presente podía ser divertido, un revolcón por aquí, una travesura por allá, un poco de compañía en noches de frío, pero no estaba dispuesta a precipitarse.

—El caso —dijo Jeff— es que pensaba que el peor día de mi vida fue cuando tía Mattie entró en mi clase, en la escuela, y me dijo que mi madre había muerto. Tenía nueve años. Pero esto es peor, mucho peor. Estoy aturdido, tanto que podrías clavarme un cuchillo y no sentiría nada. Ojalá hubiera ido con él.

—No digas eso. Una pérdida ya es suficiente.

—No imagino la vida sin Donovan. Éramos prácticamente huérfanos, ya sabes, nos criaron parientes en ciudades distintas. Él siempre cuidaba de mí, siempre me protegía. Yo me metía en muchos problemas, y no tenía miedo de mis familiares, de los maestros ni de los polis o los jueces siquiera. Tenía miedo de Donovan, y no en sentido físico. Tenía miedo de decepcionarlo. La última vez que estuve ante un juez tenía diecinueve años. Él acababa de terminar Derecho. Me habían pillado con un poco de hierba, una cantidad pequeña que en realidad intentaba vender, pero no lo sabían. El juez me dio una oportunidad: unos meses en la cárcel del condado, aunque nada serio. Cuando estaba a punto de salir al estrado y enfrentarme al juez, me di la vuelta y miré la sala. Allí estaba mi hermano, en pie al lado de tía Mattie, y tenía lágrimas en los ojos. No le había visto llorar nunca. Así que yo también lloré, y le dije al juez que no volvería a verme por allí. Y no me volvió a ver. Desde entonces no he tenido más que una multa por exceso de velocidad. —La voz se le quebró levemente al tiempo que se pinzaba la nariz con dos dedos. Pero seguía sin llorar—. Era mi hermano, mi mejor amigo, mi héroe, mi jefe, mi confidente. Donovan era mi mundo entero. No sé qué voy a hacer ahora.

Samantha estaba a punto de sollozar. «Escúchale —se dijo—. Necesita hablar.»

—Voy a buscar a esos tipos, Samantha, ¿me oyes? Aunque me cueste hasta el último centavo que tengo y hasta el último centavo que tenga que robar, daré con ellos y me vengaré. Donovan no tenía miedo a morir, y yo tampoco. Espero que ellos no lo tengan.

—¿De quién tienes más sospechas?

—De Krull Mining, supongo.

—¿Por los documentos?

Se volvió y le lanzó una mirada.

—¿Cómo sabes lo de los documentos?

—Un sábado volé con Donovan a Hammer Valley. Almorzamos con Vic en Rockville. Estaban hablando de Krull Mining y se les escapó algo.

—Me sorprende. Donovan era siempre muy cauteloso.

—¿Está Krull Mining al tanto de que tu hermano tenía esos documentos?

—Saben que han desaparecido, y mucho se temen que están en nuestro poder. Esos documentos son devastadores, incriminatorios... y maravillosos.

—¿Los has visto?

Jeff dudó un buen rato, y luego dijo:

—Sí, los he visto y sé dónde están. No darías crédito a lo que contienen. Nadie se lo daría. —Se interrumpió un momento como si necesitara callar pero, al mismo tiempo, quisiera hablar. Si Donovan confiaba tanto en ella, tal vez podía hacerlo él también. Continuó—. Hay un memorando del director general en Pittsburgh a su sede en Londres en el que estima el coste de limpiar el desastre de Peck Mountain en unos ochenta millones de dólares. El coste de abonar unas cuantas demandas por daños a familias aquejadas de cáncer se estimó en solo diez millones como máximo, y eso a todo tirar. Las demandas por daños no se habían interpuesto aún y no tenían la seguridad de que fueran a interponerse. Por lo tanto, salía mucho más barato dejar que la gente bebiera el agua, muriese de cáncer y, tal vez, gastar unos pavos en un acuerdo que detener las filtraciones en el embalse de lodo tóxico.

—¿Y dónde está ese memorando?

—Con todo lo demás. Veinte mil documentos en cuatro cajas, todo a buen recaudo.

—¿En algún lugar cercano?

—No muy lejos de aquí. No te lo puedo decir porque es muy peligroso.

—No me lo digas. De pronto sé más de lo que me gustaría.

Jeff le soltó la mano y se levantó de la mesa de picnic. Se agachó para recoger un puñado de guijarros y empezó a lanzarlos hacia el barranco más abajo. Mascullaba algo que Samantha no atinaba a entender. Fue tirando otro puñado, y luego otro más, sin apuntar a nada en particular. Estaban formándose sombras y empezaban a llegar nubes.

Regresó a la mesa y se situó al lado de Sam.

—Hay algo que debes saber —dijo—. Probablemente te estén escuchando. Tu teléfono en el despacho, quizá incluso un micrófono o dos en el apartamento. La semana pasada hicimos que un tipo registrara el bufete otra vez y, como era de esperar, había micros por todas partes. Ten cuidado con lo que dices, Samantha, porque alguien te escucha.

—Estás de broma, ¿no?

—Por alguna extraña razón, Sam, hoy no estoy de humor para chorradas.

—Vale, vale, pero ¿por qué a mí?

—Nos vigilan de cerca, sobre todo controlaban a Donovan. Vivía desde hace años dando por supuesto que era objeto de escuchas. Probablemente por eso voló a Charleston ayer para verse con sus abogados cara a cara. Habían estado quedando en diversos hoteles para eludir la vigilancia. Esos canallas te han visto con nosotros. Tienen todo el dinero del mundo, así que vigilan a cualquiera que pase por ahí, en especial a una abogada nueva en el pueblo.

—No sé qué decir. He estado hablando toda la tarde con mi padre acerca de accidentes de aviación.

—¿Con qué teléfono?

—Ambos, el del despacho y el móvil.

—Ten cuidado con el del despacho. Habla por el móvil. Es posible que empecemos a utilizar móviles de prepago.

—No me lo puedo creer.

Jeff se sentó a su lado, le tomó la mano y se levantó el cuello de la cazadora. El sol se ocultaba detrás de las montañas y el viento soplaba con más fuerza. Con la mano izquierda se enjugó lentamente una lágrima de la mejilla. Cuando volvió a hablar, su voz era ronca y rasposa.

—Recuerdo que cuando mi madre murió no podía dejar de llorar.

—No pasa nada por llorar, Jeff.

—Bueno, si no soy capaz de soltar ni una lágrima por mi hermano, supongo que nunca lo haré ya por nadie.

—Inténtalo. Es posible que te sientas mejor.

Guardo silencio unos minutos, mudo pero sin llorar. Se arrimaron aún más el uno al otro a medida que caía la oscuridad e iba y venía el viento. Tras una larga pausa, Sam dijo:

—Esta tarde he hablado con mi padre. Está desolado, claro. Donovan y él se hicieron muy amigos a lo largo del mes pasado, y mi padre lo admiraba mucho. Conoce a todo el mundo en esta especialidad en particular y puede dar con los expertos adecuados para analizar el accidente. Dijo que durante sus años de profesión se ha ocupado de muchas víctimas fallecidas en aparatos pequeños.

—¿Alguna cuya muerte fuera causada deliberadamente?

—Pues, de hecho, sí. Dos. Una en Idaho y otra en Colombia. Si conozco bien a mi padre, ahora mismo está con el teléfono y el ordenador, buscando expertos en siniestros. Ha dicho que lo principal es asegurarse de que la avioneta esté a buen recaudo.

—Lo está.

—Sea como sea, Marshall Kofer está disponible si lo necesitamos.

—Gracias. Tu padre me cae bien.

—A mí también, casi siempre.

—Tengo frío, ¿y tú?

—Sí.

—Debemos ir a casa de Mattie, ¿no?

—Eso creo.

Puesto que restaba tan poco de la familia Gray, y su casa había quedado destruida años antes, las tartas y los guisos tenían que llevarse a alguna otra parte, y la vivienda de Mattie era la opción más lógica. La comida empezó a llegar a media tarde, y cada plato venía acompañado de la prolongada visita de quien lo hubiera preparado. Se vertieron lágrimas, se dieron pésames, se hicieron promesas de ayudar como fuera posible y, lo más importante, se recabaron detalles. Los hombres se entretenían en el porche delantero y en el sendero de acceso, fumaban, chismorreaban y se preguntaban qué habría provocado el accidente en realidad. ¿Un fallo del motor? ¿Se había desviado de la ruta? Alguien dijo que no había emitido un *mayday*, la llamada universal de socorro entre los pilotos. ¿Qué podía suponer? La mayoría de los allí presentes solo había volado una o dos veces en su vida, algunos nunca, pero semejante falta de experiencia no acalló la especulación. Dentro, las mujeres organizaban el aluvión de comida, a menudo picando un poco para probarla, mientras se preocupaban por Mattie y se preguntaban en voz alta cómo iba el matrimonio de Donovan con Judy, una chica preciosa que no había llegado a encajar en el pueblo pero que ahora era recordada con un afecto desbordante.

Judy y Mattie habían llegado a un acuerdo con los preparativos. Judy al principio prefería esperar al sábado para celebrar el funeral, pero Mattie creyó que no estaba bien obligar a la gente a celebrar Acción de Gracias con un compromiso tan desagradable aún pendiente. Samantha estaba descubriendo, sin dejar de mantener tanta distancia como le era posible, que las tradiciones eran importantes en los Apalaches y que no había prisa por enterrar a los muertos. Tras seis años en Nueva York, estaba acostumbrada a las despedidas rápidas para que los vivos pudieran seguir adelante con la vida y el trabajo. Mattie también parecía ansiosa por apresurar las cosas, y al final convenció a Judy de celebrar el funeral el miércoles por la tarde. Donovan estaría bajo tierra cuando despertaran el jueves y afrontasen la festividad.

Iglesia Metodista Unida, miércoles 26 de noviembre a las cuatro de la tarde. Al funeral le seguiría el entierro en el cementerio de detrás del templo. Donovan y Judy eran miembros de la congregación, aunque hacía años que no asistían a misa.

Jeff quería enterrar a su hermano en Gray Mountain, pero a Judy no le agradaba la idea. Ella no apreciaba a su cuñado, y el sentimiento era mutuo. En tanto que esposa legalmente casada con Donovan, Judy tenía plena autoridad sobre las exequias. Era una tradición, no una ley, y todo el mundo lo entendía, incluido Jeff.

Samantha estuvo en casa de Mattie una hora el lunes por la tarde, pero enseguida se hartó del ritual de permanecer sentada con otros dolientes, husmear luego la comida que cubría por completo la mesa de la cocina y salir después a tomar el aire un rato. Estaba harta del parloteo sin sentido de gente que conocía bien a Mattie y Chester, pero no a su sobrino. Estaba harta de cotilleos y especulaciones. La rapidez con la que el pueblecito aceptaba la tragedia y parecía decidido a sacarle el máximo partido posible le hacía gracia; sin embargo, pronto se convirtió en frustración.

Jeff también parecía aburrido y frustrado. Después de verse abrazado y compadecido por mujeres corpulentas a las que apenas conocía se esfumó con discreción. Dio un beso a Samantha en la mejilla y dijo que necesitaba estar solo. Ella se marchó poco después y fue paseando por el pueblo en silencio hasta su apartamento. Annette se pasó a verla y tomaron té en el estudio en penumbra hasta medianoche, sin hablar de otra cosa que no fuera Donovan Gray.

Antes del amanecer Samantha estaba despierta del todo, tomando café y conectada a la red. El periódico de Roanoke publicaba un breve artículo sobre el accidente, pero no leyó nada nuevo. Se describía a Donovan como un acérrimo defensor de los derechos de los mineros del carbón y los propietarios de las tierras. Se mencionaba la sentencia Tate, así como el pleito de Hammer Valley contra Krull Mining y el de Ryzer contra Lonerock Coal y sus abogados. Un colega letrado de Virginia Occidental lo describía como un «intrépido protector de la belleza autóctona de los Apalaches» y «firme enemigo de las compañías mineras que no se atienen a la ley». No se hacía mención de la posibilidad de que hubiera habido juego sucio. Todas las agencias de rigor lo estaban investigando. El fallecido acababa de cumplir treinta y nueve años, y dejaba esposa y una hija.

Su padre llamó temprano y preguntó por los preparativos del funeral. Se ofreció a ir al pueblo y acompañarla durante las exequias, pero Samantha le dio las gracias y rehusó. Marshall había pasado la mayor parte del lunes ocupado al teléfono, buscando toda la información confidencial posible. Prometió tener «algo» para cuando se vieran al cabo de unos días. Hablarían del caso Ryzer, que ahora estaba en *stand by* por razones evidentes.

El bufete parecía un tanatorio, oscuro y sombrío, sin la menor perspectiva de que el día fuera agradable. Barb colgó una corona en la puerta y echó el cierre. Mattie se quedó en casa, y las demás deberían haber hecho lo propio. Se anularon las citas y se hizo oídos sordos de las llamadas. En realidad, el Centro de Asesoría Jurídica Mountain no estaba abierto al público.

Tampoco lo estaba el bufete de Donovan M. Gray, también en Main Street, tres manzanas más abajo. En la puerta cerrada colgaba una corona idéntica y, dentro, Jeff estaba en compañía de la secretaria y el pasante, e intentaba pergeñar un plan. Los tres eran los únicos empleados que quedaban en ese bufete que, como Donovan, había muerto.

24

Una muerte trágica, un abogado de renombre, entrada libre, un pueblecillo fisgón, otra aburrida tarde de miércoles: mezclando todos esos ingredientes, la iglesia ya estaba llena mucho antes de las cuatro de la tarde, cuando el reverendo Condry se puso en pie para dar comienzo al funeral. Elevó una apasionada plegaria y tomó asiento mientras el coro entonaba el primero de varios cantos fúnebres. Volvió a ponerse en pie para leer algo de las Sagradas Escrituras y manifestar un par de pensamientos sombríos y enrevesados. La primera en hacer un encomio del fallecido fue Mattie, que se esforzó por contener las emociones mientras hablaba de su sobrino. Demostró que era muy capaz de hablar mientras lloraba, y en ocasiones logró que todos los demás llorasen con ella. Cuando contó la historia de cómo Donovan encontró el cadáver de su madre, su querida hermana Rose, se le quebró la voz y tuvo que interrumpirse un momento. Tragó saliva y siguió adelante.

Samantha estaba cinco filas más atrás, entre Barb y Annette, todas con pañuelos de papel en la mano, enjugándose las lágrimas. Las tres estaban pensando lo mismo: «Venga, Mattie, tú puedes. Ya es hora de terminar». Pero Mattie no tenía prisa. Era el único funeral que se iba a celebrar por Donovan, y nadie tenía por qué darse prisa.

El ataúd cerrado estaba a los pies del púlpito, cubierto de

flores. Annette había comentado entre susurros que en esa zona muchos funerales se celebraban con el ataúd abierto, de tal modo que los asistentes no podían evitar ver al fallecido mientras se le dirigía toda suerte de elogios. Era una costumbre extraña que tenía como objeto hacer que el momento fuera mucho más dramático de lo necesario. Annette comentó que quería ser incinerada. Samantha confesó que no se había planteado sus opciones.

Por fortuna, Judy fue lo bastante sensata para no permitir semejante espectáculo. Ella y su hija se sentaron en primera fila, a unos pasos del ataúd. Tal como le habían contado a Sam, era preciosa, una morena esbelta con los ojos tan oscuros como los de Donovan. Su hija, Haley, tenía seis años y había estado intentando sobrellevar la separación de sus progenitores. Ahora la muerte de su padre la había dejado abrumada por completo. Se aferró a su madre y no dejó de llorar ni un instante.

Samantha tenía el equipaje en el maletero del coche, con el morro apuntando ya hacia el norte. Estaba desesperada por marcharse de Brady y regresar a su hogar en Washington, donde su madre había prometido estar esperándola con sushi a domicilio y una buena botella de chablis. Al día siguiente, Acción de Gracias, se levantarían tarde y comerían sin prisas en un garito afgano de kebabs que durante la festividad siempre estaba atestado de americanos que o bien detestaban el pavo o bien querían eludir a la familia.

Finalmente Mattie sucumbió a una oleada de emoción. Pidió disculpas y se sentó. Otro salmo. Varias observaciones más por parte del reverendo Condry, que se remitía a la sabiduría del apóstol san Pablo. Y otro largo encomio, este de un amigo íntimo de Donovan de su época en la facultad de Derecho de William & Mary. Una hora después ya habían cesado buena parte de las lágrimas y la gente estaba lista para irse. Cuando el reverendo dio la bendición, el gentío empezó a salir. La mayoría volvió a reunirse detrás de la iglesia y se arracimó en torno a una carpa de color púrpura al lado de la tumba. El reverendo fue breve. Sus comentarios parecieron improvisados, pero también apropiados. Rezó con elocuencia y, cuando iba llegando al final, Samantha empezó a retirarse. Era costumbre que todos los asistentes pasaran a saludar a los familiares de luto y les ofrecieran unas palabras de consuelo, pero ella ya había tenido suficiente.

Había tenido suficiente experiencia de las costumbres locales; suficiente de Brady; suficiente de los hermanos Gray y de todos sus dramas y del pasado que llevaban a cuestas. Con el depósito lleno y la vejiga vacía, condujo con decisión durante cinco horas seguidas hasta el apartamento de su madre en el centro de Washington. Por unos momentos permaneció junto al coche en la acera y asimiló lo que veía y oía, el tráfico y la aglomeración, y la proximidad de tantas personas que tan cerca vivían unas de otras. Era su mundo. Echaba en falta el SoHo y la frenética energía de la gran ciudad.

Karen ya estaba en pijama. Samantha deshizo el equipaje enseguida y se cambió. Durante dos horas estuvieron sentadas en cojines en el estudio, comiendo y bebiendo vino, riendo y hablando al mismo tiempo.

El fondo de litigación que había prometido financiar el caso por fraude y conspiración contra Lonerock Coal y Casper Slate ya había retirado el dinero. El acuerdo se había anulado. Donovan había interpuesto la demanda por su cuenta y riesgo como un pistolero solitario con la promesa de que los abogados de otros querellantes no tardarían en unirse a él para formar un equipo judicial de primera. Ahora, sin embargo, con él muerto y sus compañeros buscando refugio, el caso no iba a ir a ninguna parte, lo que suponía una gran frustración para Marshall Kofer. Era un «pleito precioso», un pleito que estaría dispuesto a encarrilar sin dudarlo si pudiera.

No pensaba darse por vencido. Le explicó a Samantha que estaba exponiendo el caso a su inmensa red de contactos entre los abogados procesalistas de costa a costa, y no le cabía duda de que formaría el equipo adecuado, uno que lograse financiación suficiente de otro grupo inversor. Estaba dispuesto a aportar dinero de su propio bolsillo y desempeñar un papel activo en el litigio. Se imaginaba como un entrenador marcando en la banda las jugadas a su *quarterback*.

Estaban almorzando el día después de Acción de Gracias. Samantha prefería evitar los temas relacionados con demandas, Donovan, el caso Ryzer, Lonerock Coal y demás; cualquier cosa, en realidad, que tuviera que ver con Brady, Virginia y los Apalaches. Sin embargo, mientras picoteaba de la ensalada, cayó en la cuenta de que debía estar agradecida por aquella demanda. Sin eso, su padre y ella tendrían muy poco de lo que hablar. Con eso, podían charlar durante horas.

Marshall hablaba en voz queda, mirando de soslayo a un lado y otro como si el restaurante pudiera estar lleno de espías.

—Cuento con un confidente en la Junta Nacional de Seguridad del Transporte —dijo, tan engreído como siempre cuando tenía algún trapo sucio confidencial—. Donovan no emitió una llamada de socorro. Estaba volando a siete mil pies con tiempo despejado, sin indicio alguno de problemas, y luego se desvaneció del radar. Si sufrió una avería, tuvo tiempo de sobra para informar y facilitar su ubicación exacta. Pero nada.

—Igual le entró pánico —repuso Samantha.

—Seguro que le entró pánico. El avión empieza a caer; coño, a todos les entra pánico.

—¿Pueden averiguar si iba volando con piloto automático?

—No. Una avioneta así no lleva caja negra, por lo que no hay datos sobre lo que estaba pasando. ¿Por qué preguntas por el piloto automático?

—Porque me dijo en una ocasión, mientras estábamos en pleno vuelo, que a veces se echaba una siesta. El zumbido del motor le daba sueño, así que ponía el piloto automático y se adormecía. No sé cómo va eso, pero ¿y si se durmió y por algún motivo pulsó el botón que no era? ¿Cabe esa posibilidad?

—Caben muchas posibilidades, Samantha, y esa teoría me gusta más que la del juego sucio. Me resulta difícil creer que sabotearan la avioneta. Eso es asesinato, y es un riesgo excesivo para cualquiera de los canallas con los que se estaba viendo las caras. Lonerock Coal, Krull Mining, Casper Slate: todos ellos gentuza, desde luego, pero ¿habrían corrido el riesgo de cometer un asesinato y ser descubiertos? Me parece que no. ¿Y además tratándose de un asesinato tan prominente? ¿Un asesinato que se investigará a fondo? No me lo trago.

—Pues Jeff no tiene la menor duda.

—Él tiene un punto de vista distinto, y se lo agradezco. Me cae simpático. No obstante ¿qué ganan cargándose a Donovan? En el caso de Krull Mining hay otros tres bufetes sentados a la mesa de los querellantes, todos, me parece a mí, con mucha más experiencia que Donovan en juicios de indemnización por daños tóxicos.

—Pero él tiene los documentos.

Marshall lo sopesó un momento.

—¿Tienen esos documentos los otros tres bufetes?

—Me parece que no. Tengo la impresión de que están ocultos en alguna parte.

—Pues, sea como sea, Krull no lo sabe, al menos todavía. De hecho, si fuera abogado de Krull daría por sentado que todos los letrados del equipo demandante tienen acceso a los documentos. Así pues, una vez más, ¿qué ganan cargándose a uno solo de los cuatro abogados?

—Bueno, si seguimos tu razonamiento, entonces Lonerock Coal y Casper Slate tendrían un incentivo enorme para quitarlo de en medio. Era el pistolero solitario, como tú dices.

No hay ningún otro nombre en la demanda. Muere un día y en cuarenta y ocho horas los fondos para el litigio han desaparecido. El proceso no prospera. Ganan ellos.

Marshall negaba con la cabeza. Volvió a mirar alrededor; nadie reparaba en él.

—Samantha, detesto las compañías como Lonerock y los bufetes como Casper Slate. Hice carrera enfrentándome a esa clase de matones. Los odio, ¿vale? Pero tienen una reputación; qué coño, Lonerock cotiza en bolsa. No me vas a convencer de que son capaces de asesinar a un abogado que los ha demandado. Krull es harina de otro costal; es una empresa turbia propiedad de un gángster forrado que se pasea por el mundo causando problemas. Krull es capaz de cualquier cosa, pero, como decía, ¿por qué? Cargarse a Donovan no beneficiaría su caso a la larga.

—Vamos a hablar de otra cosa.

—Lo siento. Era amigo tuyo y lo apreciaba mucho. Me recordaba a mí cuando era más joven.

—Es desolador, ¿a que sí? Tengo que volver, pero no sé si quiero.

—Ahora tienes clientes. Gente de verdad con problemas reales.

—Lo sé, papá. Soy una auténtica abogada, no una chupatintas en una firma corporativa. Tú ganas.

—Yo no he dicho eso, y esto no es ninguna competición.

—Llevas tres años diciéndolo, y todo es una competición cuando se trata de ti.

—Vaya, estamos un poco crispados, ¿eh? —dijo Marshall al tiempo que alargaba el brazo por encima de la mesita y le tocaba la mano—. Lo siento. Sé que ha sido una semana cargada de emociones.

De pronto a Samantha se le arrasaron los ojos en lágrimas y se le hizo un nudo en la garganta.

—Venga, vámonos —dijo.

25

Eran cuatro, todos ellos corpulentos, con aire enfadado y tosco, dos hombres y dos mujeres, de entre cuarenta y cinco y sesenta años, supuso ella, con canas, michelines y ropa barata. Habían ido al pueblo a hacer una de sus escasas visitas a su madre, pero ahora se veían obligados a quedarse, a faltar al trabajo, a ocuparse de un embrollo jurídico que no habían provocado. Cuando Samantha se acercó a pie, vio que estaban delante de la puerta, esperando con impaciencia a que abriese el centro de asesoría jurídica, y supo instintivamente quiénes eran y qué querían. Se le pasó por la cabeza meterse en la tienda de edredones de Betty y esconderse durante una hora, pero ¿de qué hablarían? Lo que hizo, en cambio, fue rodear la manzana y entrar en el bufete por detrás. Encendió las luces, preparó café y, al final, fue hasta la zona de recepción para abrir la puerta. Seguían esperando, seguían enfadados; las cosas llevaban ya tiempo a punto de estallar.

—Buenos días —saludó con la mayor despreocupación posible.

Hasta un ciego habría visto que la hora siguiente iba a ser de lo más desagradable.

El cabecilla, el mayor, dijo con un gruñido:

—Queremos ver a Samantha Kofer.

Dio un paso adelante, igual que los otros tres.

Sonriendo aún, Sam preguntó:

—Soy yo. ¿En qué les puedo ayudar?

Una hermana sacó un documento doblado y preguntó:

—¿Preparó esto usted para Francine Crump?

El otro hermano añadió:

—Es el testamento de nuestra madre.

Parecía a punto de escupirle a la cara.

La siguieron a la sala de reuniones y tomaron asiento en torno a la mesa. Samantha les ofreció café con amabilidad y, cuando los cuatro rehusaron, fue a la cocina y se sirvió una taza sin prisas. Estaba dejando pasar el rato, a la espera de que llegara alguien más. Eran las ocho y media; normalmente Mattie ya habría estado encerrada en su despacho, charlando con Donovan. Esa mañana, en cambio, dudaba que llegase antes de mediodía. Con su taza recién servida se sentó a un extremo de la mesa. Jonah, de sesenta y un años, vivía en Bristol; Irma, de sesenta, en Louisville; Euna Faye, de cincuenta y siete, en Rome, Georgia, y Lonnie, de cincuenta y uno, en Knoxville. Faltaba DeLoss, el benjamín, de cuarenta y cinco años, que vivía en Durham y ahora se encontraba en casa con mamá, que estaba muy disgustada. Había sido un día de Acción de Gracias difícil. Samantha tomó notas y procuró dejar pasar el tiempo para que respirasen hondo y se calmaran. Sin embargo, transcurridos diez minutos de charla unidireccional, empezó a resultar evidente que buscaban pelea.

—¿Qué demonios es eso de Mountain Trust? —preguntó Jonah.

Samantha describió la fundación con todo detalle.

Euna Faye añadió:

—Mamá dijo que no había oído hablar nunca de Mountain Trust. Aseguró que eso se le ocurrió a usted. ¿Es verdad?

Samantha explicó pacientemente que la señora Crump le pidió consejo acerca de cómo legar su propiedad. Quería dejársela a alguna persona u organización que la protegiera y evitase que la dedicaran a la minería a cielo abierto. Sam investigó y encontró dos ONG en los Apalaches que eran adecuadas.

Los cuatro hermanos escucharon con atención, pero no oyeron una sola palabra.

—¿Por qué no nos lo notificó? —preguntó a bocajarro Lonnie.

Cuando llevaban quince minutos de reunión empezó a quedar claro que no había una auténtica jerarquía en la familia. Todos y cada uno de ellos querían llevar la voz cantante. Cada cual intentaba mostrarse como el tipo duro al mando. Aunque estaba en guardia, Samantha mantuvo la calma y procuró mostrarse comprensiva. No eran gente rica; de hecho, tenían apuros para mantenerse dentro de la clase media. Cualquier herencia sería dinero caído del cielo, dinero que sin duda necesitaban. Los terrenos familiares tenían una extensión de ochenta acres, mucho más de lo que llegaría a poseer ninguno de ellos.

Samantha explicó que su cliente era Francine Crump, no la familia de Francine Crump. Y su cliente no quería que sus hijos estuvieran al tanto de lo que hacía.

—¿Cree que no confía en nosotros, la sangre de su sangre? —preguntó Irma.

Sobre la base de sus conversaciones con Francine, era más que evidente que no confiaba en sus hijos, maldita fuera la sangre de su sangre. Pero Samantha respondió sin perder la serenidad:

—Solo sé lo que me contó mi cliente. Tenía muy claro lo que quería y lo que no quería.

—Ha dividido a nuestra familia, ¿se da cuenta? —dijo Jonah—. Ha abierto una brecha entre una madre y sus cinco hijos. No sé cómo ha podido hacer algo tan rastrero.

—Es nuestra tierra —masculló Irma—. Es nuestra tierra.

Lonnie se llevó un dedo a la sien.

—Mamá no está bien de la cabeza, ya sabe a lo que me refiero. Hace tiempo que patina, probablemente tiene alzhéimer o algo parecido. Nos preocupaba que hiciera alguna locura con las tierras, ya sabe, pero no esto.

Samantha explicó que ella y otras dos abogadas del centro habían pasado un buen rato con la señora Crump el día que firmó el testamento y que las tres quedaron convencidas de que la anciana sabía con exactitud lo que estaba haciendo. Estaba «legalmente capacitada», y eso era lo que requería la ley. El testamento se mantendría ante un tribunal.

—Y un cuerno —saltó Jonah—. No va a llegar ante un tribunal porque se va a cambiar.

—Eso es cosa de su madre —señaló Samantha.

Euna Faye miró su móvil y anunció:

—Están aquí, DeLoss y mamá. Han aparcado fuera.

—¿Pueden entrar? —preguntó Lonnie.

—Claro —respondió Samantha, porque no podía decir otra cosa.

Francine parecía más débil y frágil incluso que hacía un mes. Sus cinco hijos intentaron ayudar a su querida madre a que entrase por la puerta principal, recorriera el pasillo y accediese a la sala de reuniones. La acomodaron en una silla y se reunieron a su alrededor. Miraron todos a Samantha. Francine estaba encantada de recibir tanta atención y sonrió a su abogada.

Lonnie la instó:

—Venga, mamá, dile lo que nos comentaste sobre la firma del testamento, lo de que no lo recordabas y...

Euna Faye lo interrumpió:

—Y lo de que nunca habías oído hablar de Mountain Trust y no quieres que se queden con nuestra tierra. Venga.

—Es nuestra tierra —dijo Irma por enésima vez.

Francine titubeó, como si necesitara que la empujaran más incluso, y al final observó:

—La verdad es que ya no quiero este testamento.

«¿Y qué le han hecho, señora, atarla a un árbol y azotarla con un palo de escoba? —sintió deseos de preguntar Samantha—. ¿Y cómo fue la comida de Acción de Gracias, con toda la familia pasándose el testamento nuevo y lanzando furiosos espumarajos por la boca como si sufrieran ataques de apoplejía?» Sin embargo, antes de que tuviera ocasión de abrir la boca, entró Annette en la sala y dio los buenos días. Sam se apresuró a presentarla a la prole de Crump, y con la misma rapidez Annette interpretó atinadamente la situación y tomó asiento. Nunca se echaba atrás en una confrontación; en esos momentos Samantha la habría abrazado.

—Los Crump no están satisfechos con el testamento que redactamos el mes pasado —dijo.

—Y tampoco estamos satisfechos con ustedes, las abogadas —añadió Jonah—. Sencillamente no entendemos que procedieran a nuestras espaldas e intentaran excluirnos así. No me extraña que los abogados tengan tan mala reputación en todas partes. Qué diablos, se la ganan a diario.

—¿Y quién encontró el nuevo testamento? —preguntó Annette sin perder la serenidad.

Euna Faye respondió:

—Nadie. Mamá estaba hablando del asunto el otro día, una cosa llevó a otra, y sacó el testamento. Casi nos da un patatús cuando leímos lo que habían puesto ahí. Desde que éramos niños, mamá y papá siempre decían que la tierra se quedaría en la familia. Y ahora ustedes intentan excluirnos, entregársela a un montón de pirados por el medioambiente de Lexington. Debería darles vergüenza.

Annette preguntó:

—¿Les explicó su madre que acudió a nosotras y nos pidió que redactáramos, de manera gratuita, un testamento a fin de legar sus tierras a otros? ¿Se lo dejó claro?

—Mamá no siempre anda muy espabilada —señaló DeLoss.

La señora Crump lo fulminó con la mirada y saltó:

—Ando más espabilada de lo que creéis.

—Venga, mamá —dijo Euna Faye mientras Irma tocaba a Francine para apaciguarla.

Samantha miró a la anciana y preguntó:

—Bueno, ¿quiere que redacte un testamento nuevo?

Los seis asintieron al unísono, aunque Francine lo hizo con un ademán perceptiblemente más lento.

—De acuerdo, y supongo que en el nuevo testamento lega la tierra a sus cinco hijos a partes iguales, ¿no es así?

Los seis se mostraron de acuerdo.

—Muy bien. Lo haremos encantadas. Sea como sea, mi colega dedicó varias horas a reunirse con la señora Crump, hacer consultas y preparar el testamento actual. Como ustedes saben, no cobramos por nuestros servicios, pero eso no supone que no tengamos límites. Contamos con muchos clientes y siempre vamos retrasadas con nuestro trabajo. Redactaremos otro testamento, y ya está. Si cambia usted de parecer otra vez, señora Crump, tendrá que acudir a otro abogado. ¿Lo entiende?

Francine miró la mesa con expresión vacía mientras sus cinco hijos asentían.

—¿Cuánto les llevará hacerlo? —preguntó Lonnie—. Estoy faltando al curro ahora mismo.

—Nosotras también —dijo Annette con severidad—. Tenemos otros clientes, otros casos. De hecho, la señorita Kofer y yo debemos presentarnos ante un tribunal dentro de media hora. Esto no es un asunto urgente.

—¡Anda ya! —gruñó Jonah—. No es más que un simple testamento de apenas dos páginas, no tardarán ni un cuarto de hora en prepararlo. Llevaremos a mamá al café a desayunar mientras lo hacen, luego lo firmará y nos iremos de aquí.

—No vamos a irnos hasta que firme el nuevo —aseguró

Irma en tono audaz, como si estuvieran dispuestos a acampar allí mismo, en la sala de reuniones.

—Desde luego que se irán —repuso Annette—. O si no, llamo al sheriff. Samantha, ¿cuándo crees que podemos tener preparado el testamento?

—El miércoles por la tarde.

—Estupendo. Señora Crump, nos veremos entonces.

—¡Anda ya! —insistió DeLoss, que se puso en pie con la cara roja—. Tienen el puñetero documento en el ordenador. Basta con que lo saquen. No les llevará ni cinco minutos y mamá lo firmará. No podemos quedarnos aquí esperando toda la semana. Tendríamos que habernos marchado ayer.

—Le estoy pidiendo que se vayan ahora, señor —dijo Annette—. Y si quieren un servicio más rápido, hay abogados de sobra por toda Main Street.

—Y ellos son abogados de verdad —señaló Euna Faye a la vez que se retiraba de la mesa.

Los demás fueron poniéndose lentamente en pie y ayudaron a Francine a ir hacia la puerta. Cuando abandonaban la sala, Samantha dijo:

—Y usted, señora Crump, ¿quiere un nuevo testamento?

—Desde luego que lo quiere, coño —le espetó Jonah, listo para liarse a tortas, pero Francine no respondió.

Salieron sin más protestas y dieron un portazo a su espalda. Cuando la puerta dejó de vibrar, Annette dijo:

—No redactes el testamento. Dales tiempo para que se vayan del pueblo, luego llama a Francine y comunícale que no vamos a tomar parte en este asunto. La están presionando. Todo esto apesta. Si quiere un testamento nuevo, que lo pague. Pueden reunir doscientos pavos entre todos. Bastante tiempo hemos desperdiciado ya.

—Desde luego. ¿Tenemos que ir al juzgado?

—Sí. Recibí una llamada anoche. Phoebe y Randy Fanning están en la cárcel, los trincaron el sábado con una camioneta cargada de metanfetamina. Pueden caerles años de condena.

—Vaya... ¡Y yo que esperaba un lunes tranquilo! ¿Dónde están los críos?

—No lo sé, pero tenemos que encontrarlos.

En la redada habían detenido a siete miembros de la banda, aunque la policía del estado decía que se esperaban más detenciones. Phoebe estaba sentada al lado de Randy en primera fila, junto con Tony, que solo llevaba fuera de la cárcel cuatro meses y ahora iba camino de pasar otra década a la sombra. Al lado de Tony estaba uno de los matones que habían amenazado a Samantha varias semanas atrás durante su primera visita a los juzgados. Los otros tres cumplían todos los requisitos para pasar un casting de yonquis: pelo largo y sucio, tatuajes corporales hasta el cuello, la cara sin afeitar, los ojos enrojecidos e hinchados de adictos que llevaban una buena temporada colocados. Uno tras otro se acercaron al estrado, dijeron a su señoría que eran inocentes y volvieron a sentarse. Annette convenció a Richard, el fiscal, de que le permitiera estar un momento con Phoebe en privado. Se reunieron en un rincón con un agente al lado.

Había adelgazado desde la última vez que la vieron, y su rostro mostraba los estragos de la adicción a la metanfetamina. Se deshizo en lágrimas de inmediato.

—Lo siento muchísimo. No me lo puedo creer —fueron sus primeras palabras.

Annette no se compadeció.

—No me pidas disculpas a mí. No soy tu madre. He venido porque me preocupan tus hijos. ¿Dónde están? —Lo dijo susurrando, pero con firmeza.

—Con una amiga. ¿Podéis sacarme de la cárcel?

—No nos dedicamos al derecho penal, Phoebe, solo al civil. El tribunal te asignará otro abogado en unos minutos.

Las lágrimas se esfumaron tan rápido como habían aparecido.

—¿Y qué pasa con mis hijos? —preguntó.

—Bueno, si los cargos se aproximan aunque solo sea remotamente a la realidad, tú y Randy vais a pasar varios años en la cárcel, en centros penitenciarios distintos, claro. ¿Tenéis algún pariente que pueda criar a los niños?

—Me parece que no. No. Mi familia me volvió la espalda. Y la de Randy está toda en prisión, menos su madre, que está chiflada. No puedo ir a la cárcel, ¿entiendes? Tengo que cuidar de mis chicos. —Volvieron a asomar las lágrimas, que empezaron a resbalarle de inmediato por las mejillas. Se dobló como si le hubieran dado un puñetazo en el vientre y empezó a temblar—. No pueden quitarme a mis hijos —se lamentó en tono demasiado alto, y el juez las miró.

Samantha no pudo por menos que pensar: «¿Acaso tenías a tus hijos en la cabeza cuando vendías meta?». Le pasó un pañuelo de papel y le dio unas palmaditas en el hombro.

—Veré lo que puedo hacer —dijo Annette.

Phoebe volvió a unirse al grupo vestido con mono naranja. Samantha y Annette tomaron asiento al otro lado del pasillo.

—Técnicamente —susurró Annette— ya no es cliente nuestra. Cuando anulamos la demanda de divorcio dejamos de ser sus representantes legales.

—Entonces ¿qué hacemos aquí?

—El estado intentará quitarle el derecho de custodia. Tenemos que estar encima de eso, pero no podemos hacer mucho más. —Aguardaron unos minutos viendo al fiscal y al juez discutir sobre la vista para fijar las fianzas. Annette leyó un mensaje de texto y dijo—: Ay, Dios. El FBI está registrando el bufete de Donovan y Mattie necesita ayuda. Vamos.

—¿El FBI?

—¿Te suena? —masculló Annette al tiempo que se ponía en pie y enfilaba el pasillo a toda prisa.

En la puerta de las oficinas de Donovan seguía habiendo una corona de flores. Estaba entornada, y en el interior Dawn, la secretaria, estaba sentada a su mesa enjugándose las lágrimas. Señaló y dijo:

—Están ahí.

De la sala de reuniones a su espalda salían voces rotundas. Mattie gritaba a alguien, y cuando entraron Annette y Samantha las recibieron con un «¿Quién demonios son ustedes?».

Había al menos cuatro hombres jóvenes de traje oscuro, todos tensos y listos para echar mano a la pistola. En el suelo vieron cajas de archivos amontonadas; los cajones estaban abiertos y la mesa se veía revuelta. El líder, un tal agente Frohmeyer, era quien llevaba la voz cantante. Antes de que Annette pudiera contestar, ladró de nuevo:

—¿Quién demonios son ustedes?

—Son abogadas y trabajaban conmigo —respondió Mattie. Iba con vaqueros y sudadera, y saltaba a la vista que estaba inquieta—. Como decía, soy su tía y me encargo de la gestión de su patrimonio como abogada.

—Y yo voy a preguntárselo de nuevo: ¿ha sido designada por un juez? —inquirió Frohmeyer en tono exigente.

—Todavía no. Enterramos a mi sobrino el miércoles pasado. ¿Es que no tienen la menor compasión?

—Tengo una orden de registro, señora, es lo único que me importa.

—Eso ya lo veo. ¿No puede al menos dejarnos leer la orden antes de empezar a llevarse documentos de aquí?

Frohmeyer cogió la orden de la mesa de un zarpazo y se la puso delante a Mattie.

—Tiene cinco minutos, señora, nada más.

Los agentes salieron del despacho. Mattie cerró la puerta

y se llevó el dedo índice a los labios. El mensaje estaba claro: «No digáis nada importante».

—¿Qué ocurre aquí? —preguntó Annette.

—¡Quién sabe! Dawn me ha llamado presa del pánico después de que irrumpieran esos gorilas. Y aquí estamos. —Estaba hojeando la orden de registro. Empezó a mascullar—: Todos los registros, expedientes, notas, pruebas, informes, sumarios, ya sea en papel, vídeo, audio, soporte electrónico, digital o de cualquier otro tipo, que sea pertinente, relevante o esté relacionado de alguna manera con Krull Mining o cualquiera de sus empresas subsidiarias, y... procede a enumerar a los cuarenta y un querellantes del pleito de Hammer Valley.

Pasó una página, la leyó por encima y pasó otra.

Annette dijo:

—Bien, si se llevan los ordenadores, tendrán acceso a todo, tanto si lo cubre la orden de registro como si no.

—Sí, a todo lo que está aquí —señaló Mattie. Hizo un guiño a Annette y Samantha, y luego pasó otra página. Leyó un poco más, masculló un poco más, lanzó la orden sobre la mesa y dijo—: Es un cheque en blanco. Pueden llevarse todo lo que hay en el bufete, tanto si está relacionado con el pleito de Hammer Valley como si no.

Frohmeyer llamó a la puerta con los nudillos a la vez que la abría.

—Se ha terminado el tiempo, señoras —anunció como un actor malo al tiempo que aparecían los agentes en tropel. Ahora eran cinco, todos con ganas de bronca. Frohmeyer continuó—: Si hacen el favor de quitarse de en medio...

—Claro —respondió Mattie—. Pero en tanto que albacea de Donovan Gray, necesito un inventario de todo lo que se lleven de aquí.

—Por supuesto, una vez que haya sido designada como tal.

Dos agentes ya estaban abriendo los cajones de otros archivadores.

—Todo —insistió Mattie casi a voz en grito.

—Sí, sí —dijo Frohmeyer desentendiéndose de ella—. Buenos días, señoras.

Cuando las tres abogadas salían del despacho Frohmeyer añadió:

—Por cierto, tenemos a otra unidad registrando su domicilio ahora mismo, que lo sepan.

—Estupendo. ¿Y qué pueden estar buscando allí?

—Tendrán que leer la orden de registro.

Se quedaron desconcertadas y sospecharon que alguien las vigilaba, de manera que decidieron mantenerse alejadas del bufete. Fueron a un reservado al fondo de la cafetería cercana y allí se sintieron a salvo en cierta medida. Mattie, que llevaba una semana sin sonreír, casi rió cuando dijo:

—No encontrarán nada en los ordenadores. Jeff sacó los discos duros el miércoles pasado, antes del funeral.

—Entonces volverán en busca de los discos duros —señaló Samantha.

Mattie se encogió de hombros.

—¿Qué más da? No podemos controlar lo que hace el FBI.

—Bueno, a ver si lo entiendo —dijo Annette—. Krull Mining cree que Donovan se apoderó de algún modo de documentos que no debería haber tenido, lo que probablemente es cierto. Después de que interpusiera la demanda, Krull se teme que salgan a la luz. Acuden al fiscal, quien abre una causa, por robo, pongamos por caso, y envía a esos gorilas en busca de los documentos. Ahora que Donovan ha muerto, suponen que ya no puede seguir ocultándolos.

—Te acercas bastante —asintió Mattie—. Krull Mining está utilizando al fiscal para acoquinar a los demandantes y sus abogados. Si amenazas con acciones penales y penas de cárcel, los rivales se apresuran a tirar la toalla. Es una vieja treta y funciona.

—Otro motivo para evitar los juicios —señaló Samantha.

—¿De verdad eres la albacea de su patrimonio? —preguntó Annette.

—No, lo es Jeff. Yo soy abogada del albacea y gestora del patrimonio. Donovan actualizó su testamento hace dos meses. Tenía el testamento al día. El original siempre ha estado en mi caja de seguridad del banco. Dejó la mitad de su patrimonio a Judy y su hija, una parte en un fondo fiduciario, y la otra mitad la dividió en tres. Un tercio para Jeff, un tercio para mí y un tercio para un grupo de ONG que trabajan aquí en los Apalaches, incluido el centro de asesoría jurídica. Jeff y yo vamos al juzgado el miércoles para validar el testamento. Me parece que nuestro primer cometido será obtener un inventario del FBI.

—¿Sabe Judy que no es ella la albacea? —indagó Annette.

—Sí, hemos hablado varias veces desde el funeral. Está de acuerdo. Judy y yo nos llevamos bien. Con Jeff... es otro cantar.

—¿Tienes idea de a cuánto asciende el patrimonio?

—Lo cierto es que no. Jeff tiene los discos duros y está elaborando una lista de casos abiertos, algunos con el juicio a años vista. El de Hammer Valley se acababa de presentar y supongo que los demás querellantes se harán cargo y seguirán adelante. El caso Ryzer parece estancado. Hay un acuerdo verbal con Strayhorn Coal para liquidar el caso Tate por un millón setecientos mil dólares.

—Sospecho que hay dinero en el banco —señaló Annette.

—Seguro que sí. Además, llevaba docenas de casos menores. No sé qué ocurrirá con ellos. Igual podemos encargarnos de unos cuantos, pero no muchos. Sugerí a Donovan en numerosas ocasiones que buscara un socio o, al menos, un buen asociado, pero le encantaba llevarlo todo en persona. Rara vez aceptaba mis consejos.

—Te adoraba, Mattie, eso ya lo sabes —le recordó Annette.

Hubo un momento de silencio por el fallecido. La camarera volvió a llenarles las tazas de café y, mientras se alejaba, Samantha cayó en la cuenta de que era la misma chica que le había servido la primera vez que entró en el Brady Grill. Donovan acababa de rescatarla de Romey y de la cárcel. Mattie la esperaba en la asesoría para entrevistarla. Apenas habían transcurrido dos meses y parecía que habían sido años. Ahora él había muerto y estaban hablando de su herencia.

Mattie tragó saliva con dificultad y dijo:

—Tenemos que vernos con Jeff esta tarde para hablar de ciertos asuntos. Solo las tres, lejos de nuestros despachos.

—¿Por qué estoy incluida? —preguntó Samantha—. No soy más que una ayudante que está de paso, como sueles decir.

—No te falta razón —dijo Annette.

—Jeff quiere que vayas —zanjó Mattie.

26

Jeff alquiló una habitación en el motel Starlight, a veinte pavos la hora, y procuró convencer al encargado de que no se traía entre manos nada inmoral. El hombre fingió sorpresa e ignorancia, incluso pareció sentirse un poco insultado de que alguien sugiriera que en un picadero como el suyo se incurría en comportamientos indebidos. Jeff explicó que había quedado con tres mujeres, todas abogadas, una de las cuales era su tía de sesenta y un años, y que necesitaban encontrarse en un lugar discreto para tratar ciertos asuntos delicados. «Lo que usted diga —comentó el encargado—. ¿Quiere factura?» No.

En otra ocasión, quizá a Mattie le habría inquietado que viesen su coche en el motel, pero una semana después de la muerte de Donovan le traía sin cuidado. Estaba tan conmocionada que no le preocupaban trivialidades semejantes. Brady era un pueblo: que hablasen si querían. Tenía la cabeza centrada en asuntos más importantes. Annette iba en el asiento delantero, Samantha en el de detrás, y según aparcaban junto a la camioneta de Jeff, esta se dio cuenta de que se encontraba en el umbral de la misma habitación que ocupó Pamela Booker. En la de al lado estaban Trevor y Mandy. Durante cuatro noches, hacía aparentemente una eternidad, se habían alojado en el motel tras vivir un mes en su coche. Con la intrépida gestión de Samantha y la generosidad del centro de asesoría, los Booker habían sido rescatados de la calle y ahora vivían tranquilamente en una caravana alquilada a unos kilómetros a las afueras de Colton. Pamela trabajaba en la fábrica de lámparas. El pleito contra Top Market Solutions —el primero de Samantha— seguía pendiente, pero la familia estaba a salvo y feliz.

—Seguro que ya ha estado aquí otras veces —comentó Annette, mirando a Jeff.

—Ya te vale —le advirtió Mattie.

Las tres abogadas se apearon del coche y entraron en la minúscula habitación.

—Te tomas en serio el asunto del espionaje, ¿eh? —preguntó Annette, quien evidentemente no le daba importancia.

Jeff se recostó en las almohadas de la cama desvencijada y señaló tres sillas baratas.

—Bienvenidas al Starlight.

—Ya había estado aquí —comentó Samantha.

—¿Quién fue el afortunado?

—Eso no es asunto tuyo.

Las tres abogadas se acomodaron en las sillas. Había expedientes y cuadernos de notas en la cama.

—Sí, me tomo muy en serio este asunto del espionaje —aseguró Jeff—. Pusieron micrófonos en el bufete de Donovan. También en su casa. Él sospechaba que quienquiera que fuese lo vigilaba y escuchaba sus conversaciones, así que más vale que no corramos riesgos.

—¿Qué se ha llevado de su casa el FBI? —preguntó Mattie.

—Han estado dos horas y no han encontrado nada. Se han llevado los ordenadores, pero a estas alturas saben que se sustituyeron los discos duros. Lo único que encontrarán es un montón de mensajes de bienvenida obscenos a cualquiera que fisgonee. Así que volverán, supongo. Da igual. No encontrarán nada.

—Sabes que estás rozando los límites de la ley, ¿verdad? —dijo Annette.

Jeff sonrió y se encogió de hombros.

—Pues ya ves. ¿Crees que los de Krull Mining están de brazos cruzados preocupándose por quién se atiene a las normas? No, claro que no. Ahora mismo están al teléfono con el fiscal, desesperados por averiguar qué han encontrado los del FBI en los registros de hoy.

—Es una investigación criminal, Jeff —señaló Annette un tanto airada—. Centrada en Donovan y en quienes trabajaban con él, sobre todo tú, si de hecho estás en posesión de documentos obtenidos de manera ilícita o tienes acceso a ellos. Esos tipos no van a desaparecer solo porque hayas sido más listo que ellos con los discos duros.

—No tengo los documentos —dijo, una respuesta de usar y tirar que no se tragó ninguna de las presentes.

Mattie agitó la mano en el aire y observó:

—Vale, vale, ya es suficiente. El miércoles vamos al juzgado a validar el testamento y yo creía que estábamos aquí para hablar de eso.

—Sí, pero hay asuntos más apremiantes. Estoy convencido de que mi hermano fue asesinado. No se estrelló por accidente. La avioneta está a buen recaudo, y he contratado a dos expertos para que colaboren con la policía estatal de Kentucky. Hasta el momento no hay nada, pero están haciendo pruebas. Donovan se granjeó muchos enemigos, aunque ninguno como Krull Mining. Desaparecieron unos documentos y sospechan que él les echó mano. Esa información es letal, y Krull Mining estaba sudando sangre, esperando a ver si Donovan los llevaba a juicio. Lo hizo, los dejó acojonados, pero no reveló nada de los documentos. Y ahora ha muerto y suponen que será difícil hacerse con ellos. El siguiente objetivo podría ser yo. Sé que me siguen, y probablemente escuchan mis conversaciones. Se están sirviendo del FBI para hacer el trabajo sucio. El cerco se estrecha cada vez más, por lo que desapareceré de vez en cuando. Si alguien sale herido, seguramente sea el que me sigue los pasos. Tengo un cabreo de mucho cuidado por lo de mi hermano y me están entrando ganas de tirar de gatillo.

—Venga, Jeff —le advirtió Mattie.

—Lo digo en serio, Mattie. Si son capaces de eliminar a alguien tan importante como Donovan, no vacilarán en quitar de en medio a un cero a la izquierda como yo, sobre todo si creen que tengo los documentos.

Samantha había entreabierto una ventana intentando sin éxito que entrara un poco de aire fresco. El techo pintado de blanco estaba impregnado de nicotina. La moqueta lanuda de color verde tenía manchas antiguas. No recordaba que la habitación fuera tan deprimente cuando la ocupaban los Booker. Ahora, sin embargo, se moría de ganas de salir de allí. Al final, saltó:

—Receso. Lo siento. No sé muy bien qué hago aquí. No soy más que una ayudante de paso, como todos sabemos, y lo cierto es que no quiero oír lo que estoy oyendo, ¿de acuerdo? ¿Puede hacer alguien el favor de decirme por qué estoy en esta habitación?

Annette puso los ojos en blanco en un gesto de frustración. Mattie se sentó con los brazos cruzados. Jeff explicó:

—Estás aquí porque te he invitado yo. Donovan te admiraba y te hizo confidencias.

—¿Ah, sí? Vaya, el caso es que no me había dado cuenta.

—Eres parte del equipo, Samantha —aseguró Jeff.

—¿Qué equipo? Yo no he buscado nada de esto.

Se masajeó las sienes como si tuviera migraña. Transcurrió un momento de silencio. Al fin, Mattie dijo:

—Tenemos que hablar de su herencia.

Jeff alargó el brazo hacia un montón de papeles, cogió varios y los pasó.

—Esto es una lista aproximada de casos pendientes.

Samantha se sintió como una fisgona consultando información que ningún bufete, grande ni pequeño, divulgaría de forma voluntaria. En la parte superior de la primera página, bajo el encabezamiento IMPORTANTES, había cuatro casos: el litigio de Hammer Valley, el caso Ryzer contra Lonerock Coal y sus abogados, y la sentencia Tate. El cuarto era el caso de muerte por negligencia de Gretchen Bane contra Eastpoint Mining, cuya revisión estaba programada para el mes de mayo siguiente.

—Hay un acuerdo verbal en el caso Tate, pero no encuentro nada por escrito —dijo Jeff a la vez que pasaba la página—. Con respecto a los otros tres, aún faltan varios años para que se alcance una resolución.

—Puedes olvidarte de Ryzer —señaló Samantha—, a no ser que se impliquen otros abogados. El fondo para litigios ha retirado el dinero. Seguiremos intentando que le concedan el subsidio por la enfermedad del pulmón negro, pero el pleito de Donovan por fraude y conspiración no prosperará.

—¿Por qué no te ocupas tú? —preguntó Jeff—. Estás al tanto de los hechos.

Samantha se llevó tal impresión al oír la sugerencia que incluso fingió reír.

—¿Estás de broma? Eso es un complicado caso federal por daños que abarca varios estados sobre una teoría que aún ha de demostrarse. Todavía estoy por ganar mi primer caso y sigo aterrada con la idea de ir a juicio.

Mattie, que estaba pasando páginas, comentó:

—Podemos ocuparnos de algunos de estos expedientes, Jeff, pero no de todos. Cuento catorce casos de pulmón negro. Tres muertes por negligencia. En torno a una docena de demandas medioambientales. No sé cómo conseguía mantener este ritmo.

—Vale —dijo Jeff—, ahí va una pregunta de alguien que no

es abogado. ¿Se puede contratar a otra persona para que venga y lleve el bufete, se ocupe de los casos menores y, tal vez, eche una mano en los más importantes? No lo sé. Solo es una pregunta.

Annette negó con la cabeza.

—Los clientes no seguirán adelante porque el nuevo abogado sería un desconocido. Y seguro que los demás abogados del pueblo están rondándolos como buitres. Los casos buenos de esta lista se habrán esfumado en un mes.

—Y nos veremos pilladas con los malos —se lamentó Mattie.

—No hay modo de mantener el bufete abierto, Jeff —aseguró Annette—, porque no hay nadie que lo dirija. Nos ocuparemos de lo que podamos. Detrás del pleito de Hammer Valley hay talento jurídico más que suficiente. Olvídate de Ryzer. En el caso Bane, Donovan contaba con un codefensor en Virginia Occidental, así que tiene derecho a percibir honorarios a título póstumo si alguna vez se alcanza una resolución, aunque no serán muy altos. No estoy familiarizada con esos otros casos de muerte por negligencia, pero me da la impresión de que la responsabilidad no está demostrada de una manera muy sólida.

—Es verdad —convino Mattie—. Los revisaremos más detenidamente a lo largo de los próximos días. El caso más importante es la sentencia Tate, pero ese dinero todavía no está en el banco.

—Creo que debería apartarme un momento —aseguró Samantha.

—Tonterías —dijo Mattie—. La validación de un testamento para fines estatales no es un asunto confidencial, Samantha. El expediente judicial será de dominio público, y cualquiera puede ir a la secretaría y echarle un vistazo. Además, aquí en Brady no hay secretos. Eso ya deberías saberlo a estas alturas.

Jeff les pasó unas páginas más, al tiempo que decía:

—Su secretaria y yo hemos revisado estas cuentas durante el fin de semana. Los honorarios por el caso Tate ascienden a casi setecientos mil...

—Una vez deducidos los impuestos, claro —puntualizó Mattie.

—Claro. Y, como decía, no es más un acuerdo verbal. Supongo que los abogados de Strayhorn pueden echarse atrás, ¿verdad, Mattie?

—Desde luego, y no me sorprendería que lo hicieran. Con Donovan fuera de juego, bien podrían cambiar de estrategia y mandarnos al cuerno.

Samantha negó con la cabeza.

—Un momento. Si llegaron a un acuerdo, ¿cómo pueden cambiar de parecer?

—No hay nada por escrito —explicó Mattie—. O al menos no hemos encontrado nada. Por lo general, en un caso como este las dos partes firman un breve preacuerdo y lo someten a la aprobación del tribunal.

—Según la secretaria —señaló Jeff— hay un borrador de preacuerdo en el ordenador, pero no llegaron a firmarlo.

—Así que vamos apañados —dijo Samantha; se le escapó el «vamos» aunque no tenía intención de darse por incluida.

—No necesariamente —repuso Mattie—. Si se echan atrás, el caso sigue adelante por medio de una apelación, cosa que a Donovan no le preocupaba. Era un juicio claro en el que no había un error reversible, al menos en su opinión. En unos dieciocho meses la sentencia debería confirmarse en la apelación. Si el Tribunal Supremo la anula, se retoma para otro juicio.

—¿Quién se ocuparía de ello? —preguntó Samantha.

—Ya nos preocuparemos de eso cuando llegue el momento.

—¿Qué más hay en la herencia? —se interesó Annette.

Jeff estaba consultando sus notas manuscritas.

—Bueno, en primer lugar, Donovan tenía un seguro de

vida por valor de medio millón de pavos. Judy es la beneficiaria, y, según el contable, ese dinero quedará excluido del patrimonio de Donovan, así que sale bastante bien parada. Tenía cuarenta mil dólares en una cuenta personal, cien mil en la cuenta corriente del bufete, trescientos mil en un fondo de inversión, y había reservado doscientos mil dólares en un fondo de gastos para pleitos. Sus demás bienes son la Cessna, que naturalmente ahora no vale nada pero estaba asegurada por sesenta mil pavos. El condado tasó su casa y el terreno en ciento cuarenta mil, y Donovan quería que se vendieran. El edificio del bufete está tasado por Brady en ciento noventa mil, y eso queda en mis manos, según el testamento. La casa tiene una pequeña hipoteca; el bufete no. Aparte de eso, lo demás son bienes personales: el jeep, la camioneta, el mobiliario de oficina, etcétera.

—¿Qué hay de la granja familiar? —preguntó Annette.

—No, Gray Mountain sigue siendo propiedad de nuestro padre, con el que hace años que no hablamos. No tengo que recordaros que no asistió al funeral de su hijo la semana pasada. Además, las tierras no valen gran cosa. Supongo que algún día las heredaré, pero no estoy esperando ese dinero.

—Me parece que yo no debería estar incluida en esta conversación —insistió Samantha—. Es personal y ahora mismo sé más de lo que sabe su esposa.

Jeff se encogió de hombros y dijo:

—Venga, Samantha.

Ella cogió el pomo y repuso:

—Vosotros hablad de lo que queráis. Yo ya he tenido suficiente. Me voy andando a casa.

Antes de que nadie tuviera ocasión de responder, había salido de la habitación y cruzaba el aparcamiento de gravilla. El motel estaba a las afueras del pueblo, no muy lejos de la cárcel a la que la había llevado Romey apenas dos meses antes. Le hacían falta el aire fresco y el paseo, y necesitaba alejarse de los hermanos Gray y sus problemas. Le tenía mucho aprecio a Jeff y lo compadecía por haber perdido a su hermano —ella también notaba un vacío en su interior—, pero al mismo tiempo la aterrorizaba su temeridad. Haber manipulado los ordenadores le granjearía más problemas con el FBI. Jeff era lo bastante engreído para creer que podía ser más listo que los federales y desaparecer cuando le viniera en gana, pero ella lo dudaba.

Pasó por delante de unas casas en Main Street y las escenas en su interior le hicieron sonreír. La mayoría de las familias estaba o bien cenando o bien recogiendo la mesa. Los televisores estaban encendidos; los niños, sentados a la mesa. Pasó ante el bufete de Donovan y se le hizo un nudo en la garganta. Solo llevaba una semana muerto y lo echaba mucho de menos. De haber estado soltero, sin duda se habría iniciado entre ambos alguna clase de relación romántica y física poco después de que llegó a Brady. Dos abogados jóvenes y sin ataduras en un pueblo, disfrutando mutuamente de su compañía, ambos flirteando y aproximándose; habría sido inevitable. Recordó las advertencias de Annette acerca de Donovan y su afición a las mujeres, y se preguntó una vez más si esta le habría dicho la verdad o en realidad se limitaba a proteger sus propios intereses. ¿Tenía a Donovan para ella sola y no quería compartirlo? Jeff estaba convencido de que lo asesinaron; su padre no. ¿Hasta qué punto tenía eso importancia cuando Samantha se planteaba lo evidente, que había desaparecido para siempre?

Dio media vuelta y regresó al Brady Grill, donde pidió una ensalada y café, y se dispuso a pasar el rato. No quería volver a la oficina ni le apetecía ir al apartamento. Después de dos meses en Brady, estaba acusando el aburrimiento. Le gustaba el trabajo y el drama cotidiano en torno al centro de asesoría, pero no tener nada que hacer por las tardes estaba empezando a resultarle monótono. Comió deprisa y pagó la cuenta a Sarge, el viejo cascarrabias dueño del establecimiento, le deseó buenas noches y dulces sueños y se marchó. Eran las siete y media, muy temprano todavía para ir a casa, así que siguió paseando para tomar el aire fresco y estirar las piernas. Había recorrido cada una de las calles de Brady y sabía que eran todas seguras. Igual le ladraba un perro o le silbaba un adolescente, pero era una curtida chica de ciudad que había pasado por situaciones mucho peores.

En una calle oscura de detrás del instituto oyó ruido a su espalda, los pasos de alguien que no intentaba seguirla en silencio. Dobló una esquina y las pisadas hicieron lo propio. Escogió una calle bordeada de casas, casi todas con la luz del porche encendida, y la enfiló. Los pasos la siguieron. En una intersección, y en un lugar donde podía gritar con la seguridad de que la oyeran, se detuvo y dio media vuelta. El hombre continuó andando hasta encontrarse a metro y medio de ella.

—¿Quieres algo? —preguntó, lista para lanzar patadas y arañazos y chillar si era necesario.

—No, he salido a pasear, igual que usted.

Hombre blanco, de cuarenta años, barba poblada, uno ochenta y cinco, pelo tupido que asomaba por debajo de una gorra sin distintivos, y vestido con un grueso abrigo de trabajo en cuyos grandes bolsillos llevaba metidas las manos.

—Y una mierda, me estás siguiendo. Di algo enseguida antes de que me ponga a gritar.

—No sabe dónde se ha metido, señorita Kofer —repuso.

Tenía un leve deje montañés, sin duda de la región. Pero ¡sabía su nombre!

—Ya sabes mi nombre. ¿Cuál es el tuyo?

—El que mejor le parezca. Llámeme Fred si quiere.

—Bueno, me gusta más Memo. Fred es muy cutre. Vamos a llamarte Memo.

—Como quiera. Me alegra mucho que le divierta.

—¿Qué te cuentas, Memo?

Tan tranquilo, impávido, dijo:

—Se ha juntado con la gente menos indicada y se ha metido en un juego del que no sabe las reglas. Es mejor que ese culito tan mono que tiene no salga del centro de asesoría jurídica, donde puede ocuparse de los pobres sin meterse en líos. Mejor aún, para usted y para todos los demás: haga el puto equipaje y vuélvase a Nueva York.

—¿Me estás amenazando, Memo?

Desde luego que la amenazaba. La estaba amenazando de una manera terrible e inconfundible.

—Tómeselo como quiera, señorita Kofer.

—Bueno, me pregunto para quién trabajas. Krull Mining, Lonerock Coal, Strayhorn Coal, Eastpoint Mining, hay tantos canallas entre los que elegir... Y no olvidemos a esos chorizos tan elegantes de Casper Slate. ¿Quién firma tu cheque, Memo?

—Me pagan en negro —contestó, al tiempo que se le acercaba un poco más.

Samantha levantó las manos y amenazó:

—Otro paso, Memo, y me pongo a gritar tan alto que acudirá todo Brady.

Un grupo de adolescentes se aproximó ruidosamente por detrás de él, y Memo perdió interés de repente. Casi entre dientes, dijo:

—No le quitaremos ojo.

—Yo tampoco —replicó Samantha, aunque no tenía la menor idea de a qué se refería.

Lanzó una fuerte exhalación y se dio cuenta de lo seca que tenía la boca. El corazón le latía con fuerza y necesitaba sentarse. Memo desapareció en cuanto pasaron los adolescentes sin decir palabra ni mirar siquiera. Sam emprendió el camino de regreso al apartamento zigzagueando apresuradamente.

A una manzana de su casa otro hombre surgió de la oscuridad y la detuvo en la acera.

—Tenemos que hablar —dijo Jeff.

—Vaya noche llevo —comentó ella cuando echaban a andar en dirección contraria al apartamento.

Le relató el encuentro con Memo, mirando de aquí para allá por si detectaba algún indicio de su presencia. Pero no había nada entre las sombras. Jeff escuchó y asintió como si conociera al tal Memo en persona.

—Lo que ocurre es lo siguiente —afirmó él—. El FBI ha venido hoy de visita aquí, pero también han registrado las oficinas de los otros tres bufetes que se sumaron a la demanda contra Krull Mining en el caso de Hammer Valley. Son amigos de Donovan: asistieron todos a su funeral la semana pasada. Dos firmas en Charleston, una en Louisville. Abogados que se especializan en demandas por perjuicios tóxicos y aúnan sus recursos y sus plantillas para enfrentarse a los canallas. Bueno, hoy han registrado sus oficinas, lo que significa, entre otras cosas, que el FBI, y suponemos que también Krull Mining, están al tanto de la verdad, y la verdad es que Donovan no facilitó los documentos robados a otros colegas. Todavía no. No era lo que tenía planeado. Donovan fue muy cuidadoso con esa información y no quería incriminar a los demás abogados, así que se limitó a describir su contenido. La estrategia entre estos consistía en interponer la demanda, llevar a Krull Mining ante los tribunales, incitar a la compañía y sus defensores a que dijeran un montón de mentiras bajo juramento y luego aportar los documentos para que el juez y el jurado sacaran sus conclusiones. Los abogados están convencidos de que esos documentos tienen un valor de al menos quinientos millones en concepto de daños punitivos. Con toda probabilidad también conducirán a investigaciones penales, procesamientos y demás.

—Así que el FBI no tardará en volver, esta vez a por ti.

—Eso creo, sí. Piensan que Donovan tenía en su poder los documentos; ahora saben que los otros abogados no los tienen, conque, ¿dónde están?

—¿Dónde están?

—Cerca.

—¿Y los tienes tú?

—Sí.

Caminaron una manzana en silencio. Jeff saludó a un anciano que estaba sentado en su porche abrigado con una manta. Unos pasos más allá Samantha preguntó:

—¿Cómo obtuvo los documentos?

—¿De verdad quieres saberlo?

—No estoy segura. Pero el conocimiento no es un delito, ¿verdad?

—La abogada eres tú.

Doblaron una esquina hacia una calle más oscura. Jeff tosió, se aclaró la garganta y empezó:

—Al principio, Donovan contrató a un hacker, un israelí que va por el mundo vendiendo su talento por bonitas sumas de dinero. Krull había digitalizado parte de su información interna, y el hacker accedió a sus archivos sin demasiados problemas. Encontró material muy interesante acerca de la mina y el embalse de lodo tóxico de Peck Mountain, lo suficiente para que Donovan se entusiasmara. Sin embargo, era evidente que Krull había dejado muchos informes al margen de su sistema de archivo digital. El hacker llegó hasta donde pudo, luego reculó, borró sus huellas y desapareció. Unos quince mil pavos por una semana de trabajo. No está mal, supongo. Aunque es arriesgado, porque lo trincaron en otro asuntillo hace tres meses y ahora está en la cárcel en Vancouver. Sea como sea, Donovan tomó la decisión de echar un vistazo a la sede de Krull cerca de Harlan, en Kentucky. Es una población pequeña y es raro que una operación de semejante envergadura tenga su sede en una zona tan rural, aunque no es insólito en las regiones mineras. Donovan fue de visita varias veces, siempre con un disfraz distinto; le encantaba el rollo clandestino y se creía un genio del espionaje. Y la verdad es que era muy bueno.

Escogió un fin de semana festivo, el día de los Caídos del año pasado, y fue un viernes por la tarde, vestido de técnico de telefonía. Alquiló una camioneta sin distintivos y la dejó junto a otros coches en el aparcamiento. Hasta le puso matrículas falsas. Una vez dentro, se escondió en un desván y esperó a la hora de cerrar. Había vigilantes de seguridad armados y cámaras de circuito cerrado en el exterior, pero dentro no tenían gran cosa. Yo estaba cerca, igual que Vic, los dos armados y preparados con un plan de emergencia por si algo se torcía. Durante tres días Donovan estuvo dentro y nosotros fuera, escondidos en el bosque, vigilando, a la espera, peleándonos con las garrapatas y los mosquitos. Fue espantoso. Usábamos radios de alta frecuencia para mantener el contacto y despertarnos unos a otros. Donovan buscó la cocina, se lo comió todo y durmió en un sofá en el vestíbulo. Vic y yo dormíamos en nuestras camionetas. Donovan también encontró los archivos, un tesoro de documentación incriminatoria que detallaba cómo Krull había mantenido en secreto todo lo relativo a la explotación de Peck Mountain y sus problemas. Copió miles de documentos y volvió a dejar los originales en su sitio como si nada hubiera pasado. Ese lunes, el día de los Caídos, apareció un equipo de limpieza y casi lo pillan. Yo los vi antes, llamé a Donovan y consiguió de chiripa esconderse en el desván antes de que los conserjes entraran en el edificio. Se quedó allí tres horas, muerto de calor.

—¿Cómo consiguió sacar los documentos?

—En bolsas de basura, otro montón de desechos. Metió siete bolsas en un contenedor detrás del edificio de oficinas. Sabíamos que el camión de la basura pasaría el martes por la mañana. Vic y yo lo seguimos hasta el vertedero. Donovan salió de las oficinas, se cambió de disfraz y pasó a ser un agente del FBI, y se presentó en el vertedero con una placa de identificación. A los que trabajan en sitios así les trae sin cuidado de dónde procede la porquería o qué ocurre con ella, y tras discutir un poco con el agente Donovan se dieron por vencidos. Cargamos la basura en la camioneta de alquiler y regresamos a Brady a toda prisa. Trabajamos sin descanso durante tres días clasificando, ordenando e indexando, y luego ocultamos los documentos en un pequeño almacén no muy lejos del domicilio de Vic cerca de Beckley. Después los trasladamos, y volvimos a trasladarlos.

—¿Y los infelices de Krull Mining no sospecharon que alguien se había colado en sus oficinas?

—No fue todo tan limpio. Donovan tuvo que abrir con ganzúa unas cerraduras y forzar algunos archivadores, y se guardó más de un documento original. Dejó indicios. Había cámaras de vigilancia en el exterior, y seguro que grabaron imágenes suyas. Pero sería imposible reconocerlo con los disfraces. Además, Donovan y Vic pensaron que era importante que Krull supiera que alguien había pasado por allí. Regresamos esa misma tarde, el martes, y observamos desde lejos. Iban y venían coches patrulla. La agitación era evidente.

—Es una historia estupenda, pero me parece de una temeridad increíble.

—Claro que fue una temeridad. Pero así era mi hermano. Se regía por la filosofía de que si los tipos malos siempre hacen trampas...

—Lo sé, lo sé. Me lo dijo más de una vez. ¿Qué hay en los discos duros de sus ordenadores?

—Nada delicado. No era idiota.

—Entonces ¿por qué te los llevaste?

—Me dijo que lo hiciera. Tenía instrucciones terminantes si le ocurría algo. Se dio un caso en Mississippi hace unos años en el que el FBI registró un bufete y se llevó todos los ordenadores. Donovan vivía aterrado de que le pasara eso, así que yo tenía mis órdenes.

—¿Y qué se supone que debes hacer con todos los documentos de Krull?

—Entregárselos a los demás abogados antes de que los del FBI den con ellos.

—¿Pueden encontrarlos?

—Es sumamente improbable. —Se aproximaban al palacio de justicia por una estrecha calle secundaria. Jeff sacó algo del bolsillo y se lo dio—. Es un móvil de prepago —le indicó—. Para ti.

Sam se quedó mirándolo y respondió:

—Ya tengo un móvil. Gracias.

—Pero el tuyo no es seguro. Este sí.

Lo miró, pero no alargó la mano para cogerlo.

—¿Y por qué iba a hacerme falta?

—Para hablar con Vic y conmigo, y nadie más.

Samantha retrocedió un paso y negó con la cabeza.

—Esto es increíble, Jeff. Si acepto ese teléfono, me uno a vuestra pequeña conspiración. ¿Por qué yo?

—Porque confiamos en ti.

—¿Qué sabéis de mí? Solo llevo aquí dos meses.

—Exacto. No conoces a nadie ni sabes nada. Aún no te has corrompido. No hablas porque no tienes a nadie con quien hablar. Eres lista de cuidado, no te andas con tonterías y... además eres guapa.

—Ah, qué bien. Justo lo que quería oír. Seguro que estaré espectacular con un mono de color naranja y grilletes en los tobillos.

—Pues sí. Estarías estupenda te pusieras lo que te pusieras, o incluso si no llevaras nada.

—¿Me estás tirando los tejos?

—Quizá.

—Vale, la respuesta es ahora no. Jeff, estoy pensando seriamente en hacer el equipaje, montarme en el coche alquilado, salir de Brady quemando rueda, como decís por aquí, y no parar hasta Nueva York, que es el lugar que me corresponde. No me hace ni pizca de gracia lo que está ocurriendo a mi alrededor, y yo no he pedido meterme en tantos líos.

—No puedes irte. Eso ya lo sabes.

—En cuanto lleve veinticuatro horas en Manhattan lo habré olvidado todo, te lo aseguro.

Calle abajo Sarge cerró la cafetería de un portazo y se alejó con pesadez. En Main Street no se movía nada más. Jeff la cogió suavemente por el brazo y la llevó hasta una zona en penumbra bajo unos árboles cerca de un monumento conmemorativo de los caídos en la guerra oriundos del condado de Noland. Señaló algo a lo lejos, más allá del palacio de justicia, a dos manzanas de allí. Casi en un susurro, dijo:

—¿Ves esa camioneta Ford negra aparcada al lado del Volkswagen viejo?

—No distingo una Ford de un Dodge. ¿Quién hay dentro?

—Dos tipos; probablemente tu nuevo amigo Memo y un capullo al que yo llamo Jimmy.

—¿Jimmy?

—Jimmy Carter. Dientes grandes, sonrisa amplia, pelo tirando a rubio.

—Ya. Qué ingenioso. ¿Qué hacen Memo y Jimmy ahí sentados en una camioneta aparcada a las ocho y media de la noche?

—Hablar de nosotros.

—Quiero irme a Nueva York, donde no corra peligro.

—La verdad es que no te lo echo en cara. Mira, voy a desaparecer un par de días. Haz el favor de coger este móvil para que tenga alguien con quien hablar.

Le puso el móvil de prepago en la mano y, uno o dos segundos después, Samantha lo aceptó.

27

El martes por la mañana temprano Samantha salió de Brady
en dirección a Madison, Virginia Occidental, un trayecto de
hora y media que podía durar el doble si las carreteras estaban atestadas de camiones de carbón y autobuses escolares.
Un fuerte viento dispersaba las pocas hojas que quedaban en
los árboles. Los colores se habían esfumado, y las cadenas
montañosas y los valles tenían un tono mate y deprimente
que no cambiaría hasta la primavera. Había probabilidades
de que al día siguiente nevara un poco, la primera nevada de
la temporada. Se sorprendió mirando por el retrovisor, y en
más de una ocasión se las apañó para tomarse su paranoia con
una sonrisa. ¿Por qué iba a perder nadie el tiempo siguién-
dola por los Apalaches? No era más que una empleada temporal, una pasante sin sueldo que cada día tenía más nostalgia de su hogar. Había planeado pasar la Navidad en Nueva
York y ponerse al día con amigos y lugares, y ya estaba du-
dando de si tendría agallas suficientes para volver a los Apalaches.

El móvil nuevo estaba encima del asiento del acompañante, y lo miró preguntándose qué estaría haciendo Jeff. Durante una hora estuvo planteándose llamarle solo para ver si
funcionaba, pero sabía que sí. ¿Cuándo, exactamente, se suponía que debía utilizar el puñetero trasto? Y ¿con qué fin?

En la carretera general al sur de la población encontró el lugar donde había quedado: el templo de la Iglesia Baptista Misionera de Cedar Grove. Había explicado a sus clientes que tenían que hablar, en privado, y no en la gasolinera donde Buddy tomaba café por la mañana y todo el mundo se creía con derecho a meter baza en las conversaciones ajenas. Los Ryzer sugirieron su iglesia, y Samantha especuló si sería porque no querían que viera su domicilio. Estaban sentados en la camioneta de Buddy en el aparcamiento, viendo pasar algún que otro coche, en apariencia sin la menor preocupación en la vida. Mavis abrazó a Samantha como si fuera de la familia y luego fueron al salón parroquial detrás de la pequeña capilla. La puerta no estaba cerrada con llave; la amplia sala estaba vacía. Dispusieron sillas plegables en torno a una mesa para jugar a las cartas, y hablaron del tiempo y de los planes que tenían para Navidad.

Al final, Samantha fue al grano:

—Supongo que habéis recibido la carta del bufete de Donovan con la trágica noticia.

Los dos asintieron con tristeza. Buddy masculló:

—Qué hombre tan bueno.

Mavis preguntó:

—¿Qué consecuencias tendrá, ya sabes, para nosotros y nuestro caso?

—A eso he venido. A explicároslo y responder vuestras preguntas. La demanda por la enfermedad del pulmón negro seguirá adelante a toda vela. Se presentó el mes pasado y, como sabéis, estamos esperando la revisión médica. Pero me temo que el pleito grande está en punto muerto, al menos por ahora. Cuando Donovan interpuso la demanda en Lexington, lo hizo por cuenta propia. Por regla general, en esos casos importantes, sobre todo los que duran diez años y se llevan un montón de dinero, Donovan formaba un equipo judicial con otros abogados y bufetes. Dividían el trabajo y los gastos.

Pero, en este caso, aún estaba intentando convencer a otros colegas de que se involucraran. A decir verdad, eran reacios. Enfrentarse a Lonerock Coal y su bufete e intentar demostrar un comportamiento delictivo es una tarea inmensa.

—Todo eso ya nos lo explicaste —señaló Buddy sin ambages.

—Os lo explicó Donovan. Yo estaba presente, pero, como dejé claro, no tomaba parte en el caso grande como abogada.

—Así que ¿no contamos con nadie? —preguntó Mavis.

—Así es. Ahora mismo, no hay nadie que lleve el caso, y tiene que ser desestimado. Lo siento.

La respiración de Buddy ya era bastante trabajosa cuando estaba perfectamente tranquilo, pero en cuanto experimentaba el menor estrés o contrariedad tenía que boquear para tomar aire.

—Eso no es justo —se lamentó con la boca abierta de par en par para recobrar el resuello.

Mavis se le quedó mirando con incredulidad y se enjugó una lágrima de la mejilla.

—No, no es justo —convino Samantha—. Pero lo que le ocurrió a Donovan tampoco lo fue. Solo tenía treinta y nueve años, y estaba haciendo una labor magnífica como abogado. Su muerte fue una tragedia sin sentido que ha dejado a sus clientes totalmente desprotegidos. No sois los únicos que estáis buscando respuestas.

—¿Sospecháis que hubo algo sucio? —indagó Buddy.

—Aún se está investigando y hasta el momento no han encontrado indicios de nada semejante. Hay muchas preguntas sin respuesta, pero ninguna prueba de verdad.

—A mí me huele a chamusquina —dijo Buddy—. Pillamos a esos cabrones con las manos en la masa escondiendo documentos y jodiendo a la gente, Donovan pone una demanda por cientos de millones de dólares y después su avioneta se estrella en circunstancias misteriosas.

—Buddy, esa lengua —le regañó Mavis—. Estás en la iglesia.

—Estoy en el salón parroquial. La iglesia está allí.

—Sigue siendo la iglesia. Cuidado con tu lenguaje.

Buddy, reprendido, se encogió de hombros y aseguró:

—Apuesto a que encuentran algo.

—Lo están acosando en el trabajo —señaló Mavis—. Empezó justo después de que presentáramos la demanda grande en Lexington. Cuéntaselo, Buddy. ¿No te parece importante, Samantha? ¿No necesitas estar al tanto?

—No es nada que no pueda sobrellevar —aseguró Buddy—. Solo me incordian un poco. Me han puesto otra vez a conducir un camión, que es un poco más duro que la cargadora, pero nada del otro mundo. Y me asignaron turno de noche tres veces la semana pasada. Llevaba meses con un horario fijo y ahora me están tocando las narices con turnos distintos. Lo puedo encajar. Todavía tengo un empleo y un buen sueldo. Qué coño, tal como está la situación sin un sindicato que nos proteja, mañana mismo podrían despedirme en el acto. Y ya no tendría nada que hacer al respecto. Se cargaron nuestro sindicato hace veinte años y desde entonces hacen lo que les da la gana con nosotros. Tengo suerte de conservar el empleo.

—Es verdad, pero no podrás seguir trabajando mucho tiempo —señaló Mavis—. Tiene que subir una escalera para entrar en la cabina del camión, le cuesta mucho. Se quedan ahí mirando, esperando a que se derrumbe o algo parecido para alegar que está incapacitado y, por lo tanto, es un peligro, y entonces despedirlo.

—Pueden despedirme de todas maneras. Acabo de contarlo.

Mavis se mordió la lengua mientras Buddy tomaba aire ruidosamente. Samantha sacó unos documentos del maletín y los dejó en la mesa.

—Esto es una petición de desestimación, y tenéis que firmarla —dijo Samantha.

—¿Desestimación de qué? —preguntó Buddy, aunque ya sabía la respuesta; rehusó mirar los papeles.

—El pleito federal contra Lonerock Coal y Casper Slate.

—¿Quién la presenta?

—Ya conocisteis a Mattie, mi jefa en la asesoría. Es tía de Donovan y también la abogada que se encarga de su herencia. El tribunal le dará autoridad para cerrar sus asuntos.

—Y si no la firmo, ¿qué?

Samantha no lo había previsto y, puesto que sabía muy poco acerca de procedimientos federales, no estaba segura de qué contestar; aun así, hacía falta una respuesta inmediata de todos modos.

—Si el querellante, o sea tú, no hace que el caso siga adelante, el tribunal acabará por desestimarlo.

—Así que, de una manera u otra, se ha ido al garete, ¿no? —preguntó Buddy.

—Sí.

—Vale, no pienso ceder. No voy a firmar.

—¿Por qué no te ocupas tú del caso? —saltó Mavis—. Eres abogada.

Los dos la miraron de hito en hito, y era evidente que habían sopesado la pregunta con detenimiento.

Samantha ya se lo esperaba.

—Sí, pero no tengo experiencia ante un tribunal federal ni licencia para ejercer en Kentucky —respondió.

Lo encajaron sin hacer ningún comentario y sin entenderlo de veras. Un abogado era un abogado, ¿no?

Mavis cambió de tercio diciendo:

—Bueno, en la demanda por la enfermedad del pulmón negro comentaste que ibas a calcular todo lo que se le debía a mi marido con carácter retroactivo. Y dijiste que si ganamos el caso podemos remontarnos al día en que presentamos la demanda, hace unos nueve años. ¿No es así?

—Así es —asintió Samantha, rebuscando entre sus notas—. Y según nuestros cálculos asciende a unos ochenta y cinco mil dólares.

—No es tanto dinero —comentó Buddy, disgustado, como si la miserable cifra fuera culpa de Samantha. Tomó aire con todas sus fuerzas y continuó—: Deberían pagarme más, muchísimo más después de lo que han hecho. Tendría que haber dejado de trabajar en las minas hace diez años, cuando enfermé, y lo habría hecho de tener un subsidio. Pero no, joder, me vi obligado a seguir en el tajo y a tragarme el polvo.

—Poniéndose cada vez más enfermo —señaló Mavis con gravedad.

—Ahora no podré seguir trabajando más de un año, dos a lo sumo. Y si conseguimos llevarlos ante un tribunal no tendrán que responder prácticamente de nada. No es justo.

—Es verdad —reconoció Samantha—. Pero ya hemos tenido esta conversación, Buddy, y más de una vez.

—Por eso quiero demandar a esos cabrones ante un tribunal federal.

—Esa lengua, Buddy.

—Maldita sea, Mavis, yo hablo como me da la gana.

—Bueno, tengo que irme —dijo Samantha a la vez que cogía el maletín—. Espero que te replantees la decisión de no firmar esta petición.

—No pienso darme por vencido —insistió Buddy, jadeante.

—Bien, pero no voy a volver hasta aquí para esto. ¿Entendido?

Buddy se limitó a asentir. Mavis dejó a su marido unos instantes y salió con Sam. Ya en el coche, le dio las gracias.

—Samantha, te estamos agradecidos. Pasamos años sin abogado, y ahora nos reconforta tenerlo. Se está muriendo y lo sabe, así que tiene días malos en los que no resulta muy agradable.

—Lo entiendo.

Samantha se detuvo en la antiquísima estación de servicio Conoco para echar gasolina y, con suerte, tomarse una taza de café bebible. Había unos pocos vehículos aparcados a un lado del edificio, todos con matrícula de Virginia Occidental, ninguno conocido. Jeff le había aconsejado que estuviera más atenta, que observara todos los coches y las camionetas, se fijara en las matrículas, mirase las caras con discreción y escuchara las charlas fingiendo desinterés. «Da por sentado que siempre hay alguien vigilando», le había avisado, pero a ella le resultaba difícil aceptarlo.

«Creen que tenemos algo que quieren con desesperación», le había dicho. Lo del «tenemos» seguía inquietándola. En realidad no recordaba haber accedido a formar parte de ningún equipo. Mientras miraba fijamente el surtidor de gasolina, reparó en que entraba en el establecimiento un hombre, aunque no había visto que llegara ningún coche más en los últimos minutos.

Memo estaba de regreso. Samantha pagó con tarjeta de crédito en el surtidor, y podría haberse largado de allí, pero tenía que confirmarlo. Entró por la puerta principal y dio los buenos días al empleado tras el mostrador. Había varios ancianos sentados en mecedoras en torno a una estufa de carbón y ninguno pareció reparar en ella. Unos pasos más y estaba en la diminuta cafetería, que no era más que un añadido barato con una docena de mesas adornadas con manteles a cuadros. Había cinco clientes comiendo, tomando café y hablando.

Él estaba sentado a la barra, mirando la parrilla, donde un cocinero freía beicon. No alcanzaba a verle la cara y no quería montar una escena, y por un instante permaneció torpemente en medio de la cafetería sin saber qué hacer. Captó una o dos miradas y decidió marcharse. Condujo de regreso a Madison y se detuvo en un autoservicio donde compró un mapa de carreteras. El Ford alquilado tenía GPS, pero no se había tomado la molestia de programarlo. Necesitaba orientarse ya.

Media hora después, mientras iba por una carretera rural de algún lugar del condado de Lawrence, Kentucky, su nuevo móvil por fin tuvo cobertura suficiente para hacer una llamada. Jeff contestó al cuarto tono. Samantha le explicó con tranquilidad lo que ocurría y él se lo hizo repetir todo despacio.

—Quería que te fijaras en él —dijo Jeff—. ¿Por qué si no se iba a arriesgar a que lo vieras? No es una táctica tan rara. Sabe que no vas a agredirlo ni nada por el estilo, así que te envía un mensaje no muy sutil.

—¿Que es...?

—Te estamos vigilando. Te podemos encontrar siempre. Te has juntado con quien no debes y puedes salir perjudicada.

—Vale, capto el mensaje. Y ahora ¿qué?

—Nada. Ten los ojos abiertos por si te está esperando cuando llegues a Brady.

—No quiero volver a Brady.

—Lo siento.

—¿Dónde estás?

—Voy a estar en la carretera unos días.

—Qué imprecisa...

Llegó a Brady poco antes del mediodía y no vio a nadie sospechoso. Aparcó en la calle cerca del bufete y, a cobijo de unas gafas de sol, se las arregló para escudriñar los alrededores antes de entrar. Por un lado, se sentía idiota; por otro, casi esperaba ver a Memo al acecho detrás de un árbol. ¿Y qué demonios iba a hacer ese tipo? Seguirla mataría de aburrimiento a cualquier detective privado.

La prole de los Crump había llamado. A todas luces, Francine le había comunicado a alguno de sus hijos que había vuelto a cambiar de parecer y que tenía previsto reunirse con la señorita Kofer y no hacer ningún cambio en el testamento ya existente. Eso, naturalmente, había enfurecido a los Crump, que estaban abrasando las líneas de teléfono con la intención de localizar a la señorita Kofer y dejarle las cosas bien claras otra vez. Nadie en el centro de asesoría había tenido noticias de Francine. Samantha cogió a regañadientes el montón de notas con mensajes telefónicos de manos de Barb, quien, sin ella pedírselo, le ofreció el consejo de que solo llamara a uno, quizá a Jonah, el mayor, y le explicara que su querida madre no se había puesto en contacto con la asesoría, e insistiera en que dejaran de dar la lata en recepción.

Cerró la puerta de su despacho y llamó a Jonah. Este la saludó de bastante buen ánimo, pero de inmediato amenazó con demandarla y conseguir que la inhabilitasen si volvía a enredar con el «testamento de mamá». Samantha repuso que no había tenido noticias de Francine en las últimas veinticuatro horas. No tenía ninguna cita con ella. Nada. Eso lo tranquilizó un poco, aunque estaba listo para estallar en cualquier momento.

—¿Cabe la posibilidad de que su madre esté liándolos? —sugirió ella.

—Mamá no piensa de esa manera —respondió.

Sam le pidió amablemente que atara a los perros, que pidiera a sus hermanos que dejasen de llamar a la asesoría. Él rehusó, y al final llegaron al acuerdo de que si Francine iba al centro en busca de asesoría jurídica, Samantha le pediría que llamase a Jonah y le informara de lo que hacía.

Se apresuró a colgar, y dos segundos después la llamó Barb.

—Es el FBI —anunció.

Quien llamaba se identificó como el agente Banahan, de la oficina de Roanoke, y dijo que buscaba a un hombre llamado

Jeff Gray. Samantha admitió que conocía a Jeff Gray, y le preguntó al agente cómo podía confirmar su identidad. Banahan aseguró que no tendría inconveniente en pasar por su despacho al cabo de media hora; estaba en la zona. Sam contestó que no pensaba hablar de nada por teléfono y accedió al encuentro. Veinte minutos después el agente estaba en el vestíbulo sometiéndose al examen de Barb, que lo encontraba bastante mono y se consideraba una experta en coquetería. Banahan no se dejó impresionar y tomó asiento en la salita de reuniones, donde Samantha y Mattie lo esperaban con una grabadora encima de la mesa.

Tras unas lacónicas presentaciones y la atenta revisión de sus credenciales por parte de las dos abogadas, Mattie empezó diciendo:

—Jeff Gray es sobrino mío.

—Ya lo sabemos —repuso Banahan con una sonrisilla, y a las mujeres les cayó antipático al instante—. ¿Saben dónde está?

Mattie miró a Samantha y respondió:

—Yo no. ¿Y tú, Sam?

—No.

No mentía; en esos instantes no tenía idea de dónde se escondía Jeff.

—¿Cuándo hablaron con él por última vez? —preguntó Banahan mirando a Samantha.

Mattie lo interrumpió:

—Oiga, su hermano murió el lunes de la semana pasada; lo enterramos el miércoles, cinco días antes de que los muchachos del FBI registraran su despacho. Según lo estipulado en su testamento, Jeff es el albacea y yo su representante legal. Conque sí, hablé a menudo con mi sobrino. ¿Qué quieren?

—Tenemos muchas preguntas.

—¿Y una orden de detención?

—No.

—Bien, entonces Jeff no está eludiendo su detención.

—Eso es. Solo queremos hablar con él.

—Cualquier conversación con Jeff Gray tendrá lugar aquí mismo, alrededor de esta mesa, ¿entendido? Aconsejaré a mi sobrino que no diga nada si no estamos presentes la señorita Kofer y yo misma, ¿de acuerdo?

—Muy bien, señora Wyatt. Entonces ¿cuándo podemos hablar con él?

Mattie se tranquilizó y dijo:

—Bueno, no sé con seguridad dónde está hoy. Acabo de llamarle al móvil y ha saltado el buzón de voz.

Samantha negó con la cabeza, como si hiciera semanas que no hablaba con Jeff. Mattie continuó:

—Teníamos que ir al juzgado mañana para abrir el testamento y empezar el proceso de validación, pero el juez lo ha pospuesto a la semana que viene, así que no sé dónde está en estos momentos.

Samantha preguntó:

—¿Guarda esto relación con las medidas que tomó ayer el FBI al confiscar archivos del bufete de Donovan Gray?

Banahan mostró las palmas de las manos y dijo:

—¿No es evidente?

—Eso parece, sí. ¿A quién están investigando, ahora que Donovan Gray ha muerto?

—No estoy autorizado a decirlo.

—¿Está sometido Jeff a investigación? —preguntó Mattie.

—No, ahora mismo no.

—No ha hecho nada —señaló Mattie.

28

Causaron daños en la mina de Millard Break cerca de Wittsburg, Kentucky, en un ataque similar a los otros. Desde una posición en la ladera este de Trace Mountain, una estribación densamente poblada unos ciento cincuenta metros por encima de la mina a cielo abierto, los francotiradores abrieron fuego a unos setecientos metros de distancia y disfrutaron de lo lindo reventando cuarenta y siete ruedas, cada una de más de cuatrocientos kilos de peso y con un coste de dieciocho mil dólares. Los dos vigilantes nocturnos, ambos armados hasta los dientes, aseguraron a las autoridades que el ataque duró unos diez minutos y que, en ocasiones, parecía la guerra mientras chasqueaban los rifles de los tiradores, resonando por el valle, y estallaban las ruedas cerca de ellos. La primera andanada fue a las tres y cinco de la madrugada. Toda la maquinaría de la mina estaba inactiva; todos los trabajadores a salvo en casa. Un vigilante de seguridad se montó en una camioneta con la imprecisa intención de perseguirlos —no sabía exactamente adónde dirigirse—, pero quedó disuadido de inmediato cuando el vehículo empezó a recibir disparos y reventaron dos neumáticos. El otro guardia de seguridad se refugió en un tráiler que hacía las veces de oficina para llamar a la policía, pero se vio obligado a cobijarse cuando una ráfaga hizo saltar las ventanas por los aires. Eran hechos graves, porque ponían directamente en peligro vidas humanas. En otros ataques los tiradores habían tenido buen cuidado de no herir a nadie. Iban a por la maquinaria, no por las personas. Ahora, en cambio, estaban infringiendo leyes más importantes. Los vigilantes creían que habían participado al menos tres rifles, aunque, a decir verdad, era difícil saberlo en medio del caos.

La empresa propietaria, Krull Mining, hizo las típicas declaraciones duras y amenazadoras a la prensa. Se ofreció una recompensa impresionante. El sheriff del condado prometió una investigación a fondo y detenciones inmediatas, comentarios más bien jactanciosos y con poca visión, a la luz de que «esos ecoterroristas» llevaban merodeando impunemente por los Apalaches ya cerca de dos años.

El artículo hacía mención acto seguido de los ataques recientes y especulaba que los tiradores habían utilizado el mismo armamento: proyectiles de 51 milímetros que normalmente se disparan con el rifle de largo alcance M24E, el mismo que utilizaban los francotiradores del ejército en Irak y con el que hacían diana a más de mil metros de manera habitual. Según un experto citado, usando un rifle así a esa distancia y en plena noche, con tecnología óptica que se podía obtener con facilidad, sería prácticamente imposible localizar a los francotiradores.

Krull Mining manifestó que el mercado de ruedas no andaba bien, en algunos sitios había escasez, y la mina quizá tuviera que cerrarse durante varios días.

Samantha leyó el artículo en el portátil mientras tomaba café el viernes por la mañana en el bufete. Tenía la desagradable sensación de que Jeff andaba implicado en esa banda, si es que no era el cabecilla. Casi dos semanas después de la muerte de su hermano, tenía que hacer una declaración de intenciones, desquitarse a su propio modo y descargar un buen mazazo contra Krull Mining. Si estaba en lo cierto su corazonada, Sam tenía otro motivo para hacer el equipaje. Remitió por correo electrónico el artículo a Mattie, pasillo adelante, y luego fue a su despacho y confesó:

—Para ser del todo sincera, creo que Jeff está involucrado.

La respuesta de Mattie fue fingir reírse de semejante tontería.

—Samantha, es el primer viernes de diciembre —dijo—, el día que decoramos la oficina, como todo el mundo en Brady. Por primera vez desde que murió Donovan he conseguido sentirme bien y hasta sonreír. No quiero fastidiarme el día preocupándome por lo que Jeff pueda traerse entre manos. ¿Has hablado con él?

—No, ¿por qué iba a hacerlo? No estamos implicadas, como sueles decir. No se pone en contacto conmigo para contarme lo que hace.

—Bien, vamos a olvidarnos de Jeff un momento, a ver si conseguimos que nos entre un poco de alegría navideña.

Barb subió el volumen de la radio y poco después resonaban villancicos por los despachos. Ella estaba a cargo del árbol, una triste reproducción en plástico que se guardaba en un escobero el resto del año; pero, cuando colgaron luces y le pusieron adornos, empezó a dar señales de vida. Annette dispuso hiedra y muérdago por todo el porche delantero y colgó una corona en la puerta. Llevaron un montón de comida y almorzaron sin prisas en la sala de reuniones el estofado de ternera que había preparado Chester a fuego lento. Todo el trabajo cayó en el olvido y no hicieron caso de los clientes. El teléfono apenas sonó, como si el resto del condado también estuviera afanado en imbuirse del espíritu navideño. Después de comer Samantha fue al juzgado y, por el camino, se fijó en que todas las tiendas y oficinas estaban decoradas. Una cuadrilla del ayuntamiento se afanaba colgando campanas plateadas de las farolas sobre las calles. Otra fijaba un enorme abeto recién talado en el parque junto al palacio de justicia. De pronto la Navidad estaba en el ambiente y el pueblo entero se estaba contagiando de su espíritu.

Al oscurecer llegó todo Brady y una multitud inundó las aceras de Main Street, vagando de tienda en tienda, tomando a su paso sidra caliente y galletas de jengibre. Se cortó el tráfico rodado, y los niños esperaban entusiasmados el desfile, que apareció hacia las siete, cuando empezaron a oírse sirenas a lo lejos. El gentío se apiñó y bordeó la calle principal. Samantha contempló el espectáculo junto con Kim, Adam y Annette. El sheriff encabeza la procesión, con su coche patrulla marrón y blanco recién abrillantado. Detrás iba la flota entera. Sam se preguntó si el bueno de Romey intentaría colarse en el acto, pero no se le veía por ninguna parte. La banda del instituto pasó interpretando una versión más bien floja del «Adeste Fideles». Era una formación pequeña de un instituto modesto.

—No son muy buenos, ¿verdad? —le susurró Adam a Samantha.

—A mí me parecen magníficos —dijo ella.

Pasaron las girl scouts, seguidas por los boy scouts. En una carroza iban unos veteranos en silla de ruedas, todos encantados de estar vivos y poder disfrutar de otra Navidad. La estrella era el señor Arnold Potter, de noventa y un años, superviviente del desembarco de Normandía, sesenta y cuatro años antes. Era el héroe más importante del condado aún con vida. Los miembros de la antigua orden de los Shriners llegaron con sus minimotocicletas, acaparando como siempre toda la atención. La carroza del Club Rotario era una escena del Nacimiento con ovejas y cabras de verdad, todas comportándose hasta el momento. Una carroza grande tirada por una camioneta Ford último modelo estaba abarrotada por el coro infantil de la Primera Iglesia Baptista. Los niños iban vestidos con túnicas blancas y con sus voces angelicales cantaban «Oh, aldehuela de Belén» con una entonación casi perfecta. El alcalde iba en un Thunderbird descapotable de 1958. Saludaba con la mano y sonreía mucho, pero a nadie parecía importarle. Llegaron varios coches de policía más, un camión de bomberos de la brigada de voluntarios y otra carroza con un grupo de música folk que interpretaba al estilo de Kentucky una versión marchosa de «Dulce Navidad». Un club de equitación pasó a lomos de una manada de caballos cuarto de milla, todos con sus mejores galas de rodeo, tanto jinetes como equinos. Roy Rogers y su caballo Trigger se habrían sentido orgullosos. El transportista de gasolina local tenía un reluciente camión nuevo con un tanque de diez mil galones, y alguien consideró que quedaría bien en el desfile. Por diversión, el conductor, un hombre negro, estaba escuchando rap que no tenía nada de navideño a todo volumen y con las ventanillas bajadas.

Por fin el principal motivo de las fiestas apareció en su trineo. El viejo Santa Claus saludó a los niños y lanzó golosinas a sus pies. A través de un altavoz, gritaba rítmicamente «Jo, jo, jo», pero nada más.

Cuando el desfile se perdió de vista la mayoría de los espectadores se desplazó hacia el palacio de justicia y se reunió en el parque de al lado. El alcalde dio la bienvenida a todos y parloteó un buen rato. Otro coro infantil cantó «Noche de paz». Miss condado de Noland, una pelirroja preciosa, cantaba «Dulce Jesús mío» cuando Samantha notó que alguien le tocaba el codo izquierdo. Era Jeff, con una gorra y unas gafas que no le había visto nunca. Se apartó de Kim y Adam, se abrió paso entre el gentío hasta dejarlo atrás y fue hacia la oscuridad cerca del monumento a los caídos en la guerra. Habían estado allí mismo el lunes por la noche, observando a Memo y Jimmy desde la distancia.

—¿Estás libre mañana? —preguntó él casi en un susurro.

—Es sábado; no tengo nada que hacer, claro.

—Vamos de excursión.

Samantha titubeó mientras miraba al alcalde, que en ese momento accionaba una palanca e iluminaba el árbol de Navidad oficial.

—¿Adónde?

Jeff le puso en la mano con discreción un papel doblado y dijo:

—Indicaciones. Nos vemos mañana.

Le dio un besito en la mejilla y desapareció.

Condujo hasta la ciudad de Knox, en el condado de Curry, y dejo el coche en el aparcamiento de la biblioteca a una manzana de Main Street. Si la habían seguido, no se había dado cuenta. Caminó con aire despreocupado hasta la calle principal, fue tres manzanas hacia el oeste y entró en la cafetería Knox Market. Preguntó dónde estaba el servicio y le señalaron el fondo del establecimiento. Encontró una puerta que daba a un callejón junto a la calle Cinco. Siguiendo las indicaciones, se alejó un par de manzanas del centro y alcanzó a ver el río. Cuando se acercaba a Larry's Trout Dock, debajo del puente, Jeff salió de la tienda de cebos y señaló una barca de pesca de veinte pies.

Sin decir palabra, los dos se montaron en la barca; Samantha delante, abrigada para protegerse del frío, y Jeff detrás, donde puso en marcha el motor fuera borda. Separó la embarcación del muelle y dio potencia al motor. Estaban en medio del río Curry, y la ciudad iba desapareciendo rápidamente. Pasaron por debajo de otro puente y dio la impresión de que la civilización se acababa. Durante kilómetros, o como quiera que se mida la distancia en un río sinuoso —Samantha no tenía ni idea—, discurrieron por aguas oscuras y mansas. El Curry era estrecho y profundo, sin rocas ni rápidos. Serpenteaba entre las montañas, oculto del sol por altos riscos que casi se rozaban. Se cruzaron con una barca, un pescador solitario que miraba el sedal con aire melancólico y no les hizo el menor caso. Pasaron por delante de un pequeño asentamiento cerca de un banco de arena, apenas unas cuantas barcas y chozas flotantes. «Ratas de río», los llamaría luego Jeff. Se fueron adentrando cada vez más en el cañón y, a cada meandro, el Curry se tornaba más angosto y oscuro.

El fuerte zumbido del fuera borda les impedía conversar, aunque tampoco es que tuvieran mucho que decirse. Era evidente que estaba llevando a Sam a un lugar donde no había estado nunca, pero ella no tenía miedo ni albergaba la menor duda. A pesar de las complicaciones de Jeff, su ira, su inestabilidad emocional en esos momentos y su temeridad, ella confiaba en él. O al menos confiaba lo suficiente para ir de excursión, o lo que quiera que tuviese pensado ese día.

Jeff redujo potencia y la barca se desvió hacia la derecha. Un viejo cartel rezaba LÍMITE DEL CURRY, y apareció a la vista una rampa de hormigón. Jeff la rodeó y dejó que la embarcación se deslizara hasta un banco de arena.

—Salta ahí —ordenó, y Sam obedeció.

Amarró la barca a una reja de metal cerca de la rampa y se detuvo un momento para estirar las piernas. Habían estado sentados casi una hora.

—Vaya, buenos días, caballero —dijo Samantha.

Jeff sonrió.

—Buenos días. Gracias por venir.

—Como si hubiera tenido otra opción. ¿Dónde estamos, exactamente?

—Estamos perdidos en el condado de Curry. Sígueme.

—Lo que tú digas.

Dejaron atrás el banco de arena, se adentraron en un tupido bosque y empezaron a ascender por un sendero sin señalizar que solo habría sido capaz de seguir alguien como Jeff. O Donovan. A medida que la pendiente se volvía más acusada, él parecía cobrar impulso. Cuando los muslos y las pantorrillas de Samantha comenzaron a quejarse a gritos, Jeff se detuvo de repente en un pequeño claro y cogió unas ramas de cedro. Las retiró y, cómo no, apareció un quad listo para dar un paseo.

—Los chicos y sus juguetitos, ¿eh? —comentó ella.

—¿Te has montado alguna vez en uno de estos?

—Vivo en Manhattan.

—Monta.

Eso hizo. Había un minúsculo asiento detrás. Se aferró a la cintura de Jeff cuando arrancó el motor y lo hizo rugir. «Agárrate», le advirtió, y se pusieron en marcha, precipitándose por el mismo sendero que, unos segundos antes, apenas era lo bastante ancho para las personas. Desembocaba en un camino de grava que Jeff enfiló igual que un piloto acrobático. «¡Agárrate!», volvió a gritar al tiempo que hacía el caballito y casi salían volando. Samantha quería pedirle que aminorase la marcha, pero en cambio se agarró con más fuerza y cerró los ojos. El paseo era emocionante y aterrador, pero era consciente de que Jeff sería incapaz de ponerla en peligro. Del camino de grava se desviaron a otro de tierra que ascendía en ángulo pronunciado. Los árboles eran demasiado abundantes para andarse con acrobacias, así que Jeff se condujo con más cautela. Aun así, el trayecto era espeluznante y peligroso. Después de media hora a lomos del quad Samantha recordaba la barca de pesca con cariño.

—¿Te importa si pregunto adónde vamos? —le dijo al oído.

—De excursión, ¿no?

El sendero alcanzó su punto más elevado y continuaron por una cresta. Enfilaron otro camino y acometieron un descenso, un itinerario traicionero que implicaba deslizarse de lado a lado y esquivar árboles y rocas. Aminoraron la marcha un instante en un calvero y contemplaron la vista a su derecha.

—Gray Mountain —comentó Jeff señalando con la cabeza hacia la colina pelada y árida a lo lejos—. Estaremos en nuestras tierras en un momento.

Samantha no perdió detalle del último tramo y, cuando cruzaron Yellow Creek por mitad del cauce, vio la cabaña. Estaba pegada a la ladera de una colina, una rústica edificación cuadrada de viejos troncos con porche y chimenea en un extremo. Jeff aparcó el quad al lado y dijo:

—Bienvenida a nuestro pequeño escondrijo.

—Seguro que hay una manera más fácil de llegar aquí.

—Sí, claro. Y un antiguo camino rural no muy lejos. Te lo enseño luego. Es una cabaña chula, ¿eh?

—Supongo. No entiendo mucho de cabañas. Donovan me la enseñó un día, pero la sobrevolábamos a unos mil pies de altitud. Si no recuerdo mal, dijo que no hay agua corriente, calefacción ni electricidad.

—Así es. Si nos quedamos a pasar la noche, dormiremos delante de la chimenea.

No habían hablado de pasar la noche allí, pero para entonces a Samantha ya no la sorprendió. Lo siguió escalera arriba, a través del porche y hasta la estancia principal de la cabaña. En la chimenea ardía a fuego lento un leño.

—¿Cuánto llevas aquí, Jeff?

—Llegué anoche y dormí junto al fuego. Se está muy calentito. ¿Quieres una cerveza?

Samantha miró el reloj: eran las doce menos cuarto.

—Es un poco temprano. —Había una nevera portátil al lado de una mesa pequeña—. ¿Tienes agua?

Jeff le pasó un botellín y se abrió una cerveza. Se sentaron en dos sillas de madera cerca de la chimenea. Echó un trago y dijo:

—Han estado aquí esta semana. Alguien, no sé quién con seguridad, pero dudo que fueran chicos del FBI porque tendrían que haber enseñado una orden de registro. Probablemente eran empleados de Krull o alguna otra compañía.

—¿Cómo sabes que han estado aquí?

—Los tengo en vídeo. Hace un par de meses Donovan y yo instalamos dos cámaras de vigilancia. Una está en un árbol en la orilla opuesta del arroyo, la otra en un árbol a unos cincuenta pasos del porche. Se activan aquí, en la puerta delantera. Si alguien la abre, las cámaras se ponen en marcha y graban durante media hora. Los intrusos no tienen ni idea. El miércoles pasado, a las 15.21 para ser exactos, aparecieron cuatro gorilas y registraron la cabaña. Seguro que buscaban los documentos, discos duros, portátiles o cualquier otra cosa de utilidad. Lo interesante es que no dejaron el menor rastro. Nada. Ni siquiera dejaron señales en el polvo, así que deben de ser bastante buenos. También me han tomado por idiota, pero sé cuál es su aspecto. Tengo las cuatro caras, y cuando los vea estaré preparado.

—¿Están vigilando ahora mismo?

—Lo dudo. La camioneta está escondida en un lugar que no encontrarán nunca. Esta es nuestra tierra, Samantha, y la conocemos mejor que nadie. ¿Quieres echar un vistazo?

—Vamos.

Jeff cogió una mochila y Sam lo siguió al exterior de la cabaña. Siguieron el cauce de Yellow Creek unos ochocientos metros y se detuvieron en un claro para disfrutar del sol, poco visible en esa época.

—No sé qué te contó Donovan, pero esta es la única parte de nuestra propiedad que no fue destruida por la explotación a cielo abierto —explicó Jeff—. Tenemos unos veinte acres que quedaron intactos. Al otro lado de esa estribación se encuentra Gray Mountain y el resto de nuestras tierras, y todo quedó destrozado.

Siguieron adelante, subiendo por la ladera hasta que el bosque se despejó y se detuvieron para contemplar la devastación. Cuando la vio desde la Cessna a mil pies de altitud le pareció un lugar desolador, pero a ras de suelo resultaba deprimente de veras. La montaña en sí había sido reducida a un montecillo de roca y malas hierbas feo y sembrado de hoyos. Ascendieron hasta allí con gran esfuerzo y recorrieron con la mirada los valles cubiertos de desechos más abajo. Para almorzar comieron unos sándwiches a la sombra de una caravana desvencijada que en algún momento hizo las veces de oficina de la explotación minera. Jeff le contó historias acerca de cómo de niño fue testigo de aquella destrucción. Tenía nueve años cuando abrieron la mina.

Samantha sentía curiosidad por sus motivos para haber elegido Gray Mountain como destino de su excursión del sábado. Sin embargo, al igual que Donovan, Jeff prefería no hablar de lo ocurrido allí. El paseo no resultó agradable en absoluto. Los paisajes y las vistas estaban destruidos en su mayor parte. Se encontraban justo en mitad de los Apalaches, con miles de kilómetros de senderos en perfecto estado a su disposición. La situación con Krull Mining era sumamente peligrosa; podían haberlos seguido.

Así pues, ¿por qué habían ido a Gray Mountain? A Samantha le habría gustado saberlo, pero no lo preguntó. Tal vez lo hiciera más tarde, no entonces.

Cuando descendían pasaron por delante de una extensión de desechos cubierta de enredaderas donde había maquinaria oxidada, a todas luces abandonada cuando Vayden Coal se largó de la explotación. Ladeada y medio escondida entre las malas hierbas había una rueda inmensa. Samantha se acercó a ella.

—¿Para qué es esto?

—Para los camiones que transportan carbón. Es de las pequeñas, en realidad, de solo unos tres metros de diámetro. Ahora son casi el doble de grandes.

—Ayer estuve leyendo las noticias. ¿Viste el artículo sobre el tiroteo en Millard Break la otra noche? Esos ecoterroristas...

—Claro, todo el mundo ha oído hablar de ellos.

Samantha se volvió y lo miró sin parpadear. Jeff retrocedió un paso y preguntó:

—¿Qué?

Ella siguió mirándole y respondió:

—Ah, nada. Es que me da la impresión de que el ecoterrorismo debe de ser de tu agrado y también del de Donovan, y quizá del de Vic Canzarro.

—Esos tíos me caen de maravilla, sean quienes sean. Pero la verdad es que no quiero ir a la cárcel.

Ya se alejaba cuando lo dijo. A los pies de Gray Mountain, caminaron por la orilla del lecho de un arroyo. No había agua; hacía mucho tiempo que no la había. Jeff dijo que Donovan y él solían pescar allí con su padre, mucho antes de que el relleno de valle secara el riachuelo. La llevó hasta la ubicación de su antiguo hogar y le describió la casa donde vivían, construida por su abuelo. Se detuvieron en la cruz donde Donovan encontró a su madre, Rose, y Jeff se arrodilló delante y pasó allí un buen rato.

El sol desaparecía detrás de las montañas; la tarde se había esfumado. El viento era más cortante y se aproximaba un frente frío que podía traer nieve por la mañana. Cuando volvieron a pasar por Yellow Creek, Jeff preguntó:

—¿Quieres pasar aquí la noche o prefieres regresar a Brady?

—Vamos a quedarnos —dijo Samantha.

Asaron dos filetes con carbón vegetal en el porche y se los comieron delante de la chimenea con vino tinto en vasos de plástico. Tras vaciar la primera botella, Jeff abrió otra y se acomodaron sobre un montón de edredones ante el fuego Empezaron a besarse, al principio con cautela; no había prisa, porque tenían una larga noche por delante. Tenían los labios y la lengua impregnados de merlot barato y eso les hizo reír. Hablaron del pasado de ella y del de él. Jeff no mencionó a Donovan, y Sam tuvo cuidado de evitarlo también. El pasado era sencillo en comparación con el futuro. Jeff estaba sin trabajo y no tenía la menor idea de qué hacer. Le había llevado cinco años terminar dos cursos en la universidad; estudiar no era lo suyo. Había pasado cuatro meses en una cárcel del condado por un cargo de drogas, un delito grave que figuraba en sus antecedentes y lo perseguiría durante mucho tiempo. Ahora pasaba de drogas; muchos amigos suyos se habían arruinado la vida por culpa de la metanfetamina. Igual fumaba un poco de hierba de vez en cuando, pero no le iba mucho fumar ni beber. Poco a poco abordaron el asunto de sus vidas amorosas. Samantha habló de Henry como si la relación hubiera tenido más importancia de la que tuvo. En realidad, había estado demasiado ocupada y cansada para comenzar y mantener una relación seria. Jeff había estado prometido con su novia de toda la vida, pero su condena dio al traste con los planes de la pareja. Mientras estaba encerrado, ella se largó con otro y le partió el corazón. Durante mucho tiempo estuvo resentido con las mujeres y las trató como si solo sirvieran para una cosa. Ahora se estaba sosegando, y durante el año anterior había estado viéndose con una joven divorciada allá en Wise. Tenía un buen empleo en la universidad, y dos críos. El problema era que Jeff no los aguantaba. Su padre era esquizofrénico y ellos ya mostraban indicios. La relación se había enfriado considerablemente.

—Me has metido la mano por debajo de la camisa —señaló Samantha.

—Sí, resulta muy agradable.

—Pues la verdad es que sí. Hace mucho tiempo.

Por fin se besaron en serio, un beso largo y apasionado mientras se magreaban apresuradamente y los botones saltaban. Hicieron una pausa para desabrocharse los cinturones y quitarse los zapatos. El siguiente beso fue más tierno, pero sus cuatro manos seguían ocupadas en quitárselo todo. Cuando estuvieron desnudos por completo, hicieron el amor a la luz tenue del fuego. Al principio sus ritmos no acababan de encajar. Jeff era un tanto rudo y Samantha estaba un poco desentrenada, pero enseguida le cogieron el tranquillo al cuerpo del otro. El primer asalto fue rápido, porque los dos necesitaban una descarga. El segundo fue mucho más satisfactorio, explorando y cambiando de posturas. Cuando terminaron se quedaron tendidos sobre los edredones, acariciándose suavemente, agotados.

Eran casi las nueve de la noche.

La leve nevada había desaparecido para media mañana. El sol brillaba y el cielo estaba despejado. Caminaron durante una hora por Gray Mountain, cruzaron arroyos secos antaño llenos a rebosar de truchas comunes y también arcoíris, se asomaron a cuevas poco profundas que los chicos habían utilizado como fuertes en otra vida, treparon sobre rocas que habían hecho saltar por los aires dos décadas atrás y serpearon por senderos que nadie más habría sido capaz de encontrar.

Samantha no tenía agujetas de resultas del maratón de la noche anterior, pero notaba ciertos músculos un poco sensibles. Jeff, en cambio, estaba como si nada. Ya fuera subiendo montañas o manteniendo relaciones sexuales junto al fuego, tenía una resistencia infinita.

Lo siguió a través del barranco en las faldas de la montaña y luego hasta otro sendero que desaparecía hacia el interior de un tupido bosque. Treparon por rocas que eran parte de una formación natural y entraron en una cueva imposible de ver a seis metros escasos de distancia. Jeff encendió una linterna y volvió la vista por encima del hombro.

—¿Estás bien?

—Voy justo detrás de ti —dijo Samantha, prácticamente aferrándose a él—. ¿Adónde nos dirigimos?

—Quiero enseñarte una cosa.

Se agacharon casi por completo para sortear una pared de roca y se adentraron más aún en la cueva que, salvo por la tenue luz de la linterna, estaba a oscuras. Avanzaron lentamente, como si quisieran coger a alguien por sorpresa. Si Jeff hubiera gritado «¡Una serpiente!», Samantha se habría desmayado o habría muerto al instante de un infarto.

Entraron en una suerte de estancia, una caverna semicircular iluminada por un rayo de luz que penetraba la piedra de alguna manera. Era un almacén que llevaba ya cierto tiempo utilizándose. Pegados a una pared había dos hileras de armarios con llave del ejército y, junto a la otra, un montón de contenedores de cartón. Encima de una mesa hecha con un grueso tablero de madera contrachapada y con bloques de hormigón a modo de patas había una pila de cajas idénticas. Eran de plástico y estaban cerradas a conciencia.

—Jugábamos aquí de niños —comentó Jeff—. Esta cueva se adentra unos setenta metros en la base de Gray Mountain, tan profunda que la mina a cielo abierto no acabó con ella. Era uno de nuestros escondrijos preferidos porque hay luz, y está seco, no hay nada de humedad, y mantiene la misma temperatura todo el año.

Samantha señaló la mesa.

—Y esos son los informes que sustrajisteis a Krull Mining, ¿no?

Jeff asintió con una sonrisa y contestó:

—Correcto.

—Ahora soy cómplice de un delito. ¿Por qué me has traído aquí, Jeff?

—No eres cómplice porque no tuviste nada que ver con el delito y no has visto nunca estas cajas. No has estado aquí, ¿verdad que no?

—No lo sé. Esto no me da buena espina. ¿Por qué me has traído?

—Es sencillo, Samantha, y al mismo tiempo no lo es... Hay que entregar estos documentos a los demás abogados, los codefensores de Donovan. Y sin pérdida de tiempo. Ya se me ocurrirá cómo hacerlo, pero no será fácil. El FBI está alerta. Krull está alerta. A todo el mundo le encantaría trincarme con los documentos. Qué demonios, participé en el robo y ahora están escondidos en la propiedad de mi familia, así que no tendría muy buena defensa, ¿no crees?

—Estás pillado.

—Exacto, y si me ocurriera algo antes de que pueda entregarlos, alguien tiene que saber dónde están.

—Y ese alguien soy yo, ¿no?

—Eres lo bastante lista para deducirlo.

—Lo dudo. ¿Y quién más está al tanto?

—Vic Canzarro, y ya está. Nadie más.

Samantha respiró hondo y se acercó a la mesa.

—Esto no tiene nada de sencillo, Jeff —dijo—. Por un lado, se trata de documentos robados que podrían costarle una fortuna a Krull Mining y obligar a la compañía a subsanar el desastre que provocó. Por otro, podrían dar pie a un proceso judicial contra ti o quienquiera que los tenga en su posesión. ¿Has hablado con los demás abogados, los codefensores de Donovan?

—Desde que murió, no. Quiero que te encargues tú, Samantha. Yo no soy abogado. Tú sí, y hay que hacerlo de inmediato. En una reunión secreta donde no haya nadie observando ni escuchando.

Sam negó con la sensación de estar viéndose cada vez más atrapada en la telaraña. ¿Había llegado por fin al punto de no retorno?

—Lo tengo que pensar. ¿Por qué no podéis reuniros con los abogados Vic y tú?

—Vic no quiere. Está asustado. Además, su pasado en la región minera es extenso. Es una larga historia.

—¿Acaso hay alguna corta por aquí?

Se acercó a los armarios.

—¿Qué hay aquí?

—Nuestra colección de armas.

Se planteó abrir una de las puertas para echar un vistazo dentro, pero no sabía nada de armas y no quería aprender. Sin mirarle, preguntó:

—¿Qué probabilidades hay de encontrar un rifle de francotirador militar, con mira telescópica de visión nocturna y un montón de proyectiles de 51 milímetros?

Se volvió hacia Jeff y lo miró fijamente, pero él desvío la vista.

—Yo que tú no abriría eso, Samantha.

Ella se dirigió hacia la entrada, pasó rozándole y dijo:

—Vámonos de aquí.

Salieron, y poco después estaban zigzagueando por los senderos. A Samantha se le pasó por la cabeza que, si de verdad llegara a ocurrirle algo a Jeff, sería incapaz de encontrar el camino a esa cueva. Y, además, si le sucediera algo a Jeff, estaría de regreso en Manhattan antes de que Mattie pudiera organizar otro funeral.

Transcurrió un buen rato sin que se dijesen nada. Compartieron una lata de chile bastante malo en el porche para almorzar, la regaron con el vino que quedaba y echaron una siesta delante de la chimenea. Cuando acabaron de sestear, se encontraron besándose y sobándose de nuevo. Acabaron por desprenderse de las mismas prendas y tirarlas de cualquier modo por la habitación, y pasaron juntos una estupenda tarde de domingo.

29

La fianza de Phoebe Fanning se redujo de cien mil dólares a solo mil, y a las nueve de la mañana del lunes la abonó por medio de un fiador. El trato se cerró después de que Samantha hubiera logrado convencer al juez de que dejara en libertad a la madre pero no soltase al padre. Estaba en juego el bienestar de tres niños inocentes, y después de dos días de acoso el juez dio el brazo a torcer. El abogado de oficio de Phoebe designado por el tribunal había alegado exceso de trabajo y no había tenido tiempo para asuntos preliminares; así pues, Samantha tomó cartas en el asunto a fin de que saliera en libertad condicional. Abandonó el juzgado con Phoebe y la llevó a casa. Esperó con ella durante una hora mientras una prima lejana le llevaba a los niños. Hacía más de una semana que no veían a su madre, y a todas luces les habían advertido que probablemente tendría que cumplir sentencia. Hubo lágrimas, abrazos y demás, y Samantha no tardó en hartarse. Le había explicado con detenimiento a Phoebe que se enfrentaba a un mínimo de cinco años en la cárcel, mucho más para Randy si cargaba él con la culpa, y que tenía que preparar a sus hijos para la inevitable catástrofe.

Cuando salía de la casa de los Fanning le empezó a vibrar el móvil. Era Mattie desde el bufete. Acababa de recibir la noticia de que Francine Crump había sufrido un grave derrame cerebral y estaba en el hospital. El culebrón del testamento gratuito continuaba.

En el hospital, un centro espeluznante y anticuado que debería haber inspirado hábitos de vida saludables a todos y cada uno de los ciudadanos del condado de Noland, Samantha buscó a una enfermera de Urgencias que tuviera unos minutos para contarle un par de cosas. La paciente había sido ingresada poco después de medianoche, inconsciente y casi sin pulso. Por medio de un escáner cerebral se detectó un derrame masivo o hemorragia grave en el cerebro. Había sido intubada y estaba en coma. «La situación no es muy prometedora —reconoció la enfermera con el ceño profundamente fruncido—. Parece ser que transcurrieron horas antes de que la encontrasen. Además, tiene ochenta años.» Puesto que no era pariente suya, no permitieron a Samantha asomarse a la UCI para ver quién estaba junto al lecho de Francine.

Cuando volvió al bufete tenía mensajes telefónicos de Jonah y DeLoss Crump. Con su madre agonizante, estaban desesperados por hablar de su herencia. Si Francine tenía un nuevo testamento, no lo habían redactado las abogadas del Centro de Asesoría Legal Mountain. Si no había nuevo testamento, y si Francine seguía en coma hasta su muerte, entonces estaba más que claro que Samantha tendría que vérselas con esa gente tan desagradable durante muchos meses. Se avecinaba una impugnación testamentaria de las buenas.

Decidió no hacer caso de las llamadas por el momento. Los cinco hermanos probablemente iban a toda prisa camino de Brady en esos instantes, y tendría noticias suyas dentro de muy poco.

Ese lunes el almuerzo que se llevaban preparado de casa lo pasaron digiriendo noticias muy poco halagüeñas. Según les había advertido Mattie, los abogados de Strayhorn Coal se estaban echando atrás de su acuerdo en el caso Tate de muerte por negligencia. Le habían enviado una carta, en tanto que supuesta albacea de la herencia de Donovan, para informarle de que no aceptaban el acuerdo; en cambio, apelaban enérgicamente la sentencia. Ella replicó por medio de un correo con la frívola sugerencia de que intentaran controlar su agresividad. Tenía la teoría de que estaban dispuestos a forzar la apelación, confiar en una revocación y probar suerte en un nuevo proceso en el que Donovan no tomaría parte. El nuevo juicio se celebraría dentro de tres años como mínimo, y mientras esperaban y se afanaban en poner trabas, el dinero de su cliente estaría dando buenos réditos en alguna otra parte. Annette se enfureció e instó a Mattie a que pusiera los hechos en conocimiento del juez. Strayhorn y Donovan habían acordado zanjar el caso por un millón setecientos mil dólares. Era injusto, por no decir inadmisible, que el demandado se desdijera de su palabra sencillamente porque el abogado del demandante había fallecido. Mattie estaba de acuerdo; sin embargo, hasta el momento en el bufete de Donovan nadie había encontrado nada por escrito. Por lo visto solo habían llegado a un acuerdo por teléfono, pero no se preparó un memorando del trato antes de su muerte. Sin directrices escritas, dudaba que el tribunal fuera a imponer un acuerdo. Había consultado con un amigo abogado procesalista y con un juez jubilado; los dos creían que habían tenido mala suerte. Planeaba mantener una charla con el juez del caso, de manera extraoficial, y hacerse una idea de lo que estaba pensando. En resumidas cuentas, todo indicaba que se verían obligados a contratar a un abogado que se encargara de la apelación.

Cambiando de asunto, Barb les informó de que el bufete había recibido once llamadas del clan Crump esa misma mañana, todas para exigir verse con la señorita Kofer. La aludida dijo que tenía previsto citarlos a una reunión esa misma tarde. Como era de esperar, tanto Mattie como Annette tenían la agenda llena y no disponían de tiempo para los Crump.

Samantha puso los ojos en blanco y dijo: «De acuerdo, pero esos no van a desaparecer sin más ni más».

Francine murió a las cuatro y media de esa tarde. No volvió a recuperar el conocimiento ni tuvo ocasión de revisar el testamento que redactó Samantha.

A primera hora de la tarde del jueves Jeff entró por la puerta de atrás, estaba plantado delante de la mesa de Samantha sin que ella se diese cuenta. Se sonrieron y saludaron, pero no hicieron el menor intento de adoptar una actitud más afectuosa. Sam tenía la puerta abierta y, como siempre, el bufete estaba lleno de mujeres tremendamente escandalosas. Jeff se sentó y dijo:

—Bueno, ¿cuándo quieres ir otra vez de excursión?

Ella se llevó un dedo a los labios y respondió con voz suave:

—Cuando pueda incluirlo en mi agenda. —Había pensado más en sexo en las últimas veinticuatro horas que en ningún otro momento durante los últimos dos años, desde que había roto con Henry—. Tendré que consultarlo con mi secretaria —dijo.

Seguía resultándole difícil creer que alguien pudiera estar escuchando las conversaciones en su despacho, pero no quería correr el menor riesgo. Y, debido a su paranoia, Jeff no estaba diciendo apenas nada.

—De acuerdo —logró mascullar.

—¿Te apetece un café?

—No.

—Entonces mejor nos vamos.

Recorrieron el pasillo hasta la sala de reuniones, donde aguardaba Mattie. A las dos en punto de la tarde los agentes Banahan, Frohmeyer y Zimmer llegaron con prisas y tan decididos que dio la impresión de que iban a disparar primero y preguntar después. Frohmeyer había dirigido a las tropas durante el registro del despacho de Donovan. Zimmer había sido uno de sus recaderos. Banahan se había pasado por allí hacía poco. Después de unas breves presentaciones se cuadraron; Jeff se sentó entre Mattie y Samantha y los agentes federales frente a ellos. Annette ocupó un extremo de la mesa y puso en marcha la grabadora.

Mattie volvió a preguntar si Jeff era objeto de una investigación por parte del FBI, el fiscal de distrito, cualquier otro organismo encargado de velar por el cumplimiento de la ley o por parte de alguien que trabajara para el Departamento de Justicia. Frohmeyer le aseguró que no y se puso al mando, dedicando unos minutos a indagar en los antecedentes de Jeff.

Samantha tomó notas. Después del fin de semana tan íntimo que habían pasado y en el que tanto habían compartido, no averiguó nada nuevo.

Frohmeyer indagó acerca de la relación que Jeff tenía con su hermano fallecido. ¿Cuánto tiempo llevaba trabajando para él? ¿Qué hacía exactamente? ¿Cuánto le pagaba? Tal como le habían aconsejado Mattie y Annette, Jeff ofreció respuestas escuetas y no aportó nada por voluntad propia.

Mentir a un agente del FBI es un delito, al margen de dónde o cómo se lleve a cabo el interrogatorio. «Hagas lo que hagas —le había dicho Mattie repetidas veces—, no mientas.»

Al igual que su hermano, Jeff parecía perfectamente dispuesto a mentir por el bien de la causa. Daba por sentado que los malos —las compañías mineras y ahora también el gobierno— tomarían atajos y harían trampas o lo que fuera necesario para ganar. Si ellos jugaban sucio, ¿por qué no podía hacerlo él? Pues porque, tal como le había repetido Mattie, a él podían enviarlo a la cárcel mientras que a las compañías mineras y a sus abogados no.

Ciñéndose al guión que tenía preparado, Frohmeyer abordó por fin los asuntos importantes. Explicó que los ordenadores de los que el FBI se había incautado hacía una semana, el 1 de diciembre, habían sido manipulados. Se habían sustituido los discos duros. ¿Sabía Jeff algo al respecto?

—No respondas —saltó Mattie.

Explicó a Frohmeyer que había hablado con el fiscal de distrito, y que estaba claro que Donovan murió sin saber que estaba siendo sometido a una nueva investigación. No se le había notificado; no había nada por escrito. Por tanto, con respecto a los informes y los archivos de su bufete, ninguna acción emprendida por sus empleados tras su muerte tenía como fin obstaculizar una investigación.

Extraoficialmente, la versión de Jeff era que había sacado los discos duros de los ordenadores del bufete y de su casa y los había quemado. Sin embargo, Samantha sospechaba que aún existían. Tampoco tenía mucha importancia. Jeff le había asegurado que no había nada importante, en relación con Krull Mining, en ninguno de los ordenadores de Donovan.

«Y ya sé dónde están los documentos», pensó Samantha, casi con incredulidad.

Que Mattie hubiera acudido al fiscal de distrito molestó a Frohmeyer. A ella le trajo sin cuidado. Discutieron un rato respecto del interrogatorio y quedó claro quién llevaba la voz cantante, al menos en esa reunión. Si Mattie aconsejaba a Jeff que no contestara, Frohmeyer no sacaba nada. Contó la historia de la desaparición de un montón de documentos en la sede de Krull Mining cerca de Harlan, Kentucky, y preguntó a Jeff si sabía algo, este se encogió de hombros y negó con la cabeza antes de que Mattie pudiera advertirle:

—No contestes a eso.

—¿Se acoge a la Quinta Enmienda? —preguntó Frohmeyer, frustrado.

—No está bajo juramento —repuso Mattie, como si Frohmeyer fuera estúpido.

Samantha no pudo evitar confesar, al menos para sus adentros, que estaba disfrutando con el enfrentamiento. El FBI con todo su poder por un lado. Jeff, su cliente, que era sin duda culpable de algo, por el otro, firmemente protegido por el talento jurídico y alzándose con la victoria, al menos por el momento.

—Me parece que estamos perdiendo el tiempo —comentó Frohmeyer alzando las manos—. Gracias por su hospitalidad. Seguro que volveremos.

—No hay de qué —respondió Mattie—. Y no se pongan en contacto con mi cliente sin notificármelo antes, ¿de acuerdo?

—Ya veremos —dijo Frohmeyer como un capullo al tiempo que echaba atrás la silla y se ponía en pie.

Banahan y Zimmer salieron tras él.

Una hora después Samantha, Mattie y Jeff estaban sentados en la última fila de la sala principal del palacio de justicia, esperando al juez que iba a supervisar la validación del testamento de Donovan. No se celebraba ningún juicio, y un puñado de abogados merodeaban por el estrado, bromeando con las secretarias.

Jeff dijo en voz baja:

—He hablado con nuestros expertos esta mañana. De momento no han encontrado indicios de que nadie manipulase la Cessna de Donovan. El accidente fue causado por un fallo repentino del motor, y este dejó de funcionar porque se había interrumpido el suministro de combustible. El depósito estaba lleno; siempre repostábamos en Charleston porque es más barato. Lo milagroso es que la avioneta no estallara en llamas y abriera un boquete en el suelo.

—¿Cómo es que se interrumpió el suministro de combustible? —preguntó Mattie.

—Esa es la gran pregunta. Si crees que fue sabotaje, entonces existe una teoría muy sólida. Hay un conducto de suministro que va de la bomba de combustible al carburador, adonde va unido por medio de lo que se denomina una tuerca B. Si se afloja adrede, el motor arranca bien y funciona sin incidencias hasta que la vibración hace que se vaya desenroscando sola. El conducto de suministro se suelta y el fallo del motor es inminente: comienza a renquear y poco después deja de funcionar. Ocurre muy rápido y sin aviso previo, sin alarma, y es imposible volver a ponerlo en marcha. Si un piloto está atento al indicador de combustible, que por lo general solo se mira de vez en cuando, es posible que se percate de la repentina disminución del nivel más o menos al mismo tiempo que el motor empieza a fallar. Dan mucha importancia a que Donovan no efectuó una llamada de socorro. Es una tontería. Pensadlo. Estás volando en plena noche y de pronto falla el motor. Tienes unos segundos para reaccionar, pero eres presa del pánico. Intentas volver a arrancar el motor, pero no da resultado. Tienes la mente puesta en diez cosas al mismo tiempo, lo último que se te ocurre es pedir ayuda. ¿Cómo demonios va a ayudarte alguien?

—¿Es sencillo manipular esa tuerca B? —preguntó Samantha.

—No es difícil si sabes. El truco está en hacerlo sin dejar que te atrapen. Tendrías que esperar a que anochezca, acceder a la zona restringida de la rampa, retirar la cubierta que protege el motor, llevar una linterna y una llave inglesa y poner manos a la obra. Un experto dijo que se podía llevar a cabo en unos veinte minutos. La noche en cuestión había diecisiete avionetas más en la misma área, pero casi no había tráfico. La rampa estaba muy tranquila. Hemos revisado los vídeos de vigilancia de la terminal de aviación general y no hemos encontrado nada. Hemos hablado con los que estaban de turno esa noche en el aeropuerto, y no vieron nada. Hemos contrastado los informes de mantenimiento con el mecánico de Roanoke, y, naturalmente, todo funcionaba bien cuando realizó la última inspección.

—¿Está muy dañado el motor? —preguntó Mattie.

—Hecho polvo. Evidentemente, la Cessna podó la copa de más de un árbol. Parece ser que Donovan intentaba aterrizar en una carretera rural, es posible que hubiera visto las luces de algún coche, ¡quién sabe!, y cuando chocó contra los árboles la avioneta se precipitó al suelo y se estrelló de morro. El motor quedó hecho pedazos y es imposible determinar cómo estaba la tuerca B. Resulta bastante sencillo sacar en conclusión que se interrumpió el suministro de combustible, pero aparte de eso no hay muchas pistas.

El juez entró en la sala y ocupó el estrado. Miró a los presentes y le dijo algo a un ujier.

—Y ahora ¿qué? —preguntó Samantha en un susurro.

—Seguiremos indagando —respondió Jeff, aunque no muy convencido.

El juez miró hacia el fondo de la sala y llamó:

—Señora Wyatt.

Mattie presentó a Jeff a su señoría, quien tuvo la amabilidad de darle el pésame y pronunciar unas palabras elogiosas sobre Donovan. Jeff se lo agradeció mientras Mattie empezaba a sacar documentos para que el juez los firmase. Este se tomó su tiempo leyendo el testamento y comentó diversas cláusulas. Mattie y él discutieron la estrategia de que sus herederos contratasen a un abogado que se encargara de la apelación en el caso Tate. Jeff fue sometido a una serie de preguntas sobre la situación financiera de Donovan, sus bienes y sus deudas.

Una hora después todos los documentos estaban firmados y se abrió oficialmente el testamento. Mattie se quedó para ocuparse de otro asunto, pero Jeff recibió permiso para irse. De regreso al bufete con Samantha, dijo:

—Voy a desaparecer unas semanas, conque usa el teléfono de prepago.

—¿Vas a algún sitio en particular?

—No.

—Vaya, qué sorpresa. Yo también me voy, a pasar las vacaciones, a Washington y después a Nueva York. Supongo que no te veré en una temporada.

—Bueno, entonces ¿me estás felicitando la Navidad y el Año Nuevo?

—Supongo. Feliz Navidad y feliz Año Nuevo.

Jeff se detuvo y le dio un beso rápido en la mejilla.

—Igualmente.

Dobló por una calle secundaria y se alejó a paso ligero, como si alguien estuviera siguiéndolo.

El funeral de Francine Crump se celebró a las once de la mañana del miércoles, en el templo de la Iglesia Pentecostal de un lugar recóndito de la región minera. Samantha no se planteó en ningún momento asistir a las exequias. Annette le aconsejó encarecidamente que no lo hiciera porque era probable que sacaran serpientes y se pusieran a bailar. Samantha se lo tomó en serio. Annette reconoció luego que exageraba. Que se supiera, no había congregaciones en Virginia que continuaran celebrando ritos con serpientes, le explicó. «Todos sus feligreses han muerto.»

Pero un nido de serpientes de cascabel furiosas no habría sido peor que la marabunta de miembros de la familia Crump que se presentó ese mismo día para vérselas cara a cara con la señorita Kofer. Se cernieron sobre el centro de asesoría haciendo gala de una fuerza que Mattie no había visto nunca: los cinco hermanos, algunos con sus cónyuges, algún que otro hijo mayor y unos cuantos parientes consanguíneos.

Su querida madre estaba muerta, y era hora de repartirse el dinero.

Mattie se hizo cargo y dijo a la mayoría que se fuera. Solo estarían autorizados a tomar parte en la reunión los cinco hermanos; los demás podían esperar junto a sus camionetas.

Annette y ella condujeron la manada Crump a la sala de reuniones, y cuando estuvieron sentados entró Samantha y se sumó a ellos. Vistos en grupo, estaban hechos un desastre. Acababan de enterrar a su madre. Los aterraba perder las tierras de la familia y el dinero que conllevasen, y estaban resentidos con las abogadas por propiciar que así fuera. También estaban sometidos al latazo de familiares que habían oído rumores sobre pasta relacionada con el carbón. Estaban lejos de casa y perdiendo horas de trabajo. Y, sospechó Samantha, habían estado peleándose entre sí.

Empezó por explicarles que ninguna abogada de la asesoría había redactado otro testamento para su madre; de hecho, nadie había sabido nada de Francine desde la última reunión celebrada con ellos alrededor de esa misma mesa unos nueve días antes. Si Francine les había dicho otra cosa, sencillamente no era verdad. Además, Samantha no sabía de ningún otro abogado en el pueblo que pudiera haber redactado un nuevo testamento. Mattie les explicó que era costumbre que un abogado llamara a otro cuando se preparaba un testamento distinto, aunque no era obligatorio. Fuera como fuere, hasta donde sabían ellas, el testamento firmado por Francine dos meses antes constituía sus últimas voluntades.

Escucharon echando humo, a duras penas capaces de controlar su odio por los abogados. Cuando Samantha alcanzó el desenlace de su discurso, esperaba un torrente de improperios, probablemente de los cinco. En cambio, hubo una larga pausa. Jonah, el mayor con sesenta y un años, dijo, por fin:

—Mamá destruyó el testamento.

Samantha no tenía respuesta a eso. Annette frunció el ceño como si se estuviera remontando a los antiguos estatutos de Virginia en lo tocante a testamentos perdidos y destruidos. Mattie quedó impresionada con la astucia de su ardid y le costó esfuerzo reprimir una sonrisa torcida.

Jonah continuó:

—Seguro que poseen una copia del testamento, pero, por lo que tengo entendido, cuando destruyó el original la copia perdió todo valor. ¿No es así?

Mattie asintió, reconociendo el hecho evidente de que Jonah se había costeado una sesión de asesoría jurídica rápida. ¿Y por qué habría de pagar a un abogado por asesorarlo y no por un testamento nuevo? Pues porque Francine no había accedido a firmar otro testamento.

—¿Cómo saben que lo destruyó? —preguntó Mattie.

—Me lo contó la semana pasada —terció Euna Faye.

—A mí también —señaló Irma—. Dijo que lo quemó en la chimenea.

Estaba todo muy bien ensayado y, siempre y cuando los cinco se mantuvieran unidos, la historia se sostendría. En el momento indicado, Lonnie preguntó:

—Entonces, si no hay testamento, nos repartimos las tierras en cinco partes iguales, ¿no?

—Supongo —respondió Mattie—. No sé qué postura adoptará Mountain Trust.

—Dígales a los de Mountain Trust que se vayan al carajo —gruñó Jonah—. Coño, no conocían siquiera la existencia de nuestra propiedad hasta que ustedes los metieron en el ajo. Esta tierra es de nuestra familia, siempre lo ha sido.

Sus cuatro hermanos asintieron con entusiasmo.

En un abrir y cerrar de ojos Samantha se cambió de bando. Si Francine había destruido de veras el testamento, o si esos cinco mentían y no había manera de demostrar lo contrario, entonces que se quedaran los puñeteros ochenta acres y se largaran. Lo último que quería era verse implicada en una impugnación testamentaria entre los Crump y Mountain Trust, con ella como testigo principal criticada por ambas partes. No quería volver a ver a esa gente en su vida.

Annette y Mattie tampoco querían volver a verlos, así que también cambiaron de bando.

—Miren —dijo Mattie—, como abogadas, no intentaremos validar el testamento. No tenemos obligación de hacerlo. Dudo seriamente que Mountain Trust quiera involucrarse en una prolongada impugnación testamentaria. Las costas judiciales serían superiores al valor de las tierras. Si no hay testamento, pues no hay testamento. Tendrán que buscar un abogado que valide la herencia y designar un administrador.

—¿Ustedes hacen eso? —preguntó Jonah.

Las tres letradas retrocedieron horrorizadas ante la idea de representar a esa gente. Annette fue la primera que logró contestar:

—Ah, no, no podemos hacerlo porque redactamos el testamento.

—Pero es un asunto bastante rutinario —se apresuró a añadir Mattie—. Lo puede hacer prácticamente cualquier abogado de Main Street.

Euna Faye llegó al extremo de sonreír, y dijo:

—Bueno, gracias.

—Y se reparte entre los cinco, ¿verdad? —insistió Lonnie.

—Eso es lo que dice la ley —contestó Mattie—, pero tendrán que consultarlo con su abogado.

Lonnie tenía la mirada furtiva ya de entrada, y había empezado a pasearla por la sala. Los cinco hermanos estarían peleándose antes de salir de Brady. Y había parientes esperando a la salida, listos para abalanzarse sobre todo ese dinero del carbón.

Se marcharon en paz, y cuando la puerta principal se cerró a su espalda las tres abogadas se sintieron con ganas de celebrarlo. Echaron la llave, se descalzaron y se metieron en la sala de reuniones para tomar un poco de vino y reírse a gusto. Annette intentó describir la escena del primer Crump que llegara a casa y se pusiera a buscar por todas partes el maldito testamento. Luego el segundo, después el tercero. Su madre aún estaba en la losa de mármol del tanatorio, y ellos ya andaban tumbando muebles y vaciando cajones en una búsqueda frenética. Si llegaban a encontrarlo, sin duda lo quemarían.

Ninguna de las tres creía que Francine hubiera llegado a destruir el testamento.

Y estaban en lo cierto. El original llegó por correo al día siguiente, con una nota de Francine en la que pedía a Mattie que hiciera el favor de guardarlo a buen recaudo.

Los Crump volverían, después de todo.

30

Por tercer año consecutivo Karen Kofer pasó la Navidad en la ciudad de Nueva York con su hija. Tenía una amiga íntima de la universidad cuyo tercer marido era un industrial entrado en años, ahora aquejado de demencia e ingresado en un lujoso asilo en Great Neck. Su laberíntico apartamento de la Quinta Avenida tenía vistas a Central Park y estaba prácticamente vacío. Asignaron a Karen una suite entera para una semana y la trataron como a una reina. A Samantha también le ofrecieron una, pero prefirió alojarse con Blythe en su apartamento del SoHo. El alquiler vencía el 31 de diciembre, y tenía que recoger sus pertenencias y buscar algún sitio para guardar los muebles. Blythe, que aún aguantaba en el cuarto bufete más importante del mundo, iba a mudarse a Chelsea con dos amigas.

Después de tres meses en Brady, Samantha se sentía liberada en la gran ciudad. Fue de compras con su madre por el centro, enfrentándose a la muchedumbre pero disfrutando también de la energía frenética. Salió de copas al atardecer con sus amigos por todos los bares de moda y, aunque la escena era interesante, la conversación la aburría: sus carreras, el mercado inmobiliario y la Gran Recesión. Karen tuvo el detalle de comprar dos entradas para un musical de Broadway, un fenómeno de masas que no era más que un timo para turistas. Se fueron en el intermedio y consiguieron mesa en Orso. Samantha fue de *brunch* con una vieja amiga de Georgetown a Balthazar, donde esta casi se puso a chillar mientras señalaba a un famoso actor de televisión al que Sam no había visto ni conocía siquiera de oídas. Dio largos paseos solitarios por el sur de Manhattan. La cena de Navidad fue un festín en el apartamento de la Quinta Avenida con un montón de desconocidos, aunque después de mucho vino la conversación se animó y el calvario se convirtió en una juerga que se prolongó varias horas. Durmió en una habitación de invitados más grande que todo su apartamento y despertó con un poco de resaca. Una doncella de uniforme le llevó zumo de naranja, café e ibuprofeno. Almorzó con Henry, que había estado dándole la lata, y se dio cuenta de que no tenían nada en común. Él daba por sentado que Samantha estaría de regreso en la ciudad dentro de poco, ansiosa por reavivar la relación. Intentó explicarle que no sabía con seguridad cuándo volvería. No la aguardaba ningún empleo, y ahora tampoco tenía apartamento. Su futuro era incierto, como el de él, que había renunciado a la interpretación y se estaba planteando entrar en el apasionante mundo de la gestión de fondos de cobertura. A Sam le pareció una opción rara en los tiempos que corrían. ¿No estaban perdiendo dinero a espuertas y eludiendo procesamientos? La diplomatura que Henry tenía por Cornell era en Árabe. No iba a llegar a ninguna parte, y Samantha no pensaba malgastar ni un minuto más con él.

Dos días después de Navidad estaba en una cafetería del SoHo cuando sonó un móvil. Al principio no reconoció el sonido en el interior de su bolso, pero luego cayó en la cuenta de que era el móvil de prepago que le había dado Jeff. Lo encontró justo a tiempo y contestó:

—¡Feliz Año Nuevo, Samantha! ¿Dónde estás?

—Lo mismo digo. Estoy en Nueva York. ¿Dónde estás tú?

—En Nueva York. Me gustaría verte. ¿Tienes tiempo para un café?

Por un momento pensó que bromeaba. No se imaginaba a Jeff Gray caminando por las calles de Manhattan, pero ¿por qué no? La ciudad de Nueva York atraía a toda clase de gente de todas partes.

—Claro, de hecho, me estoy tomando un café ahora mismo. Sola.

—¿Cuál es la dirección?

Mientras esperaba, le llamó la atención su propio proceso mental. Su reacción inicial había sido de sorpresa, seguida inmediatamente de pura lujuria. ¿Cómo podía llevárselo a su apartamento y eludir a Blythe? A ella seguramente no le importaría mucho, pero no quería tener que responder un montón de preguntas. ¿Dónde se alojaba? Un buen hotel, eso estaría bien. ¿Habría ido solo? ¿O compartiría habitación con alguien?

«Cálmate, mujer», se dijo.

Jeff entró en el establecimiento veinte minutos después y la besó en los labios. Mientras esperaban a que les sirvieran expresos dobles Samantha preguntó lo evidente:

—¿Qué estás haciendo aquí?

—Ya había estado antes —contestó él—. De un tiempo a esta parte me muevo bastante, y quería verte.

—Habría sido un detalle que llamaras.

Vaqueros desteñidos, camiseta negra, americana de sport de lana, botines con suela de goma, barba de tres días, el pelo solo un poquito despeinado. Desde luego no era uno de esos clones de Wall Street, pero en el SoHo nadie habría sospechado que fuera de lo más profundo de los Apalaches. ¿Y qué importaba eso? En realidad, tenía más aspecto de actor en paro que Henry.

—Quería sorprenderte.

—Vale. Estoy sorprendida. ¿Cómo has llegado?

—En un jet privado. Es una larga historia.

—Estoy harta de historias largas. ¿Dónde te alojas?

—En el Hilton, en el centro. Solo. ¿Dónde te alojas tú?

—En mi apartamento, al menos durante unos días más. Luego vence el contrato de alquiler.

El camarero anunció que sus cafés estaban preparados y Jeff cogió las dos tazas. Se echó un sobrecito de azúcar y removió lentamente. Sam prefirió no ponerle azúcar. Se arrimaron mientras la cafetería iba llenándose de gente.

—Bueno, con respecto a lo del jet privado, ¿puedes dar más detalles? —indagó ella.

—He venido por dos motivos. En primer lugar, quiero verte, y quizá podríamos pasar un poco de tiempo juntos. Igual podríamos ir de excursión, ya sabes, por la ciudad y luego buscar una chimenea en alguna parte. Si no, tal vez una cama bien calentita. Eso es lo que me gustaría, pero si estás muy ocupada, lo entenderé. No quiero que dejes de hacer nada por mí, ¿de acuerdo?

—De la chimenea ya te puedes olvidar.

—Vale. A partir de ahora estoy disponible.

—Seguro que encontraremos el momento. ¿Y qué hay del otro motivo?

—Bueno, el jet es propiedad de un abogado judicial llamado Jarrett London, de Louisville. Es posible que hayas oído hablar de él.

—¿Y por qué iba a conocer yo a un abogado de Louisville?

—Sea como sea, él y Donovan eran íntimos, de hecho Jarrett asistió al funeral. Un tipo alto, de unos sesenta años, con el pelo largo y gris y barba entrecana. Donovan lo consideraba su mentor, casi su héroe. Su bufete es uno de los otros tres que se querellaron contra Krull Mining en el caso de Hammer Valley. Lo registraron el mismo día que el FBI registró nuestras oficinas. Huelga decir que a un tipo como London no le hacen ninguna gracia esas tácticas en plan Gestapo, y está que se sube por las paredes. Tiene un ego enorme, típico de los de su clase.

—Igualito que mi padre —dijo Samantha asintiendo.

—Eso. De hecho, London dice que conoció a tu padre hace años en una juerga de abogados procesalistas. En cualquier caso, London tiene una novia nueva, una auténtica gilipollas, y ella quería ver Nueva York. Me apunté al viaje.

—Qué oportuno.

—También quiere conocerte, saludarte y hablar de los documentos.

—¿Qué documentos? Venga, Jeff, ya estoy metida hasta el cuello. ¿Adónde va este asunto?

—Tienes que ayudarme con esto, Samantha. Mi hermano ya no está y necesito alguien con quien hablar, alguien que sepa de derecho y pueda aconsejarme.

Samantha notó la espalda rígida y se apartó un poco. Lo fulminó con la mirada y sintió deseos de arremeter contra él. En cambio, miró alrededor, tragó saliva y dijo:

—Estás involucrándome deliberadamente en una conspiración que puede acarrearme graves problemas. El FBI lo está investigando y aun así me quieres implicar. Eres tan imprudente como tu hermano y no te importa lo más mínimo lo que me ocurra. Mira, ¿quién dice que vaya a volver siquiera a Brady? Ahora mismo me siento a salvo. Esta es mi casa; es el lugar al que pertenezco.

Dio la impresión de que el cuerpo desgarbado de Jeff menguaba varios centímetros cuando dejó caer el mentón. Parecía perdido e indefenso.

—Claro que me importas, Samantha, y me importa lo que te ocurra. Lo que pasa es que ahora necesito ayuda.

—Jeff, lo pasamos de maravilla hace un par de semanas en Gray Mountain. He pensado mucho en ello, pero lo que no entiendo es por qué me llevaste a esa cueva, o como demonios la llames, y me enseñaste los documentos. En ese...

—No lo sabrá nunca nadie.

—En ese instante pasé a ser cómplice de algún modo. Entiendo que los documentos son valiosos, perjudiciales y demás, pero eso no cambia el hecho de que fueron robados.

—Alguien tiene que saber dónde están, Samantha, por si me ocurre algo a mí.

—Deja que Vic se ocupe de ello.

—Ya te lo dije, Vic se ha largado, lo dejó. Su novia está embarazada y él ha cambiado por completo. No piensa correr ningún riesgo. Ni siquiera contesta al teléfono.

—Es listo.

El café se estaba enfriando. Jeff se dio cuenta y tomó un sorbo. Samantha lo dejó de lado y se fijo en la clientela. Al final, Jeff preguntó:

—¿Por qué no nos vamos?

Se sentaron en un banco de Washington Square Park. Todos estaban vacíos porque el viento soplaba con fuerza y la temperatura había descendido tanto que auguraba nieve.

—¿Qué sabe ese tal London de mí? —preguntó Sam.

—Sabe que tienes entre manos el caso Ryzer, al menos en lo que al pulmón negro se refiere. Sabe que descubriste el fraude y el encubrimiento por parte de los abogados de Lonerock Coal. Está muy impresionado. Sabe que puedo confiar en ti y que Donovan confiaba en ti. Sabe que Donovan habló contigo de los documentos.

—¿Sabe que los he visto?

—No. Ya te lo he dicho, Samantha, eso no lo sabrá nunca nadie. Cometí un error al llevarte allí.

—Gracias.

—Por lo menos vamos a quedar con él, a ver qué dice. Por favor. Eso no tiene nada de malo, ¿verdad?

—No lo sé.

—Sí, claro que lo sabes. No hay nada ni remotamente inapropiado en quedar con Jarrett London. Será del todo confidencial, y además es un tipo interesante.

—¿Cuándo quiere que nos veamos?

—Voy a llamarle. Me estoy helando. ¿Vives por aquí?

—No muy lejos, pero el apartamento está hecho un desastre. Estamos recogiéndolo todo para dejarlo.

—Da igual.

Dos horas después Samantha entró en el vestíbulo del hotel Peninsula en la calle Cincuenta y cinco en el centro de la ciudad. Subió una planta por la escalera que había a su izquierda y vio a Jeff sentado en el bar, tal como esperaba. Sin decir una palabra, él le pasó un papel con el mensaje «Habitación 1926». La vio darse media vuelta e irse. Luego se quedó junto a la escalera para comprobar si alguien había reparado en ella. Samantha cogió el ascensor hasta el piso diecinueve y llamó al timbre de la habitación indicada. Un hombre alto con mucho más pelo entrecano de lo que cabía esperar abrió la puerta y al cabo de unos segundos dijo:

—Hola, señorita Kofer, es un honor. Soy Jarrett London.

La número 1926 era una suite enorme con todo un estudio en un extremo. No había rastro de la novia del señor London. Unos minutos después de llegar Samantha, Jeff llamó a la puerta. Se sentaron en el estudio y pasaron por los cumplidos de rigor. London preguntó si querían tomar algo, pero rehusaron. Sacó a colación el trabajo de Samantha en el caso Ryzer y elogió con entusiasmo su brillantez. Donovan y él habían hablado del asunto largo y tendido. London y sus socios seguían discutiendo si su firma debía implicarse en el caso con Donovan cuando él decidió interponer la maldita querella.

—Se precipitó —dijo London—. Pero así era Donovan.

Él, London, seguía sopesando ir a juicio. No todos los días se atrapa a una empresa de las grandes como Casper Slate con las manos en la masa por un asunto de fraude, ¿eh? El caso podría tener un enorme atractivo para el jurado, y todo eso. Siguió hablando maravillas del mismo, como si Samantha no hubiera reparado nunca en ello. Ya lo había oído, de labios de Donovan y de su padre. Luego pasó al asunto de Krull Mining. Ahora que Donovan ya no estaba, London era el abogado principal de los demandantes. La demanda se había interpuesto el 29 de octubre. Krull había pedido más tiempo para reaccionar y presentar una respuesta. A principios de enero London y su equipo esperaban que Krull interpusiera una moción de desestimación en firme, y entonces comenzaría la lucha a brazo partido. Pronto, muy pronto, necesitarían los documentos.

—¿Qué sabe sobre esos documentos? —preguntó Samantha.

London soltó el aire ruidosamente, como si la pregunta tuviera tantas implicaciones que no supiera por dónde empezar, se puso en pie y se acercó al minibar.

—¿Alguien quiere una cerveza?

Jeff y Samantha rehusaron, otra vez. Él se abrió una Heineken y se acercó a una ventana. Tomó un largo trago y comenzó a explicar:

—Hace cosa de un año tuvimos nuestra primera reunión, en Charleston, en las oficinas de Gordie Mace, uno de los nuestros. Donovan nos había convocado a todos para intentar convencernos de que nos sumáramos al pleito de Hammer Valley. Dijo que tenía en su poder ciertos documentos, y que no había entrado en posesión de estos por métodos convencionales. No preguntamos; él no lo explicó. Solo contó que eran más de veinte mil folios de material sumamente incriminatorio. Krull Mining estaba al tanto de la contaminación, sabían que se estaba filtrando en las aguas subterráneas de un extremo al otro del valle, sabían que la gente seguía bebiendo esa agua, sabían que padecía y moría, y sabían que tenían la obligación de limpiar la zona, pero también sabían que resultaba menos caro estafar a la gente y quedarse el dinero. Donovan no llevaba los documentos encima, pero tenía abundantes notas, que destruyó después de la reunión. Describió una veintena de documentos muy perjudiciales para Krull Mining; a decir verdad, nos quedamos de una pieza. Pasmados. Escandalizados. Firmamos de inmediato y nos dispusimos a afrontar el pleito. Donovan tuvo buen cuidado de no referirse a los documentos como robados, y los mantuvo lejos de nosotros. De habérnoslos facilitado en algún momento durante el año pasado, lo más probable es que el FBI nos hubiera detenido a todos a principios de este mes.

—Entonces ¿cómo van a acceder a los documentos ahora sin ser detenidos? —preguntó Samantha.

—Esa es la gran pregunta. Estamos manteniendo conversaciones de manera indirecta con uno de los asistentes legales del juez a cargo del juicio, un asunto de lo más confidencial que es sumamente delicado y poco común. Creemos que podremos tomar posesión de los documentos, entregárselos de inmediato al tribunal y hacer que el juez los ponga a buen recaudo. Luego le pediremos que inste al fiscal a que respalde la investigación criminal hasta que los documentos sean revisados. No nos engañemos, el que los robó está muerto. Lo hemos consultado con nuestros abogados de defensa penal y coinciden en que nuestra exposición será mínima. Estamos dispuestos a correr ese riesgo. El peligro estriba en lo que pueda ocurrir con los documentos antes de llegar ante el tribunal. Krull Mining hará todo lo que esté en su mano por destruirlos, y ahora mismo tienen al FBI de su parte. Estamos en terreno peligroso.

Samantha lanzó a Jeff una mirada asesina.

London se sentó cerca de ella y la miró fijamente a los ojos.

—Nos vendría bien un poco de ayuda en Washington.

—Ah, lo siento.

—El fiscal general cuenta con tres personas en su círculo privado. Una de ellas es Leonna Kent. Seguro que la conoces.

Aunque la habitación le daba vueltas, Samantha respondió:

—Eh... Sí, la conocí hace años.

—Tu madre y ella entraron en el departamento de Justicia al mismo tiempo, hace treinta años. Tu madre es muy respetada, por sí misma y por sus años de ejercicio. Además, tiene influencia.

—Pero no en asuntos así.

—Ay, sí, Samantha. Una o dos palabras de Karen Kofer a Leonna Kent, y de esta al fiscal general, y de él al fiscal de distrito de Kentucky, e igual vemos que el FBI da marcha atrás. Entonces solo tendríamos que preocuparnos de los matones de Krull.

—¿Sobre eso trata esta reunión? ¿Sobre mi madre?

—Profesionalmente, Samantha, no personalmente, como comprenderás. ¿Has hablado de este asunto con tu madre?

—No, claro que no. De hecho, ni siquiera se me pasó por la cabeza hablarlo con ella. Esto queda fuera de su ámbito, ¿de acuerdo?

—No lo creo. Tenemos muy buenos contactos en Washington y están convencidos de que Karen Kofer puede ayudarnos.

Samantha estaba desconcertada y confusa. Miró a Jeff y preguntó:

—¿Por eso has venido a Nueva York? ¿Para implicar a mi madre?

Él se apresuró a responder:

—No, es la primera noticia que tengo. Ni siquiera sabía dónde trabaja tu madre.

Estaba siendo sincero como un niño al que acusaran en falso, y Sam le creyó.

—No lo he hablado con él, Samantha —aseguró London—. Esto viene de nuestros contactos en Washington.

—Los miembros de los lobbies que os respaldan.

—Sí, claro. ¿Acaso no tenemos todos contactos en grupos de presión? Tanto si te gustan como si no, conocen el terreno. Me temo que te lo estás tomando de una manera demasiado personal. No te pedimos que instes a tu madre a que se implique directamente en una investigación federal, pero al mismo tiempo entendemos cómo funcionan las cosas. Las personas son personas, los amigos son amigos, una palabra discreta aquí y allá, y pueden pasar cosas. Piénsalo, ¿de acuerdo?

Samantha respiró hondo.

—Me plantearé pensármelo.

—Gracias. —London se puso en pie y volvió a estirar las piernas. Sam dirigió una mirada asesina a Jeff, cabizbajo. En tono más bien incómodo, London continuó—: Bueno, Jeff, ¿podemos hablar de la entrega de los documentos?

Samantha se puso en pie de un brinco y dijo:

—Ya nos veremos.

Jeff la cogió suavemente por el brazo.

—Sam, no te vayas, por favor. Tu aportación es necesaria.

Ella se zafó y repuso:

—No formo parte de vuestra pequeña conspiración. Ya podéis charlar todo lo que queráis. No os hago falta. Ha sido un placer.

Abrió la puerta de un tirón y desapareció.

Jeff la alcanzó en el vestíbulo y salieron del hotel juntos. Se disculpó, y Sam le aseguró que no estaba molesta. No conocía a Jarrett London, desde luego no confiaba en él ya de entrada y no estaba dispuesta a tratar asuntos delicados en su presencia. Subieron la Quinta Avenida confundidos entre el gentío, y se las apañaron para mantener la conversación alejada de cualquier cosa relativa al carbón. Ella señaló el edificio donde esos días su madre llevaba una vida de lujo. A Sam la habían vuelto a invitar a cenar esa misma noche, pero había declinado. Le había prometido la velada a Jeff.

Sospechando que no le iría un maratón de tres horas en un restaurante de cuatro estrellas, Samantha eludió los lugares de lujo y reservó una mesa en Mas, en el West Village. En una noche gélida era la opción perfecta: cálido y acogedor, con el ambiente de una auténtica casa de campo francesa. El menú cambiaba a diario y no era muy amplio. Jeff lo leyó una vez y confesó que no conocía nada de esa carta. Un camarero sugirió la oferta de cuatro platos a un precio fijo de 68 dólares, y Samantha accedió. A Jeff le horrorizó el precio, pero no tardó en quedar impresionado con la comida. Camarones rebozados con fideos de calabaza, salchichas de cerdo y manzana, filete de róbalo con fondue de puerros y tarta de chocolate. Bebieron una botella de syrah del valle del Ródano. Cuando pasó el carrito de los quesos, Jeff estuvo a punto de perseguirlo. Samantha llamó al camarero y le indicó que querían también un plato de quesos, con más vino.

Mientras esperaban Jeff se le acercó y dijo:

—¿Pensarás en algo?

—No te prometo nada. No sé si confío en ti.

—Gracias. Mira, es posible que te parezca una locura, y le he dado muchas vueltas a la idea de mencionártelo siquiera. Bueno, aún le estoy dando vueltas, pero ahí va.

Durante una horrible fracción de segundo Samantha pensó que iba a pedirle que se casara con él. ¡Ni siquiera eran pareja! Y no tenía planeado ir en serio con él. Hasta el momento habían antepuesto el sexo a cualquier indicio de amor. Ese chico montañés más bien rústico no podía estar tan locamente enamorado como para precipitarse a hacerle una proposición de matrimonio, ¿verdad?

No lo estaba, pero su idea resultó ser casi igual de inquietante.

—Soy dueño del edificio de oficinas —dijo— o lo seré

después de la validación del testamento. También soy el albacea de la herencia de Donovan, así que estoy a cargo de sus asuntos. Además de Mattie y el juez, supongo. Ya has visto la lista de sus casos; dejó mucho por hacer. Mattie se ocupará de unos cuantos expedientes, pero no muchos. Tiene la mesa demasiado llena y no es la clase de trabajo a la que se dedica. Lo que necesitamos es alguien que se haga cargo del bufete. Hay dinero suficiente con la herencia para contratar a un abogado que lleve a buen puerto los asuntos de Donovan. A decir verdad, no se nos ocurriría pensar siquiera en nadie más en todo el condado.

Samantha estaba conteniendo la respiración, temía una torpe propuesta de matrimonio y lo que estaba oyendo era una sugerencia extraña. Cuando Jeff hizo una pausa por fin exhaló y dijo:

—Ay, Dios.

—Trabajarías codo con codo con Mattie y Annette, y yo siempre estaré por allí.

No era del todo una sorpresa. Mattie había abordado vagamente al menos dos veces la idea de contratar a un abogado para concluir los casos de Donovan. En ambas ocasiones las palabras habían quedado algo así como suspendidas en el aire, pero Samantha tuvo la sensación de que iban dirigidas a ella.

—Se me ocurren al menos diez razones por las que no saldría bien —dijo.

—A mí se me ocurren once por las que saldrá bien —repuso Jeff con una amplia sonrisa.

El carrito de los quesos se detuvo junto a la mesa, y sus intensos aromas y olores los envolvieron. Samantha escogió tres. Jeff prefería el cheddar curado a los quesos de leche de vaca más suaves, pero en cuanto vio el panorama dijo que tomaría los mismos que Samantha.

—Tú primero —le dijo nada más alejarse el carrito—. Dame tus mejores razones y yo las rebatiré.

—No estoy cualificada.

—Eres más lista que el hambre y estás aprendiendo rápido. Con ayuda de Mattie, puedes ocuparte de cualquier cosa. Otra.

—Es posible que me haya ido dentro de unos meses.

—Ya, puedes irte cuando quieras. No tienes ningún contrato en el que se estipule que debes volver a Nueva York en doce meses. Tú misma dijiste que hay muchos abogados aquí y pocos puestos de trabajo para ellos. Otra.

—No soy procesalista. El bufete de Donovan se centraba en los litigios.

—Tienes veintinueve años y puedes aprender lo que te propongas. Mattie me dijo que eres muy espabilada y ya superas a los palurdos de la región ante el tribunal.

—¿De verdad lo dijo?

—¿Te mentiría yo?

—Desde luego.

—No te miento. Otra razón.

—No me he encargado nunca de una apelación, y mucho menos de apelar una sentencia importante.

—Esa es la más floja hasta el momento. Una apelación es todo investigación y papeleo. Eso está chupado. Otra.

—Soy una chica de ciudad, Jeff. Mira a tu alrededor. Esta es mi vida. No puedo sobrevivir en Brady.

—De acuerdo, bien visto. Pero ¿quién dice que tengas que quedarte allí eternamente? Prueba durante dos o tres años, ayúdanos a cerrar los casos de Donovan y a cobrar los honorarios. Hay dinero por ahí que no quiero perder. Otra.

—Algunos casos podrían prolongarse años. No puedo comprometerme a eso.

—Entonces comprométete a ocuparte de la apelación del caso Tate. Eso son dieciocho meses como máximo. Se pasarán en un santiamén y luego ya se verá qué hacemos. Mientras tanto puedes escoger otros casos que te parezcan prometedores. Yo te ayudaré. Se me da bastante bien eso de correr detrás de las ambulancias. Otra.

—No quiero tener que vérmelas con la viuda de Donovan.

—No tendrás que hacerlo, te lo prometo. Mattie y yo nos encargaremos de Judy. Otra.

Sam untó un poco de camembert en un panecillo crujiente y tomó un bocado. Mientras masticaba, dijo:

—No quiero tener a gente siguiéndome. No me gustan las armas.

—Puedes ejercer la abogacía sin un arma. Fíjate en Mattie. La temen. Y, como he dicho, estaré cerca y te protegeré. Otra.

Samantha tragó y tomó un sorbo de oporto.

—De acuerdo, ahí va una que te supera, y no hay manera de decirla sin mostrarme franca. Tú y Donovan desempeñabais papeles distintos. Tú robaste los documentos en el caso de Krull Mining y seguro que has tomado... atajos en otros casos. Tengo la sensación de que algunos informes en ese bufete están, por así decirlo, contaminados. No quiero tener nada que ver con eso. El FBI ya ha registrado las oficinas una vez. No pienso estar allí si vuelven a hacerlo.

—Eso no ocurrirá, te lo juro. No hay nada de lo que preocuparse, aparte de Krull. Y no te pondré en peligro ni a ti ni al bufete. Lo prometo.

—No tengo plena confianza en ti.

—Gracias. Me ganaré tu confianza.

Otro bocado de queso, otro sorbo de oporto. Jeff también comía y esperaba.

—Solo me has dado nueve razones, Sam, todas las cuales he rebatido brillantemente.

—Vale, la número diez —continuó ella—. No creo que pudiera trabajar mucho contigo cerca.

—No te falta razón. ¿Quieres que mantenga las distancias?

—Yo no he dicho eso. Mírame, Jeff. No estoy buscando

una relación romántica, ¿de acuerdo? Punto. Podemos tontear todo lo que queramos, pero solo por diversión. En cuanto el asunto vaya en serio, empezaremos a tener problemas.

Él sonrió, dejó escapar una risilla y dijo:

—Bueno, a ver si lo he entendido bien. Quieres que incurramos en toda clase de actos sexuales pero sin el menor compromiso. Caramba. Qué difícil me lo pones. Trato hecho. Tú ganas. Mira, Samantha, tengo treinta y dos años, estoy soltero y me encanta. Comprende que Donovan y yo salimos escaldados cuando éramos muy pequeños. Nuestros padres eran desdichados y no podían ni verse. Era una guerra, y nosotros fuimos las bajas. Para nosotros «matrimonio» era una palabrota. Si Donovan y Judy se separaron, es por algún motivo.

—Annette me dijo que Donovan era muy mujeriego.

—Con conocimiento de causa.

—Ya sospechaba que había algo entre ellos. ¿Duró mucho?

—¿Quién se fija en eso? Y él no me lo contaba todo. Donovan era muy reservado, como bien sabes. ¿Te tiró a ti los tejos?

—No.

—¿Y si lo hubiera hecho?

—Habría sido difícil rechazarlo, lo reconozco.

—Muy pocas mujeres rechazaban a Donovan, ni siquiera Annette.

—¿Lo sabe Mattie?

Jeff echó un trago de oporto y paseó la mirada por el comedor.

—Lo dudo. No le pasa inadvertido apenas nada de lo que ocurre en Brady, pero supongo que Donovan y Annette fueron muy discretos. Si Mattie lo hubiera averiguado, habría habido complicaciones. Adora a Judy y considera a Haley su nieta.

Se acercó el camarero y Samantha pidió la cuenta. Jeff se ofreció a pagar la cena, pero ella insistió en invitar.

—Puedes corresponderme en Brady —dijo—. En Nueva York pago yo.

—No es un mal trato.

El queso se había terminado y ya casi no quedaba oporto. Durante un rato estuvieron escuchando las conversaciones a su alrededor, algunas en otros idiomas. Jeff sonrió y dijo:

—Brady queda lejos, ¿verdad?

—Muy lejos. En otro mundo, y no es el mío. Te he dado diez razones, Jeff, y seguro que se me pueden ocurrir diez más. No estaré mucho tiempo allí, así que procura entenderlo.

—Lo entiendo, Samantha, y no te lo echo en cara.

31

Jeff empezó el nuevo año por todo lo alto al conseguir que lo detuvieran en el aeropuerto de Charleston, en Virginia Occidental. Hacia las diez de la noche del primer domingo, un vigilante que merodeaba por la zona de aviación general se fijó en alguien que intentaba esconderse entre las sombras de una Beech Bonanza, cerca de otras avionetas. Sacó un arma y ordenó al hombre, Jeff, que se apartara de la avioneta. Avisaron a la policía. Los agentes lo esposaron y lo llevaron a la cárcel. Llamó a Samantha a las seis de la mañana siguiente, pero solo para ponerla al tanto de la situación. No esperaba que acudiera al rescate porque tenía amigos abogados en Charleston. Ella le preguntó lo que era evidente:

—¿Qué hacías fisgoneando en el aeropuerto un domingo por la noche?

—Investigaba —respondió.

Alguien gritaba al fondo. Samantha negó con la cabeza, frustrada por su temeridad.

—De acuerdo, ¿qué puedo hacer?

—Nada. Solo me acusan de allanamiento. Saldré dentro de unas horas. Ya te llamaré.

Samantha fue a toda prisa a la oficina y preparó el café antes de las siete. Disponía de poco tiempo para preocuparse por Jeff y su aventura más reciente. Revisó sus notas, organizó un expediente, se sirvió una taza de café para llevar y a las siete y media salió camino de Colton, un trayecto de una hora en el que repasó sus argumentos con el juez y el abogado de Top Market Solutions.

Entró en el palacio de justicia del condado de Hopper sola. Habían quedado atrás los tiempos en que Mattie o Annette se entrometían. Ahora iba por su cuenta, al menos en el caso Booker. Pamela salió a su encuentro en el vestíbulo y le dio las gracias de nuevo. Entraron en la sala del tribunal y se sentaron a la misma mesa a la que se había sentado Donovan Gray con Lisa Tate menos de tres meses antes, el mismo lugar donde se cogieron de la mano cuando regresó el jurado con un veredicto justo. A Samantha no le pasó inadvertido que con toda probabilidad se vería implicada en la apelación de ese veredicto. Pero no ese día; no estaban peleando por nada ni remotamente cercano a tres millones de dólares. Se aproximaba más a cinco mil, aunque, a juzgar por los nervios de Samantha, bien podrían haber sido millones.

El juez los llamó al orden y pidió a Samantha que procediera. Sam respiró hondo, miró en derredor, vio que no había espectadores, procuró tener presente que era un caso sencillo por una suma insignificante y se lanzó a la piscina. Hizo unos breves comentarios iniciales y llamó a la señora Booker al estrado. Pamela describió el antiguo fallo referente a la tarjeta de crédito, identificó la sentencia de divorcio, contó lo que era que le embargasen el sueldo y la despidieran e hizo un gran trabajo al hablar de lo que había sido vivir con sus dos hijos en el coche. Samantha mostró copias certificadas del fallo sobre la tarjeta de crédito, la sentencia de divorcio, la orden de embargo y nóminas de la fábrica de lámparas. Después de una hora en el estrado, Pamela regresó a la mesa de la abogada.

Top Market Solutions tenía una defensa endeble y un abogado más endeble aún. Se llamaba Kipling, era un penalista de tres al cuarto de un bufete de dos empleados en Abingdon y saltaba a la vista que no tenía mucho entusiasmo por los hechos ni por su cliente. Divagó acerca de cómo Top Market había sido embaucada por la compañía de tarjetas de crédito y había actuado de buena fe. Su cliente no tenía idea de que el fallo que intentaba ejecutar había vencido.

El juez no tuvo paciencia con Kipling y sus divagaciones.

—Su moción de desestimación queda rechazada, señor Kipling —dijo—. Ahora vamos a hablar de manera extraoficial. —El taquígrafo judicial se relajó y cogió una taza de café. El juez continuó—: Quiero que este asunto quede zanjado, y ahora. Señor Kipling, es evidente que su cliente ha cometido un error y ha provocado graves molestias a la señora Booker. Podemos celebrar un juicio a carta cabal dentro de un mes aproximadamente, aquí mismo, delante de mí, sin jurado, pero sería una pérdida de tiempo porque ya he tomado una decisión sobre el caso. Le aseguro que a su cliente le saldrá más a cuenta acceder a un acuerdo ahora.

—Bueno, sí, claro, su señoría —tartamudeó Kipling, descolocado.

Era sumamente extraño que un juez se mostrara tan franco acerca de un fallo pendiente.

—Creo que lo más justo es lo siguiente —continuó el juez—. En otras palabras, ahí va mi resolución. Su cliente embargó de forma ilegal el sueldo de la señora Booker, hasta en once ocasiones, por un total de mil trescientos dólares. Como consecuencia, ella fue desahuciada de su caravana. Su cliente fue el responsable directo de que la despidieran, aunque tengo entendido que se ha reincorporado a su puesto. Aun así, pasó una época desesperada y acabó sin techo, viviendo en el coche con sus dos hijos. Todo por causa de su cliente. La señora Booker tiene derecho a ser resarcida por ello. Ha pedido cinco mil dólares en su demanda, pero me parece insuficiente. Si emito un fallo hoy, le concederé mil trescientos en concepto de sueldo perdido y otros diez mil por daños y perjuicios.

Si emito un fallo el mes próximo, le aseguro que mi propuesta de hoy le parecerá una ganga. ¿Qué dice, señor Kipling?

El aludido se acercó a su cliente, el representante de Top Market, un individuo rechoncho de rostro colorado embutido en un traje barato. El tipo sudaba profusamente, a todas luces furioso; sin embargo, había comprendido cuál era su situación. Estaba claro que ninguno de los dos hombres confiaba en el otro.

Kipling se dirigió al juez de nuevo.

—Señoría, ¿podría reunirme a solas con mi cliente cinco minutos?

—Claro, pero solo cinco.

Abandonaron la sala con paso firme.

Pamela se acercó a Samantha y le susurró en tono nervioso:

—No me lo puedo creer.

Sam asintió con suficiencia, como si no fuera más que otro día normal en los juzgados. Fingió estar absorta en un documento, frunciendo el ceño y subrayando alguna que otra palabra de suma importancia, cuando en realidad le habría gustado ponerse a gritar: «Yo tampoco lo puedo creer. ¡Es mi primer juicio!».

En realidad no era un juicio, claro, sino más bien una vista. Pero era su primer pleito, y ganarlo de una manera tan abrumadora era emocionante.

Se abrió la puerta principal y volvieron a su mesa. Kipling miró al juez y dijo:

—Señoría, bueno, esto..., bueno, parece que mi cliente ha cometido algún error y lamenta mucho todos los problemas causados. Lo que usted ha sugerido es un acuerdo justo. Lo aceptamos.

Samantha volvió a Brady como en una nube. Se acordó de Donovan y Jeff después de la sentencia del caso Tate, flotando de regreso al pueblo con un veredicto de tres millones en el bolsillo. Seguro que no estaban tan emocionados y abrumados como ella en ese momento. Había rescatado con sus colegas a los Booker de vivir en la calle, de morir de hambre incluso, y les habían permitido reincorporarse a una vida normal. Habían buscado justicia con determinación, y la habían hallado. Los canallas habían sido derrotados.

Como abogada, nunca se había sentido tan digna. Como persona, nunca se había sentido tan necesitada.

El almuerzo del lunes que se llevaban preparado de casa lo pasaron celebrando la aplastante victoria de Samantha en su primer pleito. Annette le aconsejó que saboreara el momento porque las victorias eran poco comunes en su oficio. Mattie le aconsejó que no lanzara las campanas al vuelo demasiado pronto; aún no había recibido el cheque. Después de desmenuzar el caso Booker, la conversación derivó hacia otros asuntos. Mattie informó de que Jeff había salido de la cárcel de Charleston. ¿Había pagado la fianza o se había escapado?, preguntó Samantha. Un abogado de renombre, un colega de Donovan, gestionó su excarcelación. No, no había dado detalles sobre su presunto delito.

Annette había recibido esa mañana una llamada extraoficial de un secretario de los juzgados que la alertaba de la posibilidad de que un abogado anónimo de la familia Crump planeara elevar la petición de que se validara el testamento anterior de Francine Crump, uno que había firmado cinco años antes, con toda probabilidad el que la anciana le enseñó a Samantha. La familia afirmaba que el testamento anterior era válido porque Francine había destruido el nuevo, el documento gratuito redactado por el centro de asesoría. Se avecinaba un follón en el que ninguna de las presentes quería involucrarse. Que los Crump se quedaran sus tierras y se las vendiesen a una compañía minera; les daba igual. Fuera como fuese, según explicó Mattie, en tanto que abogadas eran funcionarias del tribunal y por lo tanto estaban obligadas por ley a evitar, si era posible, un fraude. Tenían el testamento gratuito original, que les había enviado un remitente misterioso después de que Francine sufriera el derrame cerebral. La mujer no lo había destruido; de hecho, se lo estaba ocultando a sus hijos y quería que el centro de asesoría lo protegiera y lo validase. ¿Debían aportar ahora el testamento y emprender una guerra que se prolongaría varios años? ¿O era mejor esperar a ver qué alegaban los Crump? Había muchas probabilidades de que los supuestos heredados siguieran mintiendo acerca de que Francine había destruido el testamento. Si esas mentiras las decían bajo juramento, y luego quedaban en evidencia, podían derivarse graves implicaciones para la familia. Con toda seguridad se estaban metiendo en una trampa, una trampa que el centro de asesoría podía evitar aportando de inmediato el testamento.

Era un atolladero jurídico, una típica pregunta de examen en la facultad de Derecho diseñada para que los alumnos se devanaran los sesos. Decidieron esperar otra semana, aunque las tres abogadas, junto con Claudelle y Barb, eran conscientes de que debían aportar el testamento y poner sobre aviso a los hermanos Crump.

Se esperaba que a media tarde comenzase a caer una fuerte nevada, y hablaron de lo que eso implicaba para el bufete. Mattie, Annette y Samantha acostumbraban ir andando a trabajar de todos modos, conque el centro de asesoría estaría abierto. Claudelle estaba embarazada de ocho meses y no contaban con que saliese de casa. Barb vivía en pleno campo, junto a una carretera por la que rara vez pasaban las quitanieves.

Para las tres ya estaba nevando. Samantha contemplaba los copos desde su mesa, soñando despierta y eludiendo sus expedientes, cuando el móvil de prepago emitió un zumbido en su bolso. Jeff le anunció que seguía en la zona de Charleston.

—¿Qué tal la cárcel? —preguntó ella.

—Ten cuidado con lo que dices —le advirtió.

—Ah, claro, se me olvidaba.

Sam se puso en pie y fue al porche delantero.

Jeff le contó que había entrado en la rampa de la zona de aviación general del aeropuerto por una puerta sin cerrar en una valla de tela metálica. La pequeña terminal estaba abierta pero solo había una empleada, una jovencita sentada a una mesa hojeando la prensa amarilla. A cobijo de las sombras, observó el área durante media hora y no apreció ningún movimiento. A lo lejos, en la terminal principal, había alguna que otra luz, pero nada que tuviera que ver con avionetas. Había trece aparatos en la rampa, incluidos cuatro Skyhawk. Dos estaban abiertos, así que se metió en uno y permaneció diez minutos en la oscuridad.

En otras palabras, prácticamente no había seguridad en el aeropuerto. Podría haber manipulado cualquiera de las avionetas de la rampa. Entonces vio a un vigilante y decidió dejarse detener. No era más que allanamiento, un delito menor. Había pasado por cargos más graves, le recordó. El vigilante era buen tío y Jeff recurrió a su encanto. Dijo que era piloto y que siempre había soñado con tener un monoplano Beech Bonanza; solo quería ver uno de cerca. No iba con malas intenciones. El vigilante le creyó y se compadeció de él, pero tenía que cumplir su obligación.

La cárcel no tenía mayor importancia. El abogado se ocuparía de todo.

Pero mientras charlaba con el vigilante, Jeff preguntó por otros colegas de este que habían trabajado en el aeropuerto, otros tipos que igual ya no estaban por allí. Obtuvo un nombre, el de uno que dejó el trabajo antes de Navidad, y ahora estaba intentando localizarlo.

Samantha cerró los ojos y le advirtió que se anduviera con cuidado. Aun así, sabía que Jeff pasaría el resto de su vida intentando encontrar a quienes mataron a su hermano.

El entusiasmo a resultas del juicio quedó en cierto modo mitigado un par de días después cuando Samantha acompañó a Mattie a una vista por un caso de pulmón negro ante el juez de un tribunal administrativo (JTA) en el juzgado federal de Charleston. El minero, Wally Landry, tenía cincuenta y ocho años y llevaba siete sin trabajar. Iba en silla de ruedas, conectado a una bombona de oxígeno. Catorce años antes había presentado una demanda para que se le concediera el subsidio por dicha enfermedad sobre la base de un informe médico en el que se decía que sufría neumoconiosis complicada. El director de distrito del Departamento de Trabajo le concedió el subsidio. La empresa, Braley Resources, apeló al JTA, que sugirió al señor Landry que se buscara un abogado. Mattie accedió a representarlo. El JTA les dio la razón, y Braley apeló a la Junta de Revisión de Subsidios (JRS) en Washington. El caso estuvo yendo de aquí para allá durante cinco años, entre el JTA y la JRS, antes de que la JRS emitiera un fallo definitivo a favor de Landry.

La compañía apeló la sentencia ante el Tribunal Federal de Apelaciones, donde el asunto quedó paralizado durante dos años antes de ser remitido de nuevo al JTA. Este último solicitó informes médicos adicionales, y los expertos fueron a la guerra, una vez más. Landry había empezado a fumar a los quince años, lo dejó veinte años más tarde, y en tanto que fumador lo machacaron con el habitual aluvión de opiniones médicas acerca de que sus problemas pulmonares los habían provocado la nicotina y el alquitrán, no el polvo de carbón.

—Cualquier cosa menos el polvo de carbón —insistió Mattie—. Es siempre la misma estrategia.

Mattie había trabajado tres años en el caso, había invertido quinientas cincuenta horas, y si al final obtenía una sentencia favorable tendría que pelear para que se acreditaran sus honorarios a doscientos dólares la hora. La minuta la abonaría Braley Resources y su compañía de seguros, cuyos abogados percibían mucho más de doscientos la hora. En las insólitas ocasiones en que el centro de asesoría cobraba una minuta en un caso de pulmón negro, el dinero iba a una cuenta especial que contribuía a cubrir los gastos de casos venideros de pulmón negro. En esos momentos, el fondo ascendía a veinte mil dólares.

La vista se celebró en una sala pequeña. Mattie dijo que era por lo menos la tercera vez que se reunían todos allí para insistir en las mismas opiniones médicas contradictorias. Samantha y ella se sentaron a una mesa. No muy lejos, una pandilla de abogados elegantemente trajeados de Casper Slate se afanaron en vaciar sus maletines bien cargados y pusieron manos a la obra. Detrás de Samantha estaba Wally Landry, hecho una piltrafa y respirando por un tubo que llevaba metido en la nariz, con su esposa a su lado. Cuando Wally presentó su primera demanda hacía catorce años tenía derecho a percibir 641 dólares al mes. Los gastos judiciales abonados por Braley a la sazón ascendían a seiscientos dólares la hora por lo menos, según los cálculos rápidos de Mattie, «pero más vale no intentar entenderlo», dijo. Las costas abonadas por las compañías mineras y sus aseguradoras superaban con mucho los subsidios cuyo pago se empeñaban en eludir, pero eso no tenía importancia. Las trabas y las demoras disuadían a otros mineros de presentar demandas, y desde luego asustaban a los abogados. A la larga, las compañías salían ganando, como siempre.

Un listillo con traje negro se acercó a su mesa.

—Vaya, hola, Mattie. Me alegra verte de nuevo.

Mattie se puso en pie a regañadientes, le tendió una mano lánguida y respondió:

—Buenos días, Trent. Es siempre un placer.

Trent era un hombre de unos cincuenta años con el pelo entrecano y aire de suficiencia. Su sonrisa era zalamera y falsa, y cuando dijo: «Siento mucho lo de tu sobrino. Donovan era muy buen abogado», Mattie retiró la mano rápidamente y le espetó:

—Más vale que no hablemos de él.

—Lo siento, claro que no. ¿Y quién es esta? —preguntó, mirando a Samantha.

Sam se puso en pie y contestó:

—Samantha Kofer, soy pasante en el centro de asesoría.

—Ah, sí, la brillante investigadora que revisó los historiales médicos de Ryzer. Soy Trent Fuller.

Alargó la mano, pero Sam hizo caso omiso.

—Soy abogada, no investigadora —puntualizó—. Y represento al señor Ryzer en su demanda para que le sea concedido un subsidio por la enfermedad del pulmón negro.

—Sí, eso tengo entendido. —La sonrisa de Fuller se desvaneció al tiempo que entornaba los ojos con un destello de odio. Tuvo el descaro de señalarla con un dedo al tiempo que hablaba—. Nos parecen profundamente ofensivas las alegaciones de su cliente contra nuestro bufete en su desafortunado pleito. No cometa de nuevo el mismo error, se lo advierto.

Su voz subió de volumen mientras la sermoneaba. Los otros tres abogados de Castrate se quedaron inmóviles y fulminaron a Samantha con la mirada.

Sam estaba paralizada, pero no tenía dónde esconderse.

—No obstante, saben que las alegaciones están fundadas —repuso.

Fuller se le acercó un paso, le plantó el dedo delante de la cara y dijo:

—Los demandaremos a usted y a su cliente por difamación, ¿lo entiende?

Mattie alargó el brazo y le apartó suavemente la mano.

—Ya basta, Trent, vuelve a tu redil.

Él se relajó y le ofreció la misma sonrisa zalamera de antes.

Sin embargo, siguió mirándola con ferocidad, y en un tono de voz más bajo le dijo a Samantha:

—Su cliente nos ha abochornado, señorita Kofer. Aunque el pleito ha sido anulado, aún escuece. Nuestro bufete pondrá toda la carne en el asador contra la demanda por la enfermedad del pulmón negro.

—¿Acaso no la pone siempre? —saltó Mattie—. Maldita sea, esta lleva pendiente catorce años y aún estáis luchando a brazo partido para que no le concedan el subsidio.

—A eso nos dedicamos, Mattie. A eso nos dedicamos —reconoció con orgullo al tiempo que se alejaba y volvía con su club de fans.

—Respira un poco —le aconsejó Mattie cuando se sentaban.

—No me lo puedo creer —dijo Samantha, anonadada—. Me han amenazado ante un tribunal.

—Qué va, aún no has visto nada. Te amenazarán en la sala del tribunal, fuera de la sala, en los pasillos, por teléfono, por correo electrónico, por fax o en presentaciones judiciales. Da lo mismo. Son matones y canallas, igual que sus clientes, y salen impunes de casi todo.

—¿Quién es ese?

—Uno de sus sicarios con más talento. Un socio sénior, uno de los seis que componen su división del pulmón negro. En torno a un centenar de asociados, docenas de ayudantes, y todo el personal de apoyo que necesitan. ¿Te imaginas a Wally Landry ahí sentado sin un abogado?

—No.

Esa imagen parecía tan insólita que tenía que ser ilegal.

—Bueno, pues ocurre constantemente.

Por una fracción de segundo Samantha echó de menos la fuerza y la seguridad de Scully & Pershing, una firma cuatro veces más grande que Casper Slate y mucho más acaudalada. Nadie se metía con los abogados procesalistas de su antigua firma; de hecho, a menudo se consideraba que los matones eran ellos. En una trifulca siempre podían azuzar a otra manada de lobos para proteger a sus clientes.

Trent Fuller nunca se habría planteado un altercado semejante con abogados de otro bufete importante. Se pavoneaba porque veía a dos mujeres en la mesa, dos abogadas de oficio mal pagadas que representaban a un minero agonizante, y se sentía autorizado a ejercer su poder. Semejante audacia era pasmosa: su firma era culpable de fraude y conspiración, Samantha la había atrapado con las manos en la masa, y había quedado en evidencia cuando Donovan interpuso la querella de Ryzer. Ahora que esta se había esfumado, Fuller y su bufete no estaban preocupados en absoluto por los errores cometidos. Claro que no, lo único que les importaba era su imagen perjudicada.

A Fuller no se le habría ocurrido acercarse y cargar las tintas de haber estado presente Donovan. De hecho, ninguno de los cuatro niños bonitos de la otra mesa se habría arriesgado a recibir un puñetazo por una palabra fuera de lugar o una amenaza velada.

Eran mujeres, y los chicos las consideraban fáciles de intimidar y físicamente vulnerables. Las pobres peleaban por una causa perdida y no cobraban por ello; en consecuencia, eran a todas luces inferiores.

A Samantha aún le hervía la sangre mientras Mattie ordenaba sus documentos. El juez ocupó su lugar y llamó al orden. Sam volvió la mirada hacia el otro lado de la sala y sorprendió a Fuller observándola fijamente. El tipo le sonrió como para darle a entender: «Este es mi terreno y tú aquí no pintas nada».

32

El correo electrónico decía así:

> Querida Samantha:
> Disfruté con nuestro breve encuentro en Nueva York y
> tengo ganas de volver a hablar contigo. Ayer, 6 de enero, Krull
> Mining presentó una moción para que se rechace nuestro pleito
> de Hammer Valley en el Tribunal Federal de Charleston. Era de
> esperar, igual que su extensión y contundencia. Es evidente
> que a Krull Mining le aterra la querella y quieren librarse de ella.
> En treinta y cinco años no había visto una moción en un tono
> tan estridente. Y será difícil rebatirla, en ausencia de pruebas
> aún por aportar. ¿Podemos vernos dentro de poco? Por lo
> demás, no hay señales de ayuda desde Washington.
> Tu amigo, Jarrett London

Por una parte, le habría gustado que Jarrett London fuera
solo un recuerdo lejano. Por otra, había estado pensando bastante en él desde su encuentro con Trent Fuller. Un abogado
con su reputación y presencia en la sala no se habría visto sometido a una emboscada tan degradante. Aparte de su padre y
Donovan, London era el único procesalista que había conocido, y ninguno de los tres habría tolerado las payasadas de
Fuller. De hecho, si hubieran estado allí, Fuller se habría quedado en su lado de la sala y habría mantenido la boca cerrada.

Pero a Sam no le apetecía quedar con él. Buscaba complicidad y ella no tenía intención de implicarse más todavía. La alusión no del todo precisa a «pruebas aún por aportar» significaba que estaba desesperado y quería los documentos.

Le contestó:

Hola, Jarrett:
Me alegra saber de ti. Seguro que puedo encontrar el momento para que nos veamos; dime cuándo. Washington ha recibido instrucciones. SK

Washington no había recibido instrucciones, no del todo. Después de las vacaciones de Navidad Samantha contó a su madre en el tren a la capital parte de la historia, y al relatarla hizo hincapié en las tácticas «abusivas» adoptadas por el FBI, que acosaba a los querellantes en nombre de Krull Mining. No hizo referencia a los documentos ocultos, ni mencionó otros dramas que estaban acaeciendo en su rinconcito de la región minera.

Karen se mostró interesada hasta cierto punto, si bien comentó que el FBI tenía fama de pasarse de la raya y meterse en líos. Desde su elevada posición en el Departamento de Justicia, los agentes a pie de calle estaban en otro mundo. No tenía interés en lo que hacían, ya fuera en los Apalaches, Nueva York o Chicago. Su mundo giraba en ese momento en torno a estrategias de elevado nivel en relación con la puesta en práctica de políticas relacionadas con el comportamiento temerario de ciertos grandes bancos y ciertas entidades crediticias que ofrecían préstamos hipotecarios de alto riesgo y todo eso...

El segundo correo electrónico importante de esa mañana era de un tal doctor Draper, un neumólogo de Beckley escogido por el Departamento de Trabajo para examinar a Buddy Ryzer. Era directo en su escrito.

Abogada Kofer:

Le adjunto mi informe. El señor Ryzer padece FMP, fibrosis masiva progresiva, también conocida como neumoconiosis complicada del minero del carbón. El estado de la enfermedad es avanzado. Tengo entendido que sigue trabajando; sinceramente, creo que no debería hacerlo, aunque no hay nada en mi informe que lo indique. Atenderé a sus preguntas por correo electrónico. LKD

Samantha estaba leyendo el informe cuando recibió un tercer correo. Era de Andy Grubman, aunque no provenía de su dirección habitual de Scully & Pershing.

Querida Samantha:

Feliz Año Nuevo. Espero que en el momento de recibir este correo estés bien y sigas empeñada en salvar el mundo. Echo en falta tu cara risueña y espero verte pronto. Voy a ser breve e ir al grano. He decidido abandonar Scully & Pershing a finales de febrero. No me obligan a dejar mi puesto, a tomarme un permiso ni nada por el estilo. Es una separación amistosa. Lo cierto es que no soporto el derecho fiscal. Me parece tremendamente aburrido, y echo de menos mi antigua disciplina. Tengo un amigo que trabajó durante muchos años en un bufete dedicado al mercado inmobiliario comercial y le van a dar la patada. Hemos decidido abrir nuestra propia firma —Spane & Grubman— con oficinas en el distrito financiero. Ya tenemos dos clientes importantes —un banco coreano y un fondo de Kuwait— y ambos están dispuestos a abalanzarse sobre edificios de la costa Este que estén pasando penurias; ya sabes que no escasean las corporaciones tan excesivamente dependientes de su deuda que a raíz de la crisis han quedado con el agua al cuello. Además, esos clientes creen que es el momento perfecto para empezar a planificar construcciones que comiencen dentro de un par de años, cuando la recesión haya acabado.

Tienen dinero líquido en abundancia y están listos para ponerse en marcha.

Sea como sea, Nick Spane y yo prevemos un bufete de unos veinte asociados a nuestras órdenes. El sueldo será similar al que se cobra en los Grandes Bufetes, y no tenemos planeado matarnos ni matar a nuestros asociados. Queremos un pequeño bufete de diseño en el que los abogados trabajen duro, pero que también se las apañen para divertirse un poco. Prometo que los asociados nunca estarán ocupados más de ochenta horas semanales; consideramos cincuenta un buen objetivo. La expresión «calidad de vida» suena a broma en esta profesión, pero nosotros nos la tomamos en serio. Estoy harto y solo tengo cuarenta y un años.

Te ofrezco un puesto. Izabelle ya se ha apuntado. Ben ha encontrado otra cosa; me temo que se ha fugado de la reserva. ¿Qué te parece? No quiero presionarte, pero necesito una respuesta antes de que termine el mes. Ni que decir tiene que ahora mismo hay un montón de abogados en la calle.

Tu jefe preferido, Andy

Sam leyó de nuevo el correo, cerró la puerta y lo leyó por tercera vez. Andy era, en esencia, un buen tipo de Indiana que había pasado demasiado tiempo en Nueva York. Le enviaba un mensaje considerado con una oferta generosa y tentadora, pero no podía evitar recordarle que había abogados de sobra suplicando trabajo.

Apagó el ordenador y la luz del despacho, y salió por la puerta de atrás sin que la oyeran. Se montó en el Ford, y ya estaba a kilómetro y medio del pueblo cuando se preguntó adónde iba. Daba igual.

Aún quedaban veinticuatro días para el 31 de enero.

Mientras conducía pensó en sus clientes. Buddy Ryzer estaba el primero en su lista. No se había comprometido a seguir con su caso hasta que tocara a su fin, pero había prometido a Mattie que interpondría la demanda y haría el trabajo duro inicial. Y eso era casi una nimiedad en comparación con el mastodóntico pleito contra Lonerock Coal y Casper Slate que alguien tendría que retomar. Estaba también el lío inminente en torno a las últimas voluntades de Francine Crump, que, a decir verdad, era una razón de primera para llamar de inmediato a Andy y aceptar el trabajo. Estaban los Merryweather, una pareja sencilla y simpática que había invertido sus ahorros en una casita ahora amenazada por una rastrera entidad de crédito que los había demandado exigiéndoles la totalidad del saldo adeudado. Samantha quería obtener un mandamiento judicial para evitar ejecución de la sentencia. Había dos divorcios, que todavía no se habían resuelto y que probablemente se impugnarían. También estaba el litigio de Hammer Valley, que la tenía alterada. Para ser sincera, era otra razón para largarse. Estaba ayudando a Mattie con tres casos de insolvencia y dos de discriminación laboral. Seguía esperando el cheque para Pamela Booker, así que ese expediente no estaba cerrado. Estaba ayudando a Annette con otros dos divorcios y el drama de Phoebe Fanning: tanto ella como su marido iban a ir a la cárcel y nadie quería quedarse con los críos.

«En resumidas cuentas, señora abogada Kofer, depende de usted demasiada gente para recoger los bártulos y salir corriendo.» Volver o no a Nueva York no era una decisión que hubiera de tomar de inmediato, cuando solo habían transcurrido tres meses de los doce del permiso. Debería haber dispuesto de más tiempo, tiempo para abrir unos cuantos expedientes, ayudar a unas cuantas personas, estar ligeramente ocupada sin perder de vista el calendario mientras transcurrían los meses, la recesión se alejaba y empezaban a aflorar puestos de trabajo por todo Manhattan. Eso era lo que tenía planeado, ¿no? Quizá no regresar a un puesto absorbente en los Grandes Bufetes, pero sí a uno respetable en algo como... ¿un bufete de diseño?

¿Un bufete pequeño, unos cuantos empleados felices, cincuenta horas a la semana, un sueldo impresionante con todos los incentivos habituales? En 2007, su último año completo en Scully, había facturado tres mil horas. Era fácil hacer los cálculos: sesenta horas facturables a la semana durante cincuenta semanas, aunque no había tenido ocasión de disfrutar de las dos de vacaciones pagadas que le correspondían. Para facturar sesenta horas semanales, tenía que trabajar al menos setenta y cinco, a menudo más. Para quienes tenían la suerte de disfrutar de la vida sin estar pendientes del reloj, setenta y cinco horas a la semana suponía, por lo general, al menos en el caso de Samantha, llegar a la oficina a las ocho de la mañana y salir doce horas después, de lunes a sábado, comiéndose también alguna que otra hora del domingo. Y era lo normal. Si a eso se añadía la presión de alguna fecha tope importante, uno de los clichés de Andy en momentos de crisis, una semana de noventa horas no era algo insólito.

¿Y ahora le prometía solo cincuenta?

Se encontraba en Kentucky, acercándose a la pequeña población de Whitesburg, a una hora de Brady. Las carreteras estaban despejadas, aunque bordeadas de nieve sucia amontonada. Vio una cafetería y aparcó cerca. La camarera le informó de que había panecillos recién salidos del horno. ¿Cómo negarse? En una mesa junto al ventanal, untó mantequilla en un panecillo y esperó a que se enfriara. Tomó unos sorbos de café y contempló el tráfico que circulaba con languidez por Main Street. Envió un mensaje de texto a Mattie para comunicarle que tenía que hacer unos recados.

Se comió el panecillo con mermelada de fresa y tomó notas en una libreta. No iba a contestar que no a la oferta de Andy, pero tampoco iba a decirle que sí. Necesitaba tiempo, al menos unos días, para aclararse las ideas, analizarlas, recabar toda la información posible y esperar a que alguna voz imaginaria le aconsejara qué hacer. Redactó una respuesta que enviaría esa tarde desde su mesa. El primer borrador decía lo siguiente:

Querido Andy:

Feliz Año Nuevo. Debo reconocer que me ha descolocado tu correo y la oferta de un puesto tan prometedor. A decir verdad, en los tres últimos meses no ha ocurrido nada que me preparase para regresar tan pronto a la ciudad. Pensaba que tendría al menos un año para plantearme la vida y mi futuro; ahora, en cambio, lo has puesto todo patas arriba. Necesito un poco de tiempo para pensarlo bien.

No me las he apañado para salvar el mundo todavía, pero voy por buen camino. Mis clientes son personas pobres que no tienen otra opción. No esperan que obre milagros y aprecian mucho todo lo que hago. Voy a juicio de vez en cuando —imagínatelo, Andy, he visto unos juzgados por dentro— y es muy distinto de lo que se ve en la tele. Aunque, como ya sabes, no tenía mucho tiempo de verla. El lunes pasado gané mi primer juicio: diez mil dólares para mi cliente, y me alegró como si hubiera sido un millón. Con un poco de experiencia es posible que empiece a gustarme el trabajo procesal.

Ahora, con respecto a tu oferta, necesito algunos detalles. ¿Quiénes son los demás asociados y de dónde proceden? Nada de gilipollas, Andy, ¿vale? No pienso trabajar con un montón de matones despiadados. ¿Cuál es la proporción entre hombres y mujeres? Supongo que no es un club masculino. ¿Quién es Nick Spane y cuál es su currículo? Seguro que es un abogado estupendo, pero ¿es buena persona? ¿Tiene un matrimonio sólido o anda de cama en cama? Si me toca, le meteré un pleito por acoso, y tiene que saberlo. Envíame su historial, por favor. ¿Dónde están las oficinas? No pienso someterme a unas condiciones de trabajo miserables. Lo que siempre he querido es un despachito —¡mi despacho!— con una buena ventana, un poco de sol y paredes propias para colgar lo que me venga en gana. Eso de las cincuenta horas,

¿lo garantizarás por escrito? Ahora mismo tengo ese horario, y es una maravilla. ¿Qué clientes habrá, aparte de los coreanos y los kuwaitíes? Seguro que serán grandes corporaciones y tal, o tipos importantes con un ego a la misma altura; sea como sea, lo que no quiero es que un cliente se atreva a levantarme la voz. (Aquí mis clientes me llaman miss Sam y me traen galletas.) Podemos hablar de todo esto. Por último, ¿qué depara el futuro? Por aquí no hay ningún futuro, así que no me quedaré. Soy neoyorquina, Andy, más ahora que hace tres meses, pero me gustaría conocer la estructura de la nueva firma y dónde la veis Spane y tú dentro de diez años. ¿Te parece bien?

Gracias por pensar en mí, Andy. Siempre fuiste justo; no siempre un encanto, pero no sé si eso lo llevas en el ADN.

Seguimos hablando. Samantha

La temperatura era de siete grados bajo cero, y la nieve estaba helada y cubierta por un manto de escarcha que reflejaba la luz de la luna. Tras una cálida cena con Annette y los niños, Samantha se retiró a su apartamento del garaje, donde la pequeña estufa se afanaba en mitigar el frío. De haber estado pagando un buen alquiler en Manhattan, ya le habría cantado las cuarenta a alguien, pero no en Brady. No donde no pagaba alquiler y su casera probablemente iba mal de dinero. Así pues, se arropó bien y leyó en la cama un par de horas mientras el tiempo transcurría con lentitud. Leyó un capítulo, luego dejó el libro y pensó en Nueva York, y en Andy y su bufete de nuevo cuño. Le rondaban la cabeza un montón de cosas.

No tenía la menor duda de que aceptaría, y eso la emocionaba. El nuevo empleo era perfecto; volvería a su hogar, a la ciudad que adoraba y a un trabajo tan prestigioso como prometedor. Podría eludir los horrores de los Grandes Bufetes y, al mismo tiempo, tener una carrera coherente. El inconveniente era dejar lo que tenía ahora entre manos. No podía irse sin más dentro de un mes o así y cargar con los casos pendientes a Mattie. No, tenía que haber una salida más elegante y justa. Estaba pensando en una especie de aplazamiento: aceptar ahora la oferta de Andy e incorporarse a su puesto al cabo de unos seis meses. Eso sería adecuado, o lo más adecuado posible. Sería capaz de vendérselo a Mattie y a Andy, ¿no?

Un móvil vibró bajo un montón de ropa. Por fin lo encontró y contestó.

—Sí.

Era el teléfono espía de Jeff, y él respondió con una pregunta:

—¿Tienes frío?

Samantha sonrió y preguntó a su vez:

—¿Dónde estás?

—A unos doce metros, escondido en la oscuridad, apoyado en la parte de atrás del garaje con los pies hundidos en un palmo de nieve helada. ¿Oyes mis dientes castañetear?

—Me parece que sí. ¿Qué haces aquí?

—Eso debería ser obvio. Mira, Annette acaba de apagar las luces, así que no hay moros en la costa. Creo que deberías preparar café, descafeinado si tienes, y abrir la puñetera puerta. Confía en mí, no me verá nadie. Los vecinos llevan ya un par de horas dormidos. Todo Brady está muerto, otra vez.

Sam abrió la puerta y, sin un chirrido siquiera, Jeff apareció por la escalera en penumbra y le dio un beso en los labios. Se quitó las botas y las dejó en la entrada.

—¿Vamos a quedarnos? —preguntó Samantha al tiempo que ponía agua en la cafetera.

Jeff se frotó las manos y dijo:

—Hace más calor en el exterior, ¿no? ¿Ya te has quejado al casero?

—No me lo había planteado. Si no hay alquiler, tampoco hay quejas. Me alegra verte fuera de la cárcel.

—No vas a creer lo que he averiguado.

—Y a eso has venido, a contármelo con todo detalle.

—Entre otras cosas.

La noche que murió Donovan, su Cessna estuvo en el aeropuerto de Charleston durante unas siete horas, desde las 15.20 hasta las 22.31 de la noche, según los registros de control de tráfico aéreo y los datos de la terminal de aviación general. Después de aterrizar, alquiló un coche y fue al encuentro de su equipo legal. En su ausencia, llegaron a la rampa cuatro avionetas; dos repostaron, dejaron a un pasajero y se fueron, y las otras dos se quedaron a pasar la noche allí. Una de esas era una Beech Baron, la otra una King Air 210, un modelo popular con dos motores turbohélice y capacidad para seis pasajeros. La King Air llegó a las 19.35 con dos pilotos y un pasajero. Los tres se bajaron de la avioneta, entraron en la terminal, cumplimentaron el papeleo y se marcharon con un tipo en una camioneta.

Samantha escuchó sin decir palabra y sirvió el descafeinado.

Según Brad, un empleado que trabajaba en la rampa esa noche, en realidad iban dos pasajeros en la King Air, uno de los cuales se quedó allí. En efecto, pasó la noche en la avioneta. Mientras los dos pilotos cumplían con la rutina posterior al aterrizaje, Brad alcanzó a ver al pasajero en tierra hablando con otro que seguía en la avioneta. Desde lejos observó y esperó, y tal como se temía, los pilotos cerraron la única portezuela de la King Air. Una vez colocada convenientemente la avioneta para hacer noche allí, entraron en la terminal, con el pasajero, como si nada.

Era extraño, pero Brad ya había sido testigo de algo similar en otra ocasión, un par de años antes, cuando un piloto aterrizó a las tantas de la noche y, como no tenía reserva en un hotel ni un coche de alquiler, decidió quedarse a dormir unas horas en la cabina y despegar al amanecer. La diferencia estribaba en que el piloto había avisado de sus intenciones y los empleados de la rampa sabían lo que hacía. Con la King Air, en cambio, Brad era el único que sabía lo que estaba ocurriendo. Estuvo atento a la avioneta hasta las diez de la noche, cuando fichó y se fue a casa. Dos días después lo despidieron por faltar al trabajo. Nunca le había gustado el empleo y detestaba a su jefe. Su hermano le consiguió un puesto en Florida y se marchó de la ciudad. Nadie le había preguntado por lo acontecido aquella noche. Hasta ese momento, claro.

—¿Cómo lo encontraste? —preguntó Samantha.

—El vigilante que me detuvo el domingo pasado me dio su nombre. Resulta que Mack, el guardia, es muy buen tipo. Nos tomamos unas cervezas el lunes por la noche, invitaba yo, evidentemente, y Mack me contó el asunto de Brad, que ahora está en Charleston. Lo encontré anoche y, en otro bar, tomamos unas copas. Ahora me estoy desintoxicando, así que no me ofrezcas nada.

—No hay ni una gota de alcohol en casa.

—Bien.

—Entonces ¿cuál es tu teoría?

—Mi teoría es que el pasajero misterioso esperó el momento adecuado, abrió la portezuela de la King Air, recorrió los treinta metros escasos hasta el Cessna de Donovan y, en unos veinte minutos, aflojó la tuerca B. Luego desanduvo sus pasos, se montó en la King Air y probablemente estaba atento a cuando Donovan apareció a eso de las diez y cuarto para despegar. Después se puso cómodo y durmió hasta el amanecer.

—Creo que es imposible demostrarlo.

—Quizá, pero me voy acercando.

—¿De quién es la King Air?

—De un servicio chárter que opera desde York, Pensilvania, una empresa que trabaja mucho con compañías mineras. La King Air es el modelo preferido en las explotaciones porque es resistente, tiene una carga útil considerable y puede aterrizar en pistas cortas. Esa empresa tiene cuatro disponibles para vuelos chárter. Hay muchos registros, conque no tardaremos en saberlo todo acerca del vuelo. Brad dice que hará una declaración jurada, aunque estoy un poco preocupado por él.

—Esto es increíble, Jeff.

—Es tremendo. Los investigadores les apretarán las clavijas a los dueños de la avioneta, los pilotos, el pasajero o pasajeros, y quienquiera que la alquiló para el desplazamiento. Nos estamos acercando, Samantha. Es un avance asombroso.

—Buen trabajo, Sherlock.

—A veces es necesario que te detengan. ¿Tienes un edredón de sobra por ahí?

—Están todos amontonados en la cama. Estaba acostada, leyendo.

—¿Me estás tirando los tejos?

—Me parece que eso ya lo hemos dejado atrás, Jeff. Ahora lo que se plantea es el sexo, y detesto decirte que no va a pasar nada. No es el mejor momento del mes.

—Ah, lo siento.

—Podías haber llamado.

—Supongo. Entonces ¿por qué no nos abrazamos, compartimos calor corporal y dormimos juntos, y me refiero a dormir de verdad?

—Podría estar bien.

33

No tenía idea de a qué hora se había marchado Jeff. Al despertar, unas franjas de luz matinal entraban por las persianas y las ventanas. Eran casi las seis. El otro lado de la cama no estaba caliente, como si se hubiera ido hacía horas. A saber. Vivía en la clandestinidad y dejaba pocas huellas, y eso le convenía a ella. Jeff llevaba sobre sus hombros una carga y un bagaje que Samantha nunca entendería, de modo que, ¿para qué darle más vueltas? Pensó en él unos momentos, mientras se asomaba desde debajo de los edredones y veía formarse nubecillas de vaho al ritmo de su respiración. Hacía frío, y tenía que reconocer que echaba en falta el calor de Jeff.

También echaba en falta una ducha caliente, pero no se la iba a poder dar. Contó hasta diez, retiró los edredones y fue corriendo hasta la cafetera. Tardó una eternidad en hervir el agua, y cuando por fin se sirvió una taza volvió a meterse bajo los edredones y pensó en Nueva York. Tenía planeado pulir su respuesta a Andy y enviársela por correo electrónico a primera hora. ¿Era demasiado agresiva, demasiado exigente? Después de todo, estaba sin trabajo y él le ofrecía un puesto maravilloso. ¿Tenía derecho a importunarlo con preguntas sobre asociados y clientes, sobre el señor Nick Spane y las dimensiones de su nuevo despacho? ¿Le agradaría a Andy su propuesta de aplazamiento o le irritaría? No estaba segura, pero Andy tenía la piel curtida. Si ella no se imponía desde el principio, sin duda la ninguneaarían más adelante.

Se saltó la ducha fría y se lavó como un pajarillo con agua tibia en el lavabo. Puesto que no tenía ninguna cita en los juzgados, se vistió rápido con unos vaqueros y unas botas, una camisa de franela y un jersey. Una vez debidamente abrigada, se colgó de un hombro el maletín, el bolso del otro, y fue al centro de asesoría andando. El aire era manso y estimulante, el sol cada vez refulgía más. Era un hermoso día de invierno, con la nieve aún intacta en densas masas contra las casas. «No es mal día para ir a trabajar», pensó mientras cruzaba Brady.

En el lado negativo: en Nueva York estaría metida en un vagón de metro abarrotado, y luego tendría que abrirse paso por las aceras atestadas de viandantes. O quizá estaría en el asiento trasero de un taxi, esperando entre el tráfico.

Habló con el señor Gantry mientras recogía el periódico de la acera. Era prácticamente un nonagenario, vivía solo desde que su esposa había muerto el año anterior, y cuando hacía mejor tiempo tenía el césped más bonito de toda la calle. Había limpiado y retirado con esmero toda la nieve de su propiedad.

Como era habitual de un tiempo a esa parte, Sam llegó la primera al bufete y fue directa a la cafetera. Mientras se hacía el café, recogió un poco la cocina, vació las papeleras y ordenó las revistas en recepción. Nadie le había dicho que se encargara de esas cosas.

En el lado positivo: en Nueva York, Spane & Grubman pagaría a alguien para que se ocupase de esos quehaceres.

En el lado neutral: a Samantha en realidad no le importaban esas tareas, por lo menos allí. No se le habría pasado por la cabeza hacerlas en un bufete de verdad, pero en el Centro de Asesoría Jurídica Mountain todas echaban una mano.

Se sentó en la sala de reuniones y contempló el tráfico de primera hora de la mañana en Main Street. Ahora que planeaba marcharse, le asombró comprobar cuánto cariño le había cogido a ese lugar en tres meses escasos. Decidió que pospondría la discusión con Mattie y esperaría a tener más información acerca de la oferta de Andy. La idea de decirle que se iba a ir tan pronto la inquietaba.

Las mañanas de Mattie seguían siendo más lentas, pero parecía estar volviendo a ser la de antes. La ausencia de Donovan era una herida abierta que nunca cicatrizaría, pero no por eso podía dejar de vivir. Tenía demasiados clientes que la necesitaban, demasiadas anotaciones en su agenda. Apareció poco después de las nueve y pidió a Samantha que fuera a su despacho. Con la puerta cerrada, le explicó que la noche anterior no había dormido, preocupada por los malditos Crump y la pobre finada Francine. La única postura ética era sondear a los abogados de la zona para ver si la familia había contratado a alguien. De ser así, aportarían una copia del testamento de la anciana y declararían la guerra. Entregó una lista a Sam y dijo:

—Aparte de nosotras, hay catorce abogados en Brady, todos en orden alfabético con sus números de teléfono. Ya he hablado con tres, incluida Jackie Sporz, que se encargó del testamento gratuito hace cinco años. Ninguno ha tenido noticias de la familia Crump. Escoge cinco y vamos a quitárnoslo de encima esta mañana. Estoy harta de preocuparme de este asunto.

Samantha conocía a todos aquellos letrados salvo a dos. Fue a su despacho, cogió el teléfono y llamó a Hump, quien dijo que no, que nunca había oído hablar de los Crump. Qué suerte. La segunda llamada se la hizo a Hayes Sinclair, un abogado que no salía nunca de su despacho y de quien se rumoreaba que sufría agorafobia. No, los Crump no se habían puesto en contacto con él. La tercera llamada fue a Lee Chatham, que nunca estaba en su despacho porque andaba siempre merodeando por los juzgados, fingiendo que tenía asuntos importantes que atender allí y haciendo correr rumores en buena medida iniciados por él mismo. Bingo. El señor Chatham dijo que sí, que se había reunido con varios miembros de la familia Crump y que tenía un contrato para representarlos.

A todas luces, los cinco hermanos seguían adelante con la ficción de que su madre había destruido el testamento gratuito redactado por «esas maleantes del centro de asesoría», y por lo tanto volvía a tener vigencia el testamento anterior, que lo dividía todo a partes iguales. Los planes del señor Chatham consistían en evaluar el patrimonio de cara a la validación testamentaria en el futuro próximo y proceder con el testamento anterior. Fuera como fuese, estaban discutiendo acerca de quién sería el albacea. Jonah, el mayor, había sido designado por Francine hacía cinco años, pero tenía problemas cardíacos (provocados por el estrés de la situación) y probablemente no podría cumplir como tal. Cuando el señor Chatham habló de sustituir a Jonah como albacea, se desató una pelea entre los otros cuatro. Ahora estaba intentando arbitrar en el asunto.

Samantha soltó la bomba del misterioso envío que recibieron el día del funeral. Se aseguró de que el señor Chatham entendiese que ni ella ni nadie del centro de asesoría tenía el menor deseo de verse implicado en una impugnación testamentaria, pero era necesario que estuviese al tanto de que sus clientes mentían. Para cuando colgó, Chatham estaba mascullando incoherencias entre dientes. Sam le envió por fax a su oficina una copia del último testamento y fue a hablar con Mattie.

—Van a cogerse un buen cabreo, ¿verdad? —dijo al enterarse de la noticia—. Una sola amenaza, y pienso llamar al sheriff.

—¿Crees que necesitaremos armas? —preguntó Samantha.

—Todavía no. —Le pasó una carpeta con documentos por encima de la mesa—. Echa un vistazo.

Fuera lo que fuese, el expediente era bien grueso, y Samantha tomó asiento.

—¿Qué es esto? —preguntó pasando una página.

—Strayhorn, la notificación del recurso del caso Tate. Hablé con el juez la semana pasada sobre el supuesto acuerdo. Ni que decir tiene que no se mostró muy comprensivo, así que estamos en un aprieto. Ahora tenemos que vérnoslas con el proceso de apelación y confiar en que el Tribunal Supremo no lo revoque.

—¿Qué hago mirando esto?

—Pensé que te interesaría. Y, Samantha, necesitamos que te ocupes de la apelación.

—Ya me lo temía... No he intervenido nunca en una apelación, Mattie.

—Nunca has intervenido en la mayoría de las cosas que hacemos aquí. Siempre hay una primera vez. Mira, yo lo supervisaré, y averiguarás enseguida que no es más que un montón de papeleo e investigación. Strayhorn va primero y presenta ese escrito tan grueso en noventa días. Alegarán toda clase de graves irregularidades en el juicio. Nosotras respondemos, punto por punto. En seis meses estará hecho casi todo el trabajo y quedarás a la espera del alegato oral.

«Pero dentro de seis meses ya no estaré», sintió deseos de contestar Samantha.

—Será una experiencia estupenda —insistió Mattie—. Y durante el resto de tu vida podrás decir que te encargaste de una apelación ante el Tribunal Supremo del estado de Virginia. ¿Qué más quieres?

Mattie tenía intención de mostrarse despreocupada, pero saltaba a la vista que estaba inquieta.

—¿Cuántas horas? —preguntó Samantha; estaba haciendo cálculos rápidos y pensando ya que podría ocuparse prácticamente de toda la investigación en los seis meses siguientes, antes de irse.

—Donovan aseguró que era un juicio limpio, sin nada importante que objetar en la apelación. Supongo que unas quinientas horas, desde ahora hasta el alegato oral, que será dentro de unos quince meses. Sé que entonces ya no estarás, así que de eso se encargará una de nosotras. El trabajo duro hay que hacerlo ya. Annette y yo sencillamente no tenemos tiempo.

Samantha sonrió y dijo:

—Tú eres la jefa.

—Y tú eres un encanto. Gracias Samantha.

Andy respondió:

Querida miss Sam:

Muchas gracias por tu preciosa epístola. Cómo te has ablandado en solo tres meses. Deben de ser todas esas galletas. Si te he entendido bien, quieres garantías de que (1) te adorarán tus jefes, (2) te idolatrarán tus colegas, (3) te apreciarán tus clientes, (4) tendrás prácticamente garantizado un puesto de socia que te conducirá a una vida larga, plena y feliz, y (5) tendrás un despacho lo bastante amplio para tu gusto pese a los precios obscenos por metro cuadrado que piden los propietarios de Manhattan (nuestros clientes), tanto si hay crisis como si no.

Veré lo que puedo hacer. Te adjunto una biografía de Nick Spane. Curiosamente, se divorció solo una vez y lleva quince años casado con la misma chica. Como verás, no ha cumplido ninguna condena por violación, abusos a menores ni nada que se le parezca, ni ha sido procesado por vender pornografía infantil. Tampoco ha sido acusado de acoso sexual, ni de ninguna otra cosa, si a eso vamos. (Su divorcio fue de mutuo acuerdo.) En realidad es un tipo estupendo, lo juro. Un tipo sureño —de Tulane, licenciado en Derecho por Vanderbilt— cón modales impecables, cosa curiosa por aquí.

Hasta luego, Andy

El teléfono espía vibró a las 14.30, cuando Samantha releía

el escrito de apelación de Strayhorn y repasaba la legislación de cara a un procedimiento de esas características.

—¿Estás delante de mi despacho, plantado en la nieve? —preguntó camino de la cocina, donde suponía que no había micrófonos.

—No, estoy en Pikeville para reunirme con unos investigadores. Anoche lo pasé bien. Dormí muy calentito. ¿Y tú?

—Dormí bien. ¿A qué hora te has ido esta mañana?

—Poco después de las cuatro. No duermo mucho últimamente, ya sabes. Hay alguien por ahí, siempre vigilando. Me cuesta conciliar el sueño.

—Vale. ¿En qué estás pensando?

—El sábado, una excursión por la nieve, en Gray Mountain. Asar un filete en el porche de la cabaña. Beber un poco de vino tinto. Leer junto a la chimenea. Algo así. ¿Te apetece?

—Deja que lo piense.

—¿Qué tienes que pensar? Apuesto a que si miras la agenda verás que no tienes nada anotado para este sábado. Venga.

—Ahora mismo estoy ocupada. Luego te llamo.

Aunque nadie de la asesoría lo había mencionado, Samantha estaba averiguando que el frío y la brevedad del día en enero hacían que aflojara considerablemente la actividad. El teléfono sonaba menos y Barb pasaba más tiempo lejos de su mesa, siempre «haciendo recados». Claudelle estaba embarazada de ocho meses y guardaba reposo. Los tribunales, que nunca iban con prisas, funcionaban con más lentitud incluso. Mattie y Annette estaban tan ocupadas como siempre con casos ya existentes, pero no estaba entrando ninguno nuevo. Era como si los conflictos y las desgracias se tomaran un respiro al afianzarse la tristeza invernal. Al menos para algunos.

El viernes, tras haber oscurecido, Samantha se entretenía

haciendo un poco de todo en el despacho cuando oyó que se abría la puerta principal. Mattie seguía encerrada en su oficina; todas las demás se habían ido de fin de semana. Samantha fue a la recepción y saludó a Buddy y Mavis Ryzer. No tenían cita previa; no habían llamado. En cambio, habían hecho un trayecto de hora y media desde Virginia Occidental a Brady a última hora de la tarde de un viernes para pedir consejo a su abogada y buscar consuelo. Los abrazó a ambos y supo de inmediato que el mundo se les había venido encima. Los llevó a la sala de reuniones y les ofreció un refresco, que rechazaron. Cerró la puerta, les preguntó qué ocurría y los dos se pusieron a llorar.

Habían echado a Buddy de Lonerock Coal esa misma mañana. El capataz le había dicho que no estaba en condiciones físicas de trabajar; de ahí el despido inmediato. Sin subsidio, sin finiquito, sin un reloj barato por un trabajo bien hecho y, desde luego, sin una jubilación que amortiguase el golpe, tan solo una patada en el culo con la promesa de que su último cheque había sido enviado por correo. Apenas había llegado a casa cuando se derrumbó en el sofá y procuró empezar a serenarse.

—No tengo nada —se lamentó entre resuellos mientras Mavis se enjugaba las lágrimas y parloteaba sin cesar—. No tengo nada.

—Así sin más, se ha quedado sin trabajo —continuó Mavis—. Sin sueldo, sin subsidio por el pulmón negro y sin perspectivas de encontrar ninguna otra clase de empleo. Lo único que ha hecho en su vida es trabajar en la mina. ¿Qué va a hacer ahora? Tienes que ayudarnos, Samantha. Has de hacer algo. Esto no está bien.

—Ya sabe que no está bien —dijo Buddy. Todas y cada una de las palabras le costaban un gran esfuerzo mientras su pecho subía y bajaba con cada sibilante respiración—. Pero no se puede hacer nada. Acabaron con nuestro sindicato hace veinte años, así que no tenemos protección ante la compañía. Nada.

Samantha escuchó con enorme compasión. Era extraño ver a un tipo tan duro como Buddy secarse las mejillas con el dorso de la mano. Tenía los ojos enrojecidos e hinchados. Por lo general, lo habrían avergonzado emociones así, pero ahora no tenía nada que esconder. Al final, ella dijo:

—Hemos presentado la querella y tenemos un informe en firme del médico. Es todo lo que podemos hacer ahora mismo. Por desgracia, en los estados de por aquí, un empleado puede ser despedido en cualquier momento por un motivo cualquiera, o sin motivo alguno.

Pensaba lo evidente, pero no iba a decirlo: Buddy no estaba en condiciones de trabajar. Pese a lo mucho que aborrecía a Lonerock Coal, era comprensible que la compañía no quisiera que un empleado en su estado operase maquinaria pesada.

Hubo un largo silencio, roto solo por Mattie, que llamó a la puerta con los nudillos y entró. Saludó a los Ryzer, se percató de que estaba teniendo lugar una reunión no muy grata y se dispuso a retirarse lo antes posible.

—¿Nos vemos para cenar, Sam?

—Allí estaré. ¿Hacia las siete?

Se cerró la puerta y volvió a hacerse el silencio. Al final, Mavis dijo:

—A mi primo le costó once años obtener el subsidio por el pulmón negro. Ahora tiene que llevar oxígeno. A mi tío, nueve. Tengo entendido que la media son cinco años. ¿No es así?

—En el caso de las demandas impugnadas, sí, una media de entre cinco y siete.

—Dentro de cinco años estaré muerto —dijo Buddy, y pensaron en ello; nadie se lo rebatió.

—Pero dijiste que impugnan todas las demandas, ¿no? —preguntó Mavis.

—Eso me temo.

Buddy empezó a negar con la cabeza, ligeramente pero sin parar. Mavis se quedó en silencio con la mirada fija en la mesa. Él tosió varias veces, y dio la impresión de que iba a sufrir un acceso de tos, pero se las arregló para tragar saliva y contenerlo. Las respiraciones profundas y desesperadas parecían rugidos sofocados provenientes de su interior. Volvió a carraspear y continuó:

—El caso es que debería haber obtenido el subsidio hace diez años, y habría podido dejar la mina y buscar trabajo en otra parte. Solo tenía treinta años entonces, los niños eran pequeños y podría haber hecho otra cosa, lejos del polvo, ya sabes. Algo que no agravase la enfermedad. Pero la compañía se opuso y se salió con la suya, así que no me quedó otra opción que continuar en las minas y seguir respirando polvo. Notaba que estaba empeorando. Eso uno lo sabe. Avanza muy poco a poco, pero te das cuenta de que subir los cuatro peldaños que te separan del porche te cuesta más ahora que hace un año. Tardas más en llegar al final del sendero de acceso. No mucho, pero haces las cosas cada vez más despacio. —Una pausa para respirar hondo. Mavis se inclinó hacia él y le dio unas palmaditas en la mano—. Recuerdo a aquellos tipos en la sala, delante del juez del Tribunal Administrativo. Eran tres o cuatro, todos con traje oscuro y zapatos negros bien lustrosos, todos dándose aires de importancia. Nos miraban como si fuéramos escoria blanca, ya sabes, nada más que un minero ignorante y la ignorante de su mujer, nada más que otro parásito intentando engañar al sistema para cobrar una paga mensual. Los puedo ver ahora mismo, capullos arrogantes, con aquel aspecto de sabelotodos engreídos solo porque ellos sabían cómo ganar y nosotros no. Sé que no es de buen cristiano odiar a nadie, pero qué desprecio sentí por esos tipos. Ahora es peor incluso, porque conocemos la verdad, y la verdad es que esos canallas sabían que padecía la enfermedad del pulmón negro. Lo sabían y lo ocultaron. Mintieron al tribunal. Llamaron a otro grupo de médicos embusteros que dijeron, bajo juramento, que no tenía el pulmón negro. Todo el mundo mintió. Y ganaron. Me echaron de los juzgados, me metieron otra vez en la mina, y de eso hace ya diez años. —Se interrumpió y se frotó los ojos con los dedos—. Hicieron trampa, ganaron y lo harán de nuevo, porque son ellos quienes dictan las normas. Supongo que no hay manera de evitarlo. Tienen en sus manos el dinero, el poder, a los médicos, y me imagino que a los jueces. Menudo sistema...

—¿No hay manera de impedírselo, Samantha? —preguntó Mavis en tono de súplica.

—Con una demanda, supongo. La que presentó Donovan, y aún hay posibilidades de que otro bufete la vuelva a interponer. No nos hemos dado por vencidos.

—Pero no vas a ocuparte tú del caso, ¿verdad?

—Mavis, ya te lo expliqué. Soy de Nueva York, ¿vale? Soy una pasante que solo va a estar aquí unos meses y luego se irá. No puedo iniciar un proceso que conlleve cinco años de arduos litigios en un tribunal federal. Ya pasamos por esto, ¿verdad?

No respondió ninguno de los dos.

Transcurrieron unos minutos en los que se hizo más intenso incluso el silencio en las oficinas; el único sonido era la dolorosa respiración de Buddy, quien carraspeó de nuevo y dijo:

—Mira, Samantha, eres la única abogada que hemos tenido, la única que ha estado dispuesta a ayudarnos. Si hubiéramos tenido un abogado hace diez años, quizá todo habría sido distinto. Pero, en cualquier caso, no podemos volver atrás. Hemos venido hoy aquí para decirte una cosa: gracias por ocuparte de mi caso.

—Y por ser tan amable con nosotros —añadió Mavis—.

Damos gracias a Dios todos los días por ti y por tu buena disposición a ayudarnos.

—Es mucho más importante de lo que imaginas.

—Tener una abogada de verdad peleando por nosotros es importantísimo.

Los dos estaban llorando.

34

La primera vez que Samantha vio Gray Mountain fue desde el aire. La segunda vez fue en barca y luego en un quad, durante una visita mucho más íntima dos semanas y media antes de la Navidad anterior. La tercera vez fue en camioneta, un medio de transporte más tradicional por esos pagos. Jeff la recogió en Knox, donde Sam dejó el coche en el mismo aparcamiento de la biblioteca. Echó un vistazo a la camioneta de Jeff y dijo:

—¿Has comprado una nueva?

Era un vehículo inmenso, algún modelo de Dodge, y desde luego no había visto nunca una parecida.

—No. Es de un amigo —respondió, impreciso como siempre. En la trasera había dos kayaks rojos, una nevera portátil y varias mochilas—. Vamos.

Salieron de la población a toda prisa. Jeff parecía tenso y desplazaba rápidamente los ojos de un espejo a otro.

—¿Son canoas lo de ahí atrás? —preguntó Samantha.

—No, son kayaks.

—Estupendo. Y ¿qué se hace con un kayak?

—¿No has ido nunca en kayak?

—Te lo repito una vez más: soy de ciudad.

—Vale, con un kayak se rema en kayak.

—O se queda una junto a la chimenea con un libro y una copa de vino. No pienso mojarme, ¿queda claro?

—Tranquila, Sam.

—Sigo prefiriendo Samantha, sobre todo si lo dice el hombre con el que me estoy acostando. Sam está bien si se trata de mi padre, nunca mi madre, y ahora Mattie también puede. Si alguien me llama Sammie, le cruzo la cara. Ya sé que es confuso, pero, de momento, ¿por qué no sigues llamándome Samantha?

—Así te llamas. Tenemos relaciones sexuales sin otra clase de compromiso, conque te llamaré como tú quieras.

—No te andas con rodeos, ¿eh?

Jeff rió y subió el volumen del estéreo, en el que sonaba Faith Hill. Dejaron la carretera general y fueron bamboleándose por una estrecha carretera rural. Cuando iniciaban una empinada cuesta, de pronto se desvió hacia un camino de grava que bordeaba una estribación con imponentes cañones más abajo. Samantha intentaba no mirar, pero no pudo evitar pensar en su primera aventura con Donovan, cuando subieron a la cima de Dublin Mountain y contemplaron la mina de Enid a lo lejos. Vic los había sorprendido y luego los vieron los de seguridad. Daba la impresión de que hacía mucho tiempo de aquello, y ahora Donovan estaba muerto.

Jeff se desvió una vez, y luego otra.

—Seguro que sabes adónde vas, ¿no? —comentó Samantha, pero solo para dejarle entrever su preocupación.

—Me crie aquí —repuso él sin mirar.

El sendero de tierra todavía medio cubierto de nieve se interrumpía de pronto. A través de los árboles, Samantha alcanzó a ver la cabaña.

Cuando descargaban la camioneta, preguntó:

—¿Y qué pasa con los kayaks? No pienso cargar con esos trastos.

—Tendremos que echar un vistazo al río. Es posible que el nivel del agua esté muy bajo.

Cogieron la pequeña nevera y las mochilas de la camioneta

y las llevaron a la cabaña, a escasos cincuenta metros. Había un manto de nieve de diez centímetros cubierto con huellas de animales. Al parecer no había pisadas de botas ni indicios de seres humanos. Samantha se alegró de fijarse en esas cosas. Ahora era una auténtica chica de montaña.

Jeff abrió la cabaña, entró lentamente como si temiera molestar y echó un vistazo. Dejaron la neverita en la pequeña cocina y las mochilas en un sofá.

—¿Siguen las cámaras de vigilancia ahí fuera? —preguntó Sam.

—Sí, y acabamos de activarlas.

—¿Algún intruso últimamente?

—No que yo sepa.

—¿Cuándo fue la última vez que estuviste aquí?

—Hace tiempo. Demasiado movimiento despierta sospechas. Vamos a echar un vistazo al río.

Caminaron sobre unas piedras a orillas del arroyo. Jeff señaló que no había suficiente agua para los kayaks. En cambio, siguieron el cauce adentrándose en las faldas de las colinas, lejos de la cabaña y de las tierras propiedad de su familia. Aunque Samantha no estaba segura, creía que iban hacia el oeste, en dirección opuesta a Gray Mountain. Con el suelo cubierto de nieve, era imposible encontrar senderos, ahora que eran necesarios. Jeff, al igual que su hermano, se movía por allí como si lo hiciera a diario. Iniciaron un ascenso que enseguida se hizo más abrupto, y en un momento dado se detuvieron para beber agua y comer una barrita de cereales. Jeff le explicó que estaban en Chock Ridge, una colina alargada y elevada que rebosaba carbón y era propiedad de unas personas que no la venderían nunca; la familia Cosgrove, de Knox. Donovan y Jeff se habían criado con los hijos de los Cosgrove. Buena gente y demás. Ascendieron otros ciento cincuenta metros y coronaron la colina. Jeff señaló Gray Mountain en la lejanía. Incluso cubierta por un manto blanco se veía desnuda, desolada, profanada.

Además estaba muy lejos, y tras una hora de caminar por la nieve empezaba a tener los pies helados. Decidió esperar unos minutos antes de quejarse. Cuando iniciaban un descenso oyeron disparos, estrepitosos chasquidos de arma de fuego que resonaron por las colinas. Samantha hizo ademán de lanzarse al suelo, pero Jeff se mantuvo como si nada.

—No son más que cazadores de ciervos —aseguró, sin apenas aminorar el paso.

Llevaba mochila, pero no rifle. Aun así, Samantha estaba segura de que debía de ocultar un arma en alguna parte con las barritas de cereales.

Al fin, convencida de que se habían perdido irremediablemente en el bosque, preguntó:

—¿Vamos de regreso a la cabaña?

Jeff se miró el reloj de muñeca.

—Claro, se está haciendo tarde. ¿Tienes frío?

—Tengo los pies congelados.

—¿Te han dicho alguna vez que tienes unos dedos de los pies preciosos?

—Todos los días.

—No, en serio.

—¿Me estoy sonrojando? No, Jeff, puedo decir con toda sinceridad que no recuerdo que me lo haya dicho nadie.

—Es verdad.

—Gracias, supongo.

—Vamos a entrar en calor.

El trayecto de vuelta les llevó casi el doble de tiempo que el de ida, y el valle estaba en penumbra cuando por fin encontraron la cabaña. Jeff se apresuró a encender la chimenea, y el frío se convirtió enseguida en una calidez humeante que Samantha alcanzó a notar en los huesos. Encendió tres lámparas de gas, y mientras llevaba suficiente leña para pasar la noche ella abrió la neverita y echó un vistazo a la cena. Dos filetes, dos patatas y dos mazorcas de maíz. Había tres botellas de merlot, que Jeff había escogido minuciosamente porque tenían tapón de rosca. Tomaron el primer vaso mientras se calentaban delante del fuego y hablaban de política. Obama juraría el cargo al cabo de unos días, y Samantha se estaba planteando ir a Washington para las celebraciones. Su padre, mucho antes de caer en desgracia, había tomado parte activa en la política demócrata de los abogados especializados en responsabilidad civil, y ahora parecía estar recuperando su entusiasmo por la lucha. La había invitado a que fuera a compartir el momento con él. A Samantha le hacía ilusión la idea de ser testigo de una cita histórica, pero no sabía si tendría ocasión de acudir.

No había hablado a nadie de la oferta de Andy, y no pensaba sacarla ahora a colación. No haría más que complicarlo todo. Cuando iban por el segundo vaso de vino, Jeff preguntó:

—¿Qué tal los dedos de los pies?

—Me hormiguean —respondió ella.

Todavía los llevaba abrigados con gruesos calcetines de lana, calcetines que pensaba dejarse puestos ocurriera lo que ocurriese. Jeff fue a encender la barbacoa en el porche y poco después estaban preparando la cena. Comieron a la luz de las velas en una mesa de aspecto primitivo para dos. Después de cenar intentaron leer novelas a la luz del fuego, pero enseguida abandonaron la idea por asuntos más acuciantes.

Despertó entre edredones y mantas, desnuda salvo por los calcetines, y le llevó unos segundos darse cuenta de que Jeff no se hallaba bajo el montón de ropa revuelta. Los rescoldos ardían sin llama en la chimenea mientras se consumían los últimos leños. Buscó una linterna y lo llamó, pero no estaba en la cabaña. Miró el reloj: eran las 4.40 de la madrugada. Fuera reinaba una oscuridad total. Fue al porche, lo alumbró con la linterna, pronunció su nombre en voz queda y luego regresó rápidamente al calor de la chimenea. Luchó contra el pánico. No la habría dejado sola si corriera algún peligro. ¿O sí? Se puso los vaqueros y una camisa e intentó dormir, pero estaba muy tensa. También estaba asustada, y mientras transcurrían los minutos lentamente procuró sofocar su enfado. Sola en una cabaña oscura en lo más profundo del bosque: eso no era lo que tenía previsto. Todos los sonidos procedentes del exterior podían ser amenazas. Poco a poco dieron las cinco. Estuvo a punto de entregarse al sueño, pero se resistió. Tenía una mochila pequeña con el cepillo de dientes y una muda de ropa. Jeff había llevado tres grandes en plan profesional. Samantha se había fijado en ellas de inmediato en la trasera de la camioneta en Knox, y les había echado más de un vistazo. Una se la había llevado a la excursión; las otras dos parecían cargadas. Al llegar a la cabaña las había dejado en el sofá, luego al lado de la puerta. Ahora ya no estaban.

Se quitó los vaqueros y la camisa y los tiró encima del sofá, como si no hubiera ocurrido nada. Cuando se serenó y entró en calor de nuevo respiró hondo y evaluó la situación. Lo que era evidente pasó a serlo más incluso. Para quienes vigilaban todos y cada uno de los movimientos de Jeff, su visita a Gray Mountain no era más que una escapada romántica. Los kayaks eran un toque simpático, rojos y llamativos en la trasera de la camioneta a la vista de todos, aunque en ningún momento habían llegado a tocar el agua. Remar en kayak, salir de excursión, hacer una barbacoa en el porche, acurrucarse delante de la chimenea: nada más que una agradable cita con la chica nueva del pueblo. Luego, en plena madrugada, cuando más tranquilo estaba el valle, Jeff se había despertado y se había escabullido con la pericia de un ladrón balconero. En esos momentos estaba en las entrañas de Gray Mountain, ocultando las mochilas con los documentos de valor incalculable sustraídos a Krull Mining.

La estaba utilizando como tapadera.

Se abrió la puerta y notó que se le helaba el corazón. No veía nada con semejante oscuridad, y el sofá le impedía la visión de la entrada. Estaba tendida bajo un montón de edredones y mantas, procurando respirar con normalidad y rezando para que el recién llegado fuera Jeff. Permaneció inmóvil durante lo que le pareció una eternidad y luego se movió levemente. Jeff dejó los vaqueros en el sofá y la hebilla del cinturón tintineó un poco. En cuanto se hubo quitado toda la ropa volvió a meterse bajo las mantas, con cuidado de no rozarla ni despertarla.

Esperaba de veras que el hombre desnudo a escasos centímetros de ella fuera Jeff Gray. Simulando estar dormida, se dio media vuelta y le pasó un brazo por encima del pecho. Él fingió sorprenderse y masculló algo. En respuesta Sam emitió un murmullo, satisfecha al comprobar que, en efecto, era Jeff. Con una mano demasiado fría, él le acarició el trasero. Ella musitó una negativa y se apartó. Jeff se acercó y fingió dormirse. Antes de conciliar el sueño, Samantha decidió seguirle el juego por el momento; darle un poco de tiempo y unas cuantas vueltas, sin perder de vista las mochilas.

El ladrón, otra vez en movimiento, se estaba poniendo en pie para acercarse al montón de leños. Echó dos al fuego y lo atizó.

—¿Estás despierta?

—Creo que sí.

—Hace un frío que pela. —Estaba de rodillas, levantando las mantas para volver a acurrucarse junto a ella—. Durmamos un rato más —dijo, tanteándola en busca de calor corporal.

Samantha gruñó, adormilada ya. El fuego crepitaba y chisporroteaba, el frío se había esfumado de súbito, y Samantha consiguió dormirse por fin.

35

La previsión meteorológica para el lunes era de una temperatura máxima de 13 grados y sol radiante. La nieve que quedaba se estaba fundiendo rápidamente cuando salió Samantha camino del bufete. Era 12 de enero, pero casi parecía primavera. Abrió las oficinas y siguió su rutina de inicio de jornada. El primer correo era de Izabelle:

Hola, Sam:

Andy dice que se ha puesto en contacto contigo y que casi estás en el equipo. Me ha hecho prometer que no hablaré del trabajo ni de los detalles; teme que comparemos propuestas e intentemos apretarle para que nos ofrezca más incentivos, supongo. No puedo decir que le haya echado mucho de menos. ¿Y tú? Desde luego, no he echado en falta el bufete ni la ciudad, y no sé con seguridad si voy a volver. Le dije a Andy que aceptaba el puesto, pero ahora me lo estoy pensando mejor. Desde luego, no puedo dejarlo todo y presentarme allí dentro de un mes. ¿Y tú? Tampoco he echado de menos el planazo de leer y revisar contratos durante diez horas al día. Necesito el dinero y todo eso, pero voy tirando y la verdad es que me gusta lo que hago ahora. Como te he dicho, representamos a chicos que han sido juzgados como adultos y están metidos en cárceles para hombres. No me tires de la lengua. El trabajo es tan fascinante como deprimente, pero

todos los días tengo la sensación de haber ayudado un poco.
La semana pasada sacamos de prisión a un chaval. Sus
padres le esperaban a la salida y todo el mundo se deshizo en
lágrimas, incluida yo. Para tu información: uno de los nuevos
asociados de Spane & Grubman es Sylvio, ese gilipollas de
impuestos. ¿Lo recuerdas? Tiene la peor halitosis de toda
la empresa. Te tumba de espaldas desde la otra punta de la
mesa en la sala de reuniones. E insiste en hablarte de cerca.
Y además escupe. ¡Qué asco! Otra cosa que te interesará
saber: según fuentes anónimas, uno de los clientes preferentes
de Spane & Grubman será Chuck Randover, ese capullo que
se dedica a eludir procesamientos y se cree que por pagarte
novecientos dólares la hora tiene derecho a magrearte el culo.
Tú lo conoces muy bien.

   Pero no te has enterado por mí. Te confieso que tengo cada
vez más dudas. ¿Y tú? Izzie

Samantha rió entre dientes mientras leía el correo y no
tardó en contestar:

   Iz:
   No sé qué se habrá fumado Andy ni lo que te
habrá contado, pero no he aceptado. Y si se maneja tan
despreocupadamente con los datos, tengo que replantearme
todo lo demás que dice. No, no puedo recogerlo todo y
marcharme de aquí en cuatro semanas, no sin cargo de
conciencia. Estoy pensando en pedir incorporarme dentro
de unos meses, en torno al 1 de septiembre.
   Randover fue el único cliente que me hizo llorar. Me
ridiculizó en una reunión. Logré contenerme hasta llegar al
servicio. Y el imbécil de Andy se quedó ahí sentado sin decir
palabra, sin plantearse defender a los suyos. Qué va. ¿Cómo
iba a contrariar a un cliente? Me había equivocado, sí, pero
era un error de lo más tonto.
   ¿Tienes idea de cuáles son los incentivos?

Izabelle respondió:

Juré que no lo divulgaría, pero son impresionantes.
Hasta luego.

La primera sorpresa del día llegó por correo. Top Market Solutions envió un cheque por 11.300 dólares a nombre de Pamela Booker, adjuntando los recibos pertinentes. Samantha hizo una copia del cheque con la intención de enmarcarlo. Su primer juicio y su primera victoria. Se lo enseñó con orgullo a Mattie, quien sugirió que fuera a la fábrica de lámparas y sorprendiese a su cliente. Una hora después entró en Brushy y se dirigió al polígono industrial casi desierto a las afueras de la ciudad. Saludó al señor Simmons y volvió a darle las gracias por contratar de nuevo a Pamela.

A la hora del descanso Pamela firmó el recibo y lloró al recibir el cheque. No había visto nunca tanto dinero y parecía abrumada por completo. Estaban sentadas en el coche de Samantha, en el aparcamiento, entre una triste colección de camionetas viejísimas y utilitarios de importación sucios.

—No sé muy bien qué hacer con esto —reconoció.

Como abogada de oficio con múltiples talentos, Samantha le ofreció unos consejos financieros.

—Bueno, para empezar, no se lo cuentes a nadie. Punto. Si abres la boca, de pronto tendrás toda clase de amigos. ¿A cuánto asciende la deuda de la tarjeta de crédito?

—Unos dos mil.

—Abónala y luego haz trizas las tarjetas. No te endeudes al menos durante un año. Paga en efectivo y firma cheques, pero nada de tarjetas de crédito.

—¿Lo dices en serio?

—Te hace falta un coche, conque yo abonaría una entrada de dos mil dólares y financiaría el resto en dos años. Paga las demás facturas y mete cinco mil en una cuenta corriente, luego olvídate del dinero.

—¿Cuánto te llevas tú de esto?

—Cero. No cobramos honorarios, salvo en casos excepcionales. Es todo tuyo, Pamela, y te mereces hasta el último centavo. Ahora corre a ingresarlo en el banco antes de que esos canallas lo invaliden.

Con los labios temblorosos y lágrimas resbalándole por las mejillas, Pamela se acercó a su abogada y la abrazó.

—Gracias, Samantha. Gracias, gracias.

Cuando se marchaba, miró por el retrovisor. Pamela seguía allí, mirándola y despidiéndose con la mano. Samantha no lloraba, pero notaba un nudo en la garganta.

La segunda sorpresa del día tuvo lugar durante el almuerzo del lunes que llevaban preparado de casa en su bolsa de papel marrón. Justo cuando Barb estaba contando la historia de uno que se había desmayado en la iglesia la víspera, el móvil de Mattie vibró en la mesa al lado de su ensalada. Número desconocido. Contestó, y una voz curiosamente familiar pero anónima dijo:

—El FBI se presentará en el centro de asesoría dentro de treinta minutos con una orden de registro. Haced una copia de seguridad de vuestros archivos de inmediato.

Se quedó boquiabierta y palideció.

—¿Quién es? —preguntó.

Ya habían colgado.

Repitió el mensaje con la mayor calma posible y todas tomaron aire, atemorizadas. A juzgar por las tácticas utilizadas cuando el FBI registró el bufete de Donovan, era de suponer que saldrían de allí con todo lo que pudieran llevarse. Lo primero que había que hacer era buscar lápices de memoria y empezar a descargar de sus ordenadores de mesa todos los datos importantes.

—Damos por sentado que esto también tiene que ver con Krull Mining —comentó Annette, quien miró a Samantha con recelo.

Mattie se frotaba las sienes, procurando mantener la calma.

—No hay nada más. Los federales deben de creer que tenemos algo en nuestro poder porque me encargo de la gestión de la herencia de Donovan. Es extraño, absurdo, indignante, no se me ocurren más adjetivos. Yo... Nosotras no tenemos nada que no hayan visto ya. No hay nada nuevo.

Para Samantha, sin embargo, el registro resultaba mucho más inquietante. Jeff y ella se habían ido de Gray Mountain el domingo por la mañana, y daba por supuesto que las mochilas iban cargadas de documentos. Apenas veinticuatro horas después, el FBI entraba a saco para fisgonear en nombre de Krull Mining. Era un registro a ciegas, pero también un acto de intimidación de lo más efectivo. No dijo nada; fue a toda prisa a su despacho y empezó a transferir datos.

Las mujeres susurraban mientras correteaban de aquí para allá. Annette tuvo la brillante idea de encargar a Barb que se fuera con sus portátiles. Explicarían que se los llevaba a Wise para que los revisara un informático. Barb los recogió y se marchó del pueblo encantada. Mattie llamó a Hump, uno de los mejores abogados penalistas de los alrededores, lo contrató en el acto y le pidió que se acercara en cuanto empezase el registro. Hump dijo que no se lo perdería por nada del mundo. Una vez cargados los lápices de memoria, Samantha los metió en un sobre grande, junto con su teléfono espía, y se marchó a los juzgados. En la tercera planta, el condado mantenía una descuidada biblioteca de Derecho que no se limpiaba desde hacía años. Escondió el sobre entre un montón de revistas de la década de los setenta del Colegio de Abogados de Estados Unidos y volvió a toda prisa a su despacho.

Los agentes Frohmeyer y Banahan, con su traje oscuro, encabezaban el intrépido grupo que irrumpió en las oficinas rigurosamente protegidas del Centro de Asesoría Jurídica Mountain. Tres agentes más —todos con el anorak azul del FBI, las letras bien grandes, de hombro a hombro, amarillas y llamativas— seguían a sus líderes. Mattie les salió al encuentro en el pasillo.

—Ay, no, ustedes otra vez.

—Eso me temo —respondió Frohmeyer—. Aquí tiene la orden de registro.

Mattie la cogió y repuso:

—No tengo tiempo de leerla. Dígame qué abarca.

—Todos los informes relativos a expedientes legales del bufete de Donovan Gray y concernientes a la correspondencia, la litigación, etcétera, en relación con el denominado caso de Hammer Valley.

—Ya se lo llevaron todo la última vez, Frohmeyer. Hace siete semanas que Donovan murió. ¿Cree que sigue aportando papeleo?

—Me limito a cumplir órdenes.

—Claro, claro. Mire, señor Frohmeyer, sus archivos siguen allí, al otro lado de la calle. El expediente que tengo aquí es el de su testamento. No tenemos nada que ver con ese juicio. ¿Lo entiende? No es tan complicado.

—Cumplo órdenes.

Hump irrumpió ruidosamente y proclamó a voz en grito:

—Represento a la asesoría. ¿De qué diablos va todo esto?

Annette y Samantha miraban desde las puertas abiertas de sus despachos.

Mattie dijo:

—Hump, te presento al agente Frohmeyer, cabecilla de este pequeño pelotón. Cree que tienen derecho a llevarse todos nuestros archivos y ordenadores.

Annette de pronto vociferó:

—¡Y un cuerno tienen derecho! En mi despacho no hay ni un solo documento que esté ni remotamente relacionado con Donovan Gray o cualquiera de sus casos. De lo que sí está llena mi oficina es de informes delicados y confidenciales, y de expedientes con divorcios, abusos a menores, violencia doméstica, paternidad, adicción y rehabilitación, incompetencia mental y una larga y triste lista de desdichas humanas. Y usted no está autorizado a ver nada de eso. Si intenta tocar un solo papel, me resistiré con toda la fuerza física posible. Deténgame si quiere, pero le prometo que mañana a primera hora presentaré una querella federal en la que su nombre, señor Frohmeyer, y los nombres del resto de sus gorilas, del primero al último, aparecerán como demandados. Después, los perseguiré hasta el mismísimo infierno.

Hacía falta mucho para asombrar a un tipo duro como Frohmeyer, pero por un segundo se le hundieron los hombros, ligeramente. Los otros cuatro escucharon con los ojos muy abiertos y expresión de incredulidad. Samantha casi se echó a reír. Mattie tenía una amplia sonrisa en los labios.

—Muy bien dicho, señorita Brevard —dijo Hump—. Es un buen resumen de nuestra postura, y con mucho gusto llamaré al fiscal de distrito ahora mismo para aclarar la situación.

—Hay más de doscientos expedientes abiertos y un millar más guardados —dijo Mattie—, ninguno de los cuales tiene nada que ver con Donovan Gray y sus asuntos. ¿De verdad quieren llevárselos a sus oficinas y revisarlos?

—Seguro que tienen algo mejor que hacer —gruñó Annette.

Hump levantó las dos manos y pidió silencio. Frohmeyer irguió el espinazo y fulminó a Samantha con la mirada.

—Empezaremos por su oficina. Si encontramos lo que estamos buscando, nos lo llevaremos y nos iremos.

—¿Y qué están buscando?

—Lea la orden de registro.

—¿Cuántos expedientes tiene, señorita Kofer? —preguntó Hump.

—Unos quince, me parece.

—Vale, vamos a hacer lo siguiente —propuso Hump—. Ponemos sus expedientes sobre la mesa de la sala de reuniones y ustedes echan un vistazo. Registren su despacho e inspeccionen lo que quieran, pero antes de llevarse nada, lo hablamos. ¿De acuerdo?

—Nos vamos a llevar sus ordenadores, el de mesa y el portátil —insistió Frohmeyer.

El súbito interés en los archivos de Samantha desconcertó a Mattie y Annette. Sam se encogió de hombros como si no tuviera la menor idea.

—No tengo aquí el portátil —dijo.

—¿Dónde está? —saltó Frohmeyer.

—Lo tiene el técnico. Me parece que se le ha colado algún virus.

—¿Cuándo lo llevó a revisar?

Hump levantó de nuevo una mano.

—No tiene que responder. La orden de registro no les da derecho a interrogar a posibles testigos.

Frohmeyer respiró hondo, echó humo un instante y luego les dirigió una sonrisa anodina. Siguió a Samantha a su despacho y no le quitó ojo mientras sacaba sus informes de un archivador proveniente de excedentes militares.

—Qué despachito tan mono —comentó como un auténtico capullo—. No nos llevará mucho rato registrarlo.

Samantha hizo caso omiso. Llevó sus expedientes a la sala de reuniones, donde Banahan y otro agente empezaron a hojearlos. Volvió a su despacho y vio a Banahan hurgar con lentitud en sus dos archivadores y en los cajones de su mesa desvencijada. Manoseó todos y cada uno de los papeles que encontró, pero no se llevó nada. Ella lo maldijo par sí por invadir su espacio privado.

Un agente siguió a Mattie a su despacho; otro siguió a Annette al suyo. Un cajón tras otro, miraron todos los expedientes; sin embargo, no se apropiaron de nada. Hump iba de puerta en puerta, vigilando y esperando que surgiera algún altercado.

—¿Han desaparecido todos los portátiles? —preguntó Frohmeyer a Hump cuando acabó de registrar el despacho de Samantha.

Annette oyó la pregunta y dijo:

—Sí, los hemos enviado todos a la vez.

—Qué oportuno. Supongo que tendremos que volver con otra orden de registro.

—Vaya jaleo.

Revisaron cientos de expedientes archivados. Tres agentes subieron al desván y sacaron informes que Mattie no veía desde hacía décadas. El alboroto dejó paso a la monotonía. Hump se sentó en el pasillo y se puso a charlar con Frohmeyer mientras las señoras intentaban contestar alguna que otra llamada. Transcurridas dos horas el registro perdió fuelle y los agentes se fueron, únicamente con el ordenador de mesa de Samantha.

Cuando los vio irse se sintió como una víctima indefensa en un lugar dejado de la mano de Dios donde la policía campaba a sus anchas y no existía derecho alguno. Eso, sencillamente, no estaba bien. Los federales la estaban acosando por su relación con Jeff. Ahora confiscaban su ordenador y ponían en peligro la confidencialidad de sus clientes. Jamás había sentido semejante impotencia.

Lo último que le hacía falta era que Mattie y Annette la sometieran a un interrogatorio. Debían de sospechar mucho de ella a esas alturas. ¿Qué sabía acerca del asunto de Krull? ¿Qué le había contado Jeff? ¿Había visto algún documento? Se las apañó para escabullirse por la puerta de atrás y recuperar los lápices de memoria y el móvil espía de la biblioteca de Derecho. Fue a dar otro largo paseo en coche. Jeff no contestaba al teléfono y eso la irritó. Lo necesitaba en ese momento.

Mattie estaba esperándola cuando regresó al bufete al oscurecer. Los portátiles estaban allí de nuevo, intactos y a salvo.

—Vamos a tomar una copa de vino en el porche —dijo Mattie—. Tenemos que hablar.

—¿Cocina Chester?

—Supongo. Nunca nos saltamos la cena.

Dieron un agradable paseo hasta la casa de Mattie y por el camino decidieron que hacía demasiado frío para sentarse en el porche. Chester estaba ocupado en alguna otra parte, así que estaban solas. Se acomodaron en el estudio y tomaron un par de sorbos antes de que Mattie dijera:

—Venga, cuéntamelo todo.

—De acuerdo.

36

Más o menos a la misma hora Buddy Ryzer aparcó su camioneta en un mirador y recorrió unos doscientos metros por un sendero hasta un merendero. Se sentó a una mesa, se llevó una pistola a la boca y apretó el gatillo. Dos excursionistas encontraron su cadáver a última hora de la tarde del lunes y llamaron a emergencias. Mavis, que llevaba horas al teléfono, recibió una visita de la policía para informarla de lo ocurrido. Los vecinos, presa del pánico, acudieron a su casa; aquello se convirtió en un caos.

Samantha dormía a pierna suelta cuando empezó a vibrar su móvil. No lo oyó. A no ser que se tratara de una detención, ¿por qué iba a tener nadie necesidad de llamar a su abogada un lunes a medianoche?

Miró el móvil a las cinco y media, poco después de despertar en una bruma, recordando el registro del FBI. Tenía tres llamadas perdidas de Mavis Ryzer, la última de las 0.40. Un mensaje con voz trémula le daba la noticia. De súbito, Samantha se olvidó del FBI.

Empezaba a estar harta de tanta muerte. La de Donovan aún la obsesionaba. La de Francine no había sido prematura, pero sus secuelas seguían causándole quebraderos de cabeza. Dos días antes, en Gray Mountain, había vuelto a ver la cruz blanca que señalaba el lugar donde Rose se había suicidado.

No había conocido a los hermanos Tate, pero su tragedia le resultaba cercana. Pensaba a menudo en el padre de Mattie y en cómo el pulmón negro acabó con él. La vida podía ser dura en la región minera, y en esos momentos echaba de menos las calles inhóspitas de la gran ciudad.

Ahora su cliente preferido había muerto, y tenía por delante otro funeral. Se puso unos vaqueros y un anorak, y salió a dar una vuelta. Mientras el cielo empezaba a clarear se estremeció de frío y se preguntó, una vez más, qué estaba haciendo exactamente en Brady, Virginia. ¿Por qué lloraba por un minero del carbón al que solo conocía desde hacía tres meses? ¿Por qué no se marchaba sin más?

Como siempre, no había respuestas sencillas.

Vio una luz encendida en la cocina de Mattie y llamó a la ventana con los nudillos. Chester, en albornoz, estaba preparando café. Le abrió la puerta y fue a avisar a Mattie, que supuestamente estaba despierta. Se tomó mal la noticia, y durante un buen rato las dos abogadas permanecieron sentadas a la mesa de la cocina intentando buscar sentido a una tragedia que no lo tenía.

En alguna parte entre el montón de documentos de los Ryzer, Samantha había visto el pago de una póliza de seguros por cincuenta mil dólares.

—¿No hay alguna clase de exclusión por suicidio? —preguntó con la taza entre las dos manos.

—Por lo general sí, pero solo durante el primer año más o menos. De no ser así, uno podría contratar un seguro y tirarse de un puente. Si la póliza de Buddy es más antigua, probablemente la exclusión quedó anulada.

—Bueno, pues parece que se suicidó por el dinero.

—¡Quién sabe! Alguien que se suicida no piensa de manera racional, pero sospecho que el seguro de vida fue un factor. No tenía trabajo ni subsidio, y sus escasos ahorros se habían esfumado. Eso, además de tres hijos en casa y una mujer en el paro. Le quedaban por delante años con la salud cada vez más deteriorada, y el final no sería nada agradable. Cualquier minero del carbón conoce a alguna víctima de esa enfermedad.

—Todo empieza a cuadrar.

—Sí. ¿Te apetece desayunar algo, una tostada?

—No, gracias. Tengo la sensación de que acabo de marcharme de tu casa. De hecho, no hace mucho.

Mientras Mattie servía más café, Samantha dijo:

—Tengo una pregunta hipotética. Una difícil. Si Buddy hubiera tenido abogado hace diez años, ¿qué habría sido de su caso?

Mattie removió el azúcar y frunció el ceño mientras reflexionaba.

—Nunca se sabe, pero si suponemos que ese abogado hubiera sido un poco avispado y hubiera encontrado los informes médicos que tú descubriste, y que hubiera llamado la atención del tribunal sobre el fraude y la ocultación de documentos de Casper Slate, entonces cabe deducir que, en algún momento, a Buddy Ryzer se le habría concedido el subsidio. No son más que especulaciones, pero tengo la impresión de que Casper Slate habría reaccionado rápidamente para evitar que sus delitos llegaran ante los tribunales. Le habrían concedido el subsidio y habrían recogido los bártulos, por así decirlo, y Buddy habría cobrado sus cheques.

—Y no se habría pasado diez años más respirando polvo de carbón.

—Lo más probable es que no. El subsidio no es una maravilla, pero habrían ido tirando.

Permanecieron en perfecto silencio un rato, sin deseos de hablar ni de moverse. Chester apareció en el umbral con una taza vacía, las vio absortas en sus pensamientos y desapareció sin hacer el menor ruido. Al final Mattie retiró la silla y se levantó. Cogió el pan de centeno y puso dos rebanadas en la tostadora. Luego sacó de la nevera mantequilla y mermelada.

Después de un par de bocados, Samantha dijo:

—La verdad es que hoy no quiero ir al bufete. Es como si lo hubieran profanado, ¿sabes? Ayer me quitaron el ordenador y revisaron todos mis expedientes. Tanto Jeff como Donovan creían que había micros. Necesito un respiro.

—Tómate uno o dos días. Ya sabes que no hay problema.

—Gracias. Voy a salir del pueblo. Te veré mañana.

Se fue de Brady y condujo durante una hora antes de permitirse mirar por el espejo retrovisor. Nadie, nada. Jeff llamó dos veces, pero prefirió no contestar. En Roanoke se dirigió hacia el este, en dirección contraria al valle de Shenandoah y el tráfico de la interestatal. Con horas que entretener, recurrió al teléfono para organizar detalles y presionar a gente mientras conducía sin rumbo fijo por Virginia central. En Charlottesville comió con una amiga de su época en Georgetown. A las seis menos diez se sentó a una mesa apartada en el bar del hotel Hay-Adams, a una manzana de la Casa Blanca. Necesitaba estar en terreno neutral.

Marshall Kofer fue el primero en llegar, puntualmente a las seis, tan pulcro como siempre. Había accedido enseguida a encontrarse con Samantha; Karen se mostró un poco más reacia. Al final, no obstante, su hija necesitaba ayuda. Pero lo que de verdad le hacía falta a Sam era que sus padres la escucharan y le ofrecieran algún consejo.

Karen llegó con solo un cuarto de hora de retraso. Abrazó a Samantha, dio un correcto beso a su ex en la mejilla y ocupó su sitio. Un camarero se acercó para preguntarles qué querían tomar. La mesa estaba apartada de la barra, así que tenían intimidad, por lo menos de momento. Samantha llevaría las riendas de la charla —era su espectáculo de principio a fin— y no permitiría ninguna pausa incómoda con sus padres sentados frente a frente por primera vez en los últimos once años. Les había dicho por teléfono que no era una reunión social ni, desde luego, un intento en vano de arreglar viejas disputas. Estaban en juego cuestiones más importantes.

Llegaron las bebidas y todos cogieron su copa. Samantha les agradeció su tiempo, se disculpó por no haberles avisado con más antelación y abordó el relato. Empezó con el juicio de Hammer Valley y Krull Mining, y Donovan Gray y su demanda. Marshall ya conocía los hechos desde hacía tiempo y Karen había oído la mayor parte justo después de Navidad. Pero ninguno estaba al tanto del asunto de los documentos robados, y Samantha no escatimó detalles. Ella había llegado a verlos y suponía que seguían ocultos en las entrañas de Gray Mountain. O al menos en su mayor parte. Krull Mining iba tras ellos, y ahora había recurrido al FBI para hacer el trabajo sucio. Reconoció que estaba saliendo con Jeff, pero les aseguró que no era nada serio. A decir verdad, no les debía ninguna explicación. Los dos fingieron desinterés en su nueva relación.

El camarero se acercó de nuevo a la mesa. Pidieron otra ronda y algo de picar. Samantha describió su encuentro en Nueva York con Jarrett London y les contó que intentó presionarlos a Jeff y a ella para que aportaran los documentos lo antes posible. Reconoció que tenía la sensación de estar viéndose involucrada en una actividad que, si no era ilegal, sí claramente cuestionable. Ahora acababa de ser objeto de un registro por parte del FBI, que, si bien un tanto frustrado, había resultado dramático y aterrador. Hasta donde ella sabía, el fiscal de distrito de Virginia Occidental encabezaba la investigación y a todas luces estaba convencido de que Krull Mining era víctima de un robo y una conspiración. Tendría que haber sido justo al revés, arguyó Sam. Krull Mining era la parte culpable y debería responder ante la justicia.

Marshall coincidió plenamente con su hija. Planteó varias

preguntas, todas referentes al fiscal de distrito y el fiscal general. Karen se mostró cauta en sus comentarios y preguntas. Lo que Marshall estaba pensando, aunque nunca lo hubiera manifestado, era que Karen probablemente se había servido de su considerable influencia para detenerlo y enviarlo a la cárcel una década atrás. Con semejante autoridad, ¿por qué no podía ayudar ahora a su hija?

Les llevaron una bandeja de queso pero ni la miraron. Sus padres coincidieron en que no debía tocar los documentos. Jeff podía correr riesgos si quería, pero ella debía mantenerse al margen. Jarrett London y su equipo de abogados tenían inteligencia y dinero suficientes para ocuparse del trabajo sucio y, si los documentos eran tan valiosos como creían, se las arreglarían de algún modo para trincar a Krull Mining.

—¿Puedes hacer que el FBI se eche atrás? —pidió Samantha a su madre.

Karen dijo que dedicaría atención de inmediato al asunto, pero le advirtió de que no tenía influencia con ellos.

«Y un cuerno no tienes influencia», estuvo a punto de murmurar Marshall. Había pasado tres años en la cárcel y urdido venganzas contra su ex mujer y los colegas de esta. Aunque, con el tiempo, aceptó la realidad de que la causa de sus problemas era su propia codicia.

—¿Te has planteado irte sin más? —le preguntó su madre—. ¿Recogerlo todo y largarte? ¿Considerarlo una aventura y volver a Nueva York? Hiciste todo lo que estaba en tu mano y ahora el FBI no te deja ni a sol ni a sombra. ¿Qué haces allí?

Marshall se mostró comprensivo con esa clase de preguntas. Había cumplido condena con tipos que habían cometido delitos de guante blanco pero, técnicamente, no habían infringido ninguna ley. Si los federales querían pillar a alguien, ya encontrarían cómo hacerlo. La conspiración era una de sus opciones preferidas.

Cuanto más hablaba Samantha, más quería hablar. No alcanzaba a recordar la última vez que sus padres le habían prestado toda su atención. De hecho, no estaba segura de que lo hubieran hecho nunca. Quizá cuando aún gateaba, pero ¿quién acertaba a recordarlo? Y, escuchando sus inquietudes y preocupaciones, Marshall y Karen olvidaron sus propios asuntos y aunaron esfuerzos para apoyarla. Dejaron el bagaje atrás, al menos por el momento.

¿Por qué se sentía obligada a quedarse «allí»? Respondió contándoles la historia de Buddy Ryzer y su demanda para que le concedieran un subsidio por la enfermedad del pulmón negro. Se le hizo un nudo en la garganta cuando les habló de su suicidio, ocurrido unas veinticuatro horas antes. Asistiría pronto al funeral, en una bonita iglesia allí en el campo, y vería desde lejos a la pobre Mavis y sus tres hijos derrumbarse. Si hubieran tenido abogado, todo habría sido distinto. Ahora que tenían una, no podía recoger los bártulos y largarse cuando las cosas se ponían feas. Y también tenía otros clientes, otras personas sin apenas voz a las que les urgía que se quedara al menos unos meses y lograra que se hiciese justicia en la medida de lo posible.

Les contó lo de la oferta de trabajo de Andy Grubman. Marshall, como era de esperar, desaprobó la idea y la tildó de «versión maquillada del mismo derecho corporativo de siempre». Nada más que dedicarse al papeleo sin quitar ojo al reloj. Le advirtió que la firma crecería cada vez más y dentro de poco sería lo mismo que estar en Scully & Pershing. A Karen le pareció mucho más atrayente que quedarse en Brady, Virginia. Samantha confesó que la oferta le provocaba sentimientos encontrados, pero, en realidad, esperaba aceptarla en algún momento.

Cenaron en el restaurante del hotel, ensalada, pescado y vino, incluso postre y café. Samantha habló tanto que estaba agotada, pero al confesar sus miedos a sus padres el alivio fue inmenso. No habían llegado a ninguna decisión clara. En realidad, no habían resuelto nada. Sus consejos eran en buena medida predecibles, pero el acto de hablar de ello le resultó terapéutico.

Tenía una habitación arriba. Marshall disponía de coche con chófer y se ofreció a llevar a Karen a casa. Cuando se despidieron en el vestíbulo del hotel, Samantha tenía lágrimas en los ojos al ver salir juntos a sus padres.

37

Siguiendo instrucciones aparcó en Church Street en el centro de Lynchburg, Virginia, y caminó dos manzanas hasta Main. Había bastante tráfico a mediodía en la parte antigua de la ciudad. A lo lejos se veía el río James. Estaba convencida de que alguien la observaba, y esperaba que fuese Jeff. La reserva en el Bistro R A estaba a nombre de Samantha, también de acuerdo con las instrucciones. Solicitó a la camarera un reservado al fondo, y tomó allí asiento justo a las doce del mediodía del miércoles 14 de enero. Pidió un refresco y se puso a enredar con el móvil. También permaneció atenta a la entrada mientras poco a poco iba llegando la gente a comer. Diez minutos después apareció Jeff salido de la nada y se sentó frente a ella. Se saludaron y Samantha preguntó:

—¿Me han seguido?

—Hay que suponer siempre que es así, ¿no? ¿Qué tal Washington?

—Tuve una cena fantástica con mis padres, por primera vez en mucho tiempo. De hecho, no recuerdo la última comida que compartimos los tres. Qué triste, ¿no crees?

—Al menos tienes a tus dos padres. ¿Le contaste a tu madre lo del registro del FBI?

—Sí, y le pedí que hiciera un par de llamadas. Las hará, pero no sabe con seguridad qué pasará.

—¿Cómo está Marshall?

—De maravilla, gracias. Me dio recuerdos para ti. Tengo que hacerte un par de preguntas. ¿Llamaste el lunes al bufete para avisarnos del registro del FBI?

Jeff sonrió y desvió la mirada, y fue uno de esos momentos en los que Samantha tuvo ganas de gritarle. Sabía que no iba a contestar la pregunta.

—Vale —dijo ella—. ¿Te has enterado de lo de Buddy Ryzer?

Frunció el ceño y respondió:

—Sí, qué horror. Otra baja en la guerra del carbón. Es una pena que no podamos encontrar un abogado dispuesto a enfrentarse a Lonerock Coal y los chicos de Casper Slate.

—¿Lo dices con segundas?

—No, nada de eso.

Se les acercó un amable camarero, les comentó los especiales del día y desapareció.

—Tercera pregunta —continuó Samantha.

—¿A qué viene este interrogatorio? Esperaba una agradable comida lejos del aburrimiento de Brady. Pareces un poco crispada.

—¿Cuántos documentos te has llevado de Gray Mountain? Estuvimos allí el fin de semana pasado. Desperté a las cinco menos veinte de la madrugada del domingo y no estabas. Me quedé helada un momento. Volviste en torno a las cinco y te acurrucaste junto a mí como si nada. Vi las mochilas, las tres. Las cambiaste de sitio varias veces, y pesaban mucho más cuando nos fuimos. Dime la verdad, Jeff. Sé ya demasiado.

Respiró hondo, miró alrededor, hizo crujir los nudillos y respondió:

—Más o menos una tercera parte, y tengo que sacar el resto.

—¿Adónde los llevas?

—¿De veras quieres saberlo?

—Sí.

—Digamos que están a buen recaudo. Jarrett London necesita esos documentos, todos ellos, lo antes posible. Los presentará ante el tribunal y entonces quedarán a salvo. Necesito que me ayudes a sacarlos de Gray Mountain.

—Lo sé, Jeff, lo sé. No soy estúpida. Me necesitas como tapadera, una tía que se deja hacer junto a la chimenea durante largos fines de semana románticos en tu finca. Una chica, cualquier chica te vale para que esos canallas supongan que solo vamos a remar en kayak y hacer barbacoas en el porche, un par de tortolitos que pasan bajo las mantas las largas noches de invierno. Y mientras tú te escabulles por el bosque con los documentos.

Jeff sonrió y dijo:

—Te acercas mucho, pero no me vale cualquier chica, ¿sabes? Te escogí minuciosamente.

—Vaya, qué honor.

—Si me ayudas, podemos sacarlos de allí este fin de semana y quitarnos el asunto de encima.

—No pienso tocar esos documentos, Jeff.

—No tienes que tocarlos. Basta con que seas la chica. Ya te conocen. También te tienen vigilada. Se pusieron sobre tu pista hace tres meses cuando fuiste a Brady y trabaste relación con Donovan.

Llegaron las ensaladas y Jeff pidió una cerveza. Después de tomar unos bocados, imploró:

—Por favor, Samantha, necesito tu ayuda.

—No sé si te sigo. ¿Por qué no puedes colarte en la propiedad esta noche, o mañana por la noche, tú solo, coger los documentos, cargar con ellos y llevarlos al bufete de Jarrett London en Louisville? ¿Por qué sería tan complicado?

Jeff volvió a poner los ojos en blanco, miró de soslayo por si alguien los escuchaba y tomó otro bocado de ensalada.

—Pues porque es muy arriesgado. Siempre están vigilando, ¿sabes?

—¿Ahora mismo te están vigilando?

Se frotó el mentón y sopesó la pregunta.

—Estoy seguro de que saben que estoy en Lynchburg, Virginia, aunque no exactamente dónde. Pero sí, me siguen la pista. Recuérdalo, Samantha, tienen todo el dinero del mundo y dictan sus propias leyes. Suponen que soy el vínculo con los documentos. No pueden encontrarlos en ningún otro sitio, conque si les cuesta una fortuna tenerme vigilado, les da igual. —Le llevaron la cerveza y tomó un sorbo—. Si voy a Gray Mountain los fines de semana contigo, no sospechan nada, ¿por qué habrían de sospechar? Dos treintañeros en una cabaña en lo profundo del bosque, teniendo una aventurilla, como tú dices. Seguro que andan cerca, pero tiene sentido que estemos allí. Por el contrario, si fuera yo solo, pondrían las antenas de inmediato. Quizá provocasen un encuentro, una situación desagradable para cerciorarse de lo que hago. Nunca se sabe. Es una partida de ajedrez, Samantha, intentan predecir lo que haré, y yo intento mantenerme un paso por delante. Tengo la ventaja de saber cuál será mi siguiente movimiento. Ellos cuentan con la ventaja del poder ilimitado. Si cualquiera de los bandos comete un error, alguien saldrá perjudicado. —Echó otro trago y miró de reojo a una pareja que leía la carta a tres metros de ellos—. Y tengo que decirte que estoy harto. Estoy harto de veras, hecho polvo, agotando mis últimas fuerzas, ¿sabes? Tengo que librarme de los documentos antes de que cometa alguna estupidez por culpa de la fatiga.

—¿Qué conduces ahora?

—Un Volkswagen Beetle, de Alquiler de Coches Usados Casey, en Roanoke. Cuarenta pavos en efectivo al día, más gasolina y kilometraje. Una auténtica monada.

Samantha negó con la cabeza, incrédula.

—¿Saben que estoy aquí?

—Lo ignoro, pero supongo que te están siguiendo. Y continuarán controlándonos a los dos hasta que aparezcan los documentos. No lo sé a ciencia cierta, pero apostaría todo el dinero que tengo.

—Me resulta difícil de creer.

—No seas ingenua, Samantha. Hay demasiado en juego.

Cuando Samantha entró en su despacho a las cinco y veinte de esa tarde el ordenador estaba encima de la mesa, justo en el mismo sitio que antes de que el FBI se lo llevara el lunes. El teclado y la impresora también estaban en su lugar; todos los cables, conectados como era debido. Mientras lo comprobaba, Mattie se acercó a su puerta y dijo:

—Qué sorpresa, ¿eh?

—¿Cuándo ha aparecido?

—Hace cosa de una hora. Lo ha traído uno de los agentes. Supongo que vieron que ahí no había nada.

Eso, o Karen Kofer tenía muchos más amigos de lo que estaba dispuesta a reconocer. Samantha sintió deseos de llamar a su madre; no obstante, en su estado de paranoia decidió esperar.

—El funeral de Buddy Ryzer es el viernes por la tarde —dijo Mattie—. ¿Quieres acompañarme?

—Claro. Gracias, Mattie.

38

16 de enero de 2009

Hola, Sam:

Estoy un tanto confuso, no sé por qué crees que tienes derecho a vetar la contratación de tus futuros colegas en Spane & Grubman. Asimismo, me sorprende tu preocupación por los clientes que la firma pueda captar. Es como si pretendieras que lo más sensato ahora mismo sería que simplemente te contratáramos como socia sénior y te dejáramos en paz. ¿Quieres un despacho que haga esquina? ¿Coche con chófer?

No, no podemos esperar hasta septiembre para que te incorpores. Abrimos las puertas dentro de seis semanas y todo resulta ya un poco caótico. Parece ser que nos vamos a ver desbordados. Ya han aceptado ocho asociados y tenemos en torno a diez ofertas pendientes de contestación, incluida la tuya. Recibimos sin parar llamadas de abogados jóvenes desesperados por encontrar trabajo, aunque pocos con tanto talento como tú, claro.

La oferta: ciento cincuenta mil al año con todos los incentivos habituales. Tres semanas de vacaciones pagadas que insistiré en que te tomes. La estructura del bufete se irá viendo sobre la marcha, pero te aseguro que es más prometedora que la de cualquiera de los grandes.

Podemos esperar tu llegada triunfal hasta el primero

de mayo, pero aun así necesito una respuesta para finales de
este mes.

Un abrazo, Andy

Mattie predijo que estaría lleno hasta los topes, y tenía razón.
Durante el trayecto en coche hasta Madison intentó explicarle por qué en los funerales rurales, sobre todo los de los parroquianos devotos, se juntaba tantísima gente. Dejando de lado el orden de relevancia, sus razones eran que (1) los funerales eran oficios religiosos importantes, pues los vivos se despedían de los fallecidos, que para entonces ya estaban gozando de su recompensa en el cielo; (2) existía la antigua e inquebrantable tradición de que las personas de bien presentaran sus respetos a la familia; (3) la gente de campo por lo general se aburría y buscaba algo que hacer; (4) todo el mundo quería que su funeral estuviese abarrotado, así que más valía arrimar el hombro mientras se podía; (5) siempre había comida abundante. Etcétera. Mattie explicó que una muerte impactante como la de Buddy Ryzer sin duda atraería a una muchedumbre. «La gente siempre quiere desempeñar un papel en la tragedia. También van detrás de los cotilleos.» Intentó explicarle asimismo el conflicto teológico que había tras cada suicidio. Muchos cristianos lo consideraban un pecado imperdonable. Otros creían que ningún pecado era imperdonable. Sería interesante ver cómo abordaba el asunto el predicador. Cuando habían enterrado a su hermana Rose, la madre de Jeff, en ningún momento se había mencionado su suicidio, explicó Mattie. ¿Y por qué tendrían que haberlo hecho? Bastante angustiados estaban todos sin necesidad de ello. Nadie ignoraba que Rose había acabado con su vida.

Llegaron al templo de la Iglesia Baptista Misionera de Cedar Grove con media hora de antelación y aun así les costó entrar por la puerta. Un encargado les hizo sitio en el tercer banco empezando por el final. En unos minutos todos los asientos estaban ocupados y la gente empezaba a agruparse junto a las paredes. Samantha vio por una ventana que dirigían a los que iban llegando al salón parroquial, el mismo lugar donde se reunió con Buddy y Mavis después de morir Donovan. Cuando empezó a sonar el órgano la congregación se quedó inmóvil y a la expectativa. A las cuatro y diez el coro se dispuso en fila detrás del altar y el predicador ocupó su lugar. Hubo un revuelo en la puerta. El pastor levantó las manos y dijo: «En pie».

Los portadores del féretro lo trasladaron por el pasillo encima de un soporte con ruedas, despacio, para que todos pudieran verlo. Por fortuna, el ataúd estaba cerrado. Mattie dijo que lo estaría, teniendo en cuenta la herida de bala y tal. Detrás Mavis iba apoyada en su hijo, el mayor, y avanzaban arrastrando los pies, presa de la angustia. Los seguían las dos niñas, Hope, de catorce años, y Keely, de trece. Misterios de la adolescencia, Hope, que solo era diez meses mayor que Keely, le sacaba por lo menos una cabeza de estatura. Las dos sollozaban, sometidas a un ritual tan doloroso como aquel.

Mattie había procurado explicar a Samantha que buena parte de lo que estaban a punto de presenciar estaba pensado para maximizar el dramatismo y la aflicción. Sería el gran momento postrero de Buddy, y le sacarían toda la emoción posible.

El resto de los Ryzer pasó lentamente en una formación imprecisa: hermanos y hermanas, primos y primas, tías y tíos. Las primeras dos filas de bancos a ambos lados del pasillo central estaban reservadas para los familiares de Buddy, y cuando ocuparon sus sitios el órgano resonaba a todo volumen, el coro cantaba a voz en cuello y había gente deshecha en lágrimas por toda la iglesia.

La ceremonia fue un maratón de una hora, y una vez terminado no quedaba una sola lágrima por derramar. Todas las emociones se habían consumido. Los deudos lo habían dado todo. Samantha tenía los ojos secos, pero estaba agotada. No alcanzaba a recodar la última vez que había tenido tantas ganas de salir corriendo de un edificio. Aun así, se acercó con el resto de la congregación al cementerio que había detrás de la iglesia donde darían sepultura a Buddy entre largas plegarias y una interpretación desgarradora de «How Great Are Thou». El barítono hizo un solo a capela que resultó intensamente conmovedor. Samantha se emocionó tanto que al final tuvo que enjugarse una lágrima.

De acuerdo con la tradición, la familia permaneció en sus asientos ante la tumba mientras todos pasaban a ofrecerles unas palabras de consuelo. La cola rodeaba la carpa levantada para el entierro y avanzaba lentamente. Mattie dijo que era mejor que no se escabulleran, de modo que fueron avanzando poco a poco, en fila de a uno con cientos de personas a las que no conocían de nada, esperando para estrechar la mano a Mavis y sus hijos, que ya llevaban horas sollozando.

—¿Qué se supone que debo decir? —preguntó Samantha a Mattie en un susurro cuando llegaban junto a la tumba.

—Basta con que digas «Os acompaño en el sentimiento» o algo así, y luego sigue adelante.

Samantha se lo dijo primero a los hijos, pero cuando Mavis levantó la mirada y vio que era ella, empezó a gemir de nuevo y le dio un abrazo emocionado.

—Es nuestra abogada, chicos, miss Samantha, ya os hablé de ella —dijo Mavis en tono mucho más alto de lo necesario. Pero sus hijos estaban tan aturdidos que no le prestaron atención. Tenían más ganas de irse incluso que Samantha. Mavis añadió—: Quédate a cenar algo. Hablamos luego.

—Claro —contestó Samantha, porque no podía decir otra cosa; cuando consiguió zafarse del abrazo y abandonar la carpa, Mavis dejó escapar otro largo gemido.

La cena fue un «bufet baptista», según lo llamó Mattie, en

el salón parroquial. Las largas mesas estaban llenas a rebosar de guisos y postres, y dio la impresión de que había aún más gente cuando se formaron dos filas para servirse los platos. Samantha no tenía apetito y no podía creer que todavía siguiera allí. Vio a la horda atacar la comida y observó, para sus adentros, que la mayoría habría podido saltarse tranquilamente una cena o dos. Mattie le llevó té con hielo en un vaso de plástico y empezaron a urdir el mejor modo de marcharse de forma respetuosa. Pero Mavis las había visto, y habían prometido quedarse.

La familia permaneció ante la sepultura hasta que bajaron el ataúd. Había oscurecido y la gente llevaba un rato cenando cuando Mavis y sus hijos entraron en el salón parroquial. Los ubicaron a una mesa preferente en un rincón y les llevaron bandejas de comida. Cuando Mavis vio a Samantha y Mattie, les indicó con un gesto que se acercaran e insistió en que se sentasen con ellos.

Un piano sonaba quedamente como telón de fondo y la cena se fue alargando. A medida que los asistentes empezaban a irse se detenían a dirigir unas palabras de despedida a Mavis, que no había probado bocado. Seguía llorando de vez en cuando, pero ahora también sonreía, e incluso reía cuando alguien recordaba una historia divertida sobre Buddy.

Samantha jugueteaba en el plato con una porción de tarta roja de alguna clase, hacía ver que comía para ser amable y al mismo tiempo procuraba no catarla siquiera. Keely, la chica de trece años, se sentó en la silla de al lado. Llevaba el pelo castaño rojizo corto, tenía muchas pecas y sus ojillos estaban irritados e hinchados de tanto llorar. Se las apañó para ofrecerle una sonrisa, una mueca de dientes separados más propia de una niña de diez años.

—Mi papá la apreciaba mucho —dijo.

Samantha titubeó un momento y respondió:

—Era un hombre muy bueno.

—¿Me da la mano? —preguntó, tendiéndole la suya. Samantha se la cogió y sonrió. Todos los demás comensales estaban hablando o comiendo—. Mi papá decía que usted es la única abogada lo bastante valiente para enfrentarse a las compañías mineras.

Samantha tenía un nudo en la garganta, pero consiguió responder:

—Bueno, fue muy amable por su parte, pero hay otros buenos abogados.

—Sí, pero mi papá la prefería a usted. Dijo que esperaba que no volviera a Nueva York. Dijo que si la hubiera encontrado hace diez años, no estaríamos en este aprieto.

—Eso también fue muy amable por su parte.

—Va a quedarse aquí a ayudarnos, ¿verdad, miss Sam?

Le apretó la mano más fuerte, como si pudiera retener físicamente a Samantha para que la protegiese.

—Me quedaré hasta cuando pueda.

—Tiene que ayudarnos, miss Sam. Es la única abogada dispuesta a hacerlo, por lo menos eso decía mi padre.

39

A mitad de semana un intenso aguacero desembocó en los ríos y arroyos del condado de Curry, y Yellow Creek alcanzó suficiente nivel para remar en kayak. Hacía un día cálido para mediados de enero, y Samantha y Jeff dedicaron buena parte de la tarde del sábado a echar carreras en kayak por el arroyo, eludir rocas, flotar en las aguas mansas y evitar accidentes. Hicieron una hoguera en un banco de arena y asaron salchichas para comer, un poco tarde ya. En torno a las cuatro, Jeff pensó que debían regresar a la cabaña, algo más de dos kilómetros río arriba. Para cuando llegaron estaban agotados. Sin perder un instante, Jeff cogió tres mochilas y un rifle. «Dame treinta minutos», dijo, y desapareció en dirección a Gray Mountain.

Samantha echó un leño al fuego y decidió esperar en el porche. Sacó un edredón e intentó leer una novela arropada con él. Vio que dos ciervos se metían en las aguas poco profundas del arroyo para beber. Luego desaparecieron en el bosque.

Si todo iba según lo planeado, Jeff y ella se marcharían después de anochecer. Se llevarían sus posesiones y todos los documentos restantes de Krull Mining en el todoterreno, el Jeep Cherokee de Donovan. Jeff calculaba que debían de pesar en torno a cincuenta kilos. Los trasladarían a un lugar que aún no había revelado. Cuanto menos contara a Samantha, menor sería su implicación en el asunto, ¿no? Ella no estaba tan segura. Jeff le había prometido que no tocaría los documentos, y con un poco de suerte ni siquiera los vería. Si de algún modo los atrapaban, ahora o más adelante, cargaría él con toda la culpa. Sam era reacia a ayudarle, pero también tenía ganas de cerrar ese capítulo tan complicado de su vida y pasar página.

De pronto sonaron dos disparos de rifle y se llevó un susto de muerte. ¡Después otros dos! Procedían del otro lado de la cresta, de Gray Mountain. Se puso en pie en el porche y miró en esa dirección. Otro disparo, que hizo un total de cinco, y luego nada más que silencio. Oía el latir de su corazón, pero aparte de eso el silencio era absoluto. Transcurrieron cinco minutos. Diez. Quince. Tenía el móvil en la mano, pero fuera de cobertura.

Unos minutos después Jeff apareció entre los árboles, no por el sendero, sino desde lo más tupido del bosque. Caminaba a toda prisa cargado con las tres mochilas. Samantha salió a su encuentro y le cogió una.

—¿Estás bien?

—Sí —respondió, y guardó silencio mientras dejaban las mochilas en el porche. Se sentó en los peldaños, respirando hondo, casi sin resuello.

Samantha le pasó un botellín de agua y preguntó:

—¿Qué ha ocurrido?

Jeff bebió con ganas y se echó un poco de agua por la cara.

—Cuando salía de la cueva he visto a dos matones, los dos con rifle. Me habían seguido, y luego supongo que se han despistado. He hecho ruido. Se han dado la vuelta y han disparado; han fallado los dos. He alcanzado a uno en la pierna y he asustado al otro.

—¡Le has pegado un tiro alguien!

—Claro que sí, maldita sea. Cuando llevan armas es mejor dispararles antes de que te disparen. Creo que está bien, aunque me trae sin cuidado. Gritaba, y su amigo se lo llevaba cuando los he visto por última vez. —Siguió bebiendo agua mientras recuperaba el aliento—. Volverán. Apuesto a que han pedido ayuda y están en camino más matones.

—¿Qué vamos a hacer?

—Nos vamos a largar de aquí. Estaban muy cerca de la cueva y es posible que me hayan visto entrar. Puedo sacarlo todo en un viaje más.

—Está oscureciendo, Jeff. No puedes volver allí.

Jeff no prestó la menor atención, sino que masculló:

—Tenemos que darnos prisa. —Se puso en pie de un brinco, agarró dos mochilas y señaló la tercera—. Coge esa.

Una vez dentro, las abrieron, sacaron con cuidado los fajos de documentos y dejaron el botín encima de la mesa de la cocina. Había dos neveras portátiles vacías en un rincón desde la primera vez que Samantha había estado en la cabaña, lo que le resultaba un tanto sospechoso. Jeff se las acercó y las abrió. Del bolsillo interior del chaleco sacó una pistola negra y la dejó encima de la mesa. Le puso las manos sobre los hombros a Sam y dijo:

—Escúchame, Samantha, en cuanto me vaya, mete los documentos en estas neveras. Volveré dentro de una hora más o menos.

—Hay un arma en la mesa —dijo ella con los ojos muy abiertos.

Jeff la cogió.

—¿Has disparado alguna vez?

—Claro que no. Y no pienso hacerlo ahora.

—Lo harás si es necesario. Mira, es una Glock automática de nueve milímetros. El seguro está quitado, conque está lista para disparar. Cierra la puerta cuando salga y quédate aquí sentada en el sofá. Si aparece alguien e intenta entrar, no tienes otra opción que apretar este gatillito. Puedes hacerlo.

—Quiero volver a casa.

—Ánimo, Samantha. Tú puedes, ¿de acuerdo? Casi hemos terminado, y luego nos largaremos de aquí.

Logró inspirarle confianza. Ya fuera por temeridad, audacia, pasión por la aventura o por un subidón de adrenalina, se mostró enérgico y seguro de sí mismo, y la convenció de que era capaz de defender el fuerte. Si él era lo bastante valiente para regresar a Gray Mountain al anochecer, lo menos que ella podía hacer era quedarse junto a la chimenea con el arma entre las manos.

¿Lo menos que podía hacer? ¿Qué motivos tenía para estar allí siquiera?

Jeff le dio un beso en la mejilla.

—Me voy. ¿Tiene tu móvil algo de cobertura?

—No. Nada.

Jeff cogió las mochilas vacías y el rifle, y se marchó de la cabaña. Samantha se quedó en el porche, lo siguió con la mirada hasta que desapareció en el bosque y sacudió la cabeza pensando en las agallas que tenía. Donovan sabía que moriría joven. ¿Y Jeff? Una vez que se aceptaba la muerte, ¿era más fácil adentrarse en la oscuridad? Ella nunca lo sabría.

En el interior, cogió con cautela la Glock y la dejó en la encimera. Se quedó mirando los documentos y por una fracción de segundo se vio tentada de echar un vistazo a un par. ¿Por qué no, después de tanta controversia? Pero la curiosidad se le pasó enseguida y los metió en las neveras. Casi no cabían, y estaba manipulando la cinta adhesiva cuando oyó dos disparos a lo lejos.

Se olvidó de la Glock y salió corriendo al porche. Unos segundos después resonó un tercer disparo, y luego un chillido de naturaleza indiscernible. Teniendo en cuenta las circunstancias, estaba razonablemente segura de que se trataba de un hombre alcanzado por un disparo, aunque no tenía ninguna experiencia en una situación semejante. A medida que transcurrían los segundos empezó a convencerse de que era Jeff quien había recibido el tiro. Cazado por sorpresa por los gorilas o matones de refuerzo, o lo que fueran.

Echó a andar siguiendo el cauce del río en dirección al sendero por el que le había visto desaparecer. Se detuvo un momento y pensó en el arma, y luego siguió caminando. No merecía la pena morir por los documentos, no cuando la que estaba en juego era su propia vida. Si la atrapaban esos canallas, apostaba a que no la matarían. Al menos si iba desarmada. Pero si irrumpía en el bosque a tiros, no durarían ni tres segundos. ¿Y de qué iba a servir ella en medio de un tiroteo? «No, Samantha, las armas no son lo tuyo. Deja la Glock en la cabaña. Déjala con todos esos puñeteros documentos y que se los lleven esos matones. Sigue con vida un día más y, antes de darte cuenta, te encontrarás otra vez en Nueva York, donde está tu sitio.»

Estaba en el linde del bosque, contemplando la oscuridad. Se quedó inmóvil y escuchó: nada. Llamó en voz queda: «Jeff. Jeff. ¿Estás bien?». Jeff no contestó. Fue poniendo lentamente un pie delante del otro. Cuando llevaba unos quince metros, volvió a llamar. Después de adentrarse treinta metros en el bosque ya no alcanzaba a ver el claro a su espalda.

En esos momentos era una idea ridícula encontrar a Jeff ni a nadie más, ni localizar nada en concreto. No estaba siguiendo las órdenes. Tenía que quedarse dentro de la cabaña cerrada y proteger los documentos. Dio media vuelta y salió del bosque a toda prisa. Algo emitió un fuerte chasquido a su espalda, y soltó un grito ahogado. Volvió la mirada y no vio nada, pero aceleró el paso. Una vez fuera del bosque el cielo se iluminó un poco y atinó a distinguir la silueta de la cabaña a un centenar de metros. Fue corriendo por la orilla del arroyo hasta que alcanzó el porche a toda velocidad. Se sentó en los peldaños de entrada, intentando recobrar el resuello mientras miraba el sendero y rezaba para que ocurriese un milagro.

Entró, cerró la puerta con llave, encendió una lámpara y a punto estuvo de desmayarse.

Las neveras portátiles habían desaparecido, igual que la Glock.

Llegó ruido del porche, pasos pesados, unos bultos que caían al suelo, la tos de un hombre. Alguien intentó abrir la puerta, sacudió el pomo y gritó:

—Samantha, soy yo. ¡Abre!

Estaba envuelta en un edredón viejo, acurrucada en un rincón, armada únicamente con el atizador de la chimenea y dispuesta a usarlo en caso necesario para luchar hasta el final. Jeff encontró una llave e irrumpió en la cabaña.

—¡Qué demonios! —exclamó.

Samantha dejó el arma y se echó a llorar. Jeff se precipitó hacia ella.

—¿Qué ha pasado? —le preguntó.

Se lo contó. Jeff procuró mantener la calma y solo dijo:

—Vámonos de aquí. ¡Ahora mismo! —Echó agua al fuego, apagó la lámpara y cerró la puerta—. Coge esa —le indicó, señalando una mochila. Se echó otra a la espalda, se colgó la tercera del hombro y cogió el rifle de modo que pudiera abrir fuego. Estaba sudoroso e inquieto, y gritó—: ¡Sígueme!

Como si Samantha fuera a hacer otra cosa.

Fueron hacia el jeep, que, junto con todo lo demás, resultaba invisible en plena noche. La última vez que Samantha había mirado el móvil eran las 7.05. El sendero era recto y en cuestión de unos minutos estaban en el claro. Jeff pulsó la llave y se encendieron las luces del jeep. Abrió la puerta de atrás y, cuando metían las mochilas, Samantha vio las dos neveras. Apenas consiguió decir:

—¿Qué?

—Sube. Te lo explicaré. —Ya en marcha, apagó los faros y

condujo lentamente por el camino de grava—. Es una maniobra táctica básica —dijo—. Los buenos están llevando a cabo una misión sobre el terreno. Saben que los malos los están vigilando, les siguen los pasos. Lo que los malos no saben es que los buenos tienen un equipo de apoyo que vigila y sigue a los malos, algo así como un círculo de seguridad.

—Eso tampoco nos lo enseñaron en la facultad de Derecho —comentó Sam entre dientes.

Una luz amarilla destelló dos veces delante de ellos y Jeff detuvo el jeep.

—Aquí está nuestro equipo de apoyo.

Vic Canzarro abrió la puerta trasera y se subió de un salto. No saludó, sino que dijo:

—Muy bonito, Sam, ¿por qué te has ido de la cabaña?

—Ya está bien —le advirtió Jeff por encima del hombro—. ¿Has visto algo?

—No. ¡Vámonos!

Jeff encendió los faros y se pusieron otra vez en marcha, ahora mucho más rápido, y poco después iban por una carretera del condado asfaltada. El miedo estaba quedando atrás, sustituido por cierto alivio. Cada kilómetro los llevaba más lejos de allí, según creían. Transcurrieron cinco minutos sin una palabra. Vic, con el rifle aún en el regazo, enviaba un mensaje de texto tras otro.

Al final Jeff preguntó con voz tranquila a Samantha:

—¿Por qué te has ido de la cabaña?

—Porque he oído disparos y me ha parecido que alguien gritaba. He pensado que te habían herido. Me ha entrado pánico y he ido hacia el sendero.

—¿Qué demonios eran esos disparos? —bramó Vic desde el asiento de atrás.

Jeff se echó a reír, encantado consigo mismo.

—Bueno —dijo—, iba corriendo por el bosque, en plena oscuridad, ya sabéis, y me he topado con un oso negro. Uno de los grandes. Están hibernando en esta época del año, así que están prácticamente catatónicos. El oso no iba muy rápido, pero también se ha molestado. Cree que es su territorio, así que le ofende que choque con él un intruso. Hemos tenido unas palabras, no quería moverse y no me ha quedado otra que dispararle.

—¿Le has pegado un tiro al oso?

—Sí, Samantha, y también le he metido un tiro a un ser humano, aunque me parece que está bien.

—¿No te preocupa la policía?

Vic rió a carcajadas mientras bajaba un poco la ventanilla y encendía un cigarrillo.

—Aquí no se fuma —le advirtió Jeff.

—Sí, claro.

Jeff miró de soslayo a Samantha y dijo:

—No, querida, no me preocupa la policía, ni el sheriff ni nadie más, no por haber disparado contra un matón armado que me acechaba en mi propia finca. Esto son los Apalaches. No me investigará ningún poli ni me enjuiciará ningún fiscal porque ningún jurado me condenaría.

—¿Qué será de ese tipo?

—Supongo que tendrá la pierna dolorida. Ha tenido suerte. La bala podría haberle alcanzado entre los ojos.

—Hablas como un auténtico francotirador.

—Se presentará en la sala de urgencias de algún hospital contando una enorme trola —dijo Vic—. ¿Lo habéis cogido todo?

—Hasta el último papel. Todos y cada uno de los documentos hábilmente confiscados por mi querido hermano.

—Donovan estaría orgulloso de ti —aseguró Vic.

Se detuvieron en Big Stone Gap, en un restaurante de la cadena Taco Bell, y esperaron en la ventanilla de venta para automovilistas. Jeff pidió un montón de comida y bebidas; mientras pagaba, Vic abrió la portezuela y se apeó.

—Vamos en dirección a Bristol —dijo.

Jeff asintió como si fuera lo esperado. Observó atentamente a Vic abrir la puerta de su camioneta, un vehículo que Samantha reconoció de la excursión a Hammer Valley con Donovan.

—Vale —dijo ella—, ¿qué hacemos ahora?

—Vic nos seguirá hasta Bristol y nos cubrirá. También tiene los documentos que sacamos el sábado pasado, la primera tanda.

—Creía que la novia de Vic estaba embarazada y él no quería saber nada de este asunto.

—Es verdad. Está embarazada, pero se casaron hace una semana. ¿Quieres un taco?

—Quiero un martini.

—Dudo que encuentres un sitio donde preparen buenos martinis por aquí.

—¿Qué hay en Bristol? Si no te importa que lo pregunte.

—Un aeropuerto. Aparte de eso, si te lo digo tendré que matarte.

—Estás en racha, no te cortes.

Les llegó el aroma a comida y de pronto se dieron cuenta de que estaban muertos de hambre.

Solo había cinco aviones en la rampa de aviación general del Aeropuerto Regional Tri-Cities cerca de Bristol, Tennessee. Las cuatro avionetas —dos Cessna y dos Piper— quedaban empequeñecidas por el quinto, un elegante y lustroso jet privado con todas las luces encendidas y la escalerilla bajada y a la espera. Samantha, Jeff y Vic admiraron el aparato desde lejos mientras aguardaban instrucciones. Unos minutos después tres hombres jóvenes y fornidos vestidos de negro se reunieron con ellos fuera de la terminal. Les entregaron los documentos —en dos neveras portátiles, tres mochilas y dos cajas de cartón— y de inmediato los trasladaron al jet.

Uno de los tres hombres anunció a Jeff:

—El señor London quiere verlos.

Vic se encogió de hombros y contestó:

—Bueno, ¿por qué no? Vamos a echar un vistazo a ese juguetito.

—Yo ya he volado en él —señaló Jeff—. Es un poco mejor que la Skyhawk.

—Vaya, estás hecho un pez gordo —se mofó Vic.

Los llevaron por la terminal vacía hasta la rampa y luego al jet. Jarrett London estaba esperando en lo alto de la escalerilla con una inmensa sonrisa y una copa en la mano. Les indicó que subieran y les dio la bienvenida a su «segundo hogar».

Samantha tenía una amiga en Georgetown cuya familia poseía un jet, por lo que no era la primera vez que veía uno. Los enormes asientos estaban forrados de cuero lujoso y mullido. Todo tenía acabados dorados. Se sentaron alrededor de una mesa mientras un auxiliar de vuelo les preguntaba qué querían. «Llévenme a París —sintió deseos de responder Samantha—, y vayan a buscarme dentro de un mes.»

Estaba claro que Vic y London se conocían bien. Mientras Jeff explicaba con detalle cómo habían escapado de Gray Mountain les sirvieron las bebidas.

—¿Algo de cenar? —preguntó London en dirección a Samantha.

—Ah, no, Jeff nos ha invitado en el Taco Bell. Estoy llena.

Su martini estaba perfecto. Jeff y Vic tomaron Dickel con hielo. London explicó que los documentos irían en avión a Cincinnati, donde el domingo se harían copias. El lunes los originales serían enviados a Charleston y entregados a un alguacil. El juez había accedido a guardarlos bajo llave hasta que pudiera revisarlos. Krull Mining no había sido informada del acuerdo y no tenía idea de lo que estaba a punto de ocurrir. El FBI se había retirado por completo, al menos de momento.

—¿Tenemos que agradecérselo a alguna amistad en Washington, Samantha? —preguntó London.

Ella sonrió y dijo:

—Quizá. No estoy segura.

London tomó un sorbo, hizo tintinear los cubitos de hielo e indagó:

—¿Qué tienes planeado ahora?

—¿Por qué lo preguntas?

—Bueno, estaría bien contar con otro abogado sobre el terreno en el caso Krull. Es evidente que estás familiarizada con el asunto. Donovan confiaba en ti, y su bufete sigue a la caza de una cantidad de dinero muy elevada. Hay un cincuenta por ciento de probabilidades de que Krull se rinda cuando averigüe que tenemos los documentos. No es descartable que lleguemos a un acuerdo, si bien de manera confidencial. Si quieren jugar duro, les apretaremos las tuercas y forzaremos un juicio. A decir verdad, eso es lo que queremos: un espectáculo, una revelación a lo grande, una puesta en escena de dos meses en la que se aireen ante los tribunales todos los trapos sucios. Luego, un veredicto espectacular.

Sombras de Donovan. Sombras de Marshall Kofer.

Estaba lanzado:

—Hay trabajo de sobra para todos nosotros, incluida tú, Samantha. Podrías unirte a mi bufete en Louisville. Podrías poner tu placa en una oficina en Brady. Podrías hacerte cargo del bufete de Donovan. Hay muchas opciones. Lo que quiero decir es que te necesitamos.

—Gracias, señor London —dijo Sam educadamente, y luego tomó otro trago; estaba en el punto de mira y no le gustaba.

Vic se dio cuenta y cambió de tema interesándose por el

jet. Un Gulfstream V, la última maravilla, con una autonomía de vuelo prácticamente ilimitada y a una altitud de cuarenta mil pies, muy por encima de la habitual para los aviones de las aerolíneas. Todo muy tranquilo por ahí arriba. Cuando la conversación empezaba a perder fuelle London echó un vistazo al reloj y preguntó:

—¿Os dejo en alguna parte?

Ah, las ventajas de un jet privado. Llevar aquí, recoger allá. Cualquier cosa era posible.

Rehusaron y dijeron que tenían otros planes. Él les agradeció encarecidamente que hubieran entregado los documentos y los acompañó de vuelta a la terminal.

40

Mattie llegó temprano el lunes y se reunió en su despacho con Samantha a puerta cerrada. Sam le informó de que los documentos se habían entregado, prácticamente sin percances, y si todo iba según lo planeado estarían en manos de un funcionario del tribunal ese mismo día. Omitió los aspectos más pintorescos de la aventura: el tiroteo del que alguien había salido cojeando, el oso muerto, la milagrosa presencia de Vic Canzarro y el cóctel rápido en el magnífico jet de Jarrett London. Había cosas que más valía callar.

Fuera como fuese, ahora los documentos estaban en manos más seguras, donde otros abogados podrían pelearse por ellos. Ya les buscaría sentido algún otro. Samantha especuló con que el FBI había quedado al margen. Incluso había indicios de que la investigación podía dar un giro de ciento ochenta grados e indagar los tejemanejes de Krull Mining. No había nada seguro al respecto; una simple información procedente de Washington.

Después de la muerte de Buddy Ryzer y el drama de los documentos cabía la posibilidad de que la vida volviera a la normalidad en los confines del Centro de Asesoría Jurídica Mountain. Desde luego, eso esperaban las dos abogadas. Samantha debía estar en los juzgados a las diez en punto, por un caso que no tenía nada que ver con el carbón, los documentos ni las autoridades federales, y confiaba en que la jornada no le deparase sorpresas. Sin embargo, Jeff merodeaba por el palacio de justicia, como si estuviera al tanto de su agenda.

—¿Podemos hablar? —preguntó mientras subían la escalera hacia la sala principal.

—Esperaba no verte en una temporada —respondió Sam.

—Lo siento, ni lo sueñes. ¿Cuánto rato estarás en la sala?

—Una hora.

—Nos vemos después en el bufete de Donovan. Es importante.

Dawn, la secretaria y recepcionista, ya no trabajaba allí. El bufete estaba cerrado al público, las oficinas con las contraventanas corridas, cogiendo polvo. Jeff abrió la puerta principal, cedió el paso a Samantha y volvió a echar la llave. Subieron al primer piso y fueron a la sala de operaciones, donde las paredes seguían cubiertas de pruebas judiciales y fotografías ampliadas del juicio Tate. Había expedientes, libros y documentos tirados por todas partes, un recuerdo del registro del FBI. Parecía extraño que nadie se hubiera molestado en arreglar el desorden, en adecentar la sala. La mitad de las bombillas estaban fundidas. La larga mesa estaba cubierta por una capa de polvo. Donovan llevaba muerto casi dos meses, y mientras Samantha contemplaba en la sala su trabajo, los restos de sus grandes casos, de pronto la embargaron la tristeza y la nostalgia. Lo había conocido durante muy poco tiempo, pero por un segundo echó de menos su sonrisa engreída.

Se sentaron en sillas plegables y tomaron café en vasos de cartón. Jeff señaló con un movimiento de la mano la totalidad de la sala y dijo:

—¿Qué voy a hacer con este edificio? Mi hermano me lo

legó en su testamento y no lo quiere nadie. No encontramos un abogado que se haga cargo del bufete, y de momento nadie quiere comprarlo.

—Es pronto —respondió Samantha—. Es un edificio precioso, seguro que alguien lo compra.

—Sí, claro. La mitad de los edificios preciosos de Main Street están vacíos. Este pueblo está en las últimas.

—¿Era ese el asunto tan importante del que querías hablar conmigo?

—No. Voy a marcharme unos meses, Samantha. Tengo un amigo que lleva un pabellón de caza en Montana, y pasaré allí una buena temporada. Necesito poner distancia. Estoy harto de que me sigan, harto de preocuparme por quién hay a mi alrededor, harto de pensar en mi hermano. Necesito un respiro.

—Es una idea estupenda. ¿Y qué pasa con tu faceta de francotirador? Veo que la recompensa asciende ya a un millón de pavos, en metálico. La cosa se calienta, ¿eh?

Jeff tomó un largo sorbo de café y pasó por alto el último comentario.

—Volveré de vez en cuando para ocuparme del patrimonio de Donovan, siempre que Mattie me necesite. Pero, a la larga, creo que me reubicaré en algún lugar hacia el oeste. Por aquí hay demasiada historia, demasiados malos recuerdos.

Samantha asintió, lo entendía, aunque no contestó. ¿Intentaba insuflar un poco de dramatismo con una patética despedida de amante? De ser así, Samantha no tenía nada que ofrecerle. El chico le gustaba, pero en ese momento era un alivio oír que se iba camino de Montana. Transcurrió un minuto entero sin una sola palabra, luego otro.

Al fin Jeff dijo:

—Creo que sé quién mató a Donovan. —Hizo una pausa, para que ella preguntara: «¿Quién?». Pero Samantha se mordió la lengua y lo dejó correr, así que Jeff continuó—: Llevará tiempo, cinco, quizá diez años, pero me esconderé entre la maleza, pondré mis trampas, por así decirlo. Les gustan los accidentes de aviación, de manera que les brindaré otro.

—No quiero oír nada de eso, Jeff. ¿De verdad deseas pasar el resto de tu vida en la cárcel?

—No será como dices.

—Habrías hecho bien en callarte. Mira, tengo que volver a la oficina.

—Lo sé. Lo siento.

No le esperaba nada en la oficina salvo el almuerzo casero del lunes, un bullicioso festín de cotilleos que detestaba perderse. Parecía haber un código entre las cinco mujeres que participaban en él: si te lo saltas, lo más probable es que se hable de ti largo y tendido.

—De acuerdo, ya sé que estás ocupada —dijo Jeff—. Volveré dentro de un par de meses. ¿Seguirás aquí?

—No lo sé, Jeff, pero no pienses en mí.

—Claro que pensaré en ti, no puedo evitarlo.

—Te propongo un trato: yo no me preocuparé por si vuelves y tú no te preocuparás por si estoy aquí o en Nueva York. ¿De acuerdo?

—Vale, vale. ¿Puedo darte un beso de despedida por lo menos?

—Sí, pero cuidadito con las manos.

Samantha volvió a su mesa y se encontró con las últimas noticias de Nueva York. El correo de Andy decía:

> Querida Samantha:
> Spane & Grubman está creciendo a ojos vistas. Diecisiete de los asociados más inteligentes y brillantes se han unido a lo que promete ser una empresa muy emocionante. Nos hacen falta dos o tres más. ¡Te necesitamos! He trabajado con un puñado de esas personas tan geniales —Nick Spane

ha trabajado con algunas otras—, conque se puede decir que no las conozco a todas, pero a ti sí, Samantha, y sé que puedo confiar en ti. Quiero que formes parte de mi equipo y me cubras las espaldas. Hay mucho tiburón suelto por ahí, como bien sabes.

El paquete completo es el siguiente: (1) sueldo inicial de ciento sesenta mil dólares (un poco más, y la oferta más elevada, así que mantén la discreción: no quiero que haya problemas nada más empezar); (2) una gratificación anual que se decidirá según el rendimiento y la productividad global de la firma (no, los dos socios no planean quedarse todos los beneficios); (3) seguro de enfermedad completo: médico, dental, óptico (es decir, todo menos bótox y liposucciones); (4) contribuciones acordes con un generoso plan de ahorro y jubilación; (5) horas extras retribuidas a partir de las cincuenta (sí, querida, lo has leído bien; S & G es probablemente el primer bufete de la historia que ofrece horas extras retribuidas; lo de las cincuenta horas semanales va en serio); (6) tres semanas de vacaciones pagadas; (7) tu propio despacho privado con tu propia secretaria designada (y probablemente también tu propio pasante, aunque ahora mismo no te lo puedo prometer); (8) ascensos; no queremos que nuestros asociados se acuchillen por la espalda unos a otros para llegar a socios, así que nos estamos planteando un plan según el que se pueda acceder a esa posición en un plazo de siete a diez años de trabajo en el bufete.

A ver si eres capaz de superarlo. Y puedes incorporarte el 1 de julio en vez del 1 de mayo.

Estoy esperando, querida. Necesito una respuesta en el plazo de unos siete días. Por favor... Andy

Lo leyó dos veces, lo imprimió y reconoció que se estaba hartando de Andy y sus correos. Cogió la bolsa de papel marrón donde llevaba el almuerzo y fue a comer.

Eran las seis de la tarde para cuando se fue el último cliente de Mattie. Samantha había estado enredando sentada a su mesa, pasando el rato, esperando el momento adecuado. Asomó la cabeza al despacho de Mattie y preguntó:

—¿Tienes tiempo para tomar algo?

Mattie sonrió y dijo que claro.

Si los lunes tomaban algo era un refresco light. Se sirvieron dos bien cargados y fueron a la sala de reuniones. Samantha le pasó el último correo de Andy por encima de la mesa. Mattie lo leyó lentamente, lo dejó y dijo:

—Vaya, eso sí que es una oferta. Debe de estar bien que te busquen. Supongo que te irás antes de lo previsto.

La sonrisa se había esfumado.

—No estoy lista para volver, Mattie. Pese a lo generoso que parece, el trabajo es aburrido, hora tras hora leyendo y corrigiendo y preparando documentos. Por mucho que lo intenten, no pueden adornarlo y hacer que sea ni remotamente emocionante. El caso es que no estoy preparada para eso, y no creo que llegue a estarlo nunca. Me gustaría quedarme una temporada.

Mattie volvió a sonreír, una sonrisilla engreída que dejaba entrever su honda satisfacción.

—Seguro que tienes algo pensado.

—Bueno, hace no mucho era una pasante sin sueldo. Ahora me llueven ofertas, ninguna de las cuales me resulta muy tentadora. No voy a volver a Nueva York, por lo menos no por ahora. No trabajaré tampoco para Jarrett London. Se parece demasiado a mi padre. Recelo de los abogados procesalistas que se pasean por el país en su jet privado. No quiero encargarme del bufete de Donovan, conlleva un bagaje excesivo. Jeff será el propietario del edificio y estará en nómina, y conociéndolo tan íntimamente como lo conozco, sé que traerá muchos problemas. Adoptaría el papel de jefe y habría tensión desde el primer día. Es peligroso y temerario, y quiero mantenerlo alejado, no tenerlo más cerca. De vez en cuando nos damos un revolcón, pero no es nada serio. Además, dice que se va a marchar.

—¿Así que te quedas?

—Si es posible.

—¿Cuánto tiempo?

—Quiero hacer tres cosas. El cliente más importante es la familia Ryzer. Tengo la sensación de que soy necesaria aquí, y no puedo recogerlo todo y largarme dentro de unos meses. Ahora mismo están indefensos y, por alguna razón, creo que puedo ayudarles. Haré todo lo que esté en mi mano. Me atrae la idea de ocuparme de la apelación Tate de principio a fin. Lisa Tate nos necesita. La pobre mujer está viviendo gracias a cupones de comida y sigue llorando su pérdida. Quiero ganar la apelación y obtener el dinero que se merece. Y, por cierto, creo que un cuarenta por ciento es demasiado para el patrimonio de Donovan. Es posible que él se ganara ese dinero, pero ya no está. Lisa perdió a sus hijos; Donovan no. Con hechos semejantes a la vista, muchos abogados seguramente habrían ganado el caso. Supongo que podemos hablarlo más adelante.

—Yo había pensado lo mismo.

—Durante mi segundo año en la facultad de Derecho participamos en un simulacro de caso de apelación; redactamos informes e hicimos alegatos ante un jurado compuesto por tres jueces, profesores de Derecho en realidad, aunque tenían fama de machacar a los alumnos. El alegato oral era todo un acontecimiento: traje y corbata, vestido y zapatos, ya sabes.

Mattie asentía y sonreía.

—Nosotros también pasamos por eso.

—Supongo que todos los estudiantes de Derecho tenían que sufrirlo. Estaba tan nerviosa que no pegué ojo la noche anterior. Mi codefensor me dio un ansiolítico un par de horas antes del alegato, pero no sirvió de nada. Estaba tan tensa que me costó Dios y ayuda pronunciar la primera palabra, pero luego pasó una cosa extraña. Uno de los jueces me lanzó una réplica rastrera y me enfadé. Empecé a discutir con él. Le cité un caso tras otro para defender nuestra postura y lo dejé mudo. Estaba tan centrada en demostrar al juez cuánta razón tenía que se me olvidó el miedo. Los diez minutos se me pasaron volando, y cuando me senté todo el mundo me miraba fijamente. Mi codefensor se me acercó y susurró una sola palabra: «Brillante».

»Sea como sea, fue uno de mis mejores momentos en la facultad de Derecho, no lo olvidaré nunca. Lo que quiero decir con todo esto es que me encantaría ocuparme del caso Tate y llevarlo ante el Tribunal Supremo del estado de Virginia, hacer el alegato oral, dejar en evidencia a los abogados de Strayhorn Coal y ganar el caso en nombre de Lisa Tate.

—Así me gusta. Es todo tuyo.

—Eso son dieciocho meses, ¿no?

—Algo así. Has dicho que querías hacer tres cosas.

—La tercera es sencillamente cerrar los casos que tengo, aceptar alguno nuevo sobre la marcha e intentar ayudar a nuestros clientes. Y, mientras tanto, me gustaría pasar más tiempo en los juzgados.

—Se te da bien, Samantha. Eso salta a la vista.

—Gracias, Mattie. Eres muy amable. No me hace gracia que me mangoneen los Trent Fuller de este mundo. Quiero que me tengan respeto, y la única manera de conseguirlo es ganármelo. Cuando entre en la sala del tribunal, quiero que todos los chicos se pongan rectos y se fijen bien en mí, y no solo en mi culo.

—Vaya, vaya, sí que hemos cambiado, ¿eh?

—Pues sí. En cuanto al puesto de pasante... si voy a estar aquí dos años, necesito cobrar algo. No mucho, pero sí lo suficiente para vivir.

—He estado pensando en ello. No podemos estar a la altura de ese colega tuyo de Nueva York, pero sí pagarte un buen sueldo para la Virginia rural. Annette y yo ganamos cuarenta mil al año, conque ese es el tope. La asesoría puede llegar hasta veinte. Puesto que te ocuparás de la apelación Tate, intentaré que el tribunal autorice otros veinte del patrimonio de Donovan. ¿Qué te parece?

—Un sueldo de cuarenta mil podría provocar cierto resentimiento por parte de ya sabes quién.

—¿Annette?

—Sí. Vamos a dejarlo en treinta y nueve mil.

—Está bien. ¡Trato hecho!

Mattie le tendió la mano por encima de la mesa y Samantha se la estrechó. Cogió el correo de Andy y dijo:

—Ahora tengo que quitarme de encima a este gilipollas.

Agradecimientos

Por suerte, hay docenas de ONG que trabajan con diligencia en las regiones mineras con el fin de proteger el medioambiente, cambiar las prácticas y defender los derechos de los mineros y sus familias. Una de ellas es Appalachian Citizens' Law Center de Whitesburg, Kentucky. Mary Cromer y Wes Addington son dos abogados maravillosos de esa organización, y tuvieron a bien orientarme cuando recorría la zona por primera vez. Appalachian Voices es un bullicioso grupo de base para la protección medioambiental radicado en Boone, Carolina del Norte. Matt Wasson es su director de programas, y me fue de gran ayuda en la búsqueda de datos.

Gracias también a Rick Middleton, Hayward Evans, Wes Blank y Mike Nicholson.

Puesto que los jueces federales se enfrentan a menudo a criminales violentos y a organizaciones corruptas, es sorprendente que hasta ahora solo cuatro de ellos hayan sido asesinados. El juez Raymond Fawcett es el número cinco. ¿Quién es el estafador? Y ¿qué tiene que ver con el asesinato de un juez? Su nombre, de momento, es Malcolm Bannister. ¿Profesión? Fue abogado. ¿Lugar de residencia actual? Centro Penitenciario Federal de Frostburg, Maryland. Sobre el papel, la situación de Malcolm no pinta nada bien; pero guarda unas en la manga: sabe quién asesinó al juez Fawcett y también sabe por qué.

Ficción

EL ASOCIADO

Kyle McAvoy posee una mente legal excepcional. A su vez, también posee un oscuro secreto que le podría destruir sus sueños, su carrera y hasta su vida. Una noche ese secreto lo alcanza. Los hombres que acosan a Kyle tienen un video comprometedor que utilizarán para arruinarlo —a menos que él haga exactamente lo que ellos piden. Lo que le ofrecen a Kyle es algo que cualquier abogado joven y ambicioso mataría por obtener: un trabajo como abogado junior de uno de los mayores y más prestigiosos bufetes del mundo. Pero hay un pequeño inconveniente. Kyle no estará trabajando para el bufete, sino en su contra en una disputa entre dos poderosas empresas multimillonarias suministradoras del departamento de defensa de Estados Unidos. Ahora Kyle se encuentra entre las fuerzas criminales que lo manipulan con esta deleitable oferta, el FBI y su propio bufete, en un complot maligno del cual ni Kyle —con su inteligencia, ingenio y valor— podría escapar vivo.

Ficción

VINTAGE ESPAÑOL
Disponibles en su librería favorita.
www.vintageespanol.com